草婴译著全集

第十卷

一个地主的早晨

1990 年，草婴于寓所前。

1989年,草婴于岳阳路公寓小阳台。

目 录

袭击——一个志愿军的故事 /001

弹子房记分员笔记 /031

伐木——一个士官生的故事 /055

12月的塞瓦斯托波尔 /097

5月的塞瓦斯托波尔 /113

1855年8月的塞瓦斯托波尔 /161

暴风雪 /233

两个骠骑兵——献给玛·尼·托尔斯泰娅伯爵小姐 /267

高加索回忆片段:一个被贬谪的军官 /333

一个地主的早晨 /359

袭 击
——一个志愿军的故事

1

7月12日,赫洛波夫大尉佩着肩章,带着马刀(我来到高加索以后还没见过他这样的装束),走进我那座泥屋子的矮门。

"我是直接从上校那儿来的,"他用这话来回答我疑问的目光,"我们营明天要开拔了。"

"到哪儿去?"我问。

"到某地去。部队奉命到那里集结。"

"到了那里是不是还有什么行动?"

"可能有的。"

"向哪方面行动?您有什么想法?"

"有什么想法?让我把知道的情况告诉您吧。昨天晚上有个鞑靼人骑马送来将军的命令,要我们的营随身带两天干粮出发。至于上哪儿去,去干什么,去多久——那些事啊,老弟,谁也没问:命令你去,去就是了。"

"不过,要是只带两天干粮,那也不会待很久的。"

"哦,那倒不一定……"

"这怎么会?"我摸不着头脑了。

"这有什么稀奇!上次去达尔果,带了一星期干粮,结果待了差不多一个月!"

"我跟你们一块儿去行吗?"我停了一下问。

"要去也行,可我劝您最好还是别去。您何必冒这个险呢?"

"不,对不起,我不能听您的忠告。我在这儿待了整整一个月,就是希望有个机会亲眼看看打仗,您却要我放弃这个机会。"

"哦,那您就去吧。不过,依我看,您还是留在这儿的好。您不妨打打猎,在这儿等我们,我们去我们的。这样挺不错!"他的语气那么具有说服力,以至开头一会儿我也觉得这样确实挺不错,可我还是坚决表示不愿留在这地方。

"您去那边有什么可看的?"大尉继续说服我,"您是不是想知道仗有哪些个打法?那您可以读一读米哈依洛夫斯基·达尼列夫斯基①的《战争素描》。这是本好书:什么军团摆在什么地位,仗怎样打法,里面都写得详详细细。"

"不,那些事我可不感兴趣。"我回答说。

"那么,什么事您感兴趣呢?您是不是光想看看人怎样杀人?……对了,1832那年,这儿也来过一个不在役的人,大概是个西班

---

① 米哈依洛夫斯基·达尼列夫斯基(1790—1848),俄国军事史家。1812年抗法战争中任库图佐夫的副官。著有《1813年行军笔记》《1814年进军法国素描》《1812年卫国战争素描》等作品。

牙人吧。他披着一件蓝色斗篷，跟着我们参加了两场战役……这好汉到头来还是送了命。老弟，在这儿谁也不会把您放在眼里的。"

大尉这样误解我的动机，虽然使我感到委屈，却不想争辩。

"他怎么样，勇敢吗？"我问。

"只有天知道：他老是骑马跑在前头，哪儿交锋，他就赶到哪儿。"

"这样说来，他挺勇敢啰？"我说。

"不，人家不要你去，你却去凑热闹，这算不得勇敢……"

"那么，依您说，怎样才算勇敢呢？"

"勇敢吗？勇敢吗？"大尉重复说，现出困惑的神色，似乎第一次遇到这样的问题。"**该怎样行动，就怎样行动，这就是勇敢。**"他想了想说。

我记得柏拉图给勇敢下的定义是："**知道什么应该害怕和什么不应该害怕。**"大尉的定义虽然笼统，不够明确，他们两人的基本观点倒并不像字面上那样分歧，甚至可以说，大尉的定义比那位希腊哲学家的定义更加准确，因为大尉要是能像柏拉图那样善于表达自己的意思，他准会这样说："**该怕的怕，不该怕的不怕，这就是勇敢。**"

我很想把我的想法告诉大尉。

我就说："我认为，每逢危险关头，人人都得做一番选择：出于责任感的选择，就是勇敢；出于卑劣感情的选择，就是怯懦。因此，一个人出于虚荣、好奇或者贪婪而去冒生命的危险，不能算勇敢；反过来，一个人出于正当的家庭责任感或者某种信仰而避开危险，不能算怯懦。"

我说这话的时候，大尉脸上露出一种古怪的神气瞧着我。

"哦，那我可没办法向您证明了，"他一边装烟斗，一边说，"我们这儿有个士官生，挺喜欢发表高论。您可以去跟他谈谈。他还会做诗呢。"

我是在高加索认识大尉的,但还在俄罗斯本土就知道他这个人了。他的母亲玛丽雅·伊凡诺夫娜·赫洛波娃是个小地主。她家离我家庄园只有两里①地。我在动身来高加索之前曾去访问她。老太太听说我将见到她的小巴维尔(她就这样称呼头发花白、上了年纪的大尉),可以把她的生活情况告诉他(好像"一封活的信"),还可以替她带一小包东西去,高兴极了。她请我吃了美味的大馅饼和熏鹅之后,走进卧室,拿出一只用黑丝带吊着的黑色护身大香袋来。

"喏,这是庇护我们的火烧不坏的荆棘②的圣母,"她说着画了个十字,吻吻圣母像,这才把它放在我的手里,"先生,麻烦您带去给他。您瞧,那年他去**高加索**,我做过祷告,还许了愿:他要是平安无事,我就订这个圣母像给他。哦,十八年来圣母和圣徒们一直保佑他:他没有负过一次伤,可是什么样的仗他没有打过呀!……听听那个跟他一块儿出去的米哈依洛所讲的情景,可真把人吓得汗毛都竖起来。说实话,他那些事我都是从别人嘴里听来的。我这个宝贝儿子,自己写信从来不提打仗的事,他怕把我吓坏。"

(到了高加索之后,我才知道,大尉负过四次重伤,但也不是从他本人嘴里知道的,他也确实从没把负伤、打仗那些事告诉过他母亲。)

"让他把这圣像挂在身上吧,"她继续说,"我拿这圣像为他祝福。但愿至高无上的圣母保佑他!特别在上阵打仗的时候,您叫他一定得挂上。亲爱的先生,您就对他说:是你母亲叮嘱的。"

---

① 此处指俄里,1俄里等于1.06公里,下同。
② 据《旧约全书·出埃及记》第三章,耶和华的使者在火烧不坏的荆棘中向摩西显现。

我答应一定完成她的委托。

"我相信您准会喜欢他的,会喜欢我的小巴维尔的,"老妇人继续说,"这孩子心眼儿实在好!说实话,他没有一年不寄钱给我,对安娜,我的女儿,也帮了不少忙。可他这些钱全是从自己的饷银里节省下来的!我一辈子都要感谢上帝,因为他赐给我这样一个好孩子。"她含着眼泪把话说完。

"他常常有信给您吗?"我问。

"难得有,先生,大约一年一封,只有寄钱来的时候写几句,平时是不写的。他说:'妈妈,要是我没写信给您,那就是说我平安无事;万一有什么意外,他们也会写信给您的。'"

当我把母亲的礼物交给大尉时(在我的屋子里),他问我要了一张纸,仔细把它包好,收藏起来。我把他母亲的生活情况详详细细告诉他,他不做声。等我讲完了,他走到屋角里,不知怎的在那里装了好半天烟斗。

"是的,她老人家实在好,"大尉在屋角里说,声音有点喑哑,"不知道老天爷是不是还能让我再见她一面。"

从这两句简单的话里流露出无限热爱和伤感。

"您干吗要到这里来服务呢?"我问。

"一个人总得做点事啊,"他十分肯定地回答。"何况对我们穷哥儿们来说,双薪也很有点儿用处。"

大尉生活俭朴:不打牌,难得大吃大喝,抽的是便宜烟草(不知怎的他把它称为"**家乡土烟**")。我早就喜欢大尉了:他的脸也像一般俄罗斯人那样朴实文静,看上去使人觉得舒服;而在这次谈话以后,我更对他产生了衷心的敬意。

2

第二天早晨四点钟,大尉来邀我一起出发。他身上穿着一件没有肩章的破旧上衣、一条列兹金人的宽大长裤,头上戴着一顶鬈曲发黄的白羊皮帽,肩上挂着一把蹩脚的亚洲式军刀。他骑的小白马垂下头,慢慢地遛着蹄,不停地摆动瘦小的尾巴。这位善良的大尉,外表并不威武,也不漂亮,可是他面对周围的一切那样镇定沉着,使人不由得对他肃然起敬。

我一分钟也不让他等待,就骑上马跟他出了要塞大门。

队伍在我们前面大约四百米外的地方,望过去黑压压的一大片,连绵不断,微微波动。显然,这是步兵,因为可以望见他们的刺刀,密密麻麻的好像一排排长针,偶尔还可以听到士兵们的歌声、鼓声以及六连里优美的男高音与和声——他们的合唱在要塞里就常常使我神往。道路穿过一道又深又宽的峡谷,旁边有一条小河,河水这时正在泛滥。野鸽子成群地在河上盘旋,一会儿落在石岸上,一会儿在空中急急地兜了几圈,又飞得无影无踪。太阳还看不见,峡谷右边的峰巅却已被照得金光闪亮。灰蒙蒙的和白花花的岩石,草绿色的青苔,露珠滚滚的滨枣、山茱萸和叶榆,在灿烂的旭日照耀下显得层次清晰,轮廓分明。但峡谷左边和浓雾翻腾的谷地,却又潮湿又阴暗,而且色彩缤纷,难以捉摸:有淡紫,有浅黑,有墨绿,也有乳白。就在我们前面,白雪皑皑的群山,浮雕似的耸立在蔚蓝的地平线上,山岭的投影和轮廓古怪离奇,每一细部又都十分瑰丽动人。蟋蟀、蜻蜓和其他成千上万种昆虫,在高高的草丛里苏醒过来,它们一刻不停的清脆叫声,充塞四野,仿佛有无数微小的铃铛在我们的耳边鸣响。空气中充满流水、青草和雾霭的味儿。总之,这是一个可爱的初夏的清晨。大尉打着火,抽起烟斗来,他那**家乡土烟**和火绒的味道,我觉得特别好闻。

我们离开大道抄近路,想快点赶上步兵。大尉显得比平时更加心事重重,嘴里一直衔着他那只达格斯坦烟斗,每走一步都用脚跟碰碰胯下的马。这马左右摇晃,在又湿又高的野草上留下一行依稀可辨的暗绿色脚印。在马的脚下忽然发出一阵啼声和扑翼声(这种声音会叫一个猎人心花怒放),一只野鸡窜出来,慢悠悠地向上空飞去。大尉却不去理它。

当我们快追上大队的时候,后面传来一阵急促的马蹄声,接着就有一个穿军官制服、戴白羊皮高帽的英俊青年从我们身边飞驰而过。他经过我们身边时,微微一笑,向大尉点点头,挥了挥鞭子……我只来得及看见他拉着缰绳坐在马上的洒脱姿势,还有他那双漂亮的黑眼睛、挺拔的鼻子和刚刚长出来的小胡子。我特别喜欢的是,当他发觉我们在欣赏他时,就情不自禁地微笑起来。单凭这笑容就可以断定,他还十分年轻。

"他这是往哪儿跑哇?"大尉露出不满的神气嘟囔着,并没取下嘴里的烟斗。

"这是谁?"我问他。

"阿拉宁准尉,我连里的副官……上个月刚从中等武备学校派来的。"

"他这是头一次上阵吧?"我问。

"是啊,所以这样兴奋!"大尉一边回答,一边若有所思地摇摇头,

"年纪还轻呢!"

"怎么能不高兴呢?我明白,对一个年轻军官来说,头一次上阵总是挺有趣的。"

大尉沉默了有两分钟的样子。

"我说嘛:年纪还轻呢!"他声音低沉地继续说。"还什么也没见到,有什么可高兴的!多经历几次,就不会这样高兴了。假定说,我们这儿现在有二十个军官,到头来总会有人牺牲或者负伤的。这是肯定的。今天轮到我,明天轮到他,后天又轮到另外一个:这又有什么可高兴的呢?"

3

灿烂的太阳刚从山后升起,照亮我们所走的山谷,波浪般的浓雾就消散了,天也热了。士兵们扛着枪,捅着口袋,循着灰沙飞扬的大路前进;队伍里偶尔传出乌克兰话和笑声。几个穿直领白军服的老兵(大部分是军士),嘴里含着烟斗,在大路旁边一面走,一面庄重地谈话。三匹马拉的大车,装得沉甸甸的,慢吞吞地前进,把浓密的尘埃扬得直悬在空中。军官们骑马走在前头,有几个在马上显本领:他们把马鞭打得连跳三四下,然后陡地掉转马头停下来。另外有几个兴致勃勃地听歌手们唱歌,尽管天气又热又闷,歌手们却一曲又一曲地唱个不停。

步兵前面两百米外的地方,有个高大漂亮的军官,一副亚洲人打扮,骑着一匹大白马,跟几个骑马的鞑靼人走在一起。他是团里有名的不顾死活的好汉,并且**在任何人面前都敢直言不讳**。他穿着镶金边的紧身黑上衣，配上同样的裹腿，崭新的镶金边平底软鞋，黄色的契尔克斯外套①和帽顶向后倒的羊皮高帽。他胸前和背上束着几条银色带子，带子上挂着一个火药瓶和一支手枪；腰带上另外插着一支手枪和一把银柄短剑。此外，腰里还佩着一把插在镶金红皮鞘里的军刀，肩上还挂着一支装在黑套子里的步枪。从他的服装、举动和骑马姿势上都可以看出，他是在竭力模仿鞑靼人。他甚至用一种我听不懂的语言同旁边的鞑靼人说话。那些鞑靼人却困惑而又好笑地交换着眼色。就凭这一点，我相信他们也听不懂他的话。我们那儿有些青年军官，他们精通骑术，勇敢无畏，受马尔林斯基②和莱蒙托夫作品的影响很深，往往按照《当代英雄》和《摩拉·奴尔》来看待高加索，他们的所作所为，不是凭他们自己的习性，而是竭力模仿书中人物。他就是其中的一个。

　　就说这位中尉吧，他也许喜欢结交贵妇人和将军、上校、副官之类的要人（我甚至敢断定他很喜欢这种上流社会，因为他这人十分虚荣），但他认为对待一切要人都应该粗声粗气，虽然他的粗鲁还是很有分寸的。要是有什么贵妇人来到要塞里，他准会光穿一件红衬衫，赤脚套上一双软鞋，同几个朋友徘徊在她的窗下，并且拉开嗓门大叫大骂。但他这样胡闹，并不是存心得罪她，而是让她看看他那双白净好看的脚，并且让她明白，要是能取得他的欢心，就可以跟他谈情说爱。他还常常带着两三个归顺的鞑靼人，夜里上山打埋伏，杀害路过的不肯归顺的鞑靼人。虽然心里也常常想到，这种行为根本谈不上

---

① 一种高加索男人穿的无领束腰长外套。
② 别斯土舍夫(1797—1837)，俄国作家，笔名马尔林斯基，因参加十二月党人起义被捕流放，在高加索服役，死于战斗中。著有中篇小说《阿玛拉特老爷》和《摩拉·奴尔》，以浪漫主义笔调描写高加索的景色和习俗。

勇敢，可他还是认为必须折磨那些鞑靼人，因为不知怎的他对他们十分反感，总是很鄙夷和憎恨他们。他有两件东西从不离身：一件是挂在脖子上的大圣像，另一件是佩在衬衫外面连睡觉也不摘下的短剑。他确实认为他有仇人。他必须向什么人报复，用鲜血来洗仇雪恨。他认为怀有这样一种想法是莫大的乐趣。他深信对人类的憎恨、复仇和轻蔑是最崇高而富有诗意的感情。但他的情妇（当然是个契尔克斯女人，我后来碰到过她）却说他这人极其温柔善良，他天天晚上都在日记本里记下忧郁的思想，在方格纸上记账，并且跪着向上帝祷告。为了使他的行动合乎他自己的心意，他真是受够了罪，因为他的同伴和士兵们总是不能像他所希望的那样理解他。有一次，他跟几个同伴夜行军，在路上开枪把一个不肯归顺的车臣人的腿打伤，并且把他俘虏了。结果那车臣人在他家里住了七个星期，他亲自给他治伤，像最亲密的朋友那样照顾他，等那车臣人的腿伤痊愈，他就放了他，还送了他一些东西。后来，在一次战斗中，中尉正随着散兵线后撤，同时开枪向敌人还击，忽然听见敌方阵营中有人唤他的名字，接着上次被他打伤的车臣人骑马跑到阵前，并且做做手势要中尉跑出来。中尉就驰到他跟前，跟他握了握手。山民们站在一旁，并不开枪，可是等中尉拨转马头往后跑时，就有几个敌人向他开枪，有一颗子弹打中了他的臀部。再有一次，要塞半夜失火，有两连士兵赶来救火。在人群中间，忽然出现一个骑黑马的高大汉子，全身被火光照得通红。他分开人群，向着火的地方驰去。他驰到熊熊的大火前面，翻身下马，冲进一座被火焰吞没一边的房子。五分钟后，这位中尉，头发烧焦，臂肘炙伤，从房子里走出来，怀里抱着两只从烈火中抢救出的小鸽子。

这位中尉姓**罗森克兰兹**,但他常说自己是瓦利亚基人①出身,并且有根有据地证明他和他的祖先都是地道的俄罗斯人。

4

太阳走了半天的路程,透过炙热的空气,把火辣辣的光芒投射在干燥的地面上。湛蓝的天空万里无云,只有雪山的山麓开始渐渐裹上淡紫色的云雾。空气纹丝不动,空中仿佛弥漫着透明的尘埃,天气热得难受。半路上,部队遇到一条小溪,歇了下来。士兵们架好枪,都向小溪奔去。营长在树阴下的军鼓上坐下,他那张胖脸上露出职高位大、与众不同的神气。他跟另外几位军官一起,准备吃点心。大尉躺在辎重车下的青草上。勇敢的罗森克兰兹中尉同几个年轻的军官一起坐在地上,身下铺着斗篷,旁边摆着各种酒瓶,歌手们也唱得特别起劲。这景象说明他们准备痛饮一番。那些歌手在他们面前排成半圆形,吹着口哨,唱着一支高加索舞曲:

　　沙米里②想起来造反,
　　在以往的年月里……
　　嗒啦啦呀,啦嗒嗒……

---

① 公元9到10世纪征服俄罗斯的诺曼人。
② 沙米里(1798—1871),是达格斯坦和车臣的第三世伊玛目(伊斯兰教教长),在高加索山民中组织宗教和民族运动,跟沙皇俄罗斯先后作战达二十五年,1859年被俄国军队击败,俘虏。

在以往的年月里。

在这些人中间,有一个就是早晨赶上我们的那个青年军官。他的模样怪有趣:眼睛闪闪发亮,说话颠三倒四,他想同每个人接吻,向每个人表示他的热情……真是个可怜的孩子!他不知道在这种场合他的样子有多么可笑;他不知道对每个人表示直爽和热情,并不能像他所渴望的那样博得人家的欢心,反而会引起嘲笑。他也不知道,当他热情冲动地扑在斗篷上,用臂肘支住头,把又浓又黑的头发往后一甩时,他那副模样又是那么可爱。有两个军官坐在辎重车底下,在食物箱上玩着"捉傻瓜"。

我好奇地听着士兵们和军官们的谈话,留神地瞧着他们脸上的神色,但丝毫也看不出我自己所感受到的那种惊惶不安的心情:他们有说有笑,互相戏谑,对当前的危险漠不关心,满不在乎,仿佛根本没想到其中准有几个人不能从这条路上回去。

5

晚上六点多钟,我们精疲力竭,满身尘土走进宽阔坚固的要塞大门。太阳快落山了,把它那玫瑰红的余晖投向美丽如画的小炮台,投向要塞四周的花园和高高的白杨树,投向金黄色的田野,也投向聚集在雪山周围的白云——白云仿佛在模仿雪山,连成一片,跟雪山一样神奇美丽。一钩新月,好像一小朵透明的云彩,出现在天边。在离要塞不远的山村里,一个鞑靼人正在泥屋子的平顶上召集信徒做祷告;歌手们又打起精神,雄赳赳地唱起歌来。

我歇了一会儿,养了养神,就去找那个认识的副官,请他把我的意图转告将军。从我歇脚的郊区出发,一路上看见的要塞景象完全出乎我的意料之外:一辆漂亮的双座马车赶上我,车窗里露出一顶时髦的女人帽子,还传出几句法国话。将军寓所的窗子敞开着,里面琴声叮咚,有人在一架走音的钢琴上弹奏《丽莎》和《卡金卡波兰舞曲》。我经过一家小酒馆,看见几个文书手拿烟卷在里面喝酒。我听见他们中间有人说:"对不起……说到政治嘛,在我们这儿的夫人中间玛丽雅·格里哥里耶夫娜要数第一了。"一个背有点驼的犹太人,身穿破旧的上衣,满面病容,正拉着一架声音刺耳的蹩脚手风琴,因此郊区到处都荡漾着《路茜亚》最后乐章的旋律。有两个女人,身上穿着窸窣发响的衣服,头上包着丝头巾,手里拿着色彩鲜艳的小阳伞,步态轻盈地循着铺板的人行道从我旁边走过。有两个姑娘,一个穿粉红衣裳,一个穿天蓝衣裳,不包头巾,站在一所矮房子的土台旁边,装腔作势地吃吃笑着,显然想吸引那些过路军官的注意。军官们穿着崭新的军服,佩着闪闪发亮的肩章,戴着雪白的手套,在街上和林阴道上炫耀自己的装束。

我在将军寓所的底层找到了我那位熟人。我刚开口向他说明我的意图,他立即就说这事好办。就在这时候,我刚才碰到的那辆漂亮马车从我们窗外辚辚经过,在门口停下了。车上下来一个体格魁梧的男人,身穿步兵制服,佩少校肩章,向将军的屋子走来。

"哦,对不起,"副官一边说,一边站起身来,"我得去向将军通报。"

"是谁来了?"我问。

"伯爵夫人。"他回答说,一边扣军服,一边跑上楼去。

几分钟以后,就有一个身材不高但眉清目秀的人,穿一件不戴肩章的军服,钮孔上挂一个白色十字架,来到台阶上。他后面跟着少校、副官和另外两个军官。从将军的步态、声音和举动上可以看出,他时刻记住自己是个重要人物。

"晚安,伯爵夫人。"①他一边说,一边把手伸进车窗里。

一只戴细皮手套的小手握住他的手,同时,一个头戴鹅黄帽子、满面笑容的美人在车窗口出现了。

他们谈了几分钟话。我从他们身旁经过时听到将军笑嘻嘻地说:

"您知道我发誓要和异教徒干到底。您可得小心,别做这样的人。"②

车里的人笑了起来。

"那么,别了,亲爱的将军。"

"不,再见,"将军一边说,一边返身走上台阶,"别忘了,我明天一定要来参加您的晚会。"

马车又辚辚地继续前进。

"天下竟有这样的人,"我在回家的路上想着,"他有了俄罗斯人所追求的一切:高官、财富、声望,可是这个人在这天知道将怎样收场的战斗的前夜,还在跟一个漂亮女人调情,答应第二天到她家里喝茶,就像在舞会上碰到她一样!"

就在这副官的屋子里,我遇到一个使我更加惊奇的人。他是K团的一个年轻中尉,以近乎女性的温柔和腼腆著名。他来向副官诉苦,发

---

① 此句原文为法语。以下原文凡用法语的,一律排楷体,不再一一作注。
② 法文"异教徒"还有一个意思是"不忠实的人",这里是双关语。

泄他对某些人的气愤,说他们阴谋不让他参加当前的战斗。他说这种行为是卑劣的,是不够朋友的,他永远不会忘记,等等。我细细察看他脸上的表情,倾听他说话的语气,我不能不相信,他完全不是做作,而是确实感到极其气愤和伤心,因为他们不让他拿着枪去打契尔克斯人并且受他们的射击。他伤心得像一个冤枉挨打的孩子……我实在摸不着头脑。

6

　　部队决定在晚上十点出发。八点半钟,我骑上马到将军那儿去。我料想将军和他的副官一定很忙,就在他门口下了马,把马拴在篱笆上,自己在土台上坐下,等他们出来一起走。

　　太阳的炎热和光芒,已经被黑夜的清凉和新月的微光所代替。湛蓝的星空中,围着半圈苍白光晕的月亮,开始冉冉下沉。大房子的玻璃窗和泥屋子的板窗缝里都有灯光漏出来。白墙芦苇顶的泥屋子浸浴在溶溶的月光中。在泥屋子后面的地平线上,花园里一排挺拔的白杨树显得更高更黑了。

　　房子、树木和篱笆的狭长阴影落在光亮的灰沙路上,煞是好看……河上的蛙鸣噪个不停①;街上一会儿传来匆匆的脚步声和说话声,一会儿传来得得的马蹄声;郊区那儿偶尔飘来手风琴声:一会儿是《狂风呼啸》,一会儿又是什么《曙光圆舞曲》。

---

① 高加索青蛙的叫声跟俄罗斯青蛙的叫声完全不同。——托尔斯泰

我不愿说我在冥思苦想些什么,这首先是因为眼看着周围一片欢欣鼓舞的景象,我不好意思把心中摆脱不掉的抑郁想法说出来;其次是因为这跟我的故事不调和。我想得那么出神,连钟打十一下、将军带着随从在我身边经过都没有觉察。

我慌忙跨上马去追赶部队。

后卫部队还没有走出要塞的大门。我好容易从大炮、弹药车、辎重车和大声发号令的军官中间挤过去,总算过了桥。我出了要塞,绕过绵延一里长、在黑暗中默默移动的队伍,追上了将军。当我经过排成单行的炮队和在大炮之间骑马前进的军官时,我听见有人用德国口音大声叫嚷,好像庄严宁静的和声中混杂着一个讨厌的不调和音:"点火杆,给我点火杆!"接着就有个士兵慌忙喊道:"舍甫琴科,中尉要个火。"

现在大部分天空被一条条灰黑的云片遮住,只有云缝中间漏出几颗暗淡的星星。月亮已经落到右首不远的黑魆魆的群山后面去了,但山顶上还洒着朦胧的月光,跟笼罩着山麓的一片漆黑形成了强烈的对比。空气温暖,没有一丝风,使人觉得地上没有一茎野草在摇摆,天上没有一朵浮云在飘动。天黑得厉害,连近在手边的东西都分辨不清。大路两边,我忽而仿佛看到岩石,忽而仿佛看到野兽,忽而又仿佛看到古怪的人形,直到听见飒飒的响声,闻到露水的清香,才发现原来都是灌木。

我看见前面有一道高低起伏、连绵不断的黑墙,后面跟着几个移动的黑点:那是骑兵的先锋队以及将军同他的随从。在我们后面,也有同样黑压压的人群在向前移动,但比前面的矮一些:这是步兵。

整个队伍鸦雀无声,因此那富有神秘魅力的各种夜声清晰可闻:豺狼在远处哀号,时而像痛苦的哭泣,时而像呵呵的狞笑;蟋蟀、青蛙和鹌鹑高声地唱着单调的曲子;还有一种越来越近的隆隆声,我却怎么也猜不透是什么声音;还有一切难以捉摸的夜间的天籁,全都汇合成一片优美的谐音,也就是我们平时所说的夜的寂静。这寂静,又被得得的马蹄声和队伍缓步前进踏响青草的飒飒声所打破,或者不如说又同这些声音合成一片了。

队伍里只偶尔听见重炮的辘辘声、刺刀的撞击声、低低的说话声和马的嘶鸣声。

大自然充满了一种使人心平气和的美与力。

生活在这广袤无际的星空下,生活在这美妙绝伦的地面上,难道人们还感到局促吗?处在这迷人的大自然怀抱里,难道人的心里还能容纳憎恨与复仇的感情或者毁灭同类的欲望吗?在跟大自然的接触中,在跟这美与善的最直接表现者的接触中,人心里的一切恶念也该消失净尽了吧!

7

我们骑马行军两个多小时。我开始浑身哆嗦,昏昏欲睡。在黑暗中,我又隐隐约约地看到那些模糊的景象:前面不远的地方有一道黑墙,还有一些移动的黑点;我的身边,一匹后腿分得很开、尾巴摇动的白马的臀部;一个穿白色契尔克斯外套的背影,外套外面挂着一支装在黑套子里的步枪,还有一把插在绣花枪袋里的手枪的白柄;一支纸烟的火光照亮了淡褐色的小胡子、海龙皮的领子和一只戴麂皮手套的手。我俯伏在马颈上,闭上眼睛,迷迷糊糊地过了几分钟。忽然一阵熟悉的马蹄声和飒飒声把我惊醒了。我睁开眼睛向周围望望。我仿佛觉得自己站在一个地方,前面那道黑墙正在向我移动;又仿佛那墙屹立不动,我自己眼看着就要向它直冲过去。这当儿,那个我怎么也猜不透的连续的隆隆声,越来越近,越来越响,使我越发感到惊奇。原来这是水声。我们刚进入一个深邃的峡谷,正向一条泛滥的山溪走去。① 隆隆声更响了,潮湿的青草更密更高了,灌木越来越多,眼界渐渐缩小。在黑压压的群山上,偶尔东一点西一点地闪起明亮的火光,接着又熄灭了。

"请问这火光是怎么一回事?"我低声问旁边一个鞑靼人。

"你不知道吗?"他应声说。

"不知道。"

"**这是山民把干草缚在杆子上,点上火摇晃着呢。**"

"搞这个干什么?"

"**好让大家知道俄罗斯人来了。哎,哎,此刻山村里正乱成一团,大家都把东西往山沟里拖。**"他笑着又说。

"难道山民已经知道部队开到了吗?"我问。

"**嘻!怎么会不知道!每次都知道!我们那边的老百姓就是这样的!**"

"那么沙米里也在准备应战啰?"我又问。

"**不,**"他摇摇头回答,"**沙米里自己不会出来。沙米里会派纳伊**

---

① 在高加索,河水一般在7月里泛滥。——托尔斯泰

勃①出来打仗,自己在山头上拿望远镜望着。"

"他住得远吗?"

"不远。喏,左边,大约有十里地。"

"你怎么知道?"我问,"难道你去过那边吗?"

"去过。我们全到过山里。"

"也见到过沙米里吗?"

"嚯!沙米里我们是见不到的。有一百个,有三百个,有一千个穆里德②保护着他。沙米里在他们的中央!"他露出肃然起敬的神气说。

抬头望去,只见明净的天空在东方蒙蒙发亮,北斗星正向地平线冉冉下沉,但我们所走的峡谷依旧又潮湿又阴暗。

忽然,在我们前面不远的黑暗中亮起了几点火光。就在这一刹那,有几颗子弹嘘嘘地飞过,远远的几下枪声和一阵尖厉刺耳的喊声打破了寂静。这是敌人的前哨。组成前哨的鞑靼人大声喊了一阵,胡乱放了几枪,就跑掉了。

周围又静了下来,将军叫来一个翻译。那个穿白色契尔克斯外套的鞑靼人跑到他跟前,指手画脚地同他低声谈了好一阵。

"哈萨诺夫上校,命令队伍布成散兵线!"将军轻轻地用拖长而清晰的声音说。

队伍来到溪边。峡谷两旁黑压压的群山落在后面,天色破晓了。几颗黯淡无光的残星在空中若隐若现,天空却显得比原来高了;明亮的曙光在东方豁露出来;西边吹来沁人心脾的凉风,透明的薄雾好像蒸

---

① 纳伊勃是受沙米里委托掌管事务的人。——托尔斯泰
② 穆里德一词有许多意义,这里是指介于副官和侍卫之间的人物。——托尔斯泰

气,在喧闹的溪流上袅袅上升。

8

领路的鞑靼人指出涉水过溪的地方。骑兵先锋队领先,将军带着随从在后,开始涉过溪流。溪水深齐马胸,在累累的白石(有些地方石头跟水面相齐)之间滚滚奔腾,在马腿周围形成一股水花飞溅、哗哗喧响的急流。水声使马匹吃惊,它们昂起头,竖起耳朵,小心翼翼地踩着高低不平的溪底,一步步逆流前进。骑马的人把腿缩起,提起武器。步兵都只穿一件衬衫,把挑着衣服包裹的枪高举在水面上,二十个人连成一排,手挽手奋勇逆流而行,神色十分紧张。骑马的炮兵大声叫嚷,急急地把马赶到水里。大炮和绿色的弹药车从溪底的石头上隆隆驶过,有时还受到水流的冲击,但优良的黑海马同心协力地拉着挽索,激起水花,终于带着湿淋淋的尾巴和鬃毛爬上对岸。

等全体人马涉过溪水,将军脸上顿时现出若有所思的严肃神气,掉转马头,带着骑兵,朝前面那片宽阔的林间空地跑去。哥萨克骑兵沿着树林边缘布成了散兵线。

我们看到树林里有一个步行的人,穿契尔克斯外套,戴羊皮高帽,接着又看到第二个、第三个……有个军官说:"是鞑靼人。"接着就看见一团硝烟从一棵树的后面冒出来……响起了枪声,又是一下……我们密集的枪声压倒了敌人的枪声。只偶尔飞过一颗子弹,发出蜜蜂一般的嗡嗡声。说明并不是我们单方面在开枪。于是步兵和炮车都飞快地进入了散兵线。但听得炮声隆隆,枪声哒哒,霰弹哗啦啦飞溅,火箭嘘溜溜尖叫。在广阔的空地上,四面八方都是骑兵、步兵和炮兵。大炮、火箭和步枪的硝烟,跟沾满露水的草木和迷雾混成一片。哈萨诺夫上校飞跑到将军跟前,陡然勒住马。

"大人!"他一边举手敬礼,一边说,"请您命令骑兵冲锋吧:敌人的旗号①已经看得见了,"他用鞭子指指几个骑马的鞑靼人;领头的两个骑着白马,手里都拿着缚有红蓝布条的杆子。

"去吧,上帝保佑你,伊凡·米哈依雷奇!"将军说。上校当即拨转马头,拔出军刀喊道:"冲啊!"

"冲啊!冲啊!冲啊!"队伍里一片呐喊,骑兵们立即跟着他冲出去。

人人都全神贯注地望着前方:一个旗号,又是一个,第三个,第四个……

敌人没想到对方会发起冲锋,都躲到树林里去,从那里开枪。子弹越来越密了。

"多迷人的景象啊!"将军骑着他的细腿黑马,照英国人的款式轻跳了几步,赞叹说。

"真迷人!"少校喉音很重地回答,策马跑到将军跟前,"在这样漂亮的地方打仗,真是一大乐事。"

"特别是跟好战友在一起。"将军笑眯眯地补上一句。

少校鞠了个躬。

就在这当儿,敌人的一颗炮弹带着刺耳的呼啸声直飞过来,打中了

---

① 山民的旗号相当于我们的军旗,所不同的是他们每个骑士都可以自制和使用旗号。——托尔斯泰

什么东西。背后有人呻吟起来。这呻吟声使我深为感动,以致雄壮的战斗场面一下子对我丧失了魅力。但除了我,似乎谁也没注意到:少校显然笑得越发欢畅了;另一个军官若无其事地把刚开了头的话重新说了一遍;将军眼望着对方,露出泰然自若的微笑,用法国话说着些什么。

"要不要向他们回击?"炮兵指挥官骑马跑来请示。

"好,吓唬吓唬他们。"将军一边点雪茄,一边漫不经心地说。

炮队摆开阵势,开始轰击。地面上炮声隆隆,半空中火光闪闪,硝烟遮住视线,连大炮周围炮手的身体都看不清楚了。

山村轰击完毕,哈萨诺夫上校又骑马跑来,在取得将军命令后向山村冲去。又响起战斗的呐喊声,骑兵扬起一片灰沙,随即消失不见了。

景象确实十分壮丽。对我这个没参加战斗也不习惯于战争的人来说,只有一个感想破坏了总的印象,那就是:我认为这种行动、这种兴奋和呐喊都是不必要的。我不禁想:这情形不是有点像一个人在抡斧头乱砍空气吗?

9

山村被我们的部队占领了。当将军带着随从(我也在里面)到达的时候,村里已经没有一个敌人。

一座座整洁的长方形小屋,带着平坦的泥屋顶和别致的烟囱,散布在高低起伏、岩石累累的丘陵上,丘陵中间流着一道清溪。溪的一边是果园,里面长着高大的梨树和樱桃李,在灿烂的阳光下苍翠欲滴;另一边是些古怪的阴影,又高又直的墓碑和顶上安着圆球和彩旗的长杆

(这是鞑靼骑士们的坟墓)。

部队整齐地排列在大门外。

过了一会儿,龙骑兵、哥萨克和步兵都喜气洋洋地分散到曲折的小巷里,空虚的山村顿时活跃起来。这儿,一个屋顶塌了下来,有人用斧头劈开一扇坚实的木门;那儿,一堆干草,一道篱笆,一座房子,烧了起来,滚滚的浓烟直冲晴朗的天空。这儿,一个哥萨克拖着一袋面粉和一条毯子;那儿,一个士兵满面春风,从屋子里拿出一个白铁盆子和一些破烂衣物;另一个士兵张开双臂,想捉住两只在篱笆边咯咯叫的母鸡;再有一个士兵不知在哪儿找到一大罐牛奶,喝了一点儿,又哈哈笑着把罐子扔在地上。

那个和我一同从要塞出发的营也到达了山村。大尉坐在平坦的屋顶上,嘴里衔着他那只短烟斗,喷着**家乡土烟**的烟气。他的神态那么悠闲,使我也忘记身在战乱的山村之中,觉得跟在家里一样自在了。

"哦!您也在这儿吗?"他一看到我,说。

罗森克兰兹中尉的高大身姿在村子里到处闪现。他不断地发号施令,十分忙碌。我看见他得意洋洋地从屋子里出来,后面跟着两个兵,带着一个上了年纪的鞑靼人。那老头儿只穿一件破烂不堪的杂色短褂和补丁累累的裤子,身体非常虚弱,背有点驼,那两条被紧缚在背后的瘦骨嶙峋的手臂,似乎勉强挂在肩膀上,他那双赤裸的罗圈腿十分吃力地挪动着。他的脸上和一部分剃光的头皮上布满了深深的皱纹。他那张没有牙齿的歪嘴在修剪过的灰白胡子遮盖下不断地翕动,像是在嚼什么东西;但他那双没有睫毛的红眼睛还炯炯有光,同时流露出老年人对生命的淡漠。

罗森克兰兹通过翻译问他,为什么他不跟人家一起走。

"叫我到哪儿去?"他镇静地望着一旁,说。

"跟人家一块儿走。"有人说。

"骑士们跟俄罗斯人打仗去了,可我是个老头儿。"

"难道你不怕俄罗斯人吗?"

"俄罗斯人会拿我怎么样?我是个老头儿。"他若无其事地望望周围的一圈人,又说。

回去的时候,我看见这个老人光着脑袋,双手反缚,在那个领路的哥萨克的马鞍后面摇来晃去,依旧冷漠地望着周围。他是被带走作交换俘虏用的。

我爬到屋顶上,在大尉旁边坐下。

"看样子敌人不多。"我说,很想知道他对这次战斗的想法。

"敌人?"他惊奇地反问了一句。"根本没有什么敌人,难道这也算得上敌人吗?……到晚上我们撤退的时候您再瞧瞧,您就可以看见他们会从那边拥出来给我们送行了!"他一边说,一边用烟斗指指我们早晨来的那座小树林。

"那是在干什么呀?"我打断大尉的话,指指离我们不远处聚拢在一起的一群顿河哥萨克,不安地问。

那边似乎有婴儿的哭泣,还有人语声:

"哎,别杀……住手……会被人家瞧见的……刀有吗,叶夫斯基尼奇?……拿刀来……"

"在分什么东西,那些混蛋。"大尉镇静地说。

就在这当儿,那个长得很漂亮的准尉忽然从角落里跑出来。他神色慌张,满脸通红,挥动两臂,向那群哥萨克直奔过去。

"别动,别杀他!"他用孩子般的尖嗓子叫道。

哥萨克一看见军官,就散开来,放下手里的一只白羊羔。年轻的准尉手足无措,嘴里嘟囔着什么,窘态毕露地站在他们面前。他看见我和大尉坐在屋顶上,脸涨得更红,连蹦带跳地向我们跑来。

"我还以为他们在杀小孩子呢。"他羞怯地微笑着说。

10

将军带着骑兵前进。我从某要塞随同它前来的那个营留作后卫。赫洛波夫大尉和罗森克兰兹中尉的两个连一起往后撤。

大尉的预言完全证实了:我们一进入他提到的那座狭小树林,两边就不断出现骑马和步行的山民。他们离我们很近。我清清楚楚地看见有几个人弯着身子,手里拿着步枪,从一棵树背后跑到另一棵树背后。

大尉脱下帽子,虔诚地画了十字,几个老兵也学他的样。树林里响起一片呐喊声和说话声:"耶依·格耶乌尔!乌罗斯·耶依!"接着响起一阵急促而单调的步枪声,子弹嗖嗖地从两边飞来。我们的士兵默默地用猛烈的火力向他们回击,队伍里只偶尔听到这样的话:"**他**①是从那边打过来的,**他**躲在树林里倒舒服,用**大炮**来轰就好了……"

大炮进入了散兵线。我们连发了几发霰弹之后,敌人的力量似乎削弱了,但过了一会儿,随着我们军队的步步前进,敌人的火力又加强了,呐喊声也更响了。

我们离开村子才五六百米,敌人的炮弹就在我们头上呼啸飞过。

---

① 高加索士兵对敌人一般统称为"他"。——托尔斯泰

我看见有个士兵被炮弹打死了……但我又何必详细描述这可怕的场面呢。我真希望赶快把它忘掉!

罗森克兰兹中尉亲自拿步枪射击,一刻不停地用沙哑的嗓子向士兵们吆喝,飞也似的从散兵线的这一头跑到那一头。他的脸色有点苍白,这跟他那威武的面貌倒很相称。

漂亮的准尉兴奋极了。他那双好看的黑眼睛闪着勇敢的光芒,嘴巴上浮着笑意。他一再骑马跑到大尉跟前,要求大尉准许他带着队伍**冲锋**。

"我们能把他们打退,"他信心十足地说,"一定能把他们打退。"

"不用了,"大尉温和地回答,"我们得撤退了。"

大尉率领的一连人占领了树林边缘,士兵们趴在地上向敌人还击。大尉穿着破旧的上衣,戴着揉皱的帽子,松下手里的缰绳,弯腿踏着短鞍镫,骑在白马上,默默地停留在一个地方(士兵们对打仗都很内行,任务执行得也很好,因此不用给他们下什么命令)。他只是偶尔提高嗓子,对那些抬起头来的士兵吆喝一声。

大尉的外表并不威武,但是极其朴实诚恳,使我非常感动。"这才是真正勇敢的人!"我不由得想。

他的样子**跟我平时看到的完全相同**:举止依旧那么沉着,声音依旧那么镇定,在他那张虽不漂亮,但却淳朴的脸上依旧现出诚恳的神气,只有他那双眼睛比平时更加明亮,显出一个沉着工作的人的专心神情。"跟平时完全相同"——这话说说是容易的。然而,在别人身上我看到过形形色色的表现:有人想装得比平时镇定,有人想装得比平时凶狠,有人想装得比平时快乐,但从大尉的脸上可以看出,他根本不明白为什么要装模作样。

"近卫军宁肯牺牲,决不投降!"在滑铁卢说这句话的法国人和说过别的名言的英雄(特别是法国的英雄),他们确实是勇敢的,也确实说过令人难忘的豪言壮语。然而,他们的勇敢跟大尉的勇敢却是有差别的。不论在什么场合,我们的这位英雄,即使心里想起什么豪迈的话,他也决不会说出口来,因为第一,他怕说了豪迈的话,反而会毁了豪迈的事业;第二,要是一个人觉得能胜任一件豪迈的事,就根本用不着说什么话。我认为,这是俄罗斯人勇敢的独特而崇高之处。因此,听到我们的青年军人说些庸俗的法国话,企图仿效陈旧的法兰西骑士精神,一颗俄罗斯的心怎能不觉得难受呢?……

忽然,从漂亮的准尉和他手下一排人站着的地方轻轻地传来一片参差不齐的"冲啊"的呐喊声。我应声回过头去,看见大约有三十个士兵手里拿着枪,肩上背着袋子,很吃力地沿着翻耕过的田野奔跑。他们绊着跤,但还是呐喊着向前冲去。年轻的准尉拔出马刀,跑在他们前面。

全部人马都消失在树林里了……

喊声和枪声延续了几分钟,随后树林里窜出一匹受惊的马。树林边上出现了几个抬着死伤人员的士兵,年轻的准尉也负伤了。两个兵架着他的胳肢窝走着。他的脸白得像手巾,漂亮的脑袋可怕地缩在肩膀里,垂倒在胸口,几分钟前那副雄赳赳的神气,只在脸上留下一点儿影子。他的上衣敞开着,白衬衫上有一块不很大的血迹。

"唉,真可怜!"我情不自禁地说,掉头不看这悲惨的景象。

"确实很可怜,"我旁边的一个老兵说,他神情忧郁,臂肘支在枪上。"他什么都不害怕,这怎么行呢!"他眼睛盯着受伤的准尉,又说:"真傻,这下子可吃亏了。"

"难道你害怕吗?"我问。

"怎么不害怕!"

11

四个士兵用担架抬着准尉。一个救护兵牵着一匹累坏的瘦马跟在后面,马背上驮着两只绿色的医疗用品箱。他们在等医生。军官们纷纷跑到担架跟前,竭力鼓励和安慰负伤的准尉。

"嗳,阿拉宁老弟,如今你可得再等一些日子才能跳响板舞了。"罗森克兰兹中尉跑到他跟前笑笑说。

他满以为这话会使漂亮的准尉听了高兴,可是从后者忧郁冷淡的神情上看来,他的话并没有达到预期的效果。

大尉也跑到他跟前。他仔细瞧瞧负伤的人,他那一向冷漠的脸上也露出真挚的怜悯。

"怎么搞的,我亲爱的阿纳托里·伊凡内奇?"他的语气那样亲切温柔,我真没有想到。"显然这是上帝的意思。"

负伤的人回过头来,苍白的脸上浮起一丝苦笑。

"是的,是我没听您的话。"

"不如说这是上帝的意思!"大尉重复说。

医生来了。他从助手手里接过绷带、探针和别的用具,卷起袖子,带着使人鼓舞的微笑,走到负伤的准尉跟前。

"是不是他们也在您完整的皮肉上打了个窟窿?"他若无其事地开玩笑说,"来,让我瞧瞧!"

准尉听任他检查,但他对这位快乐的医生,眼光里却含着惊奇和责备。这一点医生没有注意到。他用探针探察伤口,多方面进行检查,使负伤的准尉痛得忍不住连声呻吟,把他的手推开……

"别管我了,"他声音轻得几乎听不见地说,"我反正要死的。"

他说完这话倒下了。五分钟以后,我走近围着他的人群,问一个士兵:"准尉怎样了?"回答是:"**他去了。**"

12

当部队排成宽阔的行列唱着歌回到要塞的时候,天色已经晚了。

太阳落到雪山后面,把玫瑰红的余晖投向澄澈的天边一片长长的薄云。雪山渐渐隐入淡紫色的雾霭里,只有峰巅的剪影在红艳艳的夕照里显得分外清晰。皎洁的新月早已升起,在湛蓝的天空中渐渐发白。葱茏的草木都在变黑,并且沾上露水。黑压压的队伍发出整齐的脚步声,在茂盛的草地上移动着。四面八方都听得见手鼓、军鼓和轻快的歌声。六连的第二男高音放开嗓子拼命歌唱,他那慷慨激昂、感情洋溢的纯净胸音,远远地荡漾在清澈的晚空中。

弹子房记分员笔记

这是夜里两三点钟的事。老爷先生们正在打弹子。在场的有：大客人（我们这样称呼他）、公爵（他总是跟他同进同出）、留小胡子的老爷、个儿矮小的骠骑兵、当过戏子的奥利维，还有潘。人数相当多。

大客人正在跟公爵打弹子。我拿着记分器在弹子台周围走来走去，算着分数：九比四十八啦，十二比四十八啦。谁都知道，干我们弹子房记分员这一行的，有多苦哇：往往整天吃不上一口东西，一连两晚不睡觉，可是你还得拉开嗓子报分数，不断地把球从网兜里掏出来。我一边计分，一边向周围张望。忽然门里进来一位陌生的老爷，他看了看，就一屁股坐在长沙发上。好哇。

"这是谁呀？我是说，什么身份？"我心里琢磨着。

他衣着很干净，干净极啦，从头到脚都是崭新的：格子花呢的西装裤、时式的短上装、丝绒背心，外加一条金链子，链子上挂满各种小玩意儿。

衣着固然干净，人物更为清秀：瘦瘦高高的个儿，头发向前卷得很时髦，脸色白里透红。哦，一句话，是个漂亮的哥儿。

谁都知道,干我们这一行的,形形色色的人都见过:有最最体面的人物,也有不少废料。因此,你虽然做个记分员,可得敷衍各种人,也就是说,遇事得机灵点儿。

我向那老爷打量了一下,但见他悄悄地坐在那儿,跟谁也不熟,穿着一身崭新的衣服。我心里想,要不是个外国人(就说英国人吧),准是个外地来的伯爵。尽管年纪轻轻,可是气派十足。奥利维坐在他旁边,甚至把身子闪开一些。

他们打完一盘。大客人输了,对我嚷道:

"你呀,老是胡报,把分数都算错了,尽东张西望。"

他骂一通,把杆子一丢,走了。嘿,这人可真怪!通常一个晚上他跟公爵总是五十卢布进出,可是这会儿他输了一瓶**布尔冈红酒**,心里就老大不高兴。就是这样的脾气!有时候他跟公爵玩到夜里两点钟,谁也不把钱放到网兜里去。我就知道两人都没有钱了,可他们还要摆阔气。

"来二十五卢布的行不行?"他说。

"行!"

你要是打个哈欠或者摆错了弹子(你又不是个石头人),他就会冲着你的脸把你臭骂一通。

"我们不用筹码,赌现钱。"他说。

哼,这家伙最叫我受不了。

嗯,好哇。等到大客人一走,公爵就对那陌生的老爷说:

"您肯赏光跟我打一盘吗?"

"很高兴奉陪!"那人回答。

他坐着的那副神气,简直像个傻瓜!看上去仿佛满不在乎,可是一站起来,走到弹子台旁边,就不是那么回事了:胆怯起来。说胆怯也不是胆怯,但看得出来有点心神不宁。不知是穿着新衣服行动不便呢,还是大家的目光使他害怕。他原来那副镇定模样不见了。他侧着身子走过去,口袋在网兜上钩住了。他拿白粉擦杆子,失手把白粉掉了。他打进一只弹子,总要向四周瞧瞧,脸涨得通红。不像公爵那样。公爵早已打惯了:他拿白粉擦擦杆子,又擦擦手,卷起袖子,劲头十足地把弹子一个个打进网兜里,尽管他个儿长得小小的。

他们不知打了两盘还是三盘(我可记不起来),公爵放下杆子说:

"请教贵姓?"

"聂赫留朵夫。"那人回答。

"令尊是不是做过军长?"公爵问。

"是的。"

这会儿,他们用法语急促地交谈起来,我就听不懂了。多半是提到了双方的亲戚吧。

"再见,"公爵说,"能跟您认识,太高兴啦。"

他洗好手,吃东西去了。那陌生人拿着杆子站在弹子台旁边,随便推着弹子。

谁都知道,干我们这一行的,对待新客人越粗暴越好。我就拿起弹子,收拾起来。他涨红了脸说:

"还可以玩吗?"

"当然,"我说,"摆着弹子台,就是让人玩的。"我嘴里这么说,眼睛却不向他瞧,又把杆子摆好。

"你高兴跟我打吗?"

"当然,先生!"我说。

我把球摆好。

"钻桌子好吗?"

"钻桌子,这是什么意思?"他问。

"喏,就是这样,"我说,"您给我半个卢布,我要是输了,就从弹子台底下钻过去。"

显然,他没有见过世面,觉得这很可笑,就笑了。

"来吧。"他说。

好哇。我说:

"您先让我几分呢?"

"难道你打得比我差吗?"他说。

"当然啦,我们这儿打得过您的人很少。"我说。

我们就打了起来。他真的自以为是个好手,其实打得糟透了;那个潘坐在那儿,老是说:

"嘻,瞧那个弹子!嘻,瞧这一下子!"

可不是!……他打是在打,可是对分数一窍不通。嗯,照规矩,我输了第一盘:就从台子底下爬过去,呼哧呼哧地喘着气。这当儿,奥利维和潘都从座位上跳起来,用杆子敲敲说:

"爬得好!再来,再来!"

"再来"什么呀!特别是那个潘,为了半个卢布,别说从弹子台底下爬过去,就是叫他从蓝桥底下爬过去他都干。他却嚷道:

"爬得好,可是你还没把灰尘擦干净呢。"

我记分员彼得鲁什卡,谁个不知,哪个不晓。从前叫玖林,可现在是记分员彼得鲁什卡了。

当然,我打的时候并没有拿出真本事来,于是我又输了一盘。

"先生,我可实在打不过您哪。"我说。

他笑了。后来我赢了三盘(本来他有四十九分,我一分也没有),我把杆子往弹子台上一放,说:

"老爷,要不要来加倍或者销账啊?"

"加倍或者销账,这是什么意思?"他问。

"或者您欠我三个卢布,或者什么也不欠。"我说。

"什么!难道我跟你赌钱吗?傻瓜!"

他说着脸都红了。

好哇。他输了一盘。

"够了!"他说。

他掏出皮夹子——崭新的,从英国铺子里买的,——打开来。我看出他要摆阔了。皮夹子装得满满的,全是一百卢布的钞票。

"不,这里没有零钱。"他说。

他从小钱包里掏出三个卢布来。

"给你,"他说,"两个卢布销账,余下的你拿去喝酒吧。"

我恭恭敬敬地道了谢。我看,这可是位漂亮的老爷!为了这样的老爷,爬爬地板有什么不可以。可惜他不肯赌钱,要不然,我想,我就有路了,嘿,我准能弄他二十个卢布甚至四十个卢布。

潘一看见年轻老爷手头的钱,就说:"您肯赏光跟我来一盘吗?您打得真出色啊。"这狐狸说着走了过来。"不,对不起,我没有工夫。"年轻的老爷说完就走了。

那个潘,鬼才知道他是什么人。有人叫他"潘",从此就叫上了。他往往成天坐在弹子房里观望。他被人家打过,骂过,谁也不请他一起玩,他总是自个儿坐着,带来烟斗抽着。可是弹子打得很利落……这魔鬼！

好哇。聂赫留朵夫第二次又来了,第三次又来了,以后就常常来。早晨来,晚上也来。打三只弹子,打落袋,打三角,全会了。胆子也大了,跟所有的人都熟了,弹子打得老练起来了。当然啰,年轻人,出身好:有钱,谁不尊敬他。只有一次他跟大客人吵了嘴。

为了一点鸡毛蒜皮的事。

公爵、大客人、聂赫留朵夫、奥利维等人打落袋。聂赫留朵夫站在火炉边,在跟人家谈话,正好轮到大客人打。当时他已经酒意十足了。他的弹子正好在火炉旁边,地方很局促,而他却喜欢拉开架子宽宽敞敞地打。

嘻,不知道是他没看见聂赫留朵夫呢,还是故意寻衅,他摆开架式使劲打弹子,以致杆子柄啪地一下撞在聂赫留朵夫的胸口上。这可怜的人喔唷叫了一声。以后怎么样?那人甚至没有赔个不是——他就是那么粗!他自顾自走开去,对聂赫留朵夫瞧都不瞧一眼,嘴里还嘟囔着:"都挤在这儿干什么?弄得人家弹子也打不中。别的地方不好去吗?"

聂赫留朵夫走到他跟前,脸都白了,却装得若无其事,彬彬有礼地说:

"先生,您应该先道歉才是:是您把我撞了一下。"

"这会儿我可顾不上道歉,本来该我赢的,现在却被他打中我的弹子了。"

聂赫留朵夫又对他说:

"您应该道歉。"

"您给我滚开,"大客人说,"干吗缠住我不放!"他眼睛一直盯住自己的弹子。

聂赫留朵夫走得更近些,抓住他的胳膊,说:

"您太没礼貌啦,阁下!"

别瞧他身子瘦弱,年纪轻轻,像姑娘一样容易脸红,那副神气倒挺厉害:两只眼睛直冒火,真像要把人一口吞下去。但大客人是个高大强壮的汉子,聂赫留朵夫哪里比得过他!

"什——么?我没礼貌!"他说。

他一边大声叫嚷,一边向他挥动胳膊。这当儿,在场的人都赶过来,捉住两人的胳膊,把他们拉开。

哇啦哇啦吵了好一阵,聂赫留朵夫就说:

"他得让我满意,是他侮辱了我!"——这就是说,他要跟他决斗。当然啰,他们是老爷先生,他们有这样的习惯……没办法!……唔,一句话,他们是老爷先生嘛!

"什么满意不满意,我才不理他呢!"大客人回答。"他不过是个毛孩子罢了。我真想扯他的耳朵呢。"

"您要是不愿意决斗,那您就不是个上等人。"聂赫留朵夫说着差点儿哭了。

"可你是个毛孩子:我不能生你的气。"大客人回答。

于是,大家照例把他们分开拉到两个屋子里。聂赫留朵夫跟公爵很要好。他说:

"看在上帝分上,你去劝劝他,叫他同意跟我决斗。他当时喝醉了,但此刻也许醒了。事情总不能就这么了哇。"

公爵去了。大客人说:

"我跟人决斗过,我也打过仗。我可不愿意跟毛孩子决斗。我不干,就是这样。"

就这样,他们谈呀谈的谈了好久,终于住口了;可是从此以后大客人就不再到我们这里来了。

这个人哪,情绪激动的时候,简直像只好斗的小公鸡,气势汹汹……我说的是聂赫留朵夫……但在别的时候,头脑可实在单纯。我记得有过这样的事。

"你家里还有谁呀?"公爵问聂赫留朵夫。

"谁也没有。"他回答。

"怎么,谁也没有?"

"不可以吗?"

"怎么可以呢?"

"我一直就是这样过日子的,又有什么不可以呢?"

"怎么,就这样过日子?不可能!"

公爵哈哈大笑,留小胡子的老爷也哈哈大笑。大家都尽情取笑他。

"那你从来没有干过那种事吧?"

"从来没有。"

大家都笑得要死。当然,我立刻懂得他们取笑他什么。我就在旁边瞧着,看他们拿他怎么办。

"我们现在就去吧!"公爵说。

"不,说什么也不去!"聂赫留朵夫回答。

"嘿,行啦!这太可笑了,"公爵说,"喝点儿酒壮壮胆再去。"

我给他们拿来一瓶香槟酒。他们喝完,就把那漂亮的哥儿带走了。

他们过了午夜才回来。大家坐下来吃晚饭。人很多,都是些顶好的老爷:阿塔诺夫、拉靖公爵、舒斯塔赫伯爵、米尔卓夫。大家都向聂赫留朵夫道喜,嘲笑他。他们把我叫去了。我看他们全都挺高兴。

"你快来给老爷道喜!"他们说。

"道什么喜呀?"我问。

他当时怎么说的?什么"发蒙"还是"启蒙",我可记不清楚了。

"恭喜老爷!"我说。

他红着脸坐在那儿,只是傻笑着。大家都拼命笑。

好哇。后来大家来到弹子房里,个个兴致勃勃,只有聂赫留朵夫跟平时不一样:眼睛浑浊无光,嘴唇抖动,老是打嗝儿,话也说不清楚。显然,没有见过世面,这下子可把他打倒了。他走到弹子台旁边,臂肘支在台子上,说道:

"你们觉得开心,我却觉得伤心。为什么要我干这种事啊!我到死也不能原谅你,公爵,也不能原谅我自己。"

他说着放声大哭。显然,他喝醉了,自己也不知道在说些什么。公爵笑嘻嘻地走到他跟前。

"够啦,"他说,"小事情嘛!……咱们回家去吧,阿纳托里。"

"我哪儿也不去。"他回答。"我为什么要干这种事啊?"

他还是哭个不停。他不肯离开弹子房,就是这样。真是个没见过世面的小伙子。

从此他就常常到我们这里来。有一次他跟公爵和那个老是跟着公爵的留小胡子的先生一起来。那个留小胡子的先生是个文官还是个退伍军官,只有天知道。先生们都叫他**费陀特**。他颧骨很高,相貌难看,但衣着讲究,进出马车。老爷先生们为什么这样喜欢他,只有天知道。**"费陀特!费陀特!"**——瞧吧,他们给他吃,给他喝,还替他付账。真是个十足的骗子!输钱,他不付账;赢钱,那是另一回事!大家都骂他,大客人当着我的面打过他,还要跟他决斗……可他还是挽着公爵的胳膊进进出出。

"你没有我就完蛋。我是**费陀特**,可不是别的什么人!"他说。

真是个小丑!哼,没啥了不起的。他们走过来说:

"我们三个人来打落袋。"

"来吧。"

他们开始下三卢布赌注。聂赫留朵夫跟公爵聊着天。

"你瞧,她的脚多美!"

"不,脚算得了什么!她那条辫子才好看呢!"

显然,他们并不在看打弹子,只是一个劲儿谈个没完。但**费陀特**很在行,擅长打跟球,而那两个不是打不中,就是自己落袋。**费陀特**就赢了他们每人六个卢布。他跟公爵之间怎样算账,那只有天知道,因为他们彼此从来不付钱,但聂赫留朵夫却掏出两张绿票子交给他。

"不,"**费陀特**说,"我不拿你的钱。让我们打常规吧,就是说:加倍或者销账。"

我摆好球。**费陀特**先打,他们就打了起来。聂赫留朵夫想显显身手。他又一次错过机会没打中,就说:"不,我不想干,这太容易啦!"但**费陀特**很认真,抓住机会痛击。不用说,他又赢了一盘,仿佛完全是碰运气。

"我们再来一盘吧。"他说。

"来吧!"

他又赢了。

"开头算不了什么,"他说,"我不愿意从你手里赢得太多。还是加倍或者销账吧。"

"行。"

不论怎么说,输掉五十卢布到底有点舍不得。聂赫留朵夫就要求道:"让我们来加倍或者销账吧!"就这样打下去,越打越输,总共输掉了两百八十卢布。**费陀特**懂得策略:打常规输,打加倍就赢。公爵坐在旁边,看见他们玩得很紧张。

"够啦!够啦!"他说。

有什么用!他们的赌注不断加码。

最后聂赫留朵夫欠他五百多卢布了。**费陀特**放下杆子说:

"玩够了吗?我累了。"他说。

其实他准备一直打到天亮,只要能把钱赢到手就行……这当然是一种手法。聂赫留朵夫却越发起劲了:"来吧!来吧!"

"不,"**费陀特**说,"我真的累了。我们上楼去吧,你到那边去翻本好了。"

在我们楼上,老爷先生们都在打牌。先是打朴烈费兰斯,接着就赌起大数目来了。

喏,就从那一天起,**费陀特**把他的头都搅昏了。他开始天天到我们这里来。他们总是打上一两盘弹子之后,就上楼去。

至于他们在楼上干些什么,那只有天知道。聂赫留朵夫可完全换了一个人,总是跟**费陀特**一吹一唱。原先漂漂亮亮,干干净净,头发卷得整整齐齐,如今哪,早晨还像个样子,可是一上楼,就变得蓬头散发,衣服上沾满绒毛和白粉,两只手也弄得很脏。

有一次,就是这样跟公爵一起从楼上下来,脸色苍白,嘴唇发抖。他们正在争论什么。

"我不愿意**他**说我(他怎么说的呀?)……说我不**大方**,他也不该压我的牌。"他说,"我付了**他**一万卢布了,**他**在别人面前该小心点儿才是。"

"嗯,够啦,"公爵说,"犯得着生**费陀特**的气吗?"

"不,"他回答道,"这个我不能忍受。"

"住口!"公爵说,"你怎么能降低身份去跟**费陀特**之流计较呢!"

"可当时有旁人在场啊。"

"旁人在场有什么关系?"公爵道,"你要不要我叫他马上来向你道歉?"

"不要。"他说。

他们又讲了一阵法国话,我可听不懂。后来怎么样?当天晚上他们就同**费陀特**一起进晚餐,又言归于好了。

好哇。有一次,他单独一人走来。

"嗯,你说我打得好吗?"他问我。

谁都知道,干我们这一行的就是得讨好每一个人。我就说"好"。其实啊,好什么呀!他打得很糟,毫无算计。自从他跟**费陀特**搞在一起之后,打弹子就一直赌钱。原先打弹子,什么也不赌——连吃的东西或者香槟酒都不赌。有时候公爵对他说:

"我们赌一瓶香槟吧!"

"不,"他说,"还是让我干脆叫他们送一瓶来吧……喂!来一瓶香槟。"

如今他每次都要赌钱。往往整天待在我们这里,不是打弹子,就是上楼。我心里想:为什么好处总是别人得,就是轮不到我呢?我就对他说:

"先生,您怎么好久不跟我打了?"

于是他就跟我打了起来。

我赢了他五个卢布,就对他说:"先生,把这些钱少数下注好吗?"

他不做声。不再像以前那样说"傻瓜"了。我们就一直这样赌下去。我大约赢了他八十卢布。以后怎么样?他天天跟我玩。但总要等没有人才动手。当然啰,他不好意思当着别人的面跟**记分员**打弹子。有一次他发火了,当时他大约已经欠了我六十卢布。

"你肯全部下注吗?"他说。

"行!"我回答。

我赢了。

"一百二十对一百二十,怎么样?"

"行!"我说。

我又赢了。

"二百四十对二百四十,怎么样?"

"不太多吗?"我说。

他不做声。我们打了起来。又是我赢。

"四百八十对四百八十,怎么样?"

我说:

"先生,我怎么好意思冒犯您呢。赌百把卢布就行了,或者干脆就算了。"

他听了暴跳如雷。可他平时是个多文静的人哪!

"我要把你揍个稀烂。"他说,"你要么打下去,要么不打。"

哦,我一看,毫无办法。

"那就下三百八十卢布吧。"我说。

当然,我这是想输给他一盘。

我让了他四十分。他五十二分,我三十六分。他削黄弹,一下子得了十八分,但没有碰着我的弹子。

我使劲一击,想使弹子反跳。没有成功,弹子连撞两弹,进了袋。又是我赢了。

"听我说,"他说道,"**彼得**(他不叫我彼得鲁什卡),我此刻不能全数给你,但再过两个月,就是三千卢布我也付得出。"

他满脸通红,连声音都发抖了。

"好的,先生。"我说。

我就放下杆子。他走来走去,走来走去,满头大汗。

"彼得,"他说,"全部下注,来一盘。"

他说着差点儿哭出来。

我说:

"什么?先生,还要打!"

"嗯,来吧!"

他亲自把杆子递给我。我拿起杆子,猛然把弹子往弹子台上一扔,弄得弹子都跳到地板上:我当然不能不装装样子。我说:

"**来吧,先生!**"

他心里很焦急,亲自去捡弹子。我想:"七百卢布我是拿不到手的,反正我要输。"我就故意乱打。你瞧怎么着?

"干吗故意打得这么糟?"他说。

可他自己双手发抖。等到弹子滚到网兜,他就张开手指,扭歪嘴,把脑袋和双手直往网兜那儿伸。我就说:

"这可没有用,先生。"

好哇。等他赢了这一盘,我就说:

"您欠我一百八十卢布和一百五十盘弹子,我要吃晚饭去了。"

我放下杆子走了。

我在门边一张小桌旁坐下,看他怎么办?你瞧怎么着?他走来走去,走来走去,满以为没有人在看他——便拼命扯着头发,接着又走来走去,嘴里嘟囔着什么,接着又扯头发。

这以后我们有七八天没有看见他。有一次,他来到餐厅,脸色阴沉,却没有走进弹子房来。

公爵看见他。

"咱们去打一盘吧!"公爵说。

"不,"他答道,"我再也不打了。"

"得了吧!去吧。"

"不,"他说,"我不去。我去,对您没好处;我自己也要倒霉。"

这样他又有十天光景没有来。有一天过节,他穿着燕尾服来了(显然是刚做过客),而且待了一整天,一直玩着。第二天又来了,第三天又来了……还是老样子。我很想再跟他打上几盘,他却说:"不,我不跟你打了。至于我欠你的那一百八十卢布,你过一个月来,就可以拿到了。"

好哇。过了一个月,我去找他。

"说实话,没有,"他说,"你星期四来吧。"

星期四我又去了。他租了一套挺漂亮的房子。

"喂,老爷在家吗?"我问。

"他在睡觉呢。"仆人回答。

好吧,我就等一下。

他的侍仆是他老家的农奴,一个头发花白的小老头,挺老实,一点都不滑头。这会儿我就跟他聊了起来。

"我们跟老爷在这儿过的是什么日子啊!把人都快给折磨死了,可是在彼得堡这个地方啊,什么名利也搞不到。刚从乡下来的时候我满以为,我们将像先老太爷(愿他在天上平安)那样拜访拜访公爵啰,伯爵啰,将军啰;还以为会在伯爵小姐当中挑个美人儿,有陪嫁的,过上贵族老爷的生活。哪里知道天天就是跑跑酒馆饭店,真是糟透了!要知道尔基晓娃公爵夫人是我家老爷的亲姑妈,还有伏罗丁采夫公爵是我家老爷的干爹。你以为怎么样,我家老爷只在圣诞节去过一次,以后就再也没有上过他们家的门了。就连他们家那些仆人都当着我的面取笑说:'你家老爷看来不像他爸爸。'我有一次就对他说:'老爷,您怎么不上姑奶奶家走走哇?她老人家好久没有见到您,可惦着哪!'他回答道:'那边太无聊啦,杰米扬内奇!'

"算了吧!只有在酒馆饭店里才能寻欢作乐。要是当个什么差倒也罢了,可他根本不想干,就知道打牌什么的。这些事啊,永远也不会有什么出息的……唉!我们把自己给毁啦,莫名其妙地把自己给毁啦!……我们从先老太太(愿她在天上平安)手里继承到一大笔产业,一千多名农奴,价值三十万卢布的林地。如今全押掉了,树林卖了,庄稼汉破产了,什么也不剩了。东家不在,谁都知道总管比东家还神气……他剥掉庄稼汉身上最后一层皮,就是这么回事。他关心什么呢?就知道塞饱口袋,别人饿死他也不管。前不久来了两个庄稼汉,带来了整个领地上全体庄稼汉的控诉信。他们说:'他把庄稼人搞得精光啦。'你说怎么着?我家老爷看完那控诉信,给了庄稼汉每人十个卢布。他说:'我快回去了。等我一收到钱,还清账,就回去。'

"可是我们老是欠债,哪里还得清!要知道,总共在这儿过了一个冬天,就花掉了八万卢布,如今家里可连一个卢布都没有了!这都是他心肠太好的缘故。哦,这样老实的老爷,真是没话说的。他倒霉就倒在这上头,倒霉得没有一点儿名堂啊!"

老头儿说着差点儿哭出来。这老头儿真可笑。

聂赫留朵夫将近十一点钟醒来。把我叫了去。

"钱还没有给我送来,这可不能怪我。"他说。"把门关上。"

我关上了门。

"喏,"他说,"你把表或者钻石别针拿去抵押。这些东西可以当到一百八十卢布以上,等我收到钱,再去赎回来。"

"行啊,"我说,"先生,既然您没有钱,那也没有办法:把表给我吧。我可以为您效劳。"

我看那只表总值三百卢布。

好哇。我把表当了一百卢布,把当票给了他。

"您只欠我八十卢布了,"我说,"那表就请您自己去赎吧。"

就这样,至今他还欠我八十卢布呢。

从此他又天天上我们这里来了。我不知道他们彼此之间的账是怎么算的,只看到他老是跟公爵同进同出。有时跟**费陀特**一起上楼打牌。他们三人之间也有一本莫名其妙的账:这个付钱给那个,那个付钱给另外一个,究竟谁欠谁,别人怎么也闹不清。

他这样几乎天天上我们这里来,前后有两年光景,而他的样子可变了:他变得大胆了。有时他甚至向我借一个卢布付给马车夫,可是跟公爵还是下一百卢布的赌注。

他变得面黄肌瘦,神情忧郁。往往一来就先要一杯苦艾酒,吃一客

快餐,喝一点葡萄酒,这才变得高兴一点。

有一次过谢肉节①,他在饭前跑来,跟一个骠骑兵打弹子。

"您要不要赌点什么呀?"骠骑兵问他说。

"当然,"他答道,"赌什么呢?"

"一瓶红葡萄酒怎么样?"

"行。"

好哇。骠骑兵赢了,他们就去吃饭。他们在桌旁坐下,聂赫留朵夫说:

"西蒙!来一瓶红葡萄酒,要好好烫一烫!"

西蒙走了,随即拿来下酒菜,却没有酒。

"怎么搞的,"他说,"酒呢?"

西蒙跑掉了,接着端来热菜。

"拿酒来呀!"他说。

西蒙没做声。

"你怎么,疯了吗!我们饭都快吃完了,酒还不拿来。有谁拿酒来下甜食的?"

西蒙跑掉了,接着又跑了回来。

他说:"老板有请。"

聂赫留朵夫满脸通红,从桌旁跳起来。

"他要干什么?"他说。

老板正好站在门口。

"既然您不把账还清,我就不能再赊账给您了。"老板说。

---

① 东正教大斋节前三天,又称狂欢节。

"我不是对您说过,月初还您吗?"聂赫留朵夫说。

"随便您怎么说好了,"老板说,"我可不能老是赊给您。我已经丢掉几万卢布的欠账了。"

"哦,别说啦,老兄,"聂赫留朵夫说道,"您可以相信我。快叫人送一瓶酒来,我尽快还您钱就是了。"

说着他跑回饭厅。

"他们请您去有什么事啊?"骠骑兵问道。

"没什么,"聂赫留朵夫回答。"他有件事求我。"

"现在来一杯暖酒多好哇!"骠骑兵说。

"西蒙,怎么啦?!"

可怜的西蒙跑了出来。还是没有酒,什么也没有。真糟糕。聂赫留朵夫离开餐桌,跑到我跟前。

"看在上帝分上,彼得鲁什卡,借我六个卢布。"他说。

他气得脸无人色。

"没有,先生,"我说,"老实说,您已经欠了我不少了。"

"你现在借我六个卢布,"他说,"过一个星期我还您四十卢布。"

"要是我手头有钱,"我说,"我也不会不答应您。说实话,没有。"

你以为怎么样?他奔出去,咬咬牙,握紧拳头,像疯子一样在走廊里跑来跑去,敲着脑门。

"哦,上帝呀!"他说,"这是怎么一回事?"

他不再回餐厅,跳上马车跑了。

大家都哈哈大笑。那个骠骑兵说:

"咦,跟我一起吃饭的那位老爷在哪儿啊?"

"他跑了。"他们回答道。

"怎么跑了?他吩咐了什么没有?"

"什么也没吩咐,坐上马车跑了。"

"真是个骗子!"

嗯,我心里想,他这样丢脸,要好久不来了。不料第二天晚上他又来了。他走进弹子房,随身带来一只箱子,他脱掉大衣。

"我们来打一盘。"他说。

他皱着眉头,怒气冲冲地瞪着人。

我们打了一盘。

"够啦,"他说,"你去给我拿笔和纸来,我要写信。"

我不假思索地拿来一些纸,放在小房间的桌上。

"拿来了,"我说,"先生。"

好哇。他在桌旁坐下。他一边写一边嘴里嘟囔着什么,然后愁眉不展地站起来。

"去瞧瞧,我的马车来了没有?"

事情出在谢肉节的星期五。我们那儿一个人也没有,老爷先生们全赴舞会去了。

我去问马车来了没有,刚走到门外。

"彼得鲁什卡!彼得鲁什卡!"他仿佛害怕什么似的嚷起来。

我转过身去。一看,他站在那里,脸色白得像纸,眼睛直瞪着我。

"您叫我吗,先生?"我说。

他不做声。

"您要什么呀?"我问。

他不做声。

"哦,对啦!"他说,"我们再打一盘吧。"

好哇。他赢了一盘。

"怎么样,我打得不错吧?"他说。

"是啊。"我说。

"可不是。你去看看马车来了没有?"他说。

说着他在屋子里走来走去。

我不假思索地走到门口。一看,连马车的影子也没有,就回到屋里。

我刚走回去,忽然听见仿佛有人拿杆子重重地敲了一下。我走进弹子房,闻到一种古怪的味儿。

我一看:他躺在地板上,浑身是血,一支手枪落在旁边。我吓得连话都说不出来了。

他的一条腿不断地抽搐,终于伸直了。接着,他呼噜呼噜地喘了一阵子,就这样断气了。

至于他为什么要造这样的孽,把自己的灵魂给毁掉,那只有天知道了。他只留下一张纸,可是我一点儿也看不懂。

这些老爷先生什么事干不出来呀!……唉,老爷先生们……总之是老爷先生们。

"上帝赐给我做一个人所希望的一切:财富、名声、智慧、高尚的志向。我却贪图享受,糟蹋身上一切美好的东西。

"我并没有败坏名誉,没有遭遇不幸,也没有干下什么罪行,但我做了比这些更坏的事:我戕害了我的感情,糟蹋了我的智慧和青春。

"我被一张肮脏的网罩住,脱不了身,又无法习惯于这样的处境。我不断地堕落,堕落。我感到自己的堕落,却无法自拔。

"要是我败坏了名誉,遭遇到不幸,犯下了罪行,那我倒会好受一些:这样我在绝望中还可拿超凡脱俗聊以自慰。要是我败坏了名誉,我可以超脱于我们社会的荣誉观而蔑视它。要是我遭遇到不幸,我可以发发牢骚。要是我犯了罪,我可以用忏悔或者惩罚自己来赎罪。可我只是卑鄙无耻罢了。我知道这一点,却不能自拔。

"是什么把我给毁了?我身上是不是有着一种强烈的欲望,使我能原谅自己呢?没有。

"七点、爱司、香槟酒、中间网兜里的黄弹子、擦弹子杆的白粉、灰色钞票、彩虹色钞票、纸烟、出卖灵魂的女人——在我的回忆中只有这些东西!

"我终生不会忘记那迷醉无耻的可怕的一刻,它使我猛醒过来。当我看到在我同我原来的志向之间存在着多大的鸿沟时,我大吃一惊。我的头脑里又出现了青年时期的憧憬和理想。

"原来那么鲜明、那么强烈地充满我灵魂的关于生命、永恒和上帝的光辉思想在哪里呀?那种温暖着我的心灵、使我快乐的爱的力量在哪里呀?我对前途的憧憬,对一切美好事物的共鸣,对亲戚朋友、对劳动、对荣誉的爱在哪里呀?我的责任心又在哪里呀?

"人家侮辱我,我提出决斗,满以为这是完全符合高尚的要求的。我需要金钱来满足自己的放荡和虚荣,我就毁了上帝托付给我的上千个家庭,还恬不知耻。可我原来是十分懂得这种神圣的责任的。一个无耻之徒说我没有良心,说我想偷窃,我却仍旧跟他做朋友,就因为他是个无耻之徒,并且说他不想侮辱我。人家对我说,过清教徒生活太可笑了,于是我就毫不惋惜地把我灵魂的花朵——童贞交给一个出卖灵魂的女人。在我的心灵中,再没有比摧残爱情更使我惋惜的了。要知道,我原来是多么善于爱呀!老天爷!在我没有跟女人发生关系之前,恐怕没有一个人能爱得像我那样热烈!

"要是在开始生活的时候,我能踏上那条由我清醒的理智和天真纯洁的感情所开辟的道路,我会变得多么高尚幸福啊!我几次三番想脱离我这肮脏的生活,走上光明大道。我对自己说,拿出我全部的意志来吧。可是办不到。当我只剩下单独一个人的时候,我就感到手足无措,我害怕孤独。当我跟别人在一起的时候,我掌握不住自己,忘记了自己的信念,再也听不见内心的声音,我又堕落了。

"我终于得出一个可怕的结论:我不能自拔了。我不再存这样的念头,而只希望忘记一切,可是无法摆脱的悔恨越来越使我坐立不安。这样我就产生了一个对别人来说可怕、对自己来说可喜的念头:自杀。

"但在这方面我也是卑鄙无耻的。直到昨天跟骠骑兵闹了那件丑事之后,我才下定决心来实行这个想法。我身上高尚的东西已荡然无存了,有的只是虚荣,而出于虚荣,我干了一生中唯一的一件好事。

"我原以为临死前我的灵魂会高尚一些。我错了。再过一刻钟我就不在人间了,可是我的眼光丝毫没有改变。我还是那样看,还是那样听,还是那样想;头脑里的逻辑还是混乱得出奇,各种思想还是迟疑不决和轻率马虎,这跟人们所能想象的(天知道是什么缘故)思想单一和头脑清楚是多么矛盾哪。棺材外面将是怎样的情景,明天在尔基晓娃姑妈家里将怎样议论我的死讯,这些念头同样强烈地萦回在我的头脑里。

"人真是一种不可思议的东西!"

伐　木
——一个士官生的故事

1

　　185×年仲冬,我们的炮兵连分队驻扎在大切契尼雅。2月14日晚上,得知我所指挥的一排(因为没有军官,所以由我指挥)明天要参加伐木纵队,我遵照命令作了必要的部署后,比平时提早回营。我没有在营帐里烧炭取暖的坏习惯,就和衣躺在用木桩支持的板铺上,把羊皮帽拉下来遮住眼睛,用皮外套裹住身子,随即进入深沉而痛苦的梦乡——在面临危险的慌乱时刻,一个人往往梦寐不安。明天的任务使我这样心神不宁。

　　凌晨三点钟,天色还很黑,就有人拉掉我身上盖着的暖和皮外套,同时一点鲜红的烛光讨厌地刺着我惺忪的睡眼。

　　"您起来吧。"不知谁的声音说。我闭上眼睛,无意识地拉上皮外套,又睡着了。"您起来吧,"德米特利又说了一遍,同时狠狠地摇摇我的肩膀,"步兵出发了。"我忽然惊醒,打了个寒噤,一骨碌爬起来。我匆匆喝了一杯茶，用冰水洗了洗脸，就爬出营帐，往停炮场走去。天很暗，很冷，雾蒙蒙的。营地的篝火东一堆，西一堆，发出微弱的红光，照着周围酣睡的士兵，使夜显得越发黑暗了。附近是一片匀调而平静的鼾声，远处传来走动声、说话声和准备出发的步兵的枪支撞击声。周围散发着烟气、畜粪、灯芯和迷雾的味儿。清晨的寒战一阵阵在背上掠过，牙齿也不由得磕碰起来。

在这伸手不见五指的黑暗中，只有凭马嘶和稀落的蹄声才能辨明哪里是套上马的大炮前车和弹药车，凭点火杆的火光确定哪里摆着大炮。"上帝保佑！"这话一落音，第一辆炮车就辘辘地响起来，接着弹药车也发出响声，整排人马都出发了。我们个个脱下帽子，画了十字。一填入步兵队伍中的空隙，全排人便站住，等了一刻钟光景，整个纵队才集合完毕，长官也出来了。

"我们少了一个士兵，尼古拉·彼得罗维奇！"一个黑魃魃的人影走到我跟前说。我从声音上听出，这是我们排里的炮兵军士马克西莫夫。

"少了谁？"

"少了维仑楚克。套车的时候他还在这里，我看见过，可现在不见了。"

估计纵队还不会立刻出发，我们决定派安东诺夫上等兵去找寻维仑楚克。不多一会儿，黑暗中有几个骑马的人从我们身边跑过：这是长官同他的随从。接着，纵队的头动了，随后我们也起步了，可是还不见安东诺夫和维仑楚克。但不等我们走上一百步，他们就赶上来了。

"他在哪儿？"我问安东诺夫。

"在停炮场里睡觉。"

"什么,他喝醉了?"

"没有。"

"那他怎么会睡着?"

"我不知道。"

在这静悄悄的黑暗中,我们慢吞吞地在没有耕过也未积雪的田野上行进,大炮轮子压得低矮的灌木飒飒作响。这样大约走了三小时光景。在涉过一条虽然不深、但却非常湍急的溪流之后,我们终于奉命休息。从先头部队那边传来断断续续的枪声。这些枪声,也像往常那样,使大家听了格外兴奋。部队仿佛苏醒过来了:行列里响起了说话声、走动声和笑声。士兵们有的在角力,有的在两脚交替地跳跃,有的在嚼面包干,有的把枪托起又放下来消磨时间。这时候,东方的迷雾开始发白,湿气越来越重,周围的景色也渐渐从黑暗中显露出来。我已经能看清绿色的炮架和弹药车、蒙了雾气的铜炮、士兵们的身体(他们的每一细小部分我都十分熟悉)、一匹匹枣红马,以及步兵的行列和他们闪闪发亮的刺刀、背囊、步枪通条和挂在背后的锅子。

一会儿,我们继续前进,在没有道路的野地走了几百步,就给我们指定了地点。右边望得见一条曲折的河流的陡岸,以及鞑靼人墓地上一根根高耸的木柱;左边和前面,通过迷雾可以看见一条黑色的长带。我们的排从前车上卸下大炮。等掩护我们的八连架好枪,营里其余的士兵就扛着枪,拿着斧头,走进树林里。

不到五分钟,一堆堆篝火就在四下里噼啪作响,冒起浓烟。士兵们都散开来,用手和脚扇火,拖来树枝和木块。于是树林里就响起了几百把斧头砍伐和树木倒下的声音。

炮兵怀着跟步兵竞赛的心情升起篝火。虽然火已经烧得很旺,两步之内不能接近,士兵们拿来盖在火上的冰冻枝条,在火中咝咝地滴着水,冒出黑色的浓烟,底下的木头已经烧成了炭,火堆周围的白色枯草也都烧光,士兵们还是不满足,他们又把一大块一大块的木头扔在篝火里,拿野草塞在底下,把火堆扇得越来越旺。

当我走近火堆去点火抽烟时,一向热心的维仑楚克这会儿好像犯了什么过错,比谁都卖力地弄着火堆,特别讨好地赤手从火堆中心抓出一块炭来,从这只手抛到那只手,抛了两三下,又把它扔在地上。

"你拿根树枝来点吧,"一个士兵说。"拿根点火杆来,弟兄们!"另一个士兵说。我终于不要维仑楚克的帮助点着了烟卷。维仑楚克本想再用手去抓炭,这会儿他把烧痛的手指在外套后襟上擦了擦,接着大概又想做些什么吧,他抓起一大段法国梧桐,用力把它抛在火堆上。最后,他觉得可以休息一下了,就凑近火堆,敞开像斗篷一样只扣一个扣子的外套,叉开两腿,伸出他那双又大又黑的手,微微撇着嘴,眯起眼睛。

"唉,我把烟斗给忘了。真倒霉,弟兄们!"他沉默了一会儿,并不对着什么人,随便说了一句。

2

俄罗斯兵主要有三种类型,所有的兵种(高加索部队、战斗部队、近卫军、步兵、骑兵、炮兵等)都是如此。

这些类型,包括许多相同和相异之处,主要有下面三种:

一、唯命是从的;

二、官气十足的；

三、不顾死活的。

唯命是从的又可分为：甲，冷静沉着的唯命是从；乙，任劳任怨的唯命是从。

官气十足的又可分为：甲，作风严厉的官气十足；乙，手腕灵活的官气十足。

不顾死活的又可分为：甲，滑稽可笑的不顾死活；乙，放荡不羁的不顾死活。

最常见的类型纯朴可爱，多半具有基督徒的美德：温顺，虔诚，忍耐，服从上帝的意志，这是唯命是从型的共性。冷静沉着的唯命是从型的特点是永远心平气和，对可能遭遇的各种命运的波折总是满不在乎。一个爱喝酒的唯命是从的士兵的特点是富有宁静的诗意和敏感。一个任劳任怨的唯命是从的士兵的特点是智力有限，但茫无目的地勤勤恳恳，埋头工作。

官气十足的类型主要是士兵中的上层分子：上等兵、军士、司务长等。作风严厉的官气十足是官气十足型中的第一种。这种人大都品性高尚，精力充沛，英勇善战，也并不缺少激昂的热情（安东诺夫上等兵就属于这种类型，我打算把他介绍给读者）。手腕灵活的官气十足是官气十足型中的第二种，这种人近来增加了很多。他们往往能说会道，受过教育，经常穿粉红色衬衫，不吃大锅饭，有时抽抽穆萨托夫牌好烟，自认为比一般士兵高明得多，其实他们很少像第一种官气十足的兵那样善于作战。

不顾死活的类型也像官气十足的类型那样，第一种是好的，那就是滑稽可笑的不顾死活。他们的特点是具有坚定乐天的性格，禀赋超人，多才多艺,勇敢无畏。第二种很坏,那就是放荡不羁的不顾死活。这种人在俄国军队中幸而非常少见,而且他们往往被士兵们所摒弃。不信神和胆大妄为是这一类士兵的主要特点。

维仑楚克是属于任劳任怨的唯命是从类型的。他是乌克兰人,在部队里已经干了十五年,生得虽不漂亮机灵,但是朴实善良,十分热心,尽管常常不走运,为人却异常正直。我说他异常正直,因为去年发生的一件事就足以证明这一点。我得说明一下,差不多每个士兵都有些手艺。最普通的手艺是裁缝和制鞋。维仑楚克会的是第一种,从司务长米哈伊尔·陀罗斐奇都请他缝制衣服这点上看来,他的手艺已达到相当高的水平。去年维仑楚克在军营里给司务长缝制一件上等外套。他裁好呢子,量好衬里,把料子一齐放在自己营帐里的枕头底下,不料当天夜里就遭到意外:价值**七个卢布**的呢子不见了!维仑楚克含着眼泪,抖动着苍白的嘴唇,边哭边诉地把这事报告了司务长。米哈伊尔·陀罗斐奇生气了。最初在火头上他恐吓裁缝,但过了一会儿,他这个有钱的好人就摆摆手,不要维仑楚克赔偿损失。不论任劳任怨的维仑楚克怎样四处奔走,也不论他怎样哭诉他的不幸,小偷始终没有找到。虽然跟他同睡在一个营帐里的契尔诺夫(那是一个放荡不羁的不顾死活的士兵)极可怀疑,但是缺乏有力的证据。手腕灵活的官气十足的米哈伊尔·陀罗斐奇串通司务员和伙食采办员(炮兵连里的贵族)做过一些买卖,是个有钱人,因此不久就把这外套料子失窃的事忘记得干干净净;维仑楚克呢,正好相反,并没有忘记他的不幸。士兵们说,当时他们很担心,生怕他会自杀或者逃上山去,因为这不幸的事对他的打击实在太大了。他不喝,不吃,简直不能干活,老是哭。过了三天,他又去找米哈伊尔·陀罗斐奇,脸色苍白,用哆嗦的手从翻袖里掏出一个金币交给他。"说实在的,米哈伊尔·陀罗斐奇,我只有这些了,还是问日丹诺夫借来的呢,"他说着又抽泣起来,"还有两个卢布,我可以发誓,等我一挣到就还给您。他("他"究竟是谁,连维仑楚克自己也不知道)弄得我在您面前成了一个骗子。他这个卑鄙毒辣的东西竟把当兵弟兄手里的最后一个子儿都拿了去,可我干了都十五年了……"米哈伊尔·陀罗斐奇应该受到赞扬,他没有接受剩下的两个卢布,虽然维仑楚克两个月之后曾经送去给他。

3

除了维仑楚克,我的排里还有五个士兵在篝火旁边烤火。

在背风的最好地方,排里的炮兵军士马克西莫夫坐在木桶上,抽着烟斗。他这人惯于发号施令,并且自视很高,这从他的姿势、眼神和一举一动上都看得出来,何况他身上还盖着一件布面的皮外套,又是坐在木桶上——在休息的时候,这只木桶就是权力的象征。

我走过去,他向我回过头来,但他的目光依旧停留在火堆上,过了好一阵才转过眼睛来瞧我。马克西莫夫是个自耕农,有几个钱,在训练班里听过课,学到了一点知识。士兵们都说他"钱多得要命,学问好得要命"。我记得有一次在应用象限仪作俯射实习时,他向周围的士兵们解释说,水准仪**"不是别的,而是发生于大气水银本身的运动"**。马克西莫夫这人确实一点也不笨,而且精通业务,但他有个怪癖,说话往往故意说得叫人听不懂,我甚至相信连他自己也不懂自己说的话。他特别喜欢说"发生于""继续"这一类字眼。他一说"发生于"或者"继续",我就知道下面的话一定是莫名其妙的。士兵们(就我的观察)却不然,他们倒很爱听他的"发生于",并且猜想其中一定含有深奥的意义,虽然他们也跟我一样,一句话也听不懂。不过,他们听不懂,只怪自己愚蠢无知,对马克西莫夫反而更加尊敬。总之,马克西莫夫属于手腕灵活的官气十足的类型。

第二个士兵在火堆旁边用包脚布重新包裹他那双筋脉毕露的红腿,那是安东诺夫。就是那个大名鼎鼎的炮手安东诺夫:一八三七那年,有一次他跟另外两个士兵同守一门没有掩护的大炮,打退了强大的敌人。当时他腿上中了两颗子弹,却仍旧在大炮旁边走来走去装弹药。士兵们说:"要不是因为脾气不好,他早就当上军士了。"是的,他的脾气确实古怪。在头脑清醒的时候,他比谁都安静、温柔、认真;可是一喝酒就换了个人了:不服从上级,打架胡闹,变成了个窝囊废。就在一星期前,他在谢肉节上喝了酒,也不顾一切威胁、劝告和被缚在大炮上的惩罚,还是狂饮胡闹,直到封斋①。在整个斋期里,虽然命令规定全体官兵可以荤食,他却只吃些面包干,而且在第一个星期里连规定的一杯伏特加都没有沾嘴。不过,你要是看到这个个儿不高、生着两条短短的罗圈腿和油光光的小胡子,身子结实得像铁打的汉子,喝得醉醺醺的,筋脉毕露的手里抱着一只巴拉莱卡②,漫不经心地向两边望望,弹着《夫人》,或者看到他身上披着挂满勋章的外套,两手插在蓝布裤袋里,在街上走过——你要是在这种时候看到他脸上的神气,那种以当兵自豪并且瞧不起其他一切人的神气,你就会明白,在这种时候叫他不跟那

---

① 东正教和天主教规定耶稣复活节前四十天为封斋期。
② 一种三角形的三弦琴。

些态度粗暴或者偶然碰到的勤务兵、哥萨克、步兵或者移民之流（总之不是炮兵）打上一架，那是绝对办不到的。他打架闹事，与其说是为了个人痛快，不如说是为了保持军人的尚武精神，因为他自认为是这种精神的体现者。

第三个兵，一只耳朵上戴着耳环，留着髭毛般的小胡子，脸型像鸟，嘴里叼着一只瓷烟斗，蹲在篝火旁边，这是驭手吉金。可爱的人吉金（士兵们都这样称呼他）是个滑稽家伙。不论在数九严寒的日子，处在泥泞没膝的地方，两天没吃东西，也不论在行军、检阅或者上操的时候，可爱的人总是到处扮鬼脸，两腿转来转去做怪样儿，还讲笑话，讲得全排人都哈哈大笑。在行军休息或者扎营的时候，吉金身边总是围着一群年轻的士兵。他不是跟他们玩斐尔卡①，就是讲那个关于狡猾的士兵和英国"老爷"的故事，或者假装鞑靼人、德国人，再不然就是插科打诨几句，逗得大家笑痛肚子。说实在的，他这滑稽家伙的名声在炮兵连里已经确立不移，只要他一张口一挤眼，就会逗得大家合不拢嘴。事实上，他确有许多突梯滑稽和出人意料的身手。他能在每样事物里看出别人根本想不到的特殊滑稽之处，而且他这种本领是屡试不爽的。

第四个兵是个相貌不漂亮的孩子，去年才应征入伍，还是第一次参加行军。他站在浓烟中，离火堆极近，因此他那件破旧的外套仿佛马上就要烧着了，不过，从他敞开外套弯着小腿的姿势和怡然自得的神情上看来，他的情绪极好。

最后，第五个兵，坐得离篝火稍远，正在削一根木棒，那是日丹诺夫大叔。日丹诺夫是全炮兵连里资格最老的兵，每个士兵在入伍的时候他

---

① 士兵玩的一种纸牌戏。——托尔斯泰

就认识了。大家也都按习惯叫他大叔。据说他这人从来不喝酒，不抽烟，不打牌（连"刮鼻子"都不来），也不骂人。他一有空就修修鞋，礼拜天有机会就上教堂，要不然就在圣像前点上一支一戈比的小蜡烛，打开赞美诗，读读这本他唯一读得懂的书。他跟别的士兵不大来往：对级别比他高的，即使年纪比他轻，他也总是保持敬而远之的态度；对地位相等的士兵，他因为不喝酒，就难得有机会跟他们交际。不过，他特别喜欢新兵和年轻的士兵，他总是庇护他们，给他们读条令，还经常帮助他们。在炮兵连里，大家把他看作资本家，因为他有二十五个卢布的积蓄，士兵中谁要是确实需要钱用，他总是乐意出借。那个现在升为军士的马克西莫夫告诉我，十年前在他当新兵的时候，那些爱喝酒的老兵把他的钱全喝光了。日丹诺夫得知他的窘迫境况，就把他叫到跟前，因他的行为严厉训斥了一番，甚至还打了他，又给读了条令，最后送了他一件衬衫（马克西莫夫连衬衫都没有了），还给了他半个卢布。"是他把我培养成人的。"马克西莫夫谈到他，总是又尊敬又感谢。维仑楚克那次不幸失窃外套料子，就是日丹诺夫帮了他忙。其实从维仑楚克当新兵起日丹诺夫就一直庇护他。在二十五年服役期间，日丹诺夫还帮助过其他许许多多人。

在部队里没有一个兵比他更英勇善战、做事认真的了，但他为人太忠厚，相貌太不好看，因此，虽然当了十五年炮手，却始终没有被提升为军士。日丹诺夫的唯一乐事，或者说嗜好，就是听歌。有几首歌他特别喜欢，常常从年轻士兵中招来一批歌手，虽然他自己不会唱，却两手插在外套口袋里，眯起眼睛，跟他们站在一起，摇头晃脑，表示他也喜欢这些歌。不知怎的，我往往从他耳朵之下的颚骨的均匀抖动中（这动作是他所独有的）看到极其丰富的表情。他那白发苍苍的脑袋、擦油的乌黑小胡子和晒得黑黑的皱脸，首先给人一种严厉冷峻的印象；但你要是仔细瞧瞧他那双又大又圆的眼睛,特别是当它们微笑的时候(他从来不咧开嘴笑),你就会被一种温柔得近乎天真的神情所感动。

4

"唉,我把烟斗给忘了。真倒霉,弟兄们!"维仑楚克一再说。

"朋友,那你就抽**雪格烟**吧!"吉金把嘴一撇,挤挤眼,开口说,"我在家里总是抽**雪格烟**的:甜得很!"

大家自然哈哈大笑。

"哦,你把烟斗给忘了,"马克西莫夫不管大家的哄笑,神气活现地拿烟斗往左手掌上敲敲,插嘴说。"你刚才上哪儿去啦?呃,维仑楚克?"

维仑楚克向他转过半个身子,刚想把手举到帽子边上,又放下了。

"你昨天大概没睡过觉吧,站着都会睡着!要知道,这样人家是不会夸奖你的。"

"费陀尔·马克西梅奇,我要是嘴里沾过一滴酒,情愿粉身碎骨。我自己也弄不懂我这是怎么搞的,"维仑楚克回答。"我还有兴致喝酒!"他嘀咕说。

"不错,可是我得为你们向长官负责,你们还是这样——真是太不像话。"口才很好的马克西莫夫结束道,语气比较缓和了。

"哦,弟兄们,这事实在奇怪,"维仑楚克沉默了一下,搔搔后脑勺,并不专门对哪一个人,继续说,"是的,真奇怪,弟兄们!我干了十六年,这样的事可没碰到过。当我们奉命集合的时候,我还是好好的,什么事也没有,不料走到停炮场那边,我就被那鬼东西抓住了……抓住了,把我推倒在地上,就是这样……至于我是怎么睡着的,我自己也弄不懂,弟兄们!大概就是得了所谓昏睡病吧。"他结束说。

"不错,我好容易才把你弄醒过来,"安东诺夫一边穿靴子,一边说,"我把你推来推去推了好半天……你简直像块木头!"

"你瞧,"维仑楚克说,"要是喝醉倒也罢了……"

"倒像我家乡的一个婆娘,"吉金又开口了,"她整整两年没下炕。有一天人家推推她,还以为她在睡觉,哪里知道她已经死了——她平时睡觉也常常是这样的。就是这么一回事,老朋友!"

"喂,吉金,你倒讲讲,你这次回家吹过什么牛了?"马克西莫夫笑嘻嘻地说,同时向我望望,仿佛说:"您也听听这傻子说说,怎么样?"

"吹什么牛啊,费陀尔·马克西梅奇!"吉金一边说,一边向我瞟了一眼,"对了,总免不了给大家讲讲**高加索**究竟是个什么样子。"

"对,对,就讲这个!你别忸忸怩怩了……讲讲你是怎么开导他们的?"

"怎么开导他们吗?他们问,我们的日子过得怎么样,"吉金像说绕口令似的讲道,仿佛这故事他已经讲过好多遍了,"我说,乡亲们,日子过得挺好:口粮十足领到,早晚每个**劳动力**都喝一杯**吃苦力**,中饭有**玉米棒**做的**老爷汤**,每人还有一杯**马德拉**①代替伏特加。顶呱呱的马德拉,退瓶都得大洋四十八!"

"好贵重的马德拉!"维仑楚克应和说,同时哈哈大笑,声音比谁都响,"这才叫真正的马德拉!"

---

① 一种葡萄酒。

"嗯,那么关于亚洲佬你是怎么讲的?"等到大家的笑声静了点儿,马克西莫夫又问。

吉金弯腰凑近火堆,用木棒挑起一小块炭火,把它放在烟斗上,仿佛没发觉大家都默默地等着他讲下去,好一阵抽着他的劣等烟草。最后,等他抽够了烟,这才扔掉炭火,把帽子再往后推推,伸了个懒腰,笑嘻嘻地讲下去:

"他们问:'老弟,在你们**高加索**那边打仗的有一种契尔克斯人,或者叫土耳其人的,是吗?'我说:'乡亲们,我们那边的契尔克斯人不止一种,他们有好多种。有一种叫达格斯坦山民的,他们住在石头山里,不吃面包而吃石头。'我说:'那些人个儿高大,好比上等粗木头,脑门上只生一只眼睛,头上戴红帽子,红得就像火烧,跟你头上那顶一模一样,老弟!'"他转身对一个年轻的新兵说,那人的头上正好戴着一顶滑稽的红顶小帽。

那新兵听了这意外的俏皮话,蹲下来,拍打着双膝,哈哈大笑,咳个不停,上气不接下气地说:"达格斯坦山民就是这样的!"

"我说:'还有一种木姆尔人,'"吉金继续说,脑袋一抖,又把帽子抖到脑门上,"'都是这么小的双胞胎。总是成双成对的,他们手牵着手,跑起路来快极了,你就是骑马也赶不上他们。'他们问:'老弟,难道他们生下来就是手牵着手的吗?'"吉金用喉音滑稽地摹仿着庄稼人的腔调说。"我说:'对,乡亲,他们生下来就是这样的。你要是把他们的手拉开,血就会流出来,跟中国人一样:你要是把他的帽子摘下,血就会流出来。'他们说:'老弟,你倒讲讲,他们打仗是怎么打法的?'我说:'你要是被他们捉住了,他们就剖开你的肚子,把你的肠子绕在你的手上。他们不断地绕,你就不停地笑,一直笑到断气……'"

"那么,吉金,他们相信你的话吗?"马克西莫夫微笑着问,其余的人都笑得死去活来。

"他们那些人实在怪,费陀尔·马克西梅奇,什么话都相信,真是什么话都相信。我给他们讲到**基兹倍克山**①,我说山上的雪到夏天也不会融化。他们听了都哈哈大笑!他们说:'老弟,你吹牛吧?大山上的雪不会融化,天下哪有这样的事!老弟,我们这里一开春小山上的雪就融化了,可是洼地上的雪还原封没动呢。'得了吧!"吉金挤挤眼,结束说。

5

明亮的太阳透过乳白色的迷雾已经升得相当高了。雪青色的地平线渐渐扩展,越来越远,但仍被一道难以捉摸的白色雾墙包围着。

在开伐的树林后面,一片相当大的旷地展现在我们眼前。旷地上散布着篝火,东一堆,西一堆,有的冒着黑烟,有的冒着白烟,有的冒着紫烟,篝火上飘荡着奇形怪状的白色雾气。前方远处,偶尔出现三五个骑马的鞑靼人,还传来稀疏的枪炮声,其中有我们的来复枪、他们的步枪和大炮的射击声。

"这还不是正式打仗,这只是开开玩笑罢了。"善良的赫洛波夫大尉说。

原来掩护我们的第九猎兵连的连长走到我们的大炮跟前,他指指一千三百米外树林边上的三个鞑靼骑兵,请求我向他们打一发炮弹或

---

① 应为卡兹别克山,高加索的一座高峰,海拔 5047 米。

者榴弹。步兵军官一般都爱用炮,他也是这样。

"您看,"他脸上露出诚恳的微笑说,从我肩膀后面伸过一只手来指示着,"那边有两棵大树,树前面有个骑白马的人,身上穿着一件黑色的契尔克斯外套,他后面还有两个人。您看! 能不能请您……"

"喏,树林边上还有三个人,"眼力过人的安东诺夫插嘴说,他走到我们跟前,把正在抽的烟斗藏到背后,"前头那个拉下枪套了。看得清清楚楚,长官!"

"瞧,开枪了,弟兄们! 那边不是有团白烟吗?"维仑楚克站在我们后面一伙士兵中间,说。

"准是朝我们的散兵线开的,混蛋!"另外一个士兵说。

"瞧,树林后面涌出多少人来,准是在找地方摆炮呢,"还有一个士兵说,"要是来个榴弹炮,就要他们好看了……"

"你看打得到吗,老弟?"吉金问。

"至多一千米或者一千一百米,"马克西莫夫冷静地说,仿佛在自言自语,虽然他也跟别人一样极想开炮,"要是用独角兽炮①打四十五线高度,准能打中,没问题。"

"真的,现在要是往人群里瞄准,准能打中几个人。看,看,他们聚在一起了,请您快点下命令开炮吧!"连长继续努力说服我。

"要把大炮瞄准吗?"安东诺夫忽然急促地用低沉的声音说,脸上露出愠怒的神色。

老实说,我也很想打炮,就命令二号炮瞄准。

我一发令,一颗榴弹就装进炮筒里。安东诺夫身子贴在炮架上,两

---

① 当时俄国炮兵使用的一种小口径炮。

只粗手指按住后挡板,指挥士兵们把炮尾向左右转动。

"向左一点……稍微向右一点……再过去一点儿,再过去一点儿……行了!"他一边说,一边得意洋洋地从大炮旁边走开。

步兵连长、我、马克西莫夫,一个接着一个凑近瞄准器,各人发表各人的意见。

"说实话,太偏了,"维仑楚克咂了一下嘴说,虽然他只在安东诺夫肩膀后面望望,这么说是毫无根据的,"说——实——话,太偏了,会打到那棵树上去的,弟兄们!"

"开炮!"我发出命令。

炮手们闪开身子。安东诺夫跑到一边去观察炮弹的射击情况。火门一亮,铜件哐啷响了一下。就在这一刹那,冒出一团硝烟,把我们包围了。在隆隆的炮声中,但听得炮弹飞过的啸声,跟着闪电般的强光远去,并在远方消失。

离那群骑马的人稍远的地方冒出一团白烟,鞑靼人纷纷逃跑,接着就传来爆炸的声音。

"打得好!嘿,他们跑了!看,那批鬼家伙可不高兴了!"炮兵和步兵的队伍里传出叫好声和欢笑声。

"只要稍微低一些,就打中了,"维仑楚克指摘道,"我说会打到树上去的,果然偏右了。"

6

我让士兵们留下来议论鞑靼人怎样一见榴弹就拼命逃跑,他们骑马到那边干什么,以及树林里是不是还有许多人之类的问题,自己跟连长走到几步外的一棵树底下坐着,等着吃那他请我吃的正在重新烤热的炸肉饼。连长包尔霍夫是个在团里被称为"有产阶级"的军官。他有财产,以前在近卫军里服务过,会说法国话。虽然如此,大伙儿都很敬爱他。他为人聪明,也很有点儿手腕,因此能穿上彼得堡缝制的上衣,吃吃讲究的伙食,说说法国话,而不至于太得罪其余军官。我跟他谈谈天气,谈谈军事和大家都认识的军官的情况,我们谈了一阵,根据双方的问答和对待各种事物的态度,觉得彼此还谈得投机,就不知不觉地谈得比较亲切了。在高加索,同一个圈子里的人碰头,往往会提这样的问题(即使不出口):"您干吗来这儿啊?"我觉得我的谈伴就想回答我这个没出口的问题。

"这次远征几时才会结束哇?"他懒洋洋地说,"真无聊!"

"我倒不觉得无聊,"我说,"待在参谋部里还要无聊。"

"哦,待在参谋部里要坏一万倍,"他怒气冲冲地说,"不是的!我是说这一切几时才会结束哇?"

"您要结束什么呀?"我问。

"一切都结束!……怎么样,尼古拉耶夫,肉饼好了吗?"他问。

"既然您那么不喜欢高加索,"我说,"那您为什么又到高加索来服务呢?"

"为什么吗?"他十分爽快地说,"是因为听信了传说。关于高加索在俄罗斯流行着一种极其古怪的传说,仿佛它是一切遭遇不幸的人的乐园。"

"是的,可以这么说,"我说,"我们中间大部分人……"

"主要的是,"他打断我的话,"我们这些听信传说来到高加索的人都大大失策了。我怎么也不明白,为什么碰到失恋或者挫折,就得赶到高加索来服务,而不去喀山或者卡卢加。在俄罗斯,人们往往把高加索想象得十分壮丽,以为这里有千年不化的雪白冰山,有汹涌奔流的溪涧,有匕首和斗篷,还有契尔克斯女人,仿佛这一切都有着惊人的魅力,其实并没有什么好玩。他们至少应该知道,我们从没到过千年不化的冰山,而且那边也并不好玩,还应该知道高加索分成几个省:有斯塔夫罗波尔省,有梯弗里斯省,等等。"

"是的,"我笑笑说,"在俄罗斯,我们对高加索的看法跟在这里完全不一样。您可有这样的体会?好比念一首用你不太通晓的语言做的诗,你往往会把它想象得比实际的美得多,对不对?……"

"我说不上来,可我实在不喜欢高加索这地方。"他打断我的话说。

"不,高加索对我来说现在也挺不错,只是跟过去的想法不一样……"

"也许是不错的,"他有点急躁地继续说,"我只知道我在高加索过得并不好。"

"这是为什么呀?"我随口问。

"第一因为'它'哄了我。我听信传说,希望在高加索治好一切毛病,可来了之后毛病还是这样,所不同的是,原来范围大一点,现在小一点,但更脏一点,而且处处都会碰到无数琐碎的忧虑、屈辱和卑劣行为;第二因为我感到自己精神上一天比一天消沉,而主要的是觉得自己不配在这里服务;我忍受不了危险……老实说,我这人不勇敢……"他住了口,一本正经地瞧着我。

他这种心甘情愿的自白,虽然使我大为惊奇,我却没有反驳他(他显然希望我加以反驳),而等待他以后自己收回这些话。在这样的场合,这种事是常有的。

"您知道,我这还是头一次参加战斗啊,"他继续说,"您准想象不出我昨天的那种感受。当司务长带来命令,要我的一连参加纵队的时候,我的脸刷地一下变得像纸一样白了,我紧张得说不出一句话来。您真不知道我昨儿晚上是怎么熬过来的!如果说人受惊头发会变白,那我今天头发准会变得雪白了,因为,说实话,即使一个被判死刑的人,一夜间所受的痛苦也不会比我更厉害;现在比夜里虽然好多了,可我这里面仍旧有着怎样的感觉呀,"他拿拳头在胸口转了转,补充说。"最滑稽的是,这里在闹可怕的悲剧,嘴里却在吃洋葱煎肉饼,脸上还要装得挺快活的样子。有酒吗,尼古拉耶夫?"他打着哈欠说。

"是他,弟兄们!"这时传来一个士兵紧张的声音,一双双眼睛都往遥远的树林边上望去。

一团淡蓝色的烟云在远处扩散开来,顺着风向飘荡。当我明白这是敌人在向我们射击时,眼前的一切忽然又都显得十分庄严了。那些架起来的步枪,那些篝火的烟,那浅蓝色的天空,那绿色的炮架,尼古拉耶夫那张留着小胡子的晒黑的脸——这一切仿佛都在提醒我,那颗已经离膛而出、正好在空中疾飞的炮弹,也许正在对准我的胸膛呢。

"您是从哪儿弄来的酒?"我懒洋洋地问包尔霍夫,但在我的灵魂深处却有两个声音同样清晰地响着。一个声音说:主哇,平平静静地接受我的灵魂吧;另一个声音说:但愿在炮弹飞过的时候,我不至低下头去,而是脸上挂着微笑。就在这一刹那,有样令人极其不快的东西在我们头上呼啸而过:一颗炮弹在离我们两步的地方炸开了。

"如果我是拿破仑或者腓特烈,我准会称赞您几句。"包尔霍夫十分冷静地向我回过头来,说。

"您这会儿不是说了吗!"我一边回答,一边勉强掩饰着刚过去的危险所引起的惊慌。

"说说有什么用,又不会把它记下来。"

"我会把它记下来的。"

"您即使记,也会像米兴可夫所说的那样,只是为了批评。"他笑眯眯地补充说。

"呸,该死的东西!"这当儿安东诺夫在我们后面说,怒气冲冲地向旁边唾了一口口水,"差点儿打中我的腿。"

听了他这种直率的喊声,我忽然觉得我的故作镇定和我们所说的一切滑头话都愚蠢得叫人难受。

7

敌人果然在鞑靼人跑掉的地方摆好两门炮,每隔二三十分钟就向我们的伐木士兵开一炮。我的一排人调到前面旷地上,并且奉命还击。树林边上冒出了硝烟,传来打炮声和呼啸声,接着就有炮弹落在我们的前面或后面。幸亏敌人的炮弹没打中目标,我们没有受到什么损失。

炮兵们像平时一样干得很好,敏捷地装着弹药,竭力瞄准冒烟的地方,若无其事地说着笑话。掩护我们的步兵默默地趴在我们旁边,等着命令。伐木的士兵干着他们的活儿:丁丁的斧头声越来越急,越来越密。只有听到炮弹的呼啸声,周围才忽然沉静下来,而在这死一般的寂静中就会传出不太镇静的声音:"让开,弟兄们!"于是一双双眼睛都盯住那颗在篝火和砍下的树枝上蹦跳的炮弹。

雾升腾得很高,已经聚集成云,又渐渐消失在蔚蓝的天空中。露出云端的太阳明亮地照耀着,把欢乐的光芒投向刺刀的钢刃、大炮的铜件、融化的土地和闪闪的霜花。从空气里可以同时感觉到清晨寒气的凛冽和春天太阳的温暖。树林里的枯叶映出千万种不同的色彩,平坦的大道上清楚地留着车轮和蹄铁的痕迹。

双方的军事行动越来越激烈,越来越明显。四面八方越来越多地出现枪炮的蓝烟。龙骑兵拿着长矛,矛头上飘着小旗,走在前头;步兵连里歌声荡漾,载着木柴的车队成了殿后。将军骑马跑到我们一排前面,命令我们准备后撤。敌人埋伏在我们左翼对面的灌木丛里,开始用步枪对我们猛烈骚扰。左边树林里嘘溜溜地飞出一颗子弹,打在炮架上,接着又是一颗,又是一颗……埋伏在我们附近的步兵掩护队,闹哄哄地爬起来,拿起步枪,布成散兵线。步枪的射击越来越激烈了。子弹越来越密。部队开始撤退,随着展开了一场真正的战斗。高加索的战事常常是这样的。

显然,炮兵们不喜欢子弹,就像步兵不喜欢炮弹一样。安东诺夫皱起眉头。吉金模仿子弹的声音,还对子弹开玩笑;他显然也不喜欢它们。他说一颗子弹"急坏了",说另一颗子弹是"蜜蜂",有一颗子弹哀鸣地从我们头上慢慢飞过,他就把它叫做"孤儿",引得大家哈哈大笑。

那个新兵由于对战斗还不习惯,每逢一颗子弹飞来,他就把脑袋一歪,脖子一伸,这也使得士兵们发笑。"哦,你这样鞠躬行礼,是不是女朋友来了?"人家对他说。一向对危险满不在乎的维仑楚克,这会儿也有点紧张:我们不用霰弹向子弹飞来的方向打炮,显然使他生气。他几次三番嘀咕说:"干吗让**他**白白打我们?要是把大炮对准那边,打上一发霰弹,怕早就没事了。"

是的,已经是时候了。我就下令打出最后一颗榴弹,并且装上霰弹。

"霰弹!"安东诺夫一边叫喊,一边拿着炮通子大胆地在硝烟中走近刚打出一发炮弹的大炮。

这时候,我听见背后不远处有颗子弹嗖地一下子飞过,又忽然被一样软东西挡住。我的心缩紧了。"我们中间准有人中弹了。"我心里想,但在沉重的预感下不敢回过头去。果然,紧接着就传来身子倒下的响声和一阵"哎哟哟"的叫声——这是一个人负伤时惊心动魄的呻吟。"我中弹了,弟兄们!"——传出了一个十分勉强的声音。我听出来了,这是维仑楚克。他仰天躺在前车和大炮中间,背着的弹药囊被扔到一边。他的额上满是血,左眼和鼻子也流出浓浓的鲜血。他伤在腹部,但肚子上简直一点血也没有;前额是他倒下时在树桩上撞破的。

这一切我都是过了好一阵之后才知道的;当时我只看见一大堆模模糊糊的东西,并且觉得血很多。

士兵们正在忙着装炮弹,谁也没说一句话,只有那新兵嘴里嘀咕着什么,好像是:"真没想到你也会流血!"还有安东诺夫皱着眉头,怒气冲冲地干咳着。显然,人人心里都掠过了死的阴影。炮弹一转眼就装好了,弹药手抱着霰弹,远远地绕过那依旧躺在地上呻吟的伤员。

8

凡是参加过战斗的人,一定有过一种古怪而不近情理的感觉:十分厌恶那些有人牺牲或者负伤的地方。我一排里的士兵在抬起维仑楚克,把他搬到赶近来的一辆马车上时,开头显然都有这种感觉。日丹诺夫气冲冲地走到伤员跟前,不顾他那愈益厉害的叫嚷,抓住他的胳肢窝,把他抱起来。"你们干吗站着不动!来呀!"他喝道。于是立刻就有十来个人跑到伤员周围来帮忙,甚至有几个人插不上手。但是一搬动维仑楚克,他就狂叫和挣扎起来。

"您像兔子一样乱叫干什么!"安东诺夫抓住他的腿,粗暴地说,"不然就把您丢下。"

负伤的人果然安静了,只偶尔喃喃地说:"哦,我要死了!哦,弟兄们!"

当他们把他放到车上时,他甚至停止了呻吟。我听见了他跟同伴们说着什么,大概是告别吧,声音很低,但说得很清楚。

在作战的时候,谁也不爱看受伤的人。我也本能地避开这景象,命令他们赶快把他送往救护站,自己回到大炮旁边。但过了几分钟,有人对我说,维仑楚克叫我去,我只得走到马车跟前。

负伤的人躺在马车上,两手抓住车沿。他那张健康的阔脸在几秒钟里完全变了样:他仿佛瘦了,老了好几岁;嘴唇又薄又白,闭得紧紧的;眼睛里出现焦急而迟钝的神色,再也看不到平时那种明亮而安详的光芒;血污的额上和鼻子上已经出现了死亡的阴影。

虽然极轻微的活动都使他感到难以忍受的剧痛,他还是请求人家把他左腿上的钱袋①解下。

当他们给他脱掉靴子解下钱袋的时候,他那条光着的健康的白腿使我感到极不舒服。

---

① 士兵的钱袋常缚在膝盖下,样子有点像腰带。——托尔斯泰

"里面有三个半卢布,"我接过钱袋的时候,他对我说,"我请您保管。"

马车刚走动,他又叫停下。

"我给苏里莫夫斯基中尉缝外套。他给了我两个卢布。我买纽扣用了一个半卢布,还有半个卢布同纽扣一起放在袋子里。请您还给他。"

"好的,好的,"我说,"你好好休养吧,老兄!"

他没有回答我。马车走动了,他又开始呻吟,发出使人心碎的惨叫。仿佛把人世间的事情交代完毕后,他无须再克制自己,而可以用这种方式来减轻痛苦了。

9

"上哪儿去?回来!你上哪儿去?"我对那个新兵叫道,只见他把点火杆往腋下一夹,手里拿着一根棒,若无其事地随着载伤员的马车走去。

但那新兵只懒洋洋地回头对我望望,嘴里咕噜着什么,继续向前走去。我只得派人去把他带回来。他脱下红顶帽子,傻笑着,瞧着我。

"你上哪儿去呀?"我问。

"到营地去。"

"去干什么?"

"维仑楚克不是负伤了吗?"他又微笑着说。

"那关你什么事?你得留在这儿。"

他惊奇地对我望望,然后若无其事地转过身,戴上帽子,向自己的岗位走去。

战事总的说来很顺利:据说哥萨克打得很英勇,带回来三具鞑靼人的尸体;步兵收集了木柴,损失只是六人负伤;炮兵只丢了一个维仑楚克和两匹马。但却砍伐了三里林地,并且把这块地方清除得认不出来了:原先稠密的树林边缘不见了,代替它的是一片极大的旷地,旷地上处处是冒烟的篝火,还有许多向营地移动的骑兵和步兵。虽然敌人用炮火和步枪追击我们,直到墓地旁边的那条小河(我们早晨经过的地方),我们的撤退却很顺利。我已经向往营地上在为我们准备的菜汤和羊肋肉粥了。不料这时送来一份通知说,将军命令在河边上修建多面堡,并且叫K团的三营和炮兵四连的一个排据守到明天。木柴车、伤员车、哥萨克兵、炮兵、扛枪和揹木柴的步兵全都唱着歌,闹哄哄地走过我们的身旁。由于危险已经过去,休息就在眼前,人人脸上都露出兴奋和欢乐的神色。只有我们和三营得等到明天才能享受这种轻松和快乐。

10

我们炮兵还在大炮旁边忙碌(摆好前车、弹药车、安排系马桩)的时候,步兵已经架好枪,生起篝火,用树枝和玉米秸搭好棚子,烧着粥了。

天色黑下来了。空中飘浮着白得发青的云朵。雾变成蒙蒙细雨,润湿了地面和士兵的外套；地平线缩小了，周围的一切都罩上阴沉的暗影。潮湿（我觉得靴子和脖子都湿了）、一刻不停地活动和谈话（我没有参加）、脚底下的泥泞和空虚的肚子——这一切，在身体和精神劳累了一天之后，弄得我的情绪格外恶劣。维仑楚克的影子始终没有离开我的头脑。他那简单的全部士兵生活一直萦绕在我的脑子里。

他的弥留时刻也跟他的一生同样光明磊落和镇定。他生活得实在太正直太单纯了，因此即使在这生死关头，他对未来天堂生活的质朴信心也不可能有丝毫动摇。

"阁下，"尼古拉耶夫走过来对我说，"大尉请您去喝茶。"

我跟着尼古拉耶夫好容易穿过架起来的步枪和篝火，走到包尔霍夫那里，快乐地巴望能喝上一杯热茶以及进行一场有趣的谈话，来驱散我的阴郁思想。"怎么样，找到了吗？"玉米秸搭的棚子里点着灯，从那里传出包尔霍夫的声音。

"来了，大人！"尼古拉耶夫声音低沉地回答。

包尔霍夫坐在棚子里的一件干斗篷上，敞开衣襟，光着脑袋。他旁边有个烧开了的茶炊，军鼓上摆着几样小吃。地上插着一把刺刀，刀上插着一支蜡烛。"怎么样？"他环顾着他那舒服的陈设，得意洋洋地说。棚子里确实挺不错，因此在喝茶的时候，我就把潮湿、黑暗和维仑楚克的负伤一股脑儿给忘了。我们谈到莫斯科，谈到一些跟战争和高加索毫无关系的事。

沉默了一会儿（在最热烈的谈话中有时会发生这种情形）之后，包尔霍夫笑眯眯地对我望了望。

"我想我们早晨的谈话一定使您感到很奇怪吧？"他说。

"不。为什么？我只觉得您这人太直爽了，有些事我们大家心里都明白,可是从不说出口来。"

"为什么？不！要是有机会改变这种生活,哪怕得过最平庸穷苦的生活,只要不服军役,没有危险,我是一分钟也不会犹豫的。"

"那您为什么不回俄罗斯去呢？"我说。

"为什么？"他重复说,"哦！这点我早就想过了。在我没得到安娜勋章和弗拉基米尔勋章之前,我不能回俄罗斯,因为我当初来的时候就指望脖子上挂上安娜勋章,并且获得少校军衔。"

"既然您觉得在这里服务不行,那又何必待着呢？"

"但我要是像来的时候一样空手回俄罗斯去,那我就觉得更不行了。这也是俄罗斯的一个传统,是巴赛克①、斯列普卓夫②那些人传下来的,他们认为来高加索就是为了授勋得奖。因此大家都对我们抱有这样的希望和要求。可是我来此地有两年了,也参加过两次远征,还是什么也没有弄到手。但我又有这样的自尊心,我一天不升为少校,脖子上不挂上弗拉基米尔勋章和安娜勋章,我就一天不离开此地。我在这个问题上陷得太深了,当格尼洛基什金得奖而我没有得奖的时候,我心里就非常难受。再说,我在高加索待了两年,什么奖赏也没有得到,叫我回俄罗斯怎么去见乡长、商人柯吉尔尼科夫(他一向买我的粮食)、莫斯科的姨妈和别的老爷先生呢？不错,对这些老爷先生我并不感兴趣,他们实在也很少关心我；可人就是个这么奇怪的东西：尽管对他们不感兴趣,我却为了他们而浪费最好的年华,牺牲生活的幸福,糟蹋自己的前途。"

---

① 巴赛克(1808—1842),俄国作家、民族志学家和考古学家。
② 斯列普卓夫(1836—1878),俄国作家。

11

这时候外面传来营长的声音:"您这是跟谁在一起呀,尼古拉·费多罗维奇?"

包尔霍夫说了我的名字,接着棚子里走进来三个军官:基尔尚诺夫少校、他营里的副官和连长特罗先科。

基尔尚诺夫是个矮胖子,面颊红润,留着黑色的小胡子,生着一双讨人喜欢的小眼睛。这双眼睛是他脸上最触目的特征,他一笑起来,就只剩下两颗湿润的小星星。这两颗小星星跟咧开的嘴唇和伸长的脖子有时就凑成一种十分古怪、令人难以理解的表情。在团里,基尔尚诺夫的脾气比谁都好,因此下级不骂他,上级器重他,虽然大家都认为他这人不太聪明。他熟悉军队业务,做事认真勤勉,手头一向宽裕,拥有一辆弹簧马车和一名厨子,因此脸上经常摆出一副自命不凡的神气。

"你们这是在谈什么呀,尼古拉·费多罗维奇?"他一边走进来,一边说。

"哦,谈在这里服务的乐趣。"

但就在这时候基尔尚诺夫看见了我这个士官生,为了让我注意到他的身份,他假装没听见包尔霍夫的回答,眼睛望着军鼓,问:

"怎么样,累了吗,尼古拉·费多罗维奇?"

"不,我们只是……"包尔霍夫开口回答。

但是,营长的身份显然又要求他打断别人的话,提出新的问题。

"今天干得可真漂亮,是吗?"

营副官是个年轻的准尉，才由士官生提升不久，还是一个虚心文静的孩子。他生着一张讨人喜欢的羞怯的脸。我以前在包尔霍夫那里见过他。这小伙子常常来找包尔霍夫，他总是点点头坐到角落里，一连几小时不做声，只一支又一支地卷烟抽，然后站起来，又点点头走了。这是俄国没落贵族子弟的类型，凭教育程度，他们只能挑选军职作为发迹的途径，并且把军官的身份看得比什么都重。这是一种单纯可爱的类型，尽管他们随身总是带着一些可笑的东西：烟袋、晨衣、吉他和胡子刷。我们提到他往往会联想到这些东西。团里大家讲起他，说他自吹对待勤务兵公正而严厉，他还说："我难得处分人，一旦处分起来可厉害了。"据说，有一次勤务兵喝醉了酒，把他的东西偷光，甚至还骂他。他就把勤务兵关进禁闭室里，命令士兵们做好体罚的一切准备，可是一看到那些东西，窘极了，只会说："喏，你看……我可以……"接着就手足无措地跑回家去，从此怕见到勤务兵的眼睛。同伴们不让他安静，常常拿这事取笑他。我几次看见这个天真的孩子怎样面红耳赤地否认着，说根本没有这回事。

第三个人，特罗先科大尉，是个十足的高加索人：对他来说，他所指挥的连就是家，团本部所在的要塞就是故乡，士兵们的歌唱是他生活中唯一的乐趣。对他来说，凡是跟高加索无关的事都微不足道，简直不值得考虑；凡是跟高加索有关的事又可分为两类：一类是我们的，一类不是我们的。他热爱第一类事，而深恶痛绝第二类事。最主要的是，他是个久经锻炼的沉着勇敢的人，对待同事和下级十分和气，对待副官和"有产阶级"（不知怎的他最恨他们）却异常直率，甚至有点粗鲁。他进来的时候，脑袋差点儿碰在棚子顶上，接着忽然蹲下来，坐在地上。

"嗯，怎么样？"他说，随即发现我这个陌生人，住了口，目光浑浊地盯着我。

"你们在谈什么呀?"少校一边说,一边掏出表来看,虽然我确信他根本用不着看表。

"喏,他问我到这里来服务是为了什么。"

"当然啰,尼古拉·费多罗维奇希望在这里干一番事业,然后回老家去。"

"那么,阿勃拉姆·伊里奇,您倒说说,您在高加索服务是为了什么?"

"我来服务,因为您也知道,第一,我们大家都有服役的义务。什么?"他问,虽然谁也没有做声。"昨天我收到一封从俄罗斯寄来的信,尼古拉·费多罗维奇,"他继续说,显然想换个话题,"他们来信……提出这样古怪的问题。"

"什么问题呀?"包尔霍夫问。

他笑了起来。

"真是古怪的问题……他们问,没有爱情,会不会吃醋……什么?"他向我们每个人望望,问。

"原来如此!"包尔霍夫含笑说。

"是的,您也知道,在俄罗斯挺不错,"他继续说,仿佛他的话是一句接一句自然而然地流泻出来的。"1852年我在唐波夫的时候,到处都把我当皇帝的侍从招待。那天省长家里举行舞会,我一走进去,啊,您真想不到……他们把我招待得实在太好了。省长夫人亲自跟我谈话,还问到高加索,他们个个都……我真没想到……他们欣赏我的金马刀,好像欣赏什么稀世珍宝,还问我是怎么获得这把刀的,是怎么获得安娜勋章,怎么获得弗拉基米尔勋章的,我就原原本本地讲给他们听……什么？高加索好就好在这里，尼古拉·费多罗维奇！"他不等人家开口，又说下去，"他们那边很看重咱们这些高加索人。年轻人，您要知道，一个佩带安娜勋章和弗拉基米尔勋章的军官，在俄罗斯是多么受尊敬……什么？"

"我看您有点吹牛吧，阿勃拉姆·伊里奇？"包尔霍夫说。

"嘻嘻！"他傻笑起来，"您知道，这是必要的。这两个月里我吃得可舒服啦！"

"怎么样，俄罗斯那边好吗？"特罗先科问，仿佛俄罗斯是中国或者日本那样的地方。

"好。我们在那边喝了两个月的香槟酒，喝得可凶了！"

"瞧您说的！您在那边大概是喝喝柠檬水吧。要是换了我们，准叫他们大吃一惊，让他们知道高加索人是怎么喝酒的。那是名不虚传的。我要让他们看看怎么喝酒……呃，包尔霍夫！"特罗先科说。

"你呀，大叔，在高加索已经待了十年，"包尔霍夫说，"你不记得叶尔莫洛夫①说的话吗？……可是阿勃拉姆·伊里奇只待了六年……"

"哪里只十年！快十六年了……"

"包尔霍夫，叫他们拿点**好烧酒**来。天真潮湿，嘻！……呃？"特罗先科笑眯眯地补充说，"咱们来喝一杯吧，少校！"

但是少校不满意老大尉刚才的话，此刻显然有点顾虑，想找个办法来维持自己的尊严。他哼着一支曲子，又看看表。

"我可永远不回到那边去了，"特罗先科继续说，不理皱着眉头的

---

① 叶尔莫洛夫（1772—1861），俄国将军，1816年起任高加索俄军总司令。据传他曾说：一个人在高加索当上十年差，"不是成为酒鬼，就会娶个荡妇做老婆"。此处大概是指这话。

少校,"我连像俄罗斯人那样走路和说话都不会了。他们会说:来了一个什么样的怪物!他们会说:亚细亚的派头。对吗,尼古拉·费多罗维奇?……再说,我到俄罗斯去干吗?在这儿早晚要吃枪子儿的。将来人家问:特罗先科在哪儿啊?牺牲了。那时您拿八连怎么办呢,呃?"他始终对着少校,补充说。

"派个人去营里值班!"基尔尚诺夫没回答大尉,却大声喝道,虽然我仍然相信,他根本用不着发什么命令。

"我想,年轻人,如今您领双薪该高兴了吧?"少校沉默了几分钟之后对营副官说。

"是的,少校,很高兴。"

"我认为现在我们的饷银很可观,尼古拉·费多罗维奇,"他继续说,"年轻人可以过得很不错,甚至有条件来点小奢侈。"

"不,说实在的,阿勃拉姆·伊里奇,"副官畏畏缩缩地说,"虽然是双薪,可是……你得有一匹马……"

"这话您可不用对我说,年轻人!我自己也当过准尉,我是过来人。请您相信,日子可以过得很宽裕了。喏,您来算算账吧。"他说着弯起左手的小指。

"我们老是寅吃卯粮——就是这么一回事。"特罗先科喝干杯子里的酒,说。

"嗯,那您要怎么样呢……什么?"

这时候,从棚子门外探进来一个白头发塌鼻子的脑袋,接着一个德国腔的尖音说:

"您在这里吗,阿勃拉姆·伊里奇?值班员在找您呐。"

"进来吧,克拉夫特!"包尔霍夫说。

一个穿参谋部军服的高个子钻进门来,异常热情地跟所有的人一一握手。

"啊,亲爱的大尉,您也在这儿吗?"他对特罗先科说。

棚子里虽然很暗,新来的客人还是挤到他跟前,也不顾大尉的极度(我有这样的感觉)惊奇和嫌恶,在他的嘴唇上吻了吻。

"这德国人想跟大家亲热亲热呢!"我心里想。

12

我的猜测立刻得到了证实。克拉夫特大尉要求喝伏特加(他把伏特加叫做**哥利尔加**①),可怕地干咳了一下,仰起头一口气把一杯酒喝光。

"哦,先生们,今天我们可把切契尼雅平原打扫干净了……"他开始说,可是一看见值班军官,马上住口,让少校发命令。

"怎么样,散兵线您巡查过了吗?"

"是,巡查过了。"

"那么伏兵派了吗?"

"是,派了。"

"您去给各连连长传达命令,要他们多加小心。"

"是。"

少校眯起眼睛,沉思起来。

---

① 伏特加在乌克兰叫哥利尔加。

"告诉大家,现在可以做饭了。"

"他们已经在做饭了。"

"好。您可以走了。"

"对了,我们刚才在算,一个军官需要些什么,"少校脸上露出诚恳的微笑,继续对我们说。"让我们来算一算。"

"您需要一件军服和一条裤子……对吗?"

"对。"

"假定这套衣服得花五十卢布,可以穿两年,那么每年花在衣服上就是二十五卢布;再说吃饭,每天算它四十戈比……好吗?"

"好,甚至还有多呢。"

"不要紧,就算这样吧。嗯,再加一匹马和一副马鞍——三十卢布。就是这些了。总共是二十五,加一百二十,加三十,等于一百七十五。因此您还剩下二十个卢布可以买些奢侈品,买些茶叶、砂糖和烟草。您说怎么样?……对不对,尼古拉·费多罗维奇?"

"不,对不起,阿勃拉姆·伊里奇!"副官怯生生地说。"不会有钱剩下来买茶叶和砂糖的。您算一套军服穿两年,可是在行军中裤子就不够穿;还有靴子呢?我差不多每个月要穿破一双。还有内衣啰,衬衫啰,手巾啰,包脚布啰——这一切都得花钱买呀。这么算来,一个子儿也不会剩下了。这可是实话,阿勃拉姆·伊里奇!"

"是啊,用包脚布真不错,"克拉夫特沉默了一会儿之后忽然说,说到"包脚布"这个词儿特别亲切,"真的,这是俄罗斯人的习惯。"

"我说呀,"特罗先科说道,"不论您怎么计算,结果总是说弟兄们都穷得吃不饱肚子。其实呢,大家都在过日子,都喝茶,抽烟,喝烧酒。你要是在部队里干得像我这么久,"他回头对准尉说,"你也就学会过日子了。先生们,你们知道他是怎样对待勤务兵的吗?"

于是特罗先科就一边大笑,一边给我们讲准尉跟他的勤务兵的全部故事,尽管我们全都听过上千遍了。

"老弟,你怎么变得像朵玫瑰花了?"他继续对准尉说。那准尉脸红耳赤,头上冒汗,傻笑着,样子怪可怜的。"不要紧,老弟,我从前也跟你一样。现在呢,你看,我可学乖了。一个年轻人刚从俄罗斯来(这样的人我们见多了),他会得痉挛、风湿什么的;可是我在这儿待惯了,这儿就是我的家,我的床,我的一切。你看……"

他说着又喝了一杯伏特加。

"怎么样?"他又盯着克拉夫特的眼睛,问。

"您真了不起!这才是真正的老高加索!让我握握您的手。"

克拉夫特说着把我们推开,挤到特罗先科跟前,抓住他的手,格外热情地握了握。

"是的,我们可以说在这里经受过各种考验了,"他继续说,"四五年那年……您不是也在这里吗,大尉?您记得十二号那一夜吗:我们在没膝的泥泞里睡了一宿,第二天就去攻打防寨?我当时在总司令手下,我们一天就攻下了十五座防寨。您记得吗,大尉?"

特罗先科点点,撅起下嘴唇,眯起眼睛。

"您看……"克拉夫特做着不得体的手势,异常亲切地对少校说。

但是,看来这故事少校听过不止一次。他忽然目光暗淡地向克拉夫特瞧了一眼,弄得那德国人连忙转了个身,对着我和包尔霍夫,忽而望望我,忽而望望他。在说话的时候,他一眼也不瞧特罗先科。

"您看,那天早晨,我们一出来,总司令就对我说:'克拉夫特!去占领这些防寨。'您知道,我们军人的本分就是无条件服从。'是,大人!'我回答了一句,说完就走。我们一接近第一座防寨,我就回头对士兵们说:'弟兄们!别胆怯!特别注意啦!谁要是落后,我就亲手砍死他。'您知道,跟俄国兵说话得直率。忽然一颗榴弹……我一看,一个兵倒下了,接着又是一个,又是一个,然后是子弹……嘘!嘘!嘘!……我说:'前进,弟兄们,跟我来!'我们刚接近,大家一看,您知道,我看见……那个……那个叫什么呀?"他摆摆手,思索着他要说的词儿。

"悬崖。"包尔霍夫提示他。

"不……哦,这叫什么呀?天哪!哎,这叫什么呀?……是悬崖,"他急急地说。"我们就上了刺刀……冲啊!嗒—啦—嗒—嗒—嗒!敌人连个影儿都不见。您知道,大家都感到奇怪。好极了;我们就继续前进,去占领第二座防寨。这下子可完全不同了,我们个个精神百倍。走近一看,我看出第二座防寨走不过去。嗯……那个叫什么呀……哦!那个叫什么呀……"

"又是悬崖。"我提示说。

"完全不是,"他怒气冲冲地继续说,"不是悬崖,啊……那个叫什么呀,"他又做了一个笨拙的手势,"哦,天哪!那叫什么呀……"

他显出一副十分苦恼的样子,叫人不由得想提示他。

"也许是条河吧。"包尔霍夫说。

"不,就是悬崖。可是我们一上去,您真不会相信,火力猛得简直像地狱……"

这时候棚子外面有人来找我。这是马克西莫夫。听了攻打这两座防寨的不同故事,后面还剩下十三座哩。因此我很高兴能利用这机会回到自己的排里去。特罗先科跟我一起出来。"全部是吹牛,"我们走出棚子没几步,他对我说,"他根本没到过防寨!"特罗先科说着爽直地哈哈大笑,使我也感到好笑。

13

天色已经完全黑了。我收拾好马匹走到士兵们跟前时,只有篝火暗淡地照着营地。炭火上有个大树桩正在冒烟。旁边坐着三个人:安东诺夫在篝火上转动着一只小锅子,烧着"里亚勃科"①,日丹诺夫若有所思地用一条树枝扒开炭灰,吉金衔着他那支永远点不着的烟斗。其余的人都已经休息了:有的躺在弹药车底下,有的躺在干草上,有的躺在火堆旁边。在微弱的炭火光下,我能认出我所熟识的脊背、大腿和脑袋;那个新兵也在中间,他靠近火堆躺着,看来已经睡着了。安东诺夫给我让出一个位子。我在他旁边坐下,抽起烟卷来。雾和湿柴冒烟的味儿充满空中,刺着眼睛,阴沉的天空中依旧飘着蒙蒙细雨。

我们旁边响着匀调的鼾声、火堆里树枝的爆裂声、轻轻的说话声,偶尔还有步枪的撞击声。四下里到处都是篝火,每堆篝火都照出围坐着的士兵。在附近几堆篝火火光照到的地方,我看见士兵们光着身子,在火焰上烤衬衣。还有不少人没睡觉,他们在六十平方米光景的旷地上走动,谈话;但是,深沉的黑夜使这些动作带上一种特别神秘的色彩,仿佛人人都感觉到这黑暗的宁静,唯恐破坏这种宁静的和谐。当我说话的时候,我觉得我的声音有点异样;从围坐在火堆旁边的士兵们脸上,我也看

---

① 一种士兵的食物,用水里泡过的面包干加猪油烧煮而成。——托尔斯泰

出了这种心情。我以为我没来以前他们在谈着受伤的伙伴,其实不然。吉金讲着他在梯弗里斯领取供应的情况,还谈到了那边的顽皮孩子。

我在各地,特别是在高加索,常常注意到我们的士兵非常识大体:在面临危险时,他们总是避而不谈那些可能影响同伴们斗志的事。一个俄罗斯兵的斗志,不像南方人的勇气那样建立在容易燃烧也容易冷却的热情上,你不容易使它激发,也不容易使它沮丧。他不需要鼓动、演说、呐喊助威、歌唱和军鼓;相反,他需要安静、秩序,不需要丝毫紧张。在一个俄罗斯兵身上,在一个真正的俄罗斯兵身上,你永远不会看到吹牛、蛮干,在危险面前发愁或者紧张;相反,谦逊、单纯,在生死关头看到的不是危险,而是别的什么——这些才是他性格上的特点。我见到过一个士兵,腿上受了伤,可他首先惋惜的是身上那件新羊皮外套被子弹打穿了;我还见到一个马夫,他骑的马被打死了,他从死马底下一爬出来,就动手解马肚带,好把鞍子解下来。还有,谁都记得围攻格尔格比尔城时的一件事:当时军火库里有颗装好弹药的炮弹的雷管着火了,炮兵军士命令两个士兵把炮弹搬出去,扔在悬崖下。那两个兵不把它扔在附近的悬崖(上校的营帐就在悬崖上)下,而把它搬得远一点,免得惊醒睡在营帐里的长官,结果两人都被炸得粉碎。我还记得:一八五二年那年,部队里有个年轻士兵,他在作战的时候随口说,他认为他们一排人不能脱身了。于是全排人就把他痛骂了一顿,并且不愿重复他说过的那些蠢话。这会儿,人人心里可能都在想着维仑楚克,同时鞑靼人每秒钟都有可能溜过来向我们开上一排枪,但大家都在听吉金讲生动的故事。谁也不能提今天的战事、当前的危险或者负伤的人,仿佛这些都是好久以前的事,或者根本没有发生过。我只觉得他们的脸色比平时阴郁些;他们听吉金讲故事也不太用心,连吉金也感到人家没在听他,但他还是讲下去。

马克西莫夫走到篝火跟前,在我旁边坐下。吉金给他让出一个位子,住了口,又抽起烟斗来。

"步兵派人到营地去拿伏特加,"马克西莫夫沉默了好一阵以后说,"现在回来了。"他向火堆啐了一口唾沫。"军士说他看到我们那个伙伴了。"

"怎么样,还活着吗?"安东诺夫一边转动锅子,一边问。

"不,死了。"

那新兵突然抬起他那戴着红顶帽的小脑袋,对马克西莫夫和我凝视了一分钟,随即又低下头,用外套把身子裹紧。

"你们瞧,看来早晨我在停炮场弄醒他的时候,死神已经找到他了。"安东诺夫说。

"胡说!"日丹诺夫一边转动冒烟的树桩,一边说。其余的人都不做声。

在一片寂静中,忽然听得背后营地那边传来一声枪响。我们的鼓手们听到了,就敲起归营鼓来。等到鼓声一停,日丹诺夫首先站起来,脱下帽子。我们全都学他的样。

在宁静的深夜里,响起了整齐的男子祈祷声:

"我们在天上的父,愿人都尊你的名为圣。愿你的国降临。愿你的旨意行在地上,如同行在天上。我们日用的饮食,今日赐给我们。免我们的债,如同我们免了人的债。不叫我们遇见试探,救我们脱离凶恶。"[1]

---

[1] 见《新约全书·马太福音》第六章第九——十三节。

"1845年我们那里有个士兵也是这地方受了暗伤,"我们戴上帽子,又在火边坐下的时候,安东诺夫说,"我们把他放在大炮上走了两天……你记得舍甫琴科吗,日丹诺夫?……到头来还是把他丢在一棵树下了。"

这时候,一个留着大络腮胡子和小胡子的步兵,背着步枪和弹药袋,走到我们的篝火旁。

"对不起,乡亲们,借个火抽烟。"他说。

"好,抽吧:火有的是。"吉金说。

"乡亲,您这是在说达尔果的事吧?"步兵问安东诺夫。

"是的,是说四五年达尔果的事,"安东诺夫回答。

步兵摇摇头,皱起眉头,在我们旁边蹲下。

"当时什么事没发生过呀!"他说。

"为什么把他丢下了?"我问安东诺夫。

"因为他肚子痛得厉害。停下来还好,可是一走动啊,他就大叫大嚷。他求我们看在上帝分上把他留下,可我们舍不得他。就在这时候敌人开始狠狠地打我们,开炮打死了我们三个人,还打死了一位军官,我们好容易才从炮台上撤退。真该死!我们根本没想到把大炮拉走。当时地上全是泥浆。"

"泥浆最多的是印度山脚下。"一个士兵说。

"是的,到了那边他可实在不行了。我跟阿诺申卡(他是个老军士)考虑了一下,看来他确实活不成了。他也求我们看在上帝分上把他留下。我们就这样决定了。那边有一棵枝叶茂盛的树。我们拿了些泡过水的面包干(日丹诺夫带着的)放在他旁边,让他靠在树上,给他穿上一件干净衬衫,郑重其事地跟他告了别,就这么把他留下了。"

"他是个好兵吗?"

"是的,是个好兵。"日丹诺夫说。

"他后来怎么样,只有天知道了,"安东诺夫继续说,"我们的弟兄在那边留下的可多啦。"

"在达尔果吗?"那步兵一边说,一边站起来,剔清烟斗,又皱起眉头,摇摇头,"当时什么事没发生过呀!"

他说着走了。

"我们炮兵连里到过达尔果的还多吗?"我问。

"多吗? 喏,日丹诺夫、我、那个眼下在休假的巴昌,再有五六个人。就是这些了。"

"我们的巴昌怎么老在休假呀?"吉金一边说,一边把头枕在一段圆木上,伸开腿。"算一算,他回去快一年了。"

"你有过一年的休假吗?"我问日丹诺夫。

"没有,从来没有过。"他不乐意地回答。

"要是家里有钱,或者自己有力气干活,"安东诺夫说,"那么回去很好,你回去有面子,家里人也高兴见到你。"

"要是家里有弟兄俩,哪个兄弟糊口都很勉强,"日丹诺夫继续说,"他哪里还有力量养活我们这种当兵的兄弟。像我这样当兵当了二十五年的人,干起活来也帮不了他们什么忙。再说,谁知道他们是不是还活着。"

"难道你没给他们写过信吗?"我问。

"怎么没写! 寄了两封信去,可是一直没有回音。也许死了,也许不写信,因为他们自己过着穷日子:有什么可写的呢!"

"你写信去有好久了吗?"

"最后一封信是在达尔果回来后写的。"

"你给我们唱支《小白桦》吧!"日丹诺夫对安东诺夫说,安东诺夫这时臂肘支在膝盖上,嘴里哼着一首歌。

安东诺夫就唱起《小白桦》来。

"这是日丹诺夫叔叔最心爱的歌,"吉金拉拉我的外套,低声对我说,"有一次安东诺夫唱的时候还哭了。"

日丹诺夫开头一动不动地坐着,两眼盯着冒烟的木炭,他的脸映着微红的火光,显得异常忧郁;后来他耳朵底下的颚骨开始抖动起来,而且越抖越快,他终于站起来,铺开外套,在火堆后面的阴影里躺下。也许是他躺下后在翻身和干咳,也许是维仑楚克的死和这阴郁的天气影响了我的情绪,我仿佛觉得他真的在哭。

树桩的底部烧成了炭,偶尔发出火光,照亮安东诺夫的身体、他那灰白的小胡子、红彤彤的脸和身上披着的外套上的勋章,还有不知谁的靴子、头部或者背部。天上仍旧落着愁人的蒙蒙细雨,空气中仍旧闻得到湿气和烟味,周围仍旧看得见一点点将灭未灭的篝火,在一片寂静中听见安东诺夫的凄凉歌声;在歌声停止的一刹那,营地上夜间微弱的声音——鼾声、低语声和哨兵步枪的撞击声,就响应起来。

"下班啦!马卡玖克!日丹诺夫!"马克西莫夫喊道。

安东诺夫停止唱歌,日丹诺夫爬起来,叹了一口气,跨过圆木,慢吞吞地向大炮那边走去。

1855 年 6 月 15 日

12月的塞瓦斯托波尔

曙光刚刚染红萨崩山上的天空,暗蓝的海面已揭开黑色的夜幕,只等第一道阳光射到,就将闪出欢乐的光芒。从海湾那儿飘来寒气和迷雾,地上没有积雪,周围一片黑土,但是早晨凛冽的寒气刺着人脸,薄冰也在脚底下咯咯发响。只有远处永不停息的涛声(偶尔被塞瓦斯托波尔的隆隆炮声打断),打破清晨的寂静。从舰船上隐约地传来八击钟的响声。①

在北岸,白天的活动正逐渐代替黑夜的宁静:这儿士兵碰响着步枪在换岗;那儿一个医生匆匆赶往医院;这儿有一个士兵从掩蔽壕里爬出来,用冰水洗洗黝黑的脸,然后转身对着红艳艳的东方,迅速地画着十字,做着祷告;那儿一辆高大笨重的驼车嘎吱嘎吱响着驶往墓地,去埋葬那些几乎装到车顶的血淋淋的尸体……你要是走近码头,鼻子里就会冲进一股煤炭、马粪、潮气和牛肉的怪味儿。码头上堆积着成千件五

---

① 照船上习惯,每逢四点半、八点半、十二点半都打钟一记,以后每过半小时递增一记,因此到四点、八点、十二点正好打八记,称为八击钟。

花八门的东西:木柴、肉、土筐、面粉、铁等等。各个团的士兵有的背着袋子,掮着步枪,有的空着双手,都挤在这里。他们抽着烟,骂着人,把笨重的东西拖到那艘靠在码头旁边冒烟的轮船上。摆渡船满载着形形色色的人物——士兵、水手、商人、妇女,不断地靠拢码头,又驶离码头。

"先生,到伯爵码头吗?请上船!"两三个退伍水兵从划子上站起来,向你招揽生意。

你挑定那只离你最近的划子,跨过陷在船旁泥泞中的那匹已在腐烂的枣红色死马,上船向舵那边走去。于是你离了岸。你的周围已是一片在朝阳下闪耀的大海;你的前面,那个穿驼毛外套的老水兵和那个亚麻色头发的男孩子,正在默默地使劲划桨。你望望海湾,海湾里遍布着漆成条纹的舰船,有的近,有的远,还有那些小艇,好像一个个黑点,在一片熠熠发亮的蔚蓝色海面上移动;你望望对岸,岸上漂亮的都市建筑抹上了玫瑰红的朝阳;你望望那条由水栅和沉船形成的泡沫翻腾的白线,以及那些凄凉地露出水面的沉船的黑色桅顶;你望望呈现在远处水晶般澄澈的水天之际的敌舰,你再瞧瞧那被船桨激起的浪花,浪花里冒着汩汩的水泡。你听听节拍匀调的划桨声和从水面上飘送过来的人语声,以及塞瓦斯托波尔雄壮的炮声,你会觉得,那炮火似乎越来越猛了。

想到你也处身在塞瓦斯托波尔,心里就不能不充满一种勇敢自豪之情,你血管里的血液就不能不奔腾得更加迅速……

"先生!从康士坦丁号下面一直过去吧,"老水兵回过头来对你说,同时看看你掌舵的方向对不对,"把舵往右转一点。"

"上面的大炮倒没动过呢。①"划子从军舰旁边经过时,亚麻色头发

---

① 大部分战舰上的炮,都拆下来用到要塞上去了。

的孩子凝视着它说。

"哦,当然:这是条新军舰,柯尔尼洛夫①原来就在上面指挥过。"老头儿也打量着战舰说。

"你瞧,那边在爆炸了!"那孩子沉默了好一阵之后说,眼睛盯着那团突然出现在南湾上空又渐渐扩散的白烟。接着就传来了一阵猛烈的炮弹爆炸声。

"这是他在新炮台开的炮,"老头儿若无其事地往手里吐了口唾沫,又说,"喂,米施卡,加把劲,让我们赶上那条驳船。"于是划子就更快地在海湾宽阔的波浪上前进,真的赶上了那条满载着一袋袋货物而由几个笨拙的士兵划着的驳船,穿过停泊在那儿的各式各样的船只,在伯爵码头靠了岸。

码头上熙熙攘攘地来往着灰制服的陆军、黑制服的海军和穿着杂色衣衫的妇女。乡下女人在这儿出售面包,俄罗斯农民带着茶炊大声喊着:"吃热蜜汤啊!"码头的最初几级台阶上就狼藉着生锈的炮弹、炸弹、霰弹和各种口径的铁炮。稍远就是一片大广场,场上横着几根木头和几座炮架,有几个士兵在那里睡觉;还有马匹、车辆、绿色的大炮和弹药车,以及一堆堆架着的步枪;陆军、海军、军官、妇女、孩子和商人,熙来攘往;装着干草、袋子和木桶的大车,络绎不绝;偶尔还有骑马的哥萨克兵和军官,或是坐马车的将军经过广场。右边是一条筑有防寨的街道,防寨的炮眼里安着几尊小炮,有个水兵坐在旁边抽烟斗。左边是一座漂亮的房子,墙上刻着罗马数字,门前站着几个士兵,摆着几副血迹

---

① 柯尔尼洛夫(1806—1854),俄国海军将领,历任黑海舰队和港口参谋长,1854年克里米亚战争中指挥俄军防守塞瓦斯托波尔,同年10月负伤牺牲。

斑斑的担架——处处都可以看到军营令人不快的迹象。你最初得到的印象准是最不愉快的:军营生活和都市生活、漂亮的城市和肮脏的野营奇怪地混杂在一起,不仅不漂亮,而且乱七八糟,叫人看了不舒服;你还会觉得人人都饱受惊吓,东奔西窜,不知所措。但你要是走近仔细瞧瞧周围人们的脸,你就会得到截然不同的印象。就拿这个辎重兵来说吧,他正拉着三匹枣红马去饮水,怡然自得地哼着歌曲,显然这杂乱的人群并没有使他眼花缭乱,仿佛他们根本就不存在似的——饮马也罢,拖大炮也罢,他都干得那么从容,那么自信,那么沉着,仿佛他现在是在图拉或者萨兰斯克。而且,在那位戴着洁白手套的过路军官的脸上,在那个坐在防寨上抽烟的水兵的脸上,在那些带着担架守候在原俱乐部门口的士兵的脸上,在那个怕弄脏粉红色衣裳、在穿过街道时从这块石头跳到那块石头的少女的脸上,你都可以看到同样的神情。

是的,你要是第一次来到塞瓦斯托波尔,你准会大失所望! 不论从哪一个人的脸上,你都找不到惊慌和狼狈的神情,甚至找不到热烈、果断或者准备牺牲的神色——你根本看不到这些表情。你看到的只是些平凡的人,镇定地干着平凡的事,因此你也许会责备自己过分兴奋,同时怀疑你凭北岸所得的见闻而构成的关于塞瓦斯托波尔保卫者如何英雄豪迈的概念,是否真实可靠了。但你别急于怀疑,还是先到棱堡那儿去一趟,到现场看看塞瓦斯托波尔的保卫者,或者,最好干脆就到对面那座大厦去一下,就是门口站着抬担架的士兵、原先做过塞瓦斯托波尔俱乐部的那座房子。那里你可以看到塞瓦斯托波尔的保卫者,那里你可以看到可怕而又可悲、庄严而又好玩、惊心动魄而又鼓舞人心的景象。

你走进巨大的俱乐部里去吧。一推开门,你就会看到一片触目惊心的景象,闻到一股腥臭难当的气味:里面有四五十个断手丢足和伤热沉重的伤员,其中一部分躺在床上,但大部分都躺在地板上。你的脚也许会在门口停住,可你别让这种恶劣的感情支配你。进去吧,别不好意思**瞧瞧**受难的人们,别不好意思走近去跟他们谈谈:不幸的人喜欢看到人们同情的脸色,他们喜欢谈谈他们的痛苦,听听亲切安慰的语言。你从一排排的病床中间走过去,你就找一张比较和蔼而不太痛苦的脸,大胆去跟他谈谈吧。

"你伤在什么地方啊?"你怯生生地问一个瘦骨嶙峋的老兵,他坐在床上,用和善的目光盯着你,仿佛在请你走拢去。我之所以说"你怯生生地问",是因为眼看着别人的痛苦,除了深切同情之外,你还会产生一种既怕冒犯他又很尊敬他的感情。

"腿上,"那士兵回答:你立即会从毯子的折痕上看出,他的一条腿膝盖以下部分没有了。"感谢上帝,如今我可要出院了。"他补充说。

"你负伤好久了吗?"

"有五个多礼拜了,先生!"

"怎么样,现在还疼吗?"

"不,现在不疼了,没什么;只有逢到天气不好,腿肚里有点儿疼,平时没什么。"

"你是怎么负伤的?"

"在第五棱堡,先生,就在第一次炮轰的时候。我瞄准好大炮,正向第二个炮眼走去,这时候他就打中了我的腿,我好像掉到一个窟窿里去了。一看,腿没有了。"

"开头你难道真的不觉得疼吗?"

"不觉得什么;只觉得腿上好像被什么东西烫了一下。"

"那么后来呢?"

"后来也没什么;只有皮肤被拉拢来的时候,仿佛有点儿刺痛。最要紧的是,先生,**别想得太多**。你不去想它,就没什么。痛苦多半是因为想得太多。"

这时候,一个穿灰条子衣服、包黑头巾的女人走了过来,并且参加你跟那水兵的谈话。她开始给你讲他的事,他的痛苦,以及四个礼拜中他经历的危险状态,还讲到他在负伤之后怎样叫担架停下来让他瞧瞧我们炮台打排炮,亲王怎样跟他谈话,还赏给他二十五卢布,他怎样对亲王说,他还要回棱堡去,如果他自己干不了,就去教练年轻人。这女人一口气讲了这些事,眼睛一会儿对你望望,一会儿对水兵瞧瞧。那水兵转过脸去,扯着枕头上的棉线,仿佛不在听她说话。而她的眼睛里却闪出一种兴奋的光芒。

"她是我的老婆,先生!"水兵带着抱歉的口吻说道,仿佛是说:"您可得原谅她。娘们就是爱说蠢话。"

现在你有点了解塞瓦斯托波尔的保卫者了,你在这个人面前不知怎的觉得有点惭愧。你本想说许许多多话来向他表示同情和钦佩,可是你找不到恰当的字句来表达,而对那些想到的话又觉得极不满意。这样,面对着这种不居功自傲而又坚毅顽强的精神,面对着这种因自身的崇高反而感到羞愧的态度,你就会默默地低下头来。

"好吧,愿上帝保佑你早日恢复健康。"你对他说。接着你走到另一个病人跟前,那人躺在地板上,显然是在难以忍受的痛苦中等待着死亡。

这是个淡黄头发的人,脸色苍白而浮肿。他伸开左臂仰天躺着,显出极度痛苦的样子。他那干枯的张开的嘴,困难地喘着气;他那死气沉沉的蓝眼睛向上翻着；而他那条截剩下来的右臂,裹着绷带,弓起在打皱的毯子下面。一股垂死的人身上的恶臭强烈地冲进你的鼻子,而贯穿在伤员四肢的内热仿佛也侵入了你的身体。

"怎么,他失去知觉了吗？"你问那女人,她跟在你的后面,像亲人一样亲切地瞧着你。

"不,他还听得见,可是很危险了,"她又低声说,"我刚才给他点儿茶喝——尽管是个陌生人,也怪叫人心疼的——可是他简直一点也喝不下。"

"你觉得怎么样？"你问他。

负伤的人听到你的声音,翻了一下眼珠,可是他既看不见你,也不太明白你的意思。

"心头在发烧哇。"

稍微过去一点,你可以看见一个老兵在换衬衫。他的脸和身体都是黄褐色的,瘦得只剩下一副骨头架子了。他少了一条手臂:齐肩膀截掉了。他身体已经复元,精神饱满地坐着；但从他那死气沉沉的眼神中,以及他那可怕的消瘦和脸部的皱纹上,你可以看出,这个人生命中最好的东西已经被痛苦折磨尽了。

在他对面的床上,你可以看见一张女人的苍白柔弱、充满痛苦的脸,双颊上浮现着发烧的红晕。

"这个水兵的老婆五号那天被炮弹炸伤了腿,"那个给你做向导的女人告诉你,"当时她正好上棱堡去给丈夫送饭。"

"腿截掉了？"

"是的,一直截到膝盖上。"

现在,要是你的神经够坚强的话,你可以从左边的门走到那个房间里去,那儿正在包扎伤口和施行手术。你在那儿可以看到脸色苍白神情阴郁的医生,两臂上溅满鲜血,在病床旁边忙碌。上了麻药的伤员躺在床上,睁着眼睛,嘴里像梦呓般说着些莫名其妙但有时却朴实动人的话。医生们给人做截肢手术,他们正干着令人嫌恶而又崇高的工作。你会看到锋利的弯刀怎样切进白净的皮肉里。你会看到伤员怎样忽然苏醒过来,发出惨不忍闻的叫喊和咒骂。你会看到助医怎样把截下的手臂扔在角落里。在这个房间里,你还会看到担架上躺着另一个伤员,他眼看着伙伴动手术,忍不住浑身痉挛,哼个不停,但主要不是由于肉体上的创痛,而是由于精神上的折磨。总之,你会看到种种惊心动魄的景象。你在这儿看到的战争,不是军容整齐的队伍、激昂的军乐、咚咚的战鼓、迎风飘扬的旗帜和跃马前进的将军,而是战争的真实面目——流血、受难、死亡……

离开这所充满痛苦的房子,你准会觉得如释重负,你会深深地吸几口新鲜空气,因为意识到自己的健康而高兴,但一想到这些苦难,你又会觉得自己的渺小,你也就会毫不犹豫地泰然向棱堡走去……

"跟这么多的死亡和这么多的痛苦比起来,我这个渺小得像虫子的人的死亡和痛苦又算得了什么呢?"但是,明朗的天空、灿烂的太阳、漂亮的城市,大门敞开的教堂和熙来攘往的军人,这种种景象很快就会使你的心情又像平时一样轻松愉快,你又会关心起琐碎的事情,热衷于现实的生活了。

你也许会碰上一个军官的出丧行列正从教堂里出来,粉红色的棺材由乐队和飘扬的旗帜伴送着。你也许会听见棱堡那边传来的炮声,但这并不会唤起你原先的想法。你会觉得出丧是个很壮观的场面,炮声是种很雄壮的声音,而你在救护站所得的关于痛苦和死亡的鲜明印象,也决不会跟这种场面和这种声音联系在一起。

过了教堂和防寨,你就进入城市里最热闹的地区。街道两边挂着商店和酒馆的招牌;商人、戴帽子的女人、包头巾的女人、军装笔挺的军官——一切都说明居民的坚强、自信和镇定。

你要是想听听水兵们和军官们的谈话,那就走进右边那家酒馆里去吧;那边准有人在谈昨天晚上的事,谈芬尼卡姑娘,谈二十四号那天的战事,还会谈到肉饼怎样又贵又不好吃,也会谈到伙伴中某人是怎样牺牲的。

"活见鬼,今天我们那边糟透了!"一个淡黄头发的年轻海军军官声音低沉地说,他脖子上围着一条绿色的羊毛围巾,嘴上没有胡子。

"'我们那边'指什么地方啊?"另一个军官问。

"第四棱堡,"年轻的军官回答。你听到"第四棱堡"几个字,准会特别注意这个淡黄色头发的军官,甚至对他抱几分敬意。他那过分洒脱的姿态,指手画脚的样子,以及高声的谈笑,在以前你也许会觉得粗鲁无礼,现在看来却是一种情绪特别昂扬的表现——这种情绪是一般青年人在经历危险之后所常有的。但你总以为他会告诉你,第四棱堡怎样被枪炮打得一塌糊涂。根本不是那么一回事!一塌糊涂是由于地上的泥泞。"炮台那边简直走不过去。"他指指靴筒上溅满泥浆的靴子说。"我那个最好的炮手今天牺牲了,正好打中脑门。"另一个军官说。"哪一个呀?米玖兴吗?""不……你到底给不给我小牛肉哇?混蛋!"他回头对堂倌说。"不是米玖兴,是阿勃罗西莫夫。他是个好汉,参加过六次突击呢。"

餐桌的另一角坐着两个步兵军官:一个年轻的穿红领大衣,肩章上有两颗星;一个年老的穿黑领大衣,肩章上没有星。他们面前放着几盘肉饼拼豌豆和一瓶叫"波尔多"的克里米亚酸葡萄酒。年轻军官正在给老军官讲阿尔玛战役的经过,他已经有几分酒意了,说话时断时续,目光迟疑不决,表明他在怀疑人家是不是相信他的话,而这主要是因为他把自己在这场战役中的作用说得太过分了,情况也讲得太可怕了。不过,从他的神态上看得出来,他的话离开事实的确很远。但你没有心绪去听这些故事,反正往后你在俄罗斯各地都可以经常听到。你急于想到棱堡那边去,特别是人家给你讲得那么多、讲法又那么不同的第四棱堡。谁要是说他到过第四棱堡,总会显出特别兴奋和骄傲的神气。谁要是说:"我上第四棱堡去。"总会流露出微微的激动,或者过分的淡漠。谁要是开人家玩笑,往往说:"真该把你送到第四棱堡去!"当你遇到抬担架的,你问:"从哪儿来?"回答多半是从第四棱堡来。对这座可怕的棱堡存在着两种截然不同的看法:那些从来没有到过棱堡的人,深信凡是去的人准得送命;而那些生活在棱堡里的人,譬如那个淡黄头发的海军准尉吧,要是谈到第四棱堡,却会告诉你,那边地上干燥还是泥泞,掩蔽部里是冷还是热,等等。

　　你在酒馆里只待了半小时,天气却已起了变化:海面上迷蒙的雾霭凝聚成潮湿的灰云,把太阳都遮没了;空中落着愁人的毛毛雨,打湿了屋顶、人行道和士兵的大衣……

　　再经过一座防寨,出了大门,向右拐弯,你就来到另一条大街上。过了这座防寨之后,街两边的房子都空着没有人住,也没有招牌,门上钉着木板,窗子打得粉碎,这儿有个墙角被炸掉了,那儿又有个屋顶给打穿了。看上去,建筑物好像饱经忧患的老兵,用骄傲而又带点轻蔑的神气瞧着你。你一路走去,不时会被地上狼藉的炮弹绊到,或者跌进石子地上积水的弹坑里。你会在街上遇见和赶上成群结队的士兵、哥萨克和军官；偶尔也会碰到一个女人或者孩子，但不会是那种戴帽子的太太小姐，而是穿旧外套着军靴的水兵的婆娘。你顺着街道继续往前走，走下一个小山坡，周围看到的就不再是房子，而是一堆堆奇形怪状的瓦砾、石头、木板、泥土和圆木。你看见前面那座陡峭的山上，有一片壕沟纵横的黑色烂泥地。这该就是第四棱堡了吧……这儿更难得遇到人了，女人根本看不见，士兵们都急急地赶着路，地上到处是血迹，而且你准会在这儿遇见四个兵抬一副担架，担架上往往可以看到一张蜡黄的脸和血迹斑斑的外套。你要是问："他伤在哪里？"抬担架的也不向你回过头来，只气冲冲地回答说伤在腿上或者臂上——如果抬的是个轻伤员的话。不然他们就板着脸不做声，而担架上也看不见脑袋，说明那人不是死了，就是负了重伤。

在你上山的时候听到炮弹或者榴弹在附近呼啸，你会感到浑身不舒服。此刻听到的声音，跟你在城里听到的声音，在感觉上完全不同。你的头脑里会突然闪过一阵宁静愉快的回忆；对个人得失的考虑，会超过你对外界事物的观察；你开始不太注意周围的一切，忽然产生了一种讨厌的犹豫不决的情绪。尽管在面临危险时你内心里会发出这种卑鄙的呼声，你还是能把它压下去（特别是因为你看到一个士兵，挥动两臂，顺着泥泞滑下山去，嘻嘻哈哈地从你旁边经过），而且会情不自禁地挺起胸膛，昂起头，向这座泥泞滑溜的山上爬去。你爬了没有多少路，就有来复枪弹在你左右嗖嗖飞过，你也许会考虑，还是走那条跟道路平行的壕沟吧；可是壕沟里充满又臭又黄的泥浆，深可没膝，这样你就非走大路不可了，何况**大家都在走大路**呢。走上两百步光景，你就来到一片挖得很深的泥泞地，周围是堆起的土筐、土堤、火药库、炮床、掩蔽壕，上面摆着一尊尊巨大的铁炮，放着一堆堆整齐的炮弹。你会觉得这一切都像是偶尔凑在一起的,并没有什么目的、联系和秩序。这儿,炮台上坐着一群水兵;那儿,场地中央横着一尊被击毁的大炮,炮身一半陷在泥泞里;那儿,有个扛枪的小兵吃力地在泥泞中拖动脚步,越过炮台。四面八方,到处你都看到炮弹的碎片,没有爆炸的榴弹、炮弹,营地遗下的垃圾,而这一切都陷在又稀又黏的泥浆里。你似乎觉得炮声不远,四面都飞着子弹——有的嗡嗡响着,像蜜蜂振翅,有的嘘嘘飞过,有的急促而尖厉,像琴弦的颤动。你会听到轰然一声巨响,使你浑身震动,觉得真有点魂飞魄散了。

"哦,这就是第四棱堡了,真是个可怕的地方!"你心里这样想,同时感觉到微微的自豪和竭力克制着的极度恐怖。可是你错了:这还不是第四棱堡。这是亚索诺夫多面堡,是个相当安全根本没有什么可怕的地方。上第四棱堡,你得再向右拐弯,沿着那条有个小兵弯腰走去的狭小壕沟前进。在这壕沟里,你又会遇见担架、水兵和带铲子的步兵。你会看见地雷的导线、没在泥泞中的掩蔽部——这种掩蔽部里只能爬进两个人。你还会看到黑海大队的哥萨克步兵在那儿换鞋,吃东西,抽烟,过他们的日子。你会看到处处都是发臭的泥浆、营地遗下的垃圾和各种各样的废铁。再走三百步光景,你又来到一座炮台上———块布满坑坑洼洼的场地,周围是装满泥土的土筐、摆在炮床上的大炮和土垒。你会在这儿看见四五个水兵,躲在胸墙后面打牌;还会遇到一个海军军官,他发现你是个好奇心很重的外来人,就会兴致勃勃地带你参观他们的工事,以及一切你可能感兴趣的东西。这军官会那么镇静地坐在大炮上,拿着一片黄纸卷烟卷,那么沉着地从这个炮眼走到那个炮眼,跟你说话又那么从容不迫,一点也不做作,因此,你头上飞过的子弹虽然越来越密,你却变得镇定起来。你会向那军官问长问短,并且用心听他解说。他会告诉你(但一定要你问他,他才肯说)五号那天炮轰的情况。他会告诉你,当时他的炮台上只有一门大炮能用,炮手只剩下八个,可是到了第二天,六号早晨,他还是把门门炮都打响了。他会告诉你,五号那天有颗炮弹落在水兵的掩蔽部上面,炸死了十一个人。他会从炮眼里指给你看,敌人的炮台和壕沟就在七八十米开外的地方。我只是担心,你在嘘嘘叫的子弹下,从炮眼里探出头去窥察敌人,会什么也看不见。但要是看见了,你准会大吃一惊,因为那堵离你那么近、上面冒着白烟的白色石墙,原来就是敌人,就是我们的士兵们所说的**他**了。

那海军军官出于虚荣或者单纯戏谑的心情,很可能开几炮给你瞧瞧。"叫炮手们来打炮!"于是就有十四五个水兵,有的把烟斗放进口袋里,有的将面包干塞进嘴里,全都生气勃勃、快快活活地踏着打过铁掌的皮靴,跑到大炮旁边,动手装上炮弹。你仔细瞧瞧他们的脸,瞧瞧他们的姿态和行动吧:黑里透红的高颧骨脸上的每条皱纹,每块肌肉,这些宽阔的肩膀,穿着巨大靴子的粗腿,每一个沉着稳重、从容不迫的动作,一切都显示出俄罗斯人力量的主要特征——淳朴而顽强。不过,在每个人的脸上,除了显示出危险、愤怒和战争的痛苦这些主要征象之外,你还可以看到流露着自尊心以及高尚的理想和感情。

突然,一声天崩地裂的巨响,不但震撼你的耳朵,而且震撼你的全身,你不禁打了个寒噤。接着就听到了炮弹呼啸远去的声音,同时一团浓烟把你的身体、炮床和走动着的水兵的黑影都笼罩住了。你会听到水兵们对我们这一炮发表不同的意见,你会看到他们情绪激昂,并且流露出一种你也许完全没有料到的感情——这是深藏在每个人心里的报仇雪恨的感情。"正好打中**炮眼**,我看打死了两个……喏,抬出来了!"

你会听到这样的欢呼声。"这下子**他**可火了,马上就会还手的。"有人这么说。果然,一会儿你就看到前面火光一亮,冒出一团硝烟,那个站在胸墙上的哨兵喊道:"大——炮!"接着就有一颗炮弹从你旁边呼啸而过,轰的一声落在地上,把泥土和石子炸得飞溅开来。炮台指挥官被这颗炮弹激怒了,他命令把大炮一门一门装上炮弹,敌人也开始向我们还击。这时你就会体会到一种有趣的感觉,听见和看见一幕有趣的情景。于是哨兵又会叫喊:"大炮!"你又会听到同样的呼啸声和爆炸声,以及泥土和石子的飞溅声,或是哨兵的叫声:"臼炮!"于是你会听见一阵均匀的炮弹呼啸声。这声音相当悦耳,很难使人联想到恐怖。这呼啸声越来越近,越来越快,接着你就会看到有个黑色的球撞在地上,发出清楚而响亮的爆炸声。随后,弹片带着尖叫声向四方飞溅开来,石子在空中沙沙直响,你身上也会溅满污泥。听见这些声音,你会产生一种又痛快又恐怖的奇异感觉。在炮弹向你飞来的这一刹那间,你准会想到你要被它打死了;但自尊心支持着你,谁也没发觉你其实是心如刀割。不过,等炮弹没有碰到你而飞过去之后,你清醒过来,刹那间,你会感到喜不自胜,你也就领略到在生死关头所特有的一种壮美之感,于是你希望炮弹更近地落在你旁边。这时哨兵又用他那洪亮而重浊的声音喊道:"臼炮!"接着又是炮弹的呼啸声、落地声和爆炸声,但在爆炸声中还夹着一个人的呻吟,使你大吃一惊。你向负伤的人走过去,正好担架也赶到了。这个负伤的水兵浑身都是血和泥,样子怪得简直不像个人了。他的胸膛被撕去了一块。开头几分钟,他那溅满污泥的脸上,只露出恐惧的神色和一种好像预先装出来的痛苦表情(处在这种境地的人往往有这样的表情),但是,当担架抬过来,他侧着那没受伤的半边身子躺下时,你就发现他的表情起了变化:脸上热情洋溢,透露出一种没说出口的崇高思想,眼睛更加明亮,牙齿咬得紧紧的,并且吃力地把头昂得更高。当他被抬起来的时候,他止住担架,声音哆嗦地对伙伴们说:"别了,弟兄们!"他显然还想说些什么,说些使人感动的话,但结果只重复道:"别了,弟兄们!"这时候,有个水兵走过来,把军帽戴在伤员昂起的头上,接着又沉着地摆动两臂,回到大炮那儿去。"每天总有七八个人这样牺牲。"海军军官看到你脸上惊惧的神色,会这样向你说明。他一面打哈欠,一面又拿黄纸卷烟卷……

……

现在,你可在阵地上看到塞瓦斯托波尔的保卫者了。你回去的时候,不知怎的不再理会一路上(直到那座击毁的戏院)呼啸着的炮弹和枪弹,你将怀着一种宁静而高尚的心情回去。主要是你获得了一个愉快的信念:塞瓦斯托波尔决不会被人家占领,不但塞瓦斯托波尔决不会被人家占领,而且俄罗斯人民的力量在任何地方都不会动摇。这种信念的确立,不是由于你看到了无数遮弹障、胸墙、纵横交错的壕沟、坑道和重重叠叠的大炮(这些东西你一点也不懂),而是由于你看到了他们的眼神、举止,听到了他们的谈吐,也就是所谓塞瓦斯托波尔保卫者的精神。他们的举动是那么利落,那么起劲,又那么从容不迫,使你相信即使繁重百倍的工作,他们也能胜任……他们是什么都干得了的。你明白,鼓舞他们干劲的,不是你自己体验过的猥琐、虚荣、健忘之类的情绪,而是另一种有力得多的感情——这种感情使他们能泰然地处身在枪林弹雨之下,面对着比常人多百倍的死亡危险,并且在无休止的劳动、睡眠不足和泥泞之中过活。人不可能为了一个十字勋章、一个头衔或者受到威胁而忍受如此可怕的生活条件;一定另有一种崇高的东西在鼓舞他们。这就是俄罗斯人深藏在心里难得流露出来的感情——热爱祖国的感情。只有现在，塞瓦斯托波尔被围攻初期的故事——当时，那里没有工事，没有军队，没有保卫它的物质条件，但没有人怀疑它会向敌人屈服；当时，那位可以跟古希腊英雄媲美的柯尔尼洛夫，在检阅军队时说："弟兄们，我们宁可牺牲生命，决不放弃塞瓦斯托波尔！"而我们的不善于言辞的俄罗斯人就回答："我们宁可牺牲生命！乌拉！"——只有现在，这个城市被围攻初期的故事，对你才不再是美丽的历史传说，而是活生生的事实。通过刚才看见的人物，你可以清楚地认识到那些英雄，他们在艰苦的日子里决不垂头丧气，而是斗志昂扬，并且高高兴兴地准备献出自己的生命，不是为了一座城市，而是为了祖国。这部保卫塞瓦斯托波尔的史诗，将久远地在俄罗斯留下伟大的影响，而史诗中的英雄就是俄罗斯人民……

　　黄昏降临了。即将下山的夕阳，从蔽天的灰云后面豁露出来，一下子射出灿烂的红光，照亮了紫色的阴云，照亮了舰艇林立、波涛起伏的灰绿色海面，也照亮了城市的白色建筑物和街上熙来攘往的人们。团的乐队在林阴道上演奏古老的圆舞曲，它的旋律在水面上荡漾，跟棱堡上隆隆的炮声奇妙地融成一片。

1855年4月25日

于塞瓦斯托波尔

5月的塞瓦斯托波尔

1

自从第一颗炮弹从塞瓦斯托波尔的棱堡里打出去,把敌人工事上的泥土炸得飞溅开来,已经有六个月了。从那时起,成千上万的炮弹、榴弹和子弹,不停地从棱堡飞向壕沟,从壕沟飞向棱堡,而死神也不停地在双方阵地的上空盘旋飞翔。

在这期间,千万人的虚荣心受到挫折,千万人的虚荣心得到满足,因此骄傲自负,而千万人已安息在死神的怀抱里。多少人挂上星章,多少人摘下星章,多少人得到安娜勋章,多少人得到弗拉基米尔勋章,又有多少人得到了粉红色的棺材和亚麻布的棺衣!而棱堡里依旧传出同样的炮声。在晴朗的晚上,法国兵依旧怀着情不自禁的战栗和出于迷信的恐惧,从他们的营地上眺望塞瓦斯托波尔棱堡弹痕累累的黄褐色土地,我们的水兵在棱堡上走动的黑影,并且数着愤怒地从炮眼里伸出来的炮筒。我们的信号兵依旧守在信号塔上,用望远镜观察服装斑斓的法国兵、他们的炮台、帐篷、在绿山上移动的纵队和那从壕沟里升起来的硝烟。各种各样的人物,怀着各种各样的希望,依旧那么情绪热烈地从四面八方奔向这个生死搏斗的场所。

然而,外交家们解决不了的问题,用火药和鲜血更难解决。

我脑子里常常出现一种古怪的想法:假使交战的一方向对方建议各自裁减一个士兵,结果又会怎么样呢?这愿望似乎有点古怪,但为什么不能试一试呢?然后,每一方再裁去一个,然后,裁去第三个、第四个……一直裁到双方军队各剩下一个士兵为止(假定双方军队力量相等,数量上的相等又转变成质量上的平衡)。这样,假使在有理性的人们的有理性的代表之间确实发生了复杂的政治问题,非用战争来解决不可,那就让这两个士兵去搏斗吧:让一个去攻城,一个去守城。

这种议论听来似乎荒唐,却是有道理的。真的,一个俄国兵对联军的一个代表作战,那跟八万人对八万人作战,又有什么不同呢?为什么不是十三万五千人对十三万五千人作战呢?或者两万人对两万人呢?或者二十人对二十人呢?为什么不是一个人对一个人呢?这个办法并不见得比那个办法更合乎逻辑。而最后一个办法可说更合乎逻辑,因为更合乎人道。或者说,战争就是疯狂;或者说,如果这种疯狂是由人造成的,那么人就根本不是像我们所设想的那样是一种有理性的动物。二者必居其一。

2

在被围攻的塞瓦斯托波尔城里,团的乐队正在大帐篷附近的林阴道上奏乐。成群的军人和妇女悠闲地在小径上散步。灿烂的春天的太阳,一早升起在英军阵地上,渐渐移到棱堡上空,然后又照到城市和尼古拉耶夫兵营,把欢乐的光芒投向每个人,此刻又斜挂在远处银光熠熠的蔚蓝色大海上。

一个背有点驼的高个子步兵军官从滨海街左边海军宿舍的一座小房子里出来。他一边走,一边戴上一双虽不十分洁白但还算干净的手套。他若有所思地瞧瞧脚下的地面,向山上林阴道走去。这军官额角很低,相貌平常,样子并不聪明,但是老成持重,十分正派。他的外表也不好看:两腿细长,举动笨拙,而且有点畏缩。他戴一顶还算新的帽子,穿一件颜色紫得出奇的薄外套,衣襟里露出一条金表链,下身穿一条裤脚口上有套带的长裤,脚上套着一双虽然磨损了后跟、却擦得干净发亮的小牛皮靴。凡是有经验的军人,一眼就能看出,他不是个普通的步兵军官,而是个地位较高的军人(倒不是从他那种与众不同的装束,而是从他整体风度上看出来)。要不是他生有一副纯粹俄罗斯人的脸形,人家可能把他当做德国人。他可能是个副官,或是团的军需官(但这一来,他的靴子就该装上马刺),也可能是战时从骑兵队或近卫军调来的军官。他确实是从骑兵队调来的。此刻他正向林阴道走去,心里想着刚才接到的一封信,那是一个退伍的旧同事(T省的地主)和他的妻子(脸色苍白、眼睛浅蓝的娜塔莎,他的好朋友)写来的。他想起信里的一段话:

每当《残疾者报》一到,普泼卡(退伍的枪骑兵这样称呼他的妻子)就奔进穿堂,拿了报纸跑到**亭子里S形的椅子**边,或者跑进**会客室**(你可记得,你们的团驻在我们城里时,咱们怎样在这会客室里一起愉快地度过冬天的黄昏),那么兴奋地读着**你们**的英雄事迹,你真不能想象啊。她常常提到你,说:"你看哪,米哈依洛夫真是个**可爱的人**,等我看见他,我要好好吻吻他。他**在棱堡上作战**,一定会获得乔治十字章,一定会上报的。"诸如此类的话,弄得我大吃你的醋。

他在另一个地方写道:

我们这儿报纸到得很迟,传说很多,但不能全信。譬如,你认识的那几位**做音乐的小姐**昨天告诉我们:拿破仑被我们的哥萨克俘虏,并且解送到彼得堡去了。不过你该明白这话我能相信几分。彼得堡来了一个人(他从大臣那儿来,负有特殊使命,人极可爱。现在城里没有什么人,你真不能想象,他对我们来说是个多么重要的**消息来源**)很有把握地告诉我们,我们的部队已经占领了叶夫帕托里亚,因而**切断了法军跟巴拉克拉瓦①的联络**,在这次战役中我们牺牲了二百人,而法军损失却达一万五千人。我妻听了高兴万状,通宵**狂饮**,说她料想你一定参加了这次战役,并且打得很英勇……

从我特地用黑体字书写的字句上,从全信的语气中,一个眼界很高的读者准会对这位靴跟磨损的米哈依洛夫上尉,对他那个别字连篇和缺乏地理知识的同事,对他那位脸色苍白爱坐 S 形椅子的女友(读者很可能想象这位娜塔莎还留着肮脏的指甲呢),总之对那个被他鄙视的肮脏懒散的外省社会,产生一种正确的不良印象。但米哈依洛夫上尉却怀着说不出的忧郁心情,想念着他那个脸色苍白的外省女友,想起他怎样跟她在亭子里共度黄昏,互诉**感情**。他想起那个善良的枪骑兵同事,想起他们怎样在书房里赌一分一戈比的纸牌,枪骑兵怎样生气和

---

① 叶夫帕托里亚和巴拉克拉瓦都在克里米亚,当时都在俄军手里。

输钱,他妻子又怎样嘲笑他。他一想起这些人对他的友谊(也许他认为脸色苍白的女友对他有着超过友谊的感情),他们的容貌和环境就带着异常甜蜜的快乐光辉,浮现在他的脑海里。想到这里,他满面笑容地伸手到口袋里摸了摸这封**可爱**的信。这些回忆对米哈依洛夫上尉具有特殊的魅力,因为现在他在步兵团里的生活圈子远不如他以前所处的那个圈子。当时他是个骑兵军官,是太太们的宠儿,在T城处处受到欢迎。

他以前的生活圈子比现在的确实高多了,因此,在推心置腹的时刻,他会对他的步兵弟兄们说:他有过自备马车,在省长家的舞会上跳过舞,跟穿便服的将军打过纸牌。他们将信将疑地听着他说,但不想反驳他或者跟他争论,仿佛说:"让他吹吧!"至于他对弟兄们的狂饮胡闹(喝伏特加,下四分之一戈比的赌注),对他们举动的粗鲁无礼并不公开表示鄙夷,那是因为他的性情特别随和而又通情达理的缘故。

米哈依洛夫上尉不由自主地从回忆转为幻想和希望。"要是娜塔莎在《残废者报》上读到我第一个冲到敌人的大炮上,因而获得乔治勋章,她会怎样又惊又喜啊!"他踏着后跟磨损的靴子,在小巷里边走边想。"凭以前的保荐书我该升为大尉了。再说,按照资历我很可能今年就被提升为少校,因为已经牺牲了许多人,而在这一仗里一定还会牺牲许多人。以后还有战斗,而我这个有了名望的人会奉命去指挥一个团……这就成了中校……挂上安娜勋章……然后是上校……"接着他已经把自己想象成将军了,他将走访孀居的娜塔莎,因为在他的幻想中那时候他那位同事已经去世了……正在他胡思乱想的当儿,林阴道上的音乐声更加清楚地传到他的耳朵里,人群出现在他的眼前,他这才省悟过来,他依旧是个渺小、笨拙而胆怯的步兵上尉罢了。

3

他先走到大帐篷旁边,那儿排列着乐队,团里的几个士兵手拿翻开的乐谱站在乐师前面,代替乐谱架。一群司书、士官生、保姆和孩子,以及穿旧外套的军官站在他们周围,这些人与其说是在听演奏,不如说是在看热闹。在大帐篷四周站着的、坐着的和散步的,多半是海军军官、副官和戴白手套穿新外套的陆军军官。在林阴大道上来往的,有形形色色的军官和形形色色的女人。偶尔有几个女人戴着帽子,大部分包着头巾,也有既不包头巾也不戴帽子的,但妙就妙在都很年轻,没有一个上了年纪的。再下去,在浓阴蔽天、芳香四溢的种满刺槐的小径里,三三两两的人群,有的在散步,有的在闲坐。

在林阴道上遇到米哈依洛夫上尉,谁也不觉得特别高兴,只有他团里的奥勃若果夫大尉和苏斯里科夫大尉也许是例外,他们热烈地跟他握手。但是,奥勃若果夫穿着驼毛裤子,不戴手套,外套破破烂烂,脸色通红,满头大汗,苏斯里科夫则粗野地大叫大嚷,因此,跟他们走在一起有点失面子,特别是在那些戴白手套的军官面前。米哈依洛夫上尉对这些军官中的一个(一位副官)鞠了个躬,对另一个(一位校官)他也可以鞠躬致意,因为他们在一个共同熟识的人家里见过两次面。再说,他跟奥勃若果夫和苏斯里科夫这两位仁兄一天要见面和握手六次,同他们一起散步还有什么趣味呢?他来**听音乐**又不是为了这个。

他很想走到他鞠过躬的那位副官跟前去,同那些大人先生们谈谈话,这倒不是为了要在奥勃若果夫大尉、苏斯里科夫大尉和帕施捷茨基中尉等人面前炫耀一番,而只是因为这些先生都很可爱,消息又十分灵通,也许还会告诉他一点新闻。

可是,米哈依洛夫上尉为什么不敢去接近他们呢?他想:"万一他们不向我还礼,或者虽然还礼,却继续谈他们的话,就当没有我这个人似的,或者干脆不理我,让我一个人孤独地留在**上等人**中间,叫我怎么办呢?"**上等人**这个名词(意思是指各阶层中出类拔萃的人物)近来在俄罗斯十分流行(也许有人认为在俄罗斯不该出现这种情况),深入到了凡是虚荣心能渗透到的一切地区和一切社会阶层(在什么时候,什么情况下这种丑恶的欲望才不会渗透呢),不论在商人中间,在文官中间,在司书中间,在军官中间,也不管是在萨拉托夫,在马马迪什,或者文尼察,总之,只要是有人生活的地方。在被围攻的塞瓦斯托波尔,既然有许多人,自然也就有不少虚荣心,因而也有**上等人**,虽然死神一刻不停地在人们头上飞翔,不管他是**上等人**,还是**非上等人**。

在奥勃若果夫大尉的心目中,米哈依洛夫上尉是个**上等人**,因为他的外套和手套都很干净。奥勃若果夫虽然对他这副打扮看不顺眼,却还是对他抱着几分敬意。在米哈依洛夫上尉的心目中,卡卢金副官是个**上等人**,因为他是副官,跟别的副官谈话用"你我"相称,米哈依洛夫听来觉得有点刺耳,但还是有点怕他。在卡卢金副官的心目中,诺尔多夫伯爵是个**上等人**,但卡卢金常常在心里骂他和鄙视他,因为他是将军的副官。**上等人**真是个可怕的名词。当卓波夫少尉从一个同事身边走过,看见那同事跟一位校官坐在一起,他为什么要冷笑呢?为了要让他们看看,他虽然不是个**上等人**,却一点不比**上等人**差。为什么那个校官说话这样死样怪气呢?就是为了要使对方明白他是个**上等人**,肯跟少尉说话是宽宏大量的表示。那士官生跟住一个素不相识的太太，又不敢去接近她，但他为什么这样摆动两臂挤眉弄眼呢？就是为了向军官们表示，他虽然见了他们脱帽致敬，但他毕竟是个**上等人**，而且心里很快乐。那炮兵大尉为什么对性情温和的传令军官态度这样粗暴呢？就是为了要让大家知道，他从来不巴结什么人，并且不把**上等人**放在眼里，等等，等等。

虚荣心！虚荣心！到处都是虚荣心！就连一只脚踏进棺材的人，为了崇高理想准备献出生命的人，都免不了虚荣心。虚荣心！这简直是我们这个时代的特征和通病。怎么从前没有人像提到天花或者霍乱那样提到这种欲望呢？为什么在我们的时代只有这样三种人：一种人认为虚荣心是必须存在的，因此它是合理的，就心甘情愿地屈服了；另一种人把虚荣心看做一种不幸而又无法避免的东西；再有一种人不知不觉地受它支配，好像奴隶一般。为什么荷马和莎士比亚等人的作品都描写爱情、荣誉和苦难，而我们当代的文学却无穷无尽地叙述"势利"和"虚荣"呢？

米哈依洛夫上尉在那伙**他心目中的上等人**旁边迟疑地走过两次之后，直到第三次才鼓足勇气向他们走去。这伙人共有四个军官：一个是副官卡卢金，米哈依洛夫早就认识了；一个是副官加尔青公爵，他在卡卢金的心目中多少是位**上等人**；一个是聂斐尔陶夫中校，是所谓"一百二十二个"上流人物中的一个（他们都是退伍后重新来服役的，来的动机部分出于爱国热情，部分出于功名心，但主要是因为**大家**都在服役），又是莫斯科单身汉俱乐部的老成员，他在这里属于不满现状派（这派人什么也不干，什么也不懂，却总是对上级的命令横加批评）；还有一个是骑兵大尉普拉斯库兴，也是"一百二十二个"中的一个。算米哈依洛夫走运，卡卢金此刻情绪很好（将军刚才以十分信任的态度跟他说过话，而且加尔青公爵从彼得堡一到，就住在他那里），因此跟米哈依洛夫上尉握手，并不觉得有失身份。然而，普拉斯库兴却不愿跟米哈依洛夫握手，虽然他在棱堡那边常常遇到米哈依洛夫，而且不止一次喝过他的葡萄酒和伏特加，在打牌上还欠他十二个半卢布。普拉斯库兴跟加尔青公爵还不太熟，他不愿让公爵看到他认识一个普普通通的步兵上尉，因此对米哈依洛夫只微微点了点头。

"哦，上尉，"卡卢金说，"几时再上棱堡哇？那次我们在施华卓夫多面堡上见面，您还记得吗？当时打得好激烈，是吗？"

"是啊，很激烈。"米哈依洛夫说，同时懊丧地想起那天夜里他那副狼狈相：他弯着身子顺壕沟向棱堡跑去，正好遇见卡卢金佩着铿锵作响的军刀，威风凛凛地走过来。

"照规矩我该明天去的，"米哈依洛夫继续说，"可是我们那边有个军官病了，因此……"他想说明本来还没轮到他去，可是八连的连长病了，连里只剩下一个准尉，他认为去代替聂普希特舍茨基中尉的职务义不容辞，因此今天就上棱堡去，但卡卢金没有听完他的话。

"我觉得这两天会出什么事的。"他对加尔青公爵说。

"哦，今天不会出什么事吧？"米哈依洛夫怯生生地问。他一会儿瞧瞧卡卢金，一会儿瞧瞧加尔青。谁也没有答理他。加尔青公爵只莫名其妙地皱起眉头，眼光从米哈依洛夫的帽子旁边滑过去，沉默了一会儿才说：

"那个包红头巾的姑娘长得挺不错。您不认识她吧，上尉？"

"她是水兵的女儿，就住在我的宿舍附近。"

"来吧，让我们过去好好瞧瞧她。"

于是加尔青公爵就一手挽着卡卢金,一手挽着上尉,他相信这样一定会使米哈依洛夫大为高兴——结果果然如此。

上尉这人很迷信,他认为作战之前跟女人调情十分罪过,但在目前这场合他却装得像个浪荡鬼。加尔青公爵和卡卢金看了显然不以为意,包红头巾的姑娘却觉得非常惊奇,因为她不止一次注意到,上尉平时从她窗前走过,总是脸涨得通红。普拉斯库兴走在他们后面,一路上不断碰碰加尔青公爵的手臂,用法语说长道短。但是,由于小径上四人不能并肩同行,他只得一个人独走,直到第二圈他才挽住走近来跟他谈话的谢尔维亚金。谢尔维亚金是个以勇敢著称的海军军官,也急于加入**上等人**的一伙。这位著名的英雄高高兴兴地用他那砍杀过许多法国人的强壮手臂,挽住普拉斯库兴的手臂,虽然大家(包括谢尔维亚金在内)知道普拉斯库兴的人品并不太好。普拉斯库兴要说明他认识**这位**海军军官,就低声告诉加尔青公爵,他是一位著名的英雄。可是加尔青公爵昨天到过第四棱堡,亲眼看见炮弹在二十步外开花,就认为自己的勇敢不下于这位英雄,并且觉得许多人都是徒有虚名,因此根本没把谢尔维亚金放在眼里。

跟这些人一起散步,米哈依洛夫上尉觉得十分愉快,他甚至忘记了那封**可爱的T城**来信,忘记了又得去棱堡的忧虑,而主要是忘记了他得在七点钟赶回家里。他跟他们待在一起,直到他们避开他的视线,只顾自己说话,暗示叫他走开,并且终于丢下他走掉为止。但上尉还是心满意足,因此,当士官生彼斯特男爵半路上向他敬礼时露出傲慢不逊的神气,他也满不在乎。士官生彼斯特男爵昨天在第五棱堡的掩蔽部里待了一夜,这是他生平第一遭,因此就自认为是个英雄,傲慢自大起来了。

4

不过,上尉一踏进他的住所,头脑里就产生了截然不同的思想。他看见他的小房间:高低不平的泥地、糊纸的歪斜窗子、他那张旧床、靠床的壁上钉着骑马女人图的花毯、毯子上挂着两支图拉手枪,以及跟他同住的士官生的肮脏床铺和床上的花布被子。他看见他的仆人尼基塔头发蓬乱而油腻,一边挠痒,一边从地上爬起来。他看见他那个旧外套、那双平时穿的靴子和一个包裹,包裹里露出一块肥皂似的干酪和一只盛有伏特加的酒瓶的颈子。这些东西都是准备好让他带到棱堡上去的。他带着一种近乎恐惧的心理忽然想到,今天他就得跟他的一连人在战壕里待上一个通宵。

"我今天准要死在战场上了,"上尉想,"我有这样的预感。主要是因为本来不该我去,我却主动要求去。自愿上阵的人,往往会牺牲。该死的聂普希特舍茨基究竟生什么病啊?也许他根本没有什么病,可人家却要替他去送命,非送命不可。但我要是能保住性命,那就准能被提升了。我刚才对团长说:'既然聂普希特舍茨基病了,那就让我去吧!'那时,我看见团长是多么高兴啊。即使不能升做少校,得个弗拉基米尔勋章准不成问题。我去棱堡,这已经是第十三次了。哦,十三!这是个不吉利的数字。我肯定要死,我觉得一定会给打死的,可是总得有人去呀,总不能让准尉带一连人哪。万一出什么事,就会影响全团的名誉,影响全军的名誉。去,这是我的**责任**……是的,是我的**责任**。可是我有一种预感。"上尉忘记了,他每次去棱堡多少都有这样的预感;他不知道，每个上阵作战的人也多少有这样的预感。这种责任感使上尉稍稍平静点儿（他也像一般智力不很发达的人那样，责任感特别强），他在桌旁坐下来，给父亲写诀别信（最近他因经济问题跟父亲搞得不太愉快）。十分钟以后，他写好信，眼泪汪汪地站起来，一面默念着他所知道的各种祈祷文（他不好意思在仆人面前大声祷告上帝），一面动手穿衣服。他还想吻吻米特罗凡圣像（这是他母亲临死前给他的祝福，他特别信仰它），但不好意思当着尼基塔的面这样做，就把圣像拉到上衣外面，这样到了街上不解纽扣就可以拿到它。喝得醉醺醺的粗鲁的仆人懒洋洋地把新军服递给他（上尉平时上棱堡去穿的那件旧军服还没有补好）。

"军服怎么还没补好？你这家伙就是知道睡觉！"米哈依洛夫怒气冲冲地说。

"哼，睡觉！"尼基塔嘀咕道，"整天像条狗似的东奔西跑，累得精疲力竭的，还不让人家睡觉。"

"你又喝醉了，我看得出来。"

"又不是喝您的钱，咕噜什么！"

"闭嘴，畜生！"上尉大喝一声，几乎要动手打人了。他本来情绪不好，如今又被尼基塔无理顶撞，他终于按捺不住了。尼基塔跟他已经过了十二年，是他所喜欢的仆人，甚至有点被他宠坏了。

"畜生？畜生？"尼基塔回嘴说，"老爷，您干吗骂我畜生？您知道现在是什么时势？不兴骂人了。"

米哈依洛夫想到他要去什么地方，不禁害臊起来。

"你要知道，尼基塔，谁都会被你弄得受不了的，"他口气婉转地说。"桌子上这封信是给我父亲的，你别去动它。"他红着脸补充说。

"是,老爷。"尼基塔说。他喝了用自己的钱买的酒,变得十分感伤,眨眨眼睛,简直要哭了。

上尉走到大门口,说了声:"别了,尼基塔!"这时,尼基塔终于失声痛哭起来。他扑过去吻主人的手,呜咽着说:"别了,老爷!"

水兵的老寡妇正好站在大门口。一个妇道人家看到这种场面是无法不伤心落泪的。她用肮脏的袖子擦擦眼睛,哭着说,连老爷先生们都要吃这样的苦,难怪她这个苦命女人要当寡妇了。她给喝醉酒的尼基塔讲她的苦难,这已经是第一百遍了:她的丈夫怎样在第一次炮击时被打死,她那座郊区的小屋怎样被炸毁(她现在住的不是自己的房子),等等,等等。老爷走后,尼基塔就抽起烟来,又叫房东的女儿去买酒,他很快就停止了哭泣,甚至为了一个桶跟老太婆吵起嘴来,说她把他的桶压坏了。

"也许我只会受点儿伤,"黄昏时分,上尉带着一连人到棱堡去,心里想。"可是伤在哪里?伤得怎么样?伤在这里,还是伤在这里?"他心里指的是腹部和胸膛。"要是伤在这里呢,"他想到他的大腿,"即使从旁边擦过,也不好受哇。要是弹片直穿进去,那我就完蛋了!"

上尉弯下身子顺着战壕前进,终于平安地到达了阵地。在一片漆黑中,他跟工兵军官一起给士兵们布置好任务,自己就在胸墙后面的一个坑里坐下来,炮打得很少,只偶尔在我们这边或**他**那边闪起一点火花,榴弹的导管在黑暗的星空划出一道弧形的火光。但所有的炮弹都远远地落在阵地后面和右边,因此上尉坐在那坑里觉得安心些了,就喝了点伏特加,吃了点肥皂般的干酪,抽了一阵纸烟,做过祷告,想打一会儿盹儿。

5

加尔青公爵和聂斐尔陶夫中校在林阴道上碰到士官生彼斯特男爵,又碰到普拉斯库兴(谁也没有招呼他,谁也没有跟他说话,可他还是紧紧跟着他们),就一起离开林阴道,到卡卢金的住所去喝茶。

"哦,你还没给我讲完华斯卡·孟德尔的事呢,"卡卢金脱去外套,在靠窗那只柔软舒服的安乐椅上坐下来,解开浆过的荷兰衬衫的洁白领子,说,"他到底是怎么结婚的?"

"老兄,真可笑!老实告诉您吧,彼得堡有一个时候大家就光谈这件事。"加尔青公爵笑着说,从坐着的钢琴凳上跳起来,坐到卡卢金旁边的窗台上,"简直笑死人了。这件事我知道得挺详细。"于是他就娓娓动听地讲出一个恋爱故事来,可我们对它不感兴趣,因此这里就从略了。

不过,值得注意的是,此刻不仅加尔青公爵,而且屋子里所有的大人先生(一个坐在窗台上,一个跷起两腿,一个坐在钢琴旁),跟他们在林阴道上时都大不相同了。他们不再装模作样,像在步兵军官面前那样摆架子。这里,在自己人中间,他们恢复了本来面目,特别是卡卢金和加尔青,显得都很天真活泼,善良可爱。他们谈的也无非是彼得堡的同事和熟人。

"马斯洛夫斯基怎么样了?"

"哪一个马斯洛夫斯基?是近卫枪骑队的,还是近卫骑兵队的?"

"他们两个我都认得。近卫骑兵队的那一个,我看到他时还是个孩子,刚从学校里出来。年纪大的那一个,该是骑兵大尉了吧?"

"哦!早就当上了。"

"怎么样,还是跟他那个吉卜赛女人搞在一起吗?"

"不,扔了。"以及诸如此类的话。

后来,加尔青公爵在钢琴前坐下来,边弹边唱地表演了一支吉卜赛歌曲。普拉斯库兴不经人家邀请,自动和唱起来。他唱得那么好,大家就请他再和唱,他十分得意。

仆人端着一只银盘进来,盘子里盛着茶、奶油和甜面包。

"端去给公爵。"卡卢金说。

加尔青拿起一杯茶,走到窗口说:"想想真有点奇怪:我们处在这个被围攻的城市里,却又是钢琴,又是奶油红茶,还有这样漂亮的公寓。我真希望在彼得堡也能有一套这样的公寓呢。"

"要是连这些个都没有的话,我们这种老是提心吊胆的生活怎么叫人受得了哇……"对什么事都不满意的老中校说,"眼看着天天都有人被打死,永远没完没了的,要是再在泥泞里过日子,没有一点舒服的话……"

"可是我们的步兵军官跟士兵一起住在棱堡里,睡在掩蔽部里,吃着士兵吃的汤,他们又怎么生活呢?"卡卢金说。

"这我可不了解了,"加尔青说,"老实说,我无法相信那些衬衣邋遢、双手肮脏、生满虱子的人打起仗来会很勇敢。要知道,他们是不可能具有贵族的高尚勇气的。"

"他们根本不懂得这种勇气。"普拉斯库兴说。

"你别乱说,"卡卢金生气地打断他的话,"我在这儿见到的军官比你多。我总是认为,我们的步兵军官尽管生满虱子,十天不换衬衣,他们可是了不起的英雄。"

这时候,有个步兵军官走进房间里来。

"我……我奉命……我奉××将军之命,可以见……见将军大人吗?"他一边鞠躬,一边怯生生地问。

卡卢金站了起来,也没向那军官还礼,脸上勉强露出笑容,假装殷勤地问对方能不能等一下。接着,也没请那军官坐下,就不再理他,却转身对加尔青说起法国话来,弄得那个可怜的军官站在房间中央,不知道该怎么办才好,他那两只没戴手套的手,伸在前面,也没地方可摆。

"事情紧急得很哪,先生。"那军官停了一会儿,说。

"哦!那么走吧。"卡卢金脸上仍勉强露出笑容,穿上外套,陪那军官走出门去。

"先生们,今天晚上看来有一场激战了。"卡卢金从将军那儿回来,说道。

"啊?什么?什么?是突击吗?"其余的人问。

"这我可不知道了,你们自己会看到的。"卡卢金带着神秘的微笑回答。

"你就告诉我吧,"彼斯特男爵说,"要是有什么事的话,那我就得跟T团一起去打先锋了。"

"那你就去吧,上帝保佑你。"

"我的长官也在棱堡上,所以我也得去。"普拉斯库兴一边说,一边佩上军刀,但谁也没有回答他:该不该去,他自己应当明白。

"我觉得什么事也不会有的。"彼斯特男爵说,心惊胆战地想着面临的战斗,但还是神气活现地歪戴上帽子,跟普拉斯库兴和聂斐尔陶夫一起大踏步走出屋子。普拉斯库兴和聂斐尔陶夫也提心吊胆地向各自阵地跑去。"别了,先生们!""再见,先生们!今儿个晚上再见!"卡卢金从窗口叫道,看见普拉斯库兴和彼斯特伏在哥萨克鞍桥上,沿着大路小步跑去。他们显然把自己想象成哥萨克了。

"哦,回头见!"士官生没有听清卡卢金的话,大声嚷道。哥萨克小马的蹄声很快就在黑暗的街上消失了。

"不,您倒说说:今天夜里真的会出什么事吗?"加尔青说。他跟卡卢金一起伏在窗台上,眺望着棱堡上空飞起的炮弹。

"我可以告诉你。你到过棱堡吧?"加尔青点点头,虽然他总共只到过第四棱堡一次。"你知道,在我们的眼镜堡对面有一条壕沟。"于是卡卢金就摆出虽非军事专家、却自认为对军事很有见解的神气,讲述敌我双方工事的形势和当前战斗的计划,但讲得颠三倒四,而且乱用军事术语。

"瞧,他们在战壕附近噼噼啪啪干起来了。嚯!这炮弹是我们的还是他的?瞧,开花了!"他们伏在窗台上,一边说,一边望着空中炮弹划成的交叉火线、刹那间照亮深蓝天空的开炮的闪光和白色的硝烟,同时倾听着越来越激烈的炮声。

"多美的景象!是吗?"卡卢金说,叫他的客人注意这委实美丽的景象。"有时候简直分不出哪是星星,哪是炮弹了。"

"是啊,我以为是星星,它却落下去了,开花了。可那颗大星呢——叫什么名字啊?——简直像颗炮弹。"

"说实在的,我已经看惯这些炮弹了。将来回到俄罗斯去,我准会在繁星满天的晚上把星星当做炮弹的。我看得太多了。"

"可我要不要去参加这次突击呢?"加尔青公爵沉默了一会儿说。他一想到在这样可怕的炮战中待在那边,不禁战栗起来,但接着想到决不会派他夜里到那边去,又转悲为喜了。

"别提了,老兄!别胡思乱想了,再说我也不会放你去的,"卡卢金回答,明明知道加尔青决不会到那边去,"去的机会有的是,老兄!"

"真的吗?你认为不用去吗?呃?"

这时候,就从这两位先生望着的那个方向,在隆隆的炮声中传来一阵猛烈的步枪声,成千朵火花接连不断地迸发出来,在整条战线上闪闪发亮。

"这下子可真的干起来了!"卡卢金说,"我听见这样的枪声就沉不住气,好像把我的心都揪住了。你听:'冲啊!'"他一面继续说,一面用心细听远方几百个人拖长的喊声:"啊—啊—啊—啊!"这是从棱堡那边传来的。

"谁在喊'冲啊'?是他们还是我们?"

"我不知道,现在已经在肉搏了,枪炮声都停了。"

这时候,有个传令军官带着一个哥萨克骑马经过窗口,在门口下了马。

"从哪儿来?"

"从棱堡来。要见将军。"

"来吧。有什么事?"

"敌人冲过来,把阵地给占领了,法国人调来大批后备军攻打我们,可我们只有两个营。"军官(就是晚上来过的那一个)气喘吁吁地说,虽然上气不接下气,但还是大模大样地向门口走去。

"那么,我们撤退了吗?"加尔青问。

"没有,"军官生气地回答,"另一个营赶到,把敌人打退了,可是团长牺牲了,还牺牲了许多军官。我奉命来请求援军……"

说到这儿,他走进将军的房间里,那里面我们就不便进去了。

五分钟以后,卡卢金又骑在他那匹哥萨克马上(又装出那种冒牌哥萨克的怪样儿,我发现凡是副官不知怎的都特别喜欢这种姿势)向棱堡驰去,传达将军的命令,并且等待这场战斗的结局。加尔青公爵呢,情绪非常激动(一个不参加战斗的旁观者,看到战事逼近,往往会产生这样的激动),忍不住走出屋子,漫无目的地在街上走来走去。

6

一群群士兵,有的抬着担架,有的扶着伤员,在街上走过。街上完全黑了,只有从医院的窗子里,从深夜未睡的军官的住所窗子里,偶尔漏出灯光来。从棱堡那儿仍传来隆隆的炮声和步枪的交火声,黑漆漆的天空中仍旧火光闪闪。间或听到传令军官驰过的马蹄声、伤员的呻吟声、担架兵的脚步声和说话声,以及在门口观看炮战的受惊的女人的谈话声。

在观看炮战的人中间,有我们已经认识的尼基塔、水兵的老寡妇(他已经跟她和好了)和她那个十岁的女儿。

"主哇,圣母娘娘啊!"老太婆眼看炮弹像火球似的不断飞来飞去,低声感叹着,"哟,吓死人了! 哎—哟—哟! 第一次打炮也没有这么厉害。瞧这死鬼在哪儿开花了——就在村子里我们房子那边呐。"

"不,还要远,老是落在阿林卡婶婶的花园里!"女孩子说。

"我们家老爷这会儿在什么地方啊?"尼基塔拖长声音说,他还有几分酒意。"哦,我多么爱我们家那位老爷,简直自己也说不上来。他打我,可我还是那么喜欢他。我实在喜欢他,万一他有个三长两短,哦,婶婶,不瞒你说,我简直自己也说不上来,我会干出什么事来的。真的!这样好的老爷,没话说的!那些在打牌的家伙难道能跟他比吗,呸!没话说的!"尼基塔指指主人房里灯火通明的窗子说。士官生日瓦特契斯基利用上尉外出的机会,请了两个客人在那边狂饮,以庆祝他这次获得十字勋章。这两个客人,一个是乌格罗维奇少尉,一个就是因为患牙龈脓肿而没有去棱堡的聂普希特舍茨基中尉。

"哦,小星星,小星星飞来飞去,"女孩子望着天空说,打破了尼基塔说话后的沉默,"看,看,又是一颗飞过去了!这是干什么呀?妈!"

"要把我们的房子炸光了。"老太婆叹息说,没有回答女儿的问题。

"妈,今儿个我跟舅舅到那边去,"女孩子开了话门,尖声尖气地说下去,"那边屋里有一颗老大老大的炮弹,就在那柜子旁边,多半是从穿堂飞到屋子里去的。老大老大的,搬也搬不动。"

"人家有丈夫有钱的全跑了,"老太婆说,"可我这个苦命的呀,就剩下这么一座小房子,都给炸掉了。瞧吧,那恶鬼打得好狠心!老天爷!老天爷!"

"我们刚刚走到大门口,就有一颗炮弹飞过来,轰的一声开花了,炸得我们身上全是土,我和舅舅差这么一丁点儿就让弹片给炸了。"

"为了这个应该奖给她一个十字勋章。"士官生这时同军官们到门口来看炮战,说。

"你去见见将军吧,老婆婆,真的!"聂普希特舍茨基中尉拍拍她的肩膀说。

"我到街上去看看,有没有什么新鲜事儿。"他一边走下台阶,一边用波兰话说。

"咱们还是去喝点烧酒吧,心里可实在害怕呢。"愉快的士官生日瓦特契斯基也笑着用波兰话说。

7

加尔青公爵碰到的伤兵越来越多。那些伤兵,有的躺在担架上,有的互相搀扶着,一边走,一边大声谈话。

"哦,弟兄们,他们奔过来,嘴里叫着:'阿拉!阿拉!'①"一个个儿很高的兵扛着两支步枪,声音低沉地说,"一个个争先恐后地爬过来。你打死一批,又来一批,真是拿他们没办法。数也数不清……"

他说到这里,被加尔青打断了。

"你是从棱堡来的吗?"

"是的,大人。"

"嗯,那边情况怎么样?你讲讲。"

"那边情况吗?大人,他们派**大批兵力**,向堡垒爬来,什么都完了。我们完全被他们压倒了,大人!"

"怎么被压倒了?你们不是把他们打退了?"

"他们出动了所有的兵力,怎么打得退?我们的人都打光了,可是援军又不来。"(这兵搞错了,因为阵地依旧在我们手里,但谁都可能遇到这样的怪事:一个作战负伤的士兵往往以为打了败仗,而且伤亡

---

① 我们的士兵在跟土耳其人作战时,听惯敌人这样叫喊,因此现在他们总是说,法国人也是叫"阿拉"的。——托尔斯泰
　土耳其人多信伊斯兰教,称上帝为"阿拉"。

惨重。)

"怎么人家告诉我已经把敌人打退了呢?"加尔青恼怒地说。

这时候,聂普希特舍茨基中尉在黑暗中从白帽子上认出加尔青公爵,想利用机会跟这样一位要人谈谈,就走上前去。

"请问,您知道那边的情况吗?"他举手行礼,毕恭毕敬地问道。

"我也正在打听啊,"加尔青公爵说,接着又问那个扛着两支步枪的兵,"会不会在你走后把敌人打退了?你离开阵地好久了吗?"

"刚来呢,大人!"那个兵回答。"不见得能打退吧,阵地多半落在他们手里了,他们把我们全压倒了。"

"放弃阵地,你们怎么不害臊哇。这太不像话了!"加尔青看到士兵这种若无其事的样子,愤愤地说。"你们怎么不害臊哇!"他又说了一遍,就撇下那个兵。

"哦!这些家伙糟透了!您大人还不了解他们呢,"聂普希特舍茨基中尉随声附和道,"让我告诉您吧,您别指望这些人会有自尊心、爱国心或者别的什么感情。您就瞧瞧吧,路上走着这么些人,可是真正负伤的,连十分之一都不到,其余都是送伤员来的,其实是想逃避战斗。这些卑鄙的家伙!弟兄们,你们干出这种事来真丢脸,真丢脸!竟把**我们的阵地丢了!**"他又对士兵们说。

"人家兵力强,有什么办法!"一个士兵咕哝道。

"唉!大人!"这时候,一副担架抬到他们旁边,上面躺着的伤兵开口说,"敌人把我们的人快打光了,怎么能不放弃阵地呢?要是我们力量够的话,说什么也不会放弃的。可现在你有什么办法?我用刺刀干掉了一个,我自己也挨了一下……哎—哟,轻点儿,弟兄们,走稳点儿,弟兄们,稳点儿……哟—哟—哟!"伤兵呻吟起来。

"是的,没负伤的人确实回来得太多了,"加尔青说。转身又问那个扛两支步枪的高个儿士兵:"你回来干什么?喂,站住!"

那士兵站住,左手摘下帽子。

"你到哪儿去?干什么去?"他声色俱厉地对他嚷道。"你这混……"可是就在这当儿,他走到那士兵的紧跟前,发现他的右臂露在袖子外,直到臂肘的地方浸透了血。

"我负伤了,大人!"

"伤在哪里?"

"大概这儿中了颗子弹,"那兵指指手臂说,"可是脑袋这儿不知道被什么东西打的。"他说着低下头来,让公爵看看他后脑勺上被血凝住的头发。

"那么还有一支枪是谁的?"

"是一支法国来复枪,我夺下来的,大人。要不是为了这个家伙,我也不下来了,他没有人护送会摔倒的。"他指指前面一个兵说——那个兵用步枪撑着身子,勉强拖动左腿,一步一步地走着。

"那你往**哪儿**走,混账东西!"聂普希特舍茨基中尉想讨好地位显赫的公爵,喝住另一个迎面走来的士兵。那个兵也负伤了。

加尔青公爵忽然替聂普希特舍茨基中尉大为害臊,但更为自己害臊。他觉得自己脸红了(这在他是很难得的),就撇下中尉,不再向伤兵问什么,也不再向他们瞧一眼,径自向救护站走去。

加尔青好容易从那些徒步走着的伤兵和担架兵(他们抬着伤员进去,抬着死人出来)中间穿过,挤上大门口的台阶,走进第一个房间。他往里一瞧,不由得立刻返身奔到街上。里面的景象实在太可怕了!

8

高大黑暗的大厅里只点着四五支蜡烛（医生们就凭烛光诊察伤员），十足地挤满了人。担架兵不断地抬着伤员进来，把他们一个个并排放在地板上，又回去抬新的伤员。地板上已经躺满了人，不幸的伤员们挤在一起，流出来的血水把彼此的身体都浸湿了。在地板的空隙处可以看到一摊摊的血迹；几百个发烧的人吐出来的气和担架兵的汗臭，使空气中弥漫着一种特别浓重刺鼻的臭味；大厅的四角阴惨惨地点着四支蜡烛。整个大厅里充满各种各样的呻吟声、叹息声和咽气声，偶尔还有一阵撕裂心肺的惨叫压倒了其他各种声音。**护士们**手里拿着药品、水、绷带和棉线团，跨过伤员，在血迹斑斑的外套和衬衫之间走来走去。她们脸色安详，流露出来的不是一般女性那种于事无补的含着眼泪鼻涕的怜悯，而是切实有效的积极的同情。医生们脸色阴沉，卷起袖子，跪在伤员旁边，在助手擎着的蜡烛照耀下，用手指探摸伤口，把伤员的打断而虚悬着的手脚转来转去，根本不理他们凄惨的呻吟和哀求。一个医生坐在门口小桌子旁边，加尔青走进去的时候，他已经登记到五百三十二号了。

"伊凡·包加耶夫，C团三连列兵，fractura femoris complicata（腿骨复杂挫伤）①，"另一个医生在大厅的一端摸弄着一条打坏的腿，大声报道。"把他翻过来。"

---

① 医生诊断时一般都说拉丁语，免得被病人知道。

"喔唷！我的爹呀,我的爹呀!"士兵喊道,恳求别去动他。

"Perforatio capitis(头颅骨刺穿)。"

"谢苗·聂斐尔陶夫,H 步兵团中校。您稍微忍着点儿,中校,这样不行,要不然我只好不管了。"再有一个医生一边说,一边用一只钩形的器械在那不幸的中校的脑袋里探索着。

"哎哟,别弄了!喔唷,看在上帝面上,快点儿!快点儿!啊—啊—啊—啊!"

"Perforatio pectoris(胸膛刺穿)……谢华斯基扬·谢列达,列兵……哪个团的？……嗯,不用登记了：moritur(快死了)。把他抬出去吧。"医生说,撇下那个已经翻着眼珠在断气的士兵……

大约有四十个担架兵站在门口,等着把包扎好的伤员送往医院,把死人抬到礼拜堂去,他们默默地瞧着这景象,只偶尔发出一声长叹……

9

到棱堡去的路上,卡卢金遇见许多伤员,但他凭经验知道,看了这种景象会使人精神沮丧,因此不但不停下来向他们打听什么,而且故意不去注意他们。他在山脚下遇见一个传令军官从棱堡飞驰而来。

"卓勃金！卓勃金！等一下。"

"哦,什么事？"

"您从哪儿来呀？"

"从阵地上来。"

"那边怎么样？打得厉害吗？"

"厉害极了！简直像座地狱！"

传令军官继续向前跑去。真的，枪声虽然稀些，炮战却变得更加猛烈了。

"哦，糟透了！"卡卢金想，觉得有点儿不愉快。他也产生了一种预感，一种不足为奇的念头——死。但卡卢金可不是米哈依洛夫上尉，他这人自尊心很强，天生一副健全的神经，换句话说，就是胆子很大。他不屈服于最初的感觉，而是打起精神来。他想起拿破仑的一个副官的事：那副官在迅速传达了命令之后，满头是血，骑马奔回拿破仑跟前。

"你负伤了吗？"拿破仑问他说。

"陛下恕罪，我被打死了。"那副官说着从马上滚下来，当场死了。

他觉得这很壮烈。他甚至把自己想象成那个副官，然后扬鞭策马，摆出一副更加雄赳赳的**哥萨克骑马姿势**，回头望望那个站在马镫上跟着他疾驰的哥萨克，威风凛凛地向下马的地方跑去。到了目的地，他看见有四个兵坐在石头上抽烟斗。

"你们在这儿干什么？"他对他们喝道。

"刚抬走了一个伤员，在这儿坐着歇会儿，大人。"其中一个把烟斗藏到背后，脱下帽子，回答说。

"歇会儿！快回到岗位上去，不然我就去报告团长。"

于是他就跟他们一起顺着战壕往山上走去，每走一步都碰到伤员。上山以后，他转到左边的壕沟里，又走了几步，发现周围就只剩下他一个人。一块弹片从他身边嘘的一声飞过，打在战壕里。另外一颗炮弹在他前面升起，似乎对准他直飞过来。他忽然觉得有点害怕，急急地跑了五六步，扑倒在地上。看到炮弹在离他很远的地方爆炸，他对自己大为生气。他爬起来，向周围望望，看有没有人看见他跌倒。幸亏周围一个人也没有。

恐惧一旦袭上心头,就不会很快让位给别的感情。他一向自夸从来不弯腰曲背,这会儿却顺着战壕拼命奔跑,身子俯得简直像爬行一般。他绊了一跤,心里想:"哦,糟了!我准没命了。"他呼吸困难,浑身出汗,这情形使他自己也觉得奇怪,可是他不想再控制他的感情了。

忽然前面传来一阵脚步声。他连忙挺直身子,抬起头来,神气活现地震响军刀向前走去,步伐不再那么急促了。他觉得自己完全变了。他碰到一个工兵军官和一个水兵。那军官指着一颗越来越亮、越来越快地飞过来的炮弹,对他嚷道:"卧倒!"他只在这惊慌的喊声下不自觉地低了一下头,又向前走去。那炮弹终于轰的一声在战壕附近爆炸了。

"瞧,好大的胆量!"那水兵说,十分镇静地望着那落下来的炮弹。他那双经验丰富的眼睛,一下子断定弹片打不到战壕,因此他也不愿意卧倒。

卡卢金只要再走几步,就可以通过一块空地,来到棱堡司令官的避弹室。就在这时候,他又觉得丧魂落魄,被这种愚蠢的恐怖压倒了。他的心又怦怦乱跳,血冲到脑袋里,他好容易才跑到掩蔽部。

"您怎么喘成这个样子?"等卡卢金把指令报告完毕,将军问。

"我走得太快了,将军大人!"

"要不要喝一杯酒啊?"

卡卢金喝了一杯酒,点了一支烟。战斗已经结束了,只有双方猛烈的炮击还在继续着。掩蔽部里坐着棱堡司令官 N 将军和另外六个军官,其中一个是普拉斯库兴。他们在谈论战斗的种种细节。这个小房间的壁上钉着蓝色的花纸,有沙发、床、桌子,桌上放着文件,壁上挂着挂钟和神像,神像前点着小油灯。坐在这个舒服的小房间里,瞧着这些生活用具和粗大的梁木搭成的顶棚,听着在掩蔽部里听来很微弱的炮声,卡卢金实在弄不懂,他怎么会两次被不可饶恕的怯懦所支配。他生自己的气。他希望再遇到什么危险,好重新考验一下自己的胆量。

"哦,在这儿碰到您我很高兴,上校,"他对一个留大胡子的海军军官说。那军官穿一件校官外套,挂着乔治勋章,这时候刚走进掩蔽部,请求将军派给他几个人去修理他炮台上两个被堵塞的炮眼。"将军要我问一下,您的炮能用霰弹打到敌人的战壕吗?"等那个海军军官跟将军谈完话,卡卢金继续说。

"只有一门能打。"海军上校垂头丧气地回答。

"咱们还是去瞧瞧吧。"

上校皱了皱眉头,生气地哼了一声。

"我在那边已经待了一个通宵了,到这儿来歇会儿,"他说,"您一个人去不行吗?我的助手,卡尔茨中尉在那边,他会把一切指给您看的。"

上校指挥这座最危险的炮台之一,已经有六个月了。围攻开始的时候,掩蔽部还没有造好,他就一直坚守在棱堡里,寸步不离,因此他在**海军军官**中间是以勇敢出名的。也因为这个缘故,他的拒绝使卡卢金感到格外惊奇。

"出名的勇敢原来是这么一回事。"他心里想。

"那么,要是您答应的话,我就一个人去了。"他带点嘲弄的口吻对上校说,上校听了他的话却毫不介意。

但卡卢金没有想到,几次加起来,他在棱堡上总共只待了大约五十小时,而上校在那边守了可有六个月了。卡卢金还受着虚荣心的鼓舞:想出风头,希望得奖和出名,幻想冒险的乐趣;上校呢,他已经经历过这一切了——开头他也爱慕虚荣，卖弄胆量，喜欢冒险，希望得奖和出名，而且也达到了目的，可是现在这些刺激对他已经不起作用，他看待事情也跟以前不同了。他认真完成自己的任务，但在棱堡上待了六个月之后，他深深懂得保全生命极不容易，除非万不得已，决不随便冒险。因此，那个来到炮台上才一星期的年轻中尉（此刻他正陪着卡卢金视察阵地，两人毫无必要地从炮眼里探出头去，爬上踏垛），看来似乎比上校勇敢十倍。

卡卢金看过炮台之后，就走回掩蔽部，在黑暗中正好碰到将军带着传令军官到瞭望台去。

"普拉斯库兴大尉！"将军说道，"请您到右边阵地上去，叫在那边修工事的M团二营停工，悄悄离开那儿，跟驻在山脚下做后备队的团会合。明白吗？您亲自把他们带到那儿去。"

"是，将军。"

于是，普拉斯库兴就向阵地飞快跑去。

炮火越来越稀了。

10

"这是M团二营吗？"普拉斯库兴跑到目的地，碰到一个背着一口袋泥土的士兵，问他说。

"是的。"

"指挥官在哪儿？"

米哈依洛夫以为是在问连长，就从他的掩蔽壕里爬出来。他把普拉斯库兴当做长官,一面举手敬礼,一面向他走去。

"将军命令……你们……赶快……撤离……最要紧的是悄悄地……往后,不是往后,是往后备队那边撤。"普拉斯库兴一面说,一面斜眼瞅着敌人炮火的方向。

米哈依洛夫一认出是普拉斯库兴,放下手,弄明情况,立刻把命令往下传达。于是一营人就快活地行动起来,大家拿起枪,穿上外套,出发了。

在三小时的炮击之后,离开像阵地那样危险的地方,这时心头的轻松愉快,凡是没有亲身体验过的人,是无法想象的。在这三小时里,米哈依洛夫几次三番以为自己必死无疑,几次三番狂吻带在身上的那几个圣像,最后他想:他肯定会被打死,他已经不属于这个世界了。这样想着,他觉得心头稍微宽了些。虽然如此,当他同普拉斯库兴并肩带着一连人离开阵地的时候,他好容易才控制住,不让两腿急急忙忙地逃跑。

"再见!"那个留在阵地上指挥另一个营的少校对他说,他们曾经一起坐在胸墙后面的掩蔽壕里,吃着肥皂般的干酪。"一路平安。"

"祝你顺利守住阵地。现在看来平静些了。"

但他的话音刚落,敌人就更加密集地打起炮来,大概已经发觉了阵地上的行动。我方也开炮还击。于是一场猛烈的炮战又展开了。星星高挂在空中,但是暗淡无光。夜黑漆漆的,只有炮火和炮弹爆炸的闪光照亮周围的景物。士兵们默默地迅速走着,争先恐后,你追我赶。除了隆隆不停的炮声之外,只听得士兵们走在干燥大路上的整齐脚步声、刺刀碰撞的铿锵声,或者胆怯的士兵的叹息和祷告声:"主哇,主哇,这是怎么一回事啊!"有时还可以听见伤员的呻吟和喊担架的声音(米哈依洛夫指挥的连里,那天夜里光是被炮弹炸死的,就有二十六人)。遥远的黑暗的地平线上一闪起火光,棱堡上的哨兵就喊道:"大炮!"接着就有一颗炮弹从一连人的头上呼啸而过,落在地上,炸得石子飞溅开来。

"真见鬼!他们走得好慢哪,"普拉斯库兴走在米哈依洛夫旁边,一边想,一边不住地往后瞧。"真的,我最好是先跑回去,反正已经把命令传达了……不,不行,这畜生将来会说我是个胆小鬼,就像我昨天讲他那样。听天由命吧,我跟他并排走就是了。"

"他干什么老是跟着我啊?"米哈依洛夫心里也在琢磨着,"我发现他是个灾星。看,又是一颗炮弹,好像往这儿直飞过来了!"

他们走了几百步路,碰到卡卢金。卡卢金佩着铿锵作响的军刀,正雄赳赳地向阵地走去。他是奉将军之命到那边去了解工事修筑情况的。但是一遇到米哈依洛夫,他心里就想:何必亲自冒着这样可怕的炮火到那里去呢,况且命令也没有指定要他直接到那里去,还不如向到过那里的军官问个详细吧。米哈依洛夫果然把修筑工事的情况详详细细对他说了一遍,但说的时候,每逢有炮弹飞过,哪怕落在很远的地方,他总是蹲下身子,低下头,并且使对方相信"这下子要打到这儿来了"。这使卡卢金觉得很好笑,因为他似乎根本不理那炮火。

"当心哪,上尉,这下子要打到这儿来了!"卡卢金推推普拉斯库兴,开玩笑说。他跟他们又走了一段路,就转到通向掩蔽部的壕沟里去了。"这个上尉可说不上很勇敢。"他走进掩蔽部的时候想。

"嗯,有什么新闻吗?"一个军官独自坐在那里吃晚饭,问他道。

"没什么,看样子不会再有什么战斗了。"

"怎么不会有了?正好相反,将军刚才又上瞭望台去了。又来了一个团。喏,听见吗?枪声又响了。您别走。您去干什么?"那军官看出卡卢金要走的样子,又加一句。

卡卢金想:"照理我是应该待在那边的,可是今天这一天我冒的险已经够多了。我希望,除了当炮灰,我还有别的用处。"

"对,我就在这儿等他们吧。"他说。

果然,过了二十分钟,将军带着随从军官回来了。士官生彼斯特男爵也在其中,却不见普拉斯库兴。敌人被打退了,我们重新占领了阵地。

卡卢金听了战斗的详细汇报之后,就同彼斯特一起走出掩蔽部。

11

"你的外套沾满了血:难道你参加肉搏了吗?"卡卢金问他。

"哦,老兄,可怕极了!你想象一下吧……"于是彼斯特就开始讲到连长怎样牺牲,他怎样指挥一连人作战,怎样亲手刺死一个法国人,要是没有他,仗就会打得一败涂地,等等。

连长牺牲了,彼斯特刺死一个法国人,他讲的这些主要事件是真实的,但在讲到一些细节的时候,士官生却凭空吹起牛来了。

他倒不是存心吹牛,因为在这场战斗中,他一直精神恍惚,所遭遇的一切事情,仿佛发生在另外一个地方,发生在另外一个时间,发生在另外一个人身上。这样,当他重新讲述那些细节的时候,自然就竭力讲得对自己有利些。其实事情的经过是这样的:

士官生临时被调去参加突击的那个营,紧挨着一道矮墙,在炮火下待了两小时光景。然后,营长在前面说了些什么,连长们就着忙起来,一营人从胸墙后面出来,走了一百步光景,又排成连纵队站住。彼斯特奉命排在二连的右翼。

士官生一点也不明白他在什么地方,怎么会来到这个地方。他不由自主地屏息站在那儿,觉得背上掠过一阵阵寒战,眼睛茫然望着黑漆漆的远方,等待着什么可怕的事情。他主要倒不是害怕,因为并没有炮火,主要是想到他竟处身在要塞外面的战场上,实在有点不可思议。营长又在前面说了些什么。军官们又低声传达了命令,于是一连那堵黑压压的人墙忽然倒塌了。他们奉命卧倒。二连也卧倒了。彼斯特趴下来的时候,一只手被刺刺伤了。只有二连连长没有卧倒,他个儿矮小,手里挥动长剑,不断地说着话,在连队前面走来走去。

"弟兄们注意,大家都得像个英雄好汉!别打枪,叫那些流氓挨刺刀。我喊'冲啊!'大家就跟我冲,别掉队……最要紧的是要齐心协力……我们要显一显身手,我们决不丢脸,对不对,弟兄们?为了沙皇爷!"他边说边骂,两臂拼命乱挥。

"我们的连长姓什么?"彼斯特问卧倒在旁边的士官生说,"他好勇敢哪!"

"是啊,他打起仗来总是不顾死活的,"那士官生回答,"他姓李辛科夫斯基。"

这时候,连的正前方忽然窜起一道火焰,发出惊心动魄的爆炸声,简直把一连人的耳朵都震聋,只听得石子和弹片在高空中哗啦啦直响(至少过了五十秒钟,一块石头落下来,砸断了一个士兵的腿)。这炮弹是从**高角炮架**上打出来的。炮弹打中这个连,证明法国人已经发现队伍了。

"哼,打起炮来了!狗杂种……等到一交手,教你尝尝俄国三刃刺刀的滋味,混蛋!"连长骂得那么响,使营长不得不命令他住口,叫他别这样吵闹。

接着,一连站起来,随后二连也站起来。他们奉命斜端着步枪,一营人向前冲锋。彼斯特害怕极了,他根本不明白经过了多久,往哪儿去,向谁冲去。他像喝醉酒一样向前跑。忽然四面八方闪现出成千上万个火花,响起了嘘溜溜的啸声和劈劈啪啪的炸裂声。他一边喊叫,一边往前跑,因为大家都在喊叫,都在奔跑。他绊了一跤,摔倒在什么东西上面。原来是连长。他跑在一连人前面,负伤了,错把士官生当做法国人,因此抓住他的一条腿。彼斯特把腿挣脱了,站起来,在黑暗中有个人跑过来撞在他的背上,差点儿又把他撞倒,另外有个人嚷道:"**戳死他!干吗不动手?**"接着就有人提起枪,用刺刀刺进一件软东西里。"哦,主哇!"一个人用法国话尖声惨叫着,彼斯特这才明白他刺的是个法国人。

他浑身上下冒出冷汗来,身子哆嗦得像发高烧,把枪也丢了。但这只是一刹那的事,他立刻想到他是个英雄。他又抓起步枪,丢下那个被他刺死的法国兵(那个法国兵的皮靴当场被一个士兵剥掉了),跟着人群一起喊着"冲啊"向前跑去。他跑了二十步光景,来到一条战壕里。我们的弟兄和营长已经在那边了。

"我可刺死一个了!"他报告营长说。

"真是个好样的,男爵……"

12

"你知道吗,普拉斯库牺牲了。"彼斯特在伴送卡卢金回家的路上说。

"不会的!"

"真的,我亲眼看见的。"

"哦,再见,我得赶回家去了。"

卡卢金赶回家去,一路上想:"好极了,我值班第一次碰上这样的好运气。真是太好了,我平平安安回去,上级的褒奖也错不了,我准能获得一把金刀。是的,我确实有资格得奖。"

他把一切重要情况向将军做了报告之后,回到自己的房间里。加尔青公爵早已回来,坐在那里等他,正在读着在卡卢金桌上看到的《娼妓盛衰记》①。

卡卢金平安回到家里,觉得异常高兴。他穿上睡衣,躺在床上,开始给加尔青讲战斗的详情细节。十分自然,他想通过这些细节,让人家相信他卡卢金是个既能干又勇敢的军官。可我觉得他这种暗示是多余的,因为这一层人人知道,谁也没有权利和理由加以怀疑,也许只是死去的普拉斯库兴大尉例外。普拉斯库兴虽然认为挽着卡卢金散步挺有面子,昨天却私下里对一个朋友说,卡卢金为人倒是不错,但说句不足为外人道的话,他是极不愿意上棱堡去的。

普拉斯库兴跟卡卢金分开以后,就同米哈依洛夫并肩走向一个比较安全的地方,心里刚觉得轻松一些,忽然看见背后升起一道耀眼的闪光,听见哨兵叫道:"臼炮!"还听见背后有个士兵说:"正好向棱堡打过来了!"

---

① 《娼妓盛衰记》,巴尔扎克的长篇小说,是近来流传极广、受人喜爱的书之一。这些书不知怎的在我国青年中间特别流行。——托尔斯泰

米哈依洛夫回头一看。一颗明亮的炮弹仿佛停留在天心,根本无法判断它的方向。但这只是一刹那的事:那颗炮弹越飞越快,越来越近,已经看得见雷管上的火花,听得见不祥的啸声,接着就向营的中心落下来。

"卧倒!"有人惊慌地嚷道。

米哈依洛夫扑倒在地上。普拉斯库兴不由自主地把身子缩成一团,眯细眼睛;他只听得炮弹砰的一声落在旁边的硬地上。度过一秒钟,就像度过一小时,而炮弹却没有爆炸。普拉斯库兴心慌了,他是不是受了一场虚惊啊——也许炮弹落在远处,而雷管的咝咝声只是他的错觉吧。他睁开眼睛,沾沾自喜地看到米哈依洛夫(他还欠米哈依洛夫十二个半卢布呢)一动不动地趴在地上,肚子贴住地面,紧挨着他的两脚。但就在这一刹那,他看见一颗炮弹在离他不到一米的地方乱转,炮弹上的雷管闪闪发亮。

一阵恐怖,压倒其他一切思想感情、冷彻骨髓的恐怖,控制了他的全身。他双手蒙住脸,跪了下来。

又过了一秒钟,在这一秒钟里,各种各样的思想、感情、希望、回忆,同时涌上他的心头。

"会打中谁呢——我,还是米哈依洛夫?还是两个人?要是打中我,打在哪里?打在脑袋上,那就完了;要是打在腿上,就得截掉,那我一定要求大夫用麻药,而我还可以活下去。也许只打中米哈依洛夫一个人,那我就可以告诉人家,我们怎样在一块儿走路,他牺牲了,我也溅了一身的血。不,离我更近——会打中我。"

这当儿他想起他还欠米哈依洛夫十二个半卢布,想起他在彼得堡也有一笔早该偿还的债,以及那天晚上他唱过的吉卜赛小调。他的脑海里浮现出他心爱的女人，戴着一顶紫色缎带的帽子，接着又出现了那个五年前侮辱过他而他还没有向他报复过的人。然而，脑子里尽管翻腾着这些和其他许许多多往事，现实的感觉——等待死亡的恐怖，却一刻也没有离开过他。"也许不会开花吧。"他抱着不顾死活的决心想睁开眼睛看看。但就在这一刹那，一道红光射进他那双还没有睁开的眼睛，有一样东西发出可怕的破裂声钻进他的胸膛。他撒腿狂奔，可是被夹进两腿之间的军刀绊了一下，侧身倒了下来。

"感谢上帝！我只是受了点挫伤。"这是他最初的想法。他想用手摸摸胸膛，可是他的两臂好像被绳子缚住，他的脑袋也仿佛被老虎钳夹紧。他的眼前掠过士兵们的影子，他无意识地数着："一个，两个，三个士兵，还有一个军官，翻起外套。"接着，一道闪电在他眼前一亮。他琢磨着这是从什么炮打出来的；臼炮还是大炮？大概是大炮吧。又打了一炮，又是士兵——五个，六个，七个士兵，全都从旁边走过。他忽然害怕起来，怕被他们踩死；他想叫喊：他负伤了，可是嘴干得要命，舌头在上颚上粘住了，难受的口渴折磨着他。他觉得胸膛上湿漉漉的，这种感觉使他想到水，他简直想喝这湿东西了。"大概是我倒下时摔出血来了。"他想。他越来越害怕被跑过的士兵踩死，他拼着所有的力气想喊："带我走！"可是他喊不出来，只发出悲惨的呻吟，连他自己听了都心惊胆战。随后，红色的火焰在他的眼睛里跳动起来，他觉得士兵们在拿石头往他身上堆。火焰越来越少，可是堆到身上来的石头却越来越多。他拼命推开石头，挺直身子，接着就再也看不见，再也听不到，再也没有思想，再也没有感觉了。他被弹片打中胸膛，当场牺牲了。

13

米哈依洛夫一看见炮弹,就扑倒在地,也像普拉斯库兴那样,眯缝起眼睛,也是两次睁开眼睛又闭上,并且在炮弹爆炸之前的两秒钟里,也胡思乱想,百感交集。他暗暗反复祷告上帝:"上帝呀,你做主吧!"同时他想:"我为什么要进军界呀?为什么还要转到步兵来打仗啊?留在T城的枪骑兵团里,跟我的朋友娜塔莎一块儿过日子,不是更好吗?……这下子可倒霉了!"他开始数着:一,二,三,四……同时心里盘算着,要是炮弹在他数到双数时爆炸,他可以保住性命;要是在数到单数时爆炸,他就会被炸死。"完了!我给炸死了!"当炮弹爆炸的时候,他这样想(他记不清是数到双数还是单数了)。他觉得头上挨了一下,痛得厉害。"主哇,饶恕我的罪孽吧!"他双手一拍,喃喃地说,撑起身来,又失去知觉,仰天倒下了。

他苏醒后的第一个感觉是,血在顺着鼻子往下流,头上的疼痛却轻多了。他想:"这是灵魂在出窍了。那边是个什么样的地方?主哇,让我的灵魂安息吧!"接着又想:"奇怪的是我快死了,怎么还这样清楚地听见士兵的脚步声和枪炮声呢?"

"来担架呀!喂,连长中弹了!"有人在他头上喊着。他听出这是鼓手伊格纳基耶夫。

有人抱住他的肩膀。他用力睁开眼睛,看见深蓝色的天空,成群的星星,还有两颗炮弹争先恐后地从他头上飞过。他看见伊格纳基耶夫,看见背着枪抬着担架的士兵,看见战壕的土垒,他恍然大悟:他还在人间。

他只是脑袋上被石子擦伤了一点儿。最初他似乎有点懊恼:原来平平静静地准备到**那边**去的,不料又回到充满炮弹、壕沟、士兵和鲜血的现实世界上来,他觉得不痛快。接着又不知不觉地感到高兴,因为他还活在人间。随后又感到恐怖,想赶快离开棱堡。鼓手用手绢给连长包扎好脑袋,扶着他的手臂,把他送到救护站去。

"可是我上哪儿去?去干什么呢?"上尉稍微清醒点儿,想。"我的责任是同连队留在一起,而不该撇下连队自己走掉,何况炮火快要打不到了。"接着有个声音在他耳边低低地说:"带伤留在火线上,准能得奖。"

"不用了,老弟,"他一边说,一边挣脱这位忠心耿耿的鼓手的手(其实主要是鼓手自己想赶快离开阵地),"我不上救护站去,我要留在连队里。"

他说着转身就走。

"您还是好好包扎一下吧,大人,"胆怯的伊格纳基耶夫说,"这是您一时兴奋觉得没什么,回头会恶化的。您看,现在打得多激烈……真的,大人。"

米哈依洛夫站着犹豫了一下,要不是想起几天前他在救护站里看到的一幕,他就会听从伊格纳基耶夫的劝告。那天,一个军官手上稍微有点擦伤,来到救护站包扎。医生们都笑嘻嘻地向他瞧瞧,其中有个留络腮胡子的甚至对他说,他决不会因为这点伤而牺牲,因为用叉子戳一下,也许还要厉害些。

"说不定他们看到我的伤也会讥笑我,也许还会说些闲话。"上尉想了想,就不理鼓手的劝告,断然向连队走去。

"刚才跟我走在一起的传令军官普拉斯库兴,他在哪里呀?"当他遇到正在带领这一连人作战的准尉时,问道。

"我不知道,大概牺牲了。"准尉勉强回答。他看见上尉回来,老大不高兴,因为这使他不能得意地说,他是留在连里的唯一军官。

"牺牲了还是负伤了?您怎么不知道?他不是跟我们一起走的吗?您为什么不把他救出来?"

"仗打得这么激烈,哪里顾得上救人?"

"哦,您这是怎么搞的,米哈尔·伊凡内奇?"米哈依洛夫怒气冲冲地说,"要是他活着,您怎么能把他丢下?就算是牺牲了,也得把尸体带回来呀!不论怎么说,他到底是将军的传令官,而且说不定还活着呢。"

"我不是对您说了,我走到他跟前,亲眼看见的,他哪里还活着!"准尉说。"老天爷!我们自己好容易才逃了命。哼,狗杂种!这下子打起炮来了!"他一边说,一边蹲下身子。米哈依洛夫也蹲下身子,两手抱住头,因为一动头就疼得厉害。

"不行,一定得把他找来:也许他还活着呢,"米哈依洛夫说。"这是我们的**责任**,米哈尔·伊凡内奇!"

米哈尔·伊凡内奇没有回答。

"如果他是个好军官,当时就会把伙伴抢救回来的,如今可得派几个士兵去找了。可是怎么派法呢?在这样猛烈的炮火下会白白送命的。"米哈依洛夫想。

"弟兄们!得回去把那个在壕沟里负伤的军官抬回来。"他声音不太响,也不用纯粹命令的口气说。他明白,士兵们执行这命令是不会高兴的。果然,因为他没有指定叫谁去,没有一个主动出来应命。

"中士！到这儿来。"

中士仿佛没听见，继续走他的路。"对，也许他真的已经死了，那就**犯不着**叫别人去冒这样的险，都是我不好，没照顾他。我自己去一下吧，看看他是不是还活着。这是我的**责任**。"米哈依洛夫自言自语着。

"米哈尔·伊凡内奇！你把连队带去吧，我会赶上你们的。"他说着，一手提起外套，一手不断地摸着他特别信仰的米特罗凡圣像，浑身哆嗦，简直像爬一般顺着战壕跑去。

米哈依洛夫确信普拉斯库兴已经牺牲，就气喘吁吁地拖着步子走回来，不时蹲下身子，捧着头上松弛的绷带，而头却疼得更厉害了。当米哈依洛夫追上一营人的时候，他们已经来到山脚下，差不多已在大炮射程之外了。我说"差不多"，因为偶尔还有流弹飞到这儿来（那天夜里，有个大尉坐在海军的泥屋子里，在战斗时被弹片炸死了）。

"明天可得到救护站去挂个号，"当救护兵替他裹伤的时候，他心里想，"这样做会帮助我得奖的。"

14

几百具血淋淋的士兵尸体，两小时前他们还怀有形形色色、大小不同的理想和欲望，此刻却四肢僵硬，直挺挺地躺在棱堡和战壕之间繁花沾露的谷地里，躺在塞瓦斯托波尔墓地礼拜堂的光滑地板上。几百个伤兵，枯焦的嘴唇里吐出咒骂的祷告，在那里爬行着，折腾着，呻吟着，有的处在鲜花盛开的谷地的尸体之间，有的躺在担架上，有的躺在救护所的床上或者血迹斑斑的地板上。然而，跟往常一样，萨崩山的上空渐渐露出一抹曙光,闪烁的星星逐渐暗淡下去,白蒙蒙的迷雾从涛声阵阵的黑暗海面上扩散开来,东方出现了红艳艳的朝霞,一长缕一长缕的红云飘在浅蓝的天际,跟往常一样,光辉灿烂的太阳升起来了,又给整个苏醒过来的世界预示了欢乐、爱情和幸福。

15

第二天晚上,猎骑兵的乐队又在林阴道上演奏,军官、士官生、士兵和年轻女人又在大帐篷周围,在芳香扑鼻的刺槐夹峙的小径上悠闲地散步。

卡卢金、加尔青公爵和一位上校手挽手在帐篷附近走着,谈论着昨天的战事。谈话的主题,也像平日在这种场合一样,不是战事本身,而是谈话的人参加作战的情况和他们的英勇行为。他们的脸色和语调是严肃的,几乎是沉痛的,仿佛昨天战斗的损失深深地打击了他们,使他们感到伤心,但是说句实话,由于他们之中谁也没有丧失一个亲近的人(在战争生活中会有亲近的人吗?),这种沉痛的表情完全是表面文章,他们只是认为有责任这样表示一下罢了。事实上,卡卢金和上校但愿天天都有这样的战斗,只要他们自己能获得金刀、当上少将就行,虽然他们都是些出色的人物。我喜欢把这样的侵略者称为魔王,因为他们为了满足个人的野心而去毁灭上百万的生灵。可你要是让彼得鲁肖夫准尉、安东诺夫少尉这些人讲句心里话,你会发现他们个个都是小拿破仑,都是小魔王,因为只要能多获得一枚星章,增加三分之一军饷,他们也立刻会去挑起战争,去杀害成百个生灵。

"不,对不起,"上校说,"是从左翼先打起来的。**当时我就在那边。**"

"也可能,"卡卢金回答,"**我多半在右翼。我到那儿去过两次:一次去找将军,另一次去视察阵地。那儿打得可凶啦。**"

"对啊,卡卢金是知道的,"加尔青公爵对上校说,"还有,今天 B 对我说,你是个好汉。"

"可是损失啊,损失真可怕,"上校装出沉痛的语气说,"**我的团损失了四百人。说来奇怪,我居然能活着回来。**"

这时候,在林阴道的另一端,出现了米哈依洛夫的淡紫色身影。他穿着破旧的靴子,头上扎着绷带,向他们走来。他看到他们有点不好意思:他想起昨天怎样当着卡卢金的面蹲下身来躲避炮弹,生怕此刻他们会以为他是假装负伤。要是这几位先生没有看见他,他就会转身跑回家去,并且在家里一直待到绷带解掉为止。

"我昨天在炮火下看到他的那副样子,可惜你们没看到。"当他们相遇的时候,卡卢金笑了笑说。

"怎么,您负伤了,上尉?"卡卢金说的时候脸上露出微笑,那笑的意思是:"嘿,您昨天没看见我吗?我表现得怎么样?"

"嗯,一点儿轻伤,石子打的,"米哈依洛夫红着脸回答,他脸上的表情等于说:"我看到的,说实话,您真了不起,我可太丢人了。"

"难道停战的旗帜已经降下了吗?"加尔青公爵又露出目中无人的神气,眼睛看着上尉的帽子,却又不是专对哪一个人说。

"还没有降下呢。"米哈依洛夫回答,他想表示他听得懂法国话,而且自己也能讲。

"难道还在停战吗?"加尔青客气地对他讲俄国话,仿佛在说(上尉有这样的感觉):"你讲法国话一定很吃力,不如干脆讲俄国话吧?"说着,两个副官走开了。

上尉跟昨天一样,觉得自己非常孤独。他跟形形色色的大人先生鞠躬敬礼以后(有几个他不愿意去接近,有几个他又不敢去接近),就在卡萨尔斯基纪念碑旁坐下来,点着了一支烟。

彼斯特男爵也来到林阴道上。他讲到他参加了停战谈判,还跟法国军官说过话。他提到,有个法国军官对他说:"要是天再黑上半小时,我们就会再度攻占阵地了。"他就回答他说:"先生,我不反对你的话,只因为我不愿跟你争论。"他自夸回答得很聪明,又说了些诸如此类的话。

事实上,他虽然参加了停战谈判,并且极想跟法国人谈谈话(跟法国人谈话真是太有意思了),他却没讲过什么特别聪明得体的话。他在分界线上来回走了好一阵,老是问接近的法国兵说:"您是哪一团的呀?"人家回答他以后,就不再说什么了。当他越过分界线太远的时候,法国哨兵绝没想到他也懂得法国话,就用第三人称骂道:"他是来偷看我们的工事的,这混蛋……"结果,士官生彼斯特男爵对停战谈判再也不感兴趣,就转身回家去,路上编造了刚才讲的那几句法国话。在林阴道上散步的,还有高谈阔论的卓波夫少尉、不修边幅的奥勃若果夫大尉、不奉承任何人的炮兵大尉、情场得意的士官生,以及昨天来过的所有人物,而且个个都是尽说假话,举止轻浮,爱慕虚荣。只少了普拉斯库兴、聂斐尔陶夫等几个人,但此刻谁也没有想起他们来。虽然他们的尸体还没有洗净、收殓和埋葬;而他们的父母妻儿(如果有的话)过了一个月之后同样会把他们忘记,要是没更早把他们忘记的话。

"我可认不出这老头儿来,"一个在收殓死尸的士兵一面说,一面抓住肩膀抬起一具尸体来,那尸体胸膛打碎,脑袋肿大,脸庞又黑又亮,眼珠往上翻起。"抓住他的脊背,莫罗兹卡,不然他要折断了。呸,臭死了!"

"呸,臭死了!"——这就是那人在人间留给人的唯一印象了……

16

我们的棱堡上和法军的战壕上都挂着白旗,中间鲜花盛开的谷地里堆满血肉模糊的尸体,有穿灰军服的,有穿蓝军服的,可是脚上都没有靴子。工人们抬起尸体,把它们装到车上。空气里弥漫着死尸的冲鼻恶臭。人群从塞瓦斯托波尔和法国军营里涌出来看热闹,他们全都带着不怀恶意的好奇心,争先恐后地跑来。

请听听这些人的谈话吧。

这儿,一群俄国人和法国人围着一个年轻的俄国军官,他正在察看一个法国近卫兵的皮囊,他讲的法国话虽然很差,但人家还能听懂他的意思。

"这上面有一只鸟儿为什么?"他问。

"因为这是近卫团的皮囊;上面有帝国的鹰徽。"

"您是近卫团的吗?"

"不,先生,我是第六常备军的。"

"这东西在哪儿买的?"军官指指一个法国人正在抽着的黄色木头烟嘴,问道。

"在巴拉克拉瓦买的,先生!普通得很,棕榈木做的。"

"漂亮!"军官说,他谈话不能完全随心所欲,只能使用他知道的词。

"请您赏光把这东西收下,作为我们这次见面的纪念。"彬彬有礼的法国人吹掉烟头,微微鞠了一躬,把烟嘴递给那军官。军官也把自己的烟嘴给了他。在场的人,不论法国人或者俄国人,全都笑眯眯的很高兴。

这儿有个机灵的步兵,穿一件粉红衬衫,身上披着外套。另外有几个士兵,倒背着两手,脸上露出快乐而好奇的神气,跟在他后面。他走到法国人跟前,问他借个火抽烟斗。法国人把火吸旺,搅了搅里面的烟,把火倒在俄国兵的烟斗里。

"烟顶好!"穿粉红衬衫的士兵说,旁边的人都笑了。

"是啊,好烟,土耳其烟,"法国人说,"你抽的是俄国烟吗?好不好?"

"俄国的顶好,"穿粉红衬衫的士兵说,在场的人都哈哈大笑。"法国的不好,先生,您好。"穿粉红衬衫的士兵,一下子把肚子里的法国话全倒了出来,说着又拍拍法国兵的肚子,高声笑起来。法国人也哈哈大笑。

"他们长得真丑,这些俄国畜生!"一个非洲籍的法国兵说。

"他们笑什么呀?"另外一个带意大利口音的黑皮肤法国兵一边说,一边向我们走来。

"外套顶好。"那个机灵的士兵一面察看着非洲籍法国兵的绣花外套,一边称赞说。大家又笑了。

"不要走过分界线,各就各位!真见鬼……"一个法国班长吆喝道,士兵们露出不满意的神气,散开了。

这儿,在一圈法国军官中间,我们一个年轻的骑兵军官正在用法国理发师的行话滔滔不绝地讲着什么。他们谈到一位萨宗诺夫伯爵。

"我跟这位伯爵很熟,先生,"一个佩单肩章的法国军官说,"他是我们所敬爱的那些真正俄国伯爵中的一个。"

"我倒认识一个叫萨宗诺夫的,"骑兵军官说,"但据我所知,他不是伯爵,个儿不高,黑头发,年纪跟您差不多。"

"一点不错,就是他。哦,我真想见见这位可爱的伯爵呢。您要是见到他,务必替我向他问好。我是拉杜尔大尉。"他一边说,一边鞠躬。

"我们干的事不是太惨了吗?昨天夜里打得可真凶,对不对?"骑兵军官想继续谈下去,指着一些尸体说。

"哦,真可怕!可是你们的士兵真了不起,真了不起!跟这样了不起的英雄打仗,真过瘾!"

"说实话,你们的士兵也不含糊。"骑兵军官一边鞠躬一边说,自以为回答得十分得体。好吧,这事就谈到这里为止。

让我们来瞧瞧那个十岁的男孩子吧。他戴着一顶大概是他父亲的旧帽子,光脚上套着一双鞋,那条黄色土布短裤用一条背带吊着。一停战,他就从壁垒后面走出来,一直在谷地里走来走去,怀着茫然的好奇心瞧瞧法国人,瞧瞧横在地上的尸体,同时采着盖满这个不祥谷地的蓝色野花。他捧着一大束鲜花走回家去,掩住鼻子,不愿闻到随风飘扬的臭气。他在一堆尸体旁边站住,久久地瞧着一具离他最近的可怕的无头尸体。他一动不动地站了好一阵,然后走得更近一点,用脚碰碰死尸的僵硬手臂。那手臂微微动了动。他又碰了碰,碰得更使劲一点。那手臂抖了抖,又落到原来的地方。孩子忽然大叫一声,把脸埋在花束里,没命地向要塞跑去。

是的,棱堡上和战壕上都挂着白旗,鲜花盛开的谷地充满发臭的尸体,灿烂的太阳正往蔚蓝的大海落下去,蔚蓝的大海呢,微波荡漾,在金色的夕阳下熠熠发亮。成千个人聚集在一起,观察着,谈论着,彼此交换着微笑。但这些人,这些宣扬爱和自我牺牲的伟大教义的基督徒,面对着他们一手造成的罪孽,却没有怀着悔恨的心情跪下来,跪在赐给他们生命、并把害怕死亡和热爱善与美的感情输入他们心里的上帝面前,也没有流着快乐幸福的眼泪,像兄弟一般相互拥抱!没有!白旗卸下来了,散布死亡和苦难的大炮又在怒吼了,纯洁无辜的鲜血又在流淌了,周围又是一片呻吟和咒骂。

我已经把要说的话全说出来了,可是我们依旧在苦苦思索。也许我不该说这些话吧。也许我所说的是那种残酷的真理,它们不知不觉地潜藏在每个人的心里,但不该说出口来,免得引起坏的作用,正像不该搅动酒里的沉淀,免得把酒弄浑一样。

在这个故事里,哪些是应该避免的恶,哪些是值得模仿的善?谁是故事里的坏蛋,谁是故事里的英雄?个个都是好的,个个又都是坏的。

具有出众的勇气(上流社会的高尚勇气)而一切行为又受虚荣心支配的卡卢金也罢,虽无聊但也无害的普拉斯库兴(**尽管他也为了信仰、君主和祖国而牺牲在战场上**)也罢,天生胆怯而又目光短浅的米哈依洛夫也罢,没有坚定信心和原则、孩子气十足的彼斯特也罢,在故事里他们没有一个是坏蛋,也没有一个称得上英雄。

这个故事里的英雄是我全心全意热爱的。我要把他的美尽量完善地表达出来,因为不论过去、现在和将来他永远都是美的。这英雄不是别的,就是真实。

1855 年 6 月 26 日

1855年8月的塞瓦斯托波尔

1

8月底,在杜凡卡①和巴赫契萨拉依之间穿越许多峡谷的大道上,在浓密而灼热的尘土里,一辆军官坐的马车正缓缓向塞瓦斯托波尔行进。这是一种在别处见不到的特别马车,样子介乎犹太式四轮马车、俄国式大车和柳条篮子之间。

马车上,前面蹲着一个勤务兵,身穿黄土布上衣,头戴一顶旧得不成样子的军官制帽,手里拉着缰绳;后面,在盖着马衣的行李堆上,坐着一个穿夏季制服的步兵军官。这个军官,从他坐着的姿态上看来,个儿并不高,但非常强壮,肩膀不算宽,胸膛却厚得出奇。他确实长得健壮:脖子和后脑勺紧鼓鼓的,十分厚实,他没有腰身,但也不是大腹便便的,相反,倒是比较瘦削,特别是他那张被太阳晒成黄褐色的带点病容的脸。他的脸上有点儿浮肿,还有些跟年龄不相称的松

---

① 到塞瓦斯托波尔去的最后一个驿站。——托尔斯泰

弛宽阔的皱纹,损害了脸部的轮廓,并且使整个神气显得粗俗而委靡,不然的话,他的相貌倒是挺漂亮的。他那双淡褐色的眼睛并不大,却非常灵活,甚至有点傲慢不逊;他的小胡子很浓,但并不宽阔,胡子尖端被铰掉了;下巴上,特别是颧骨上,长满又硬又密的黑胡子,有两天没有刮了。这个军官5月10日那天被弹片击伤头部,直到现在还扎着绷带,但一礼拜前他觉得身体复原了,就离开辛菲罗波尔的医院回团。团部驻扎在炮声隆隆的战区,但究竟是在塞瓦斯托波尔,还是在北岸,还是在英克尔曼,他却无从知道。炮声已经听得见了,在没有山岭挡住或者顺风的时候,听来格外清楚,频繁,似乎很近:一会儿爆炸声惊天动地,不由得使人浑身战栗;一会儿响声比较微弱,好像急促的战鼓,连续不断,偶尔被惊心动魄的轰隆声打断;一会儿这些声音又汇成隆隆的响声,好像雷电交加,暴风雨初降时的雷鸣。大家都说炮击十分猛烈,如今确实已经听得分明了。军官催着勤务兵,似乎急于想赶到目的地。迎面来了一长列俄罗斯农民的大车,原来是送军粮到塞瓦斯托波尔去的,此刻正载运伤病员回来,其中有穿灰军服的陆军,着黑外套的水兵,戴红色土耳其帽的希腊志愿兵,也有留大胡子的民兵。军官的马车只得停下来。路上扬起浓密的尘土,像云雾般悬在空中,也落到军官的眼睛和耳朵里,粘在他那汗涔涔的脸上。军官眯细眼睛,皱起眉头,老大不高兴地冷冷望着从他身边经过的伤病员的脸。

"那个虚弱的小兵是我们连里的。"勤务兵向长官转过身去,指指一辆走到他们旁边的满载伤员的大车说。

马车的前面侧身坐着一个戴羔皮帽的大胡子俄罗斯人,他用臂肘夹住马鞭柄,正在编鞭子。后面车上乘着五六个士兵,姿势个个不同,但都被颠簸得摇摇晃晃。有一个士兵,身上的衬衫十分肮脏,外面披着一件外套,一条手臂用带子吊着,脸庞虽然消瘦苍白,却神气活现地坐在车子中央。他一看见军官,想要举手敬礼,可是大概记起自己是个伤员,就顺势装作只想挠挠头皮。大车底上,在他旁边躺着另一个士兵,只露出两只抓住车沿的瘦骨嶙峋的手和一双拱起的左右摇晃像韧皮般的膝盖。还有一个士兵,面目浮肿,头上扎着绷带,上面覆着一顶军帽。他坐在大车的边上,两腿垂向车轮,双肘搁在膝盖上,像是在打瞌睡。那军官就向他喊道:

"陀尔日尼科夫!"

"有!"那个兵睁开眼睛,脱下帽子回答,声音洪亮而急促,仿佛有二十个士兵同时在喊叫。

"你是什么时候负的伤,老弟?"

士兵的那双眼皮浮肿、暗淡无光的眼睛发亮了:他显然认出了自己的长官。

"您好,长官!"他用同样急促的低音叫道。

"团现在驻在哪里?"

"驻在塞瓦斯托波尔。礼拜三就要转移了,长官!"

"转移到哪儿?"

"不知道……大概是转移到北岸吧,长官!今天敌人开始全面打炮,用的多半是榴弹,长官,连海湾里都有炮弹落下,今天打得可凶啦……"他一边戴上帽子,一边拖长声音补充说。

接下去就听不清那个士兵说些什么了,但从他脸部的表情和姿势上看来,这个苦恼的人愤愤地诉说的,不是什么使人宽心的事。

车上的柯捷尔卓夫中尉是位杰出的军官。有些人这样生活,这样行动,就因为别人也这样生活,这样行动,他可不是那种人。他心里想干什么,就干什么,而别人往往会学他的样,并且相信这样干是对的。他很有点儿才气,人也聪明;歌唱得很好,吉他也弹得不错,能说会道,文笔老练,而在当团副官的时期更练得一套办公文的本领;但他性格中最突出之点是自尊心很强。他的自尊心,虽说多半是因为有点才气,却异常强烈。这样的自尊心一般只有在男人身上,特别是在军人身上,才能见到。它已经贯穿到他的日常生活中,使他遇事总是抱着不领先毋宁死的态度。自尊心甚至成了他内在的推动力:他老是拿自己跟别人比较,喜欢抢在人家的前面。

"哼,我才不理那小兵的胡言乱语呢!"中尉喃喃地说,心头感到十分淡漠,脑子里觉得模模糊糊。这种思想感情是他看到车上的伤员和听了士兵的话之后产生的,而隆隆的炮声自然使这些景象和语言越发显得意味深长了。"这家伙真可笑……喂,尼古拉耶夫,走了……你怎么睡着了!"他拉拉外套的下摆,埋怨勤务兵说。

尼古拉耶夫拉动缰绳,咂了咂嘴,马车就向前走动了。

"今天我们只停一下喂马,喂好马就继续赶路。"军官吩咐说。

2

当马车来到杜凡卡,进入两边都是鞑靼式石头房子的断壁残垣的街上时,柯捷尔卓夫中尉又被一列运炮弹前往塞瓦斯托波尔的车辆挡住了去路。马车只得停下来。

有两个步兵坐在路旁一堵断墙的石头上,在飞扬着的尘土中吃西瓜和面包。

"赶远路吗,老乡?"其中一个嘴里塞满面包,问那背着个小口袋在他们旁边停下来的士兵。

"回连队去,"那士兵回答,目光避开西瓜,拉拉背上的口袋。"我们在省里给连队办干草,办了差不多有三个礼拜,现在又叫我们全部归队,可就是不知道我们的团这会儿驻在哪里。听说上个礼拜转移到柯拉别尔那亚去了。朋友,你们没听到什么吗?"

"在城里,老弟,驻在城里,"另外一个上了年纪的辎重兵,正在兴致勃勃地用小刀挖着一个没有成熟的白瓤西瓜,回答说。"我们中午刚离开那儿。太可怕了,老弟,你还是别去,还是在这干草堆里躺它一两天吧。"

"那是为什么呀,朋友?"

"难道你没听见今天到处都在打炮?打得一块完整的地方都没有了。至于打死了多少弟兄,那简直说不上来!"

说话的人摆摆手,把帽子拉拉端正。

那过路的兵心事重重地摇摇头,咂咂嘴,然后从靴筒里取出烟斗,并不装烟,只是挖挖烟斗里的残烟,从抽烟的士兵那儿点着一小片火绒,举起帽子说:

"听天由命吧,朋友!再见了!"他把口袋甩到背后,沿着大路走去。

"哎,你还是等一下的好!"那个挖着西瓜的人语重心长地说。

"还不是一样,"那过路的士兵从挤在一堆的车辆中间穿过去,嘴里喃喃地说,"听他们这么说,看来我也只好买个西瓜当晚饭了。"

3

柯捷尔卓夫到达驿站的时候,站里挤满了人。他在门口首先遇到一个面容瘦削、年纪很轻的人,那就是驿站长。驿站长正同两个紧跟住他的军官吵嘴。

"别说三天三夜,就是十天十夜你们也得等啊!就是将军也得等啊,先生!"驿站长说,存心挖苦挖苦这些旅客。"总不能叫我来给你们拉车吧?"

"既然没有马,那就谁也别给嘛!……可为什么又给了那个带行李的仆人呢?"两个军官中年纪较大的一个,手里拿着一杯茶,大声说。他显然故意不用人称代词,但让人家感觉到,他很可能对驿站长使用不客气的称呼。

"站长先生,您倒想想,"那个年轻的军官结结巴巴地说,"我们赶路又不是为了去作乐。既然叫我们去,就说明那边用得着我们。说实话,我一定要把这事报告克拉姆彼尔将军。这算什么呀……这说明,您简直不尊敬军官的身份。"

"您老是坏事!"年纪较大的军官恼怒地打断他的话。"您只会妨碍我,跟他们说话可得有本领。可他就是不尊敬人家。我说,立刻给我马!"

"我倒是很愿意效劳的,先生,可是到哪儿去弄啊?"

站长沉默了一会儿,忽然恼怒起来,挥动双臂说:

"先生,这些道理我也明白,完全明白,可是我有什么办法?只要让我(军官们脸上顿时露出希望的神色)……只要让我拖到月底,我就一走了事。与其留在这儿,还不如到马拉霍夫陵去。真的!他们爱怎么办就怎么办吧,反正现在整个站里没有一辆结实的马车,马也有三天没有吃到一束干草了。"

站长说完就躲进门里去了。

柯捷尔卓夫跟别的军官们一起走进候车室。

"算了吧,"年纪较大的军官心平气和地对年轻的那个说,虽然刚才他还是怒气冲冲的,"已经走了三个月了,再等等也行。不要紧,赶得到的!"

烟雾腾腾、肮脏不堪的候车室里挤满了军官,堆满了手提箱,柯捷尔卓夫好容易在窗台上找到一个位子坐下来。他一边打量人们的脸,倾听他们的谈话,一边动手卷烟。门的右首放着一张歪斜的油腻桌子,桌上摆着两把铜绿斑驳的茶炊和用各种纸头包着的食糖。大多数人就坐在桌子周围。一个没有胡子的年轻军官,身穿一件大概是用女式睡衣改的新棉袄,正在倒茶。另外四个同样年轻的军官,分布在房间的各个角落里:有一个睡在长沙发上,拿一件皮外套当枕头;另一个站在桌子旁边,给一个坐在桌旁的断臂军官切烤羊肉。还有两个军官坐在土炕旁边,其中一个穿副官外套,另一个穿步兵薄制服,肩上挂着皮囊。从他们瞧人的那副神气和那个挂皮囊的军官抽雪茄的姿势看来,他们不是亲临前线作战的步兵军官,他们也因此而很得意。从他们的态度上倒看不出轻视别人的样子,但有一种洋洋自得的泰然神气(一半是因为钱多,一半是因为跟将军们关系密切)。他们洋溢着优越感,连自己也觉得必须掩饰一下。还有一个厚嘴唇的年轻军医和一个相貌像德国人的炮兵军官,他们差不多就坐在那个躺在长沙发上的青年军官的脚上,正在数钱。还有四五个勤务兵,有的在打瞌睡,有的在门口忙着整理包裹和皮箱。柯捷尔卓夫在这些人中间没有一个熟人,但他却兴致勃勃地听着他们谈话。他单从外表上就立刻断定,那些青年军官是刚从中等武备学校出来的。他很喜欢他们,主要是因为他们使他想起他的弟弟来:他弟弟也刚从中等武备学校毕业,这几天里该可以到达塞瓦斯托波尔的一座炮台了。但他觉得那个挂皮囊的军官(他曾经在哪儿见到过他)傲慢无礼,有点讨厌。他甚至于想:"他要是敢说出什么不中听的话来,我就叫他下不了台!"并且从窗口转移到炕边坐下。柯捷尔卓夫是个亲临前线作战的好军官,他十分厌恶那些待在参谋部里的军官,而这两个军官却一眼就可看出正是这种人物。

4

"这可实在太气人了,离这么近还到不了。"一个青年军官说。"今天晚上也许有战事,我们却不能参加。"

他说话尖声尖气,青春的脸上泛起娇嫩的红晕,流露出年轻人可爱的羞怯,仿佛老是在担心别说错了话。

那个断臂军官笑嘻嘻地望望他,说:

"还赶得上,真的。"

青年军官怀着敬意望望断臂军官突然现出笑容的瘦脸,不再说什么,又忙着倒茶。的确。这位军官的脸色、姿势、特别是那只虚垂的袖子,都充分显示出一种满不在乎的沉着神气,仿佛不论对什么事,对什么话,他都在回答:"这一切都很好,这一切我都知道,只要我愿意,我什么都能干!"

"那么我们到底怎么办呢?"青年军官又开口对穿棉袄的同伴说,"在这儿过夜,还是骑我们自己的马赶去?"

同伴不同意继续赶路。

"您倒想想,大尉,"倒茶的青年军官继续对断臂军官说,同时替他拾起落在地上的小刀,"听人家说,马在塞瓦斯托波尔贵得要命,我们两人就在辛菲罗波尔合买了一匹马。"

"你们是不是给人家狠狠敲了一记竹杠啦?"

"那我可不知道,大尉:连马带车子,我们一共花了九十卢布。这很贵吗?"他转身向大伙儿说,连眼睛盯着他的柯捷尔卓夫在内。

"如果是匹新马,不算贵。"柯捷尔卓夫说。

"真的吗?可是人家对我们说,买贵了……就是腿有点儿瘸,据说会好的。马倒是挺强壮的。"

"你们是从哪一个军校来的?"柯捷尔卓夫问。他想打听弟弟的消息。

"我们这会儿是从贵族团来的,一共六个人,都是志愿上塞瓦斯托波尔去的,"爱说话的年轻军官说道,"可我们不知道我们的炮台在哪儿。有人说在塞瓦斯托波尔,可他们说在敖德萨。"

"难道在辛菲罗波尔打听不出来吗?"柯捷尔卓夫问。

"谁也不知道……您倒想想,我们有个同伴跑到公署去打听,倒挨了他们一顿骂。您倒想想,多么气人哪!您愿意抽支现成烟吗?"他对正在掏出烟盒来的断臂军官说。

他体贴入微地伺候着这位残废军官。

"您也是从塞瓦斯托波尔来的吗?"他继续说。"哦,老天爷,多么了不起呀!在彼得堡,我们大家都在想念你们,想念所有的英雄们!"他又恭敬又亲切地对柯捷尔卓夫说。

"也许你们还得回去呢,您说会不会?"中尉问。

"我们就是怕这一层。您倒想想,我们买了马,办了一切需要的东西——酒精灯、咖啡壶,还有各种零星用品,把钱都花光了,"他低声说,同时回头望望他的同伴,"因此,如果要我们回去,我们就不知道该怎么办了。"

"难道你们没有领到盘缠吗?"柯捷尔卓夫问。

"没有,"他声音极低地回答,"可是答应我们到这儿发。"

"你们有证件吗?"

"我知道证件最最重要;可是莫斯科的一位枢密官(他是我的舅舅,我在他家里待过)告诉我说,这里会发的,要不的话,他自己就发给我了。这里到底发不发呀?"

"一定会发的。"

"我想也许会发的,"青年军官说,那语气表明:他在沿途的三十个驿站上总是向人家提出这个问题,而得到的回答却个个不同,因此他对谁的话也不很相信。

5

"怎么会不发呢?"刚才在门口跟站长吵架的军官,这时已经走到谈话的人们跟前,忽然插嘴说。他的话同时也是对坐在旁边的参谋部军官说的,因为他们是更值得重视的听众。"我跟这几位先生一样,也是自愿来参加作战部队的,我甚至于放弃了好差事,要求上塞瓦斯托尔来。可我从Π地出发,除了领到一百三十六卢布驿马费之外,什么也没有到手,我自己的钱倒花掉一百五十多卢布了。你们只要想一想,八百里地,走了两个月还多。跟这几位先生一起也走了一个多月了。幸亏我自己有几个钱,要不然叫我怎么办呢?"

"真的有两个多月了?"有人问。

"有什么办法!"那人继续说。"要是我自己不愿意上前线,我也不会放弃好差事参军了;因此我在一路上耽搁,可不是因为害怕……实在是没有办法。譬如说,我在彼列科普待了两个礼拜,站长连话都不愿意跟我说。他一开口就是:'哼,你高兴什么时候走,就什么时候走! 看,光是急差申请书就有这么一大堆。'看来是命该如此了……我真想走,可是命运不答应。我倒不是因为那边在打炮,而是因为不论你怎么焦急,反正是一回事,可我心里真希望……"

这位军官那么起劲地解释他耽搁的原因,像是在给自己辩解,结果只能使人觉得他是个胆小鬼。他打听他的团驻在什么地方,那边危险不危险,这样就越发显得胆小了。后来,跟他同团的独臂军官告诉他,这两天光是军官就牺牲了十七个,他简直吓得面无人色,话也说不下去了。

这位军官如今可真的变成一个无可救药的胆小鬼了,虽然半年以前他绝不是这样的人。他在感情上起了变化,这种变化以前在许多人身上发生过,以后也会在许多人身上发生。他原来生活在省城里,那里有一所中等武备学校,他自己也有一个牢靠的好差事,但当他从报上和私人信件中读到老同学在塞瓦斯托波尔的英雄事迹时,他突然功名心发作,但更主要的是突然燃起了一股爱国的热情。

为了这种感情他牺牲了许多东西：优裕的职位，积八年心血挣得的一套带舒服家具的公寓、所交往的一批熟人，以及跟有钱女人结婚的希望。他抛下这一切，远在二月里就申请参军，梦想获得不朽的荣誉和将军的肩章。在提出申请两个月之后，司令部来信问他是不是需要政府津贴。他回信说不需要，继续耐心等候分配，虽然在这两个月里他的爱国热情已大为减退。又过了两个月，他又接到来信，问他是不是共济会①会员，以及诸如此类的问题。他又回信否认，直到第五个月才得到任命。在这段时间里，他的朋友们，以及那种在调动工作时常常产生的对新职务的反感，使他逐渐明白，参加现役是最愚蠢不过的事。当他患着胃灼热，满面风尘地独自来到第五驿站的时候（为了等马他在站里待了十二小时），他遇到一个从塞瓦斯托波尔来的急差。那急差给他讲了一些战争的可怕情景，他就十分后悔自己的轻率决定，带着朦朦胧胧的恐怖心理想象着未来的局面，茫茫然像去送命似地继续往前走。三个月中间，他不断地从这个驿站赶到那个驿站，差不多站站都得耽搁，并且站站都能遇到从塞瓦斯托波尔来的军官。他们跟他说了许多恐怖的故事，弄得他越来越懊丧。这个可怜的军官，在Π地自认为是个敢于赴汤蹈火的英雄，到了杜凡卡，终于变成一个十足的懦夫了。一个月以前，他碰上了几个从中等武备学校出来的青年，他就竭力走得慢一点，认为这是他为人在世的最后日子。他每到一站都要搭起行军床，打开食物箱，玩玩纸牌，看看意见簿，来消磨时间。驿站不给他马，他反而觉得高兴。

他要是离开老家一下子来到棱堡，确实能成为一位英雄，可现在他

---

① 共济会，18世纪产生于欧洲的一种宗教神秘运动，提倡道德的自我修养和博爱。入会的主要是贵族和资产阶级上层分子。18世纪30年代出现在俄国，1822年被沙皇政府查禁，但部分会员仍进行秘密活动，也有一些人参加了1825年的十二月党人起义。

还得经历许多精神上的磨炼,才能在劳苦和危险中成为一个沉着和忍耐的军人,像我们所习见的一般俄罗斯军官那样。但要使他心头的热情复燃,那可就很困难了。

6

"哪一位要的红菜汤?"老板娘,一个四十岁上下又胖又脏的女人,端着一大碗菜汤走进房间,高声问道。

谈话顿时停止了,房间里的人都把目光集中在老板娘身上。从Π地来的军官甚至对着她向一个青年军官挤挤眼。

"噢,这是柯捷尔卓夫要的,"青年军官说,"得把他叫醒。喂,起来吃饭吧!"他一边说,一边走近长沙发,推推那个睡着的人的肩膀。

一个十七八岁的小伙子,生着一双快乐的黑眼睛和红润的面颊,敏捷地从沙发上跳下来,擦擦眼睛,站在房间当中。

"哦,对不起!"他用银铃般清脆的声音对那个被他跳下来时撞了一下的军医说。

柯捷尔卓夫中尉立刻认出这个就是他弟弟,走了过去。

"不认得了吗?"他笑眯眯地问。

"啊—啊—啊!"弟弟叫道。"真是没想到!"说着就吻起哥哥来了。

他们亲吻了三次,但在吻第三次时彼此都犹豫了一下,仿佛两人都想到了:为什么一定要吻三次呢?

"啊,我真高兴!"哥哥仔细端详着弟弟,说,"我们到门口去谈谈吧。"

"走吧,走吧。汤我不要了……费德森,你吃吧!"他对一个同伴说。

"你刚才不是想吃的吗?"

"我现在什么也不想吃了。"

他们来到门口,弟弟不断地问哥哥:"嗳,你讲讲,情况怎么样?"并且反复说他看见哥哥真高兴,他自己的事却只字不提。

他们默默无言地过了五分钟,哥哥才问弟弟,他为什么没像大家所期望的那样进近卫军。

"哦,是的!"弟弟回答,一想起往事,他就脸红了。"这实在叫我伤心,我万没料到会出这样的事。你准想不到,就在毕业前不久,我们三个人去到门房后面的小房间(你该记得那房间,你们当时怕也去过吧)……到那里去抽烟,没想到被那混账门房看见了,他就跑去报告值日军官(我们还给过那门房几次酒钱呢),值日军官就偷偷跑来。我们一看见他,那两个就把烟卷丢了,从边门溜掉,可我却来不及。值日军官当场把我训斥了一通,我当然不肯认输,结果他就去报告学监,事情就闹大了。为了这件事,我的操行没有得到满分,虽然除了机械学得十二分外,别的成绩都是优等。结果把我分派到常备军里,答应将来再调往近卫军,可我不想调动,就申请上前线来了。"

"噢,原来如此!"

"真的,我不是对你说着玩的,我对什么都感到厌恶,只想早日到达塞瓦斯托波尔。再说,在这里要是运气好的话,还可以比在近卫军里提升得快些:那边,要十年才能当个上校,在这儿呢,托特列宾[①]只有两

---

① 托特列宾(1818—1884),俄国将军,在1855—1856年的克里米亚战争中领导修建塞瓦斯托波尔防线,发挥了举足轻重的作用。

年就从中校升做将军了。哦,要是牺牲了,那也没有办法!"

"你这人原来是这样的!"哥哥微笑着说。

"可主要的是,哥哥,"弟弟红着脸含笑说,仿佛要说出什么难为情的话来,"那些都是小事情,主要的是,人家都在为国牺牲,自己待在彼得堡总有点不好意思。再说,我想跟你在一起。"他越发害臊地补充说。

"你这人多可笑!"哥哥一边说,一边掏出烟盒,眼睛并不看他,"可惜我们不会待在一起。"

"你跟我说实话,棱堡那边可怕吗?"弟弟忽然问。

"开头有点可怕,后来也就习惯了。你自己会明白的。"

"哦,还有一个问题:塞瓦斯托波尔会不会落到敌人手里?我认为不会的。"

"只有天知道。"

"有一件事很气人,你准想不到有多倒霉!我们在路上被偷去了整整一大包东西,里面有我的一顶军帽。这下子可把我弄得狼狈透了,叫我怎么去见人呢?你要知道,这次发的是新军帽。总之,变化很大,许多事都在改进。这些我都可以讲给你听……我跑遍了莫斯科。"

柯捷尔卓夫老二名叫弗拉基米尔,相貌很像他哥哥米哈依尔,但他好比一朵盛开的玫瑰,哥哥却仿佛是一朵开败了的野蔷薇。他的头发也是淡褐色的,但比哥哥浓密,而且两鬓鬈曲。在他那白净的后颈上还覆着一小绺淡褐色的头发,照保姆们的说法,这是一种福相。他那白嫩的脸蛋上,不是浮现着而是洋溢着青春的红晕,透露出他内心的活动。他那双眼睛也有点像哥哥,但更大更亮,而且看上去总是水汪汪的。他的面颊和鲜红的嘴唇上面都长出淡褐色的茸毛,嘴唇上时常浮起羞怯的微笑,嘴里露出一排洁白发亮的牙齿。他站在哥哥面前,身材挺拔,肩膀宽阔,敞开的外套里露出斜领红衬衫。他手里拿着烟卷,双肘搁在门口栏杆上,脸上和姿态上都流露出天真的快乐神气。他真是个可爱的美少年,谁见了都想多看他几眼。他遇到哥哥非常高兴,又恭敬又自豪地瞧着他,把他想象成英雄。但在某些方面,也就是上流社会的教养(其实他自己也不具备),说法国话的能力,应酬达官贵人的功夫和跳舞等等,他又有点替哥哥害臊,瞧不起他,甚至于想教教他。他满脑子想的还是彼得堡和莫斯科的那一套:在彼得堡,一位喜欢漂亮青年的贵夫人常常请他到家里去过节;在莫斯科,他在一位枢密官家里参加过一次盛大的舞会。

7

哥儿俩畅谈了一番,接着就好一阵不开口。两个虽然感情很好、但却缺乏共同之处的人,见面后往往会发生这样的情况。

"那么你去收拾收拾东西,我们现在就动身吧。"哥哥说。

弟弟忽然脸红了,犹豫起来。

"直接上塞瓦斯托波尔吗?"他停了一会儿问。

"是啊,反正你东西不多,我想装得下的。"

"好极了!现在就走。"弟弟叹了一口气说,接着向房间走去。

他没有打开门,却在穿堂里站住,垂头丧气地想:

"现在就直接上塞瓦斯托波尔,到那个地狱里去,太可怕了!但早晚总得去。现在至少可以跟哥哥一起……"

想到一坐上马车,就不能再下来,只好直达塞瓦斯托波尔,而且再不会有什么意外拦住他,他这才明确地认识到他所追求的危险。他一想到临近危险,就心慌意乱,害怕起来。他勉强定下心来,走进房间,可是过了一刻钟还不见他出来。哥哥只得打开门去叫他。柯捷尔卓夫老二好像做了错事的小学生,在跟那个从Π地来的军官谈着什么。哥哥推门进去,他立刻慌了手脚。

"哦,我马上就来,马上就来!"他向哥哥摆摆手说,"请你在外面等一下。"

过了一会儿,他果然从屋里出来,深深地叹了一口气,走到哥哥跟前。

"真是想不到,哥哥,我不能跟你一起走了。"他说。

"什么?别胡闹了!"

"我把实话全对你说了吧,哥哥!我们几个人全都没有钱了,全都问那位从Π地来的上尉借了债。真丢脸哪!"

哥哥皱起眉头,好一阵不做声。

"你欠的债多吗?"他皱着眉头盯住弟弟问。

"多吗……不,不太多,可是真丢脸。三站的费用都是他替我付的,糖也都吃他的……因此我真不知道……我们还赌过牌……我也欠了他一些钱。"

"真糟糕,弟弟!你要是没遇见我,怎么办呢?"哥哥眼睛不瞧弟弟,严厉地说。

"我想过,哥哥,等我在塞瓦斯托波尔领到盘缠就还他。这是办得到的,所以我想还是明天跟他一起走吧。"

哥哥掏出钱包,手指哆嗦着从里面取出两张十卢布钞票和一张三卢布钞票。

"我的钱全在这儿了,"他说,"你欠了多少?"

柯捷尔卓夫老大说他的钱全在这儿,并非全是实话:他还有四个金币缝在翻袖里,以备不时之需,并且决心不随便动用。

原来柯捷尔卓夫老二在赌牌和食糖上总共只欠那个从 Π 地来的军官八个卢布。哥哥给了他钱,只责备他没有钱不该赌牌!

"你下了多少赌注?"

弟弟没有回答。他觉得哥哥问这话,是怀疑他不诚实。他恨自己,对自己做出这种使人怀疑的事感到害臊,而他所挚爱的哥哥这样对待他,也使他觉得委屈。这一切都在他敏感的心灵上引起强烈的痛苦,他觉得克制不住涌上喉头的呜咽,因而什么也没回答。他瞧也不瞧地拿了钱,就往同伴们那儿走去。

8

尼古拉耶夫在杜凡卡喝了两杯烧酒(在桥头上向一个士兵买的)之后,精神振作多了。他拉动缰绳,马车就沿着培尔贝克河,在通往塞瓦斯托波尔间或覆盖着绿阴的石子路上颠簸前进。哥儿俩摇摇晃晃地坐在车上,腿撞着腿,心里一直想着对方,却都固执地不开口。

"他为什么要弄得我这样难堪呢?"弟弟想,"难道他非这样说不可吗?他简直把我当做小偷,现在怕还在生气呢,我们闹翻了。可我们俩要是一块儿上塞瓦斯托波尔该多好!哥儿俩亲亲密密的并肩跟敌人作战:一个年纪大些,虽然教养较差,可是个勇敢的军人;一个年纪轻些,也是个好样的……过一个礼拜,我就会让人家知道,我可并不太年轻!

我再不会脸红了,脸上会现出男子汉大丈夫的气概。胡子呢,虽然不太多,但到那时也会长得像个样子的,"想到这里他拔拔嘴角上的毫毛。"说不定今天一到,马上就得跟哥哥一起投入战斗。我相信他一定非常坚强非常勇敢,一定是话说得不多,活儿可干得比谁都好。我真想知道他是不是故意把我往车子边上挤?他一定知道我坐得不舒服,却假装没注意。"他身体紧挨着车子边缘,一动也不敢动,怕哥哥发觉他坐得很不舒服,心里却继续想:"今儿个我们一到那边,就直接上棱堡,我带着大炮,哥哥带着一连人,我们一块儿出发。法国人突然向我们猛扑过来。我拼命开炮,开个不停,打死了许许多多敌人;但他们还是向我直冲过来。这时已经不能再开炮,我自然没有生路了。这当儿,哥哥突然拿着刀奔过来,我就抓起步枪,我们就一块儿带着士兵冲过去。法国人向哥哥扑来。我就跑上去,杀死一个法国人,又杀死一个法国人,救出哥哥。我的一条胳膊负伤了,我就用另一只手抓起枪,继续向前冲,不料哥哥在我旁边被一颗子弹打死了。我站了一会儿,十分伤心地向哥哥望望,又挺起身来喊道:'跟我来,我们要报仇!哥哥是我天底下最心爱的人,可如今我失掉了哥哥。我们要替他报仇,不把敌人消灭干净,情愿全体牺牲!'大家都大声呐喊,跟着我冲去。这时法国人的兵马全部出动了,连贝里西安①都亲自出马。我们把他们杀个落花流水;可是我又负伤了,接着又负伤了一次,终于负了致命伤倒下来。这时大家全赶到我跟前,高尔察科夫②也来了,他问我有什么要求。我说我什么也不要,只要让我待在哥哥身边,让我跟他死在一起。他们就把我抬

---

① 贝里西安(1794—1864),1855年参加克里米亚战争的法国第一军团司令官。
② 高尔察科夫(1793—1861),1855年防守塞瓦斯托波尔的俄国司令官。

到哥哥的血肉模糊的尸体旁边。我撑起身来,只说道:'啊,你们不认识这两个忠心耿耿的爱国志士的价值,现在他们一块儿牺牲了……愿上帝饶恕你们!'说完我就死了。"

谁知道这些胡思乱想会实现多少!

"那么,你参加过肉搏吗?"他忽然问哥哥,根本忘记他原是不高兴跟他谈话的。

"没有,从来没有,"哥哥回答,"我们一团丢了两千人,都是在工事上牺牲的;我也是在工事上负的伤。打仗可根本不是你所想象的那个样子,伏洛嘉!"

听到哥哥叫他的小名"伏洛嘉",弟弟心里很感动。他想跟哥哥解释一番,消除误会,其实哥哥根本没想到已经得罪了弟弟。

"你没生我的气吧,米沙?"他停了一分钟问。

"生什么气呀?"

"不,没什么。就是为刚才的事。这没什么。"

"一点也没有。"哥哥向他转过脸去,拍拍他的腿,回答说。

"那么,米沙,要是我使你心里难过,你就原谅我吧。"

弟弟说完扭过头去,免得让哥哥看见他眼睛里涌出的泪水。

9

"难道这就是塞瓦斯托波尔?"当他们爬上山时,弟弟问。展开在他们面前的是:桅墙林立的海湾,远远地排列着敌舰的大海,海滨白色的炮台、兵营、输水管、船坞、城市建筑物,以及从环抱全城的黄色山岭上不断升起的白蒙蒙和紫糊糊的烟云。烟云在玫瑰红的斜辉映照下停留在蔚蓝色的天空中，灿烂的夕阳正在向苍茫的海洋沉落下去。

伏洛嘉望着这思慕已久的可怕地方，一点也不觉得惊悸；他甚至怀着悠然神往和慷慨激昂的心情，欣赏着这片委实壮丽的景色，因为再过半小时他就可以到达那里了。他聚精会神地眺望着，直到他们来到北岸，遇见了哥哥团里的辎重车队，那儿也就是他们应该打听团部和炮兵连所在的地方了。

负责辎重队的军需官住在所谓**新镇**（水兵家属们盖的木头房子）附近的一个帐篷里，帐篷跟一所相当大的棚子连接着；那棚子是用新鲜栎树枝搭成的，还没有完全干枯呢。

哥儿俩进去的时候，军需官身穿一件脏得发黄的衬衫正坐在一张活动桌子旁边，用一把大算盘数着一大堆钞票。桌上摆着一杯浮着烟灰的冷茶，一只放有烧酒瓶、吃剩的干鱼子和面包的盘子。在说到军需官的为人和他的谈吐之前，先得仔细看一下他棚子里的摆设，并且知道一些他的生活方式和工作。这所新棚子盖得宽敞、坚固而舒服，里面摆设着野草编成的小桌子和小凳子，好像是替将军和团长之类的人物准备的。棚子顶上和壁上挂着三条毯子，防止枯叶掉下来。那几条毯子虽然难看，却是崭新的，而且价钱一定很贵。那条织有骑马女人图的最大毯子，挂在铁床旁边的壁上，床上摆着一条鲜红的毛毯，一个肮脏破旧的皮枕头和一件貂绒皮外套。桌上放着一面银框镜子，一只很脏的银柄刷子，一把嵌满油腻头发的断角梳，一个银烛台，一瓶贴有金色和红色大商标的甜酒，一只描有彼得大帝像的金表，两只镶宝石的金戒指，一盒药丸，一块面包，以及一些散乱的旧纸牌。床底下放着一些空的和满的啤酒瓶。这位军需官负责全团的辎重和马匹的饲料。跟他同住的是他的老朋友——一个包揽生意的商人。当哥儿俩进去的时候，承包商正在帐篷里睡觉，军需官正在赶在月底之前结算账目。军需官长得一表人才：个儿高大，体格强壮，留着浓密的胡子。唯一美中不足的是，他那张汗津津的浮肿的脸，几乎埋没了他那双灰色的小眼睛（仿佛他全身都灌满了啤酒），再有就是，从稀疏而油腻的头发起，直到套着银鼠皮便鞋的光脚止，浑身上下都邋遢得出奇。

"钱，好多的钱！"柯捷尔卓夫老大一走进棚子就说，目光不由得贪婪地盯住那堆钞票。"华西里·米哈依洛维奇，只要借一半给我就好了！"

军需官好像在偷东西给抓住一样，全身弓起来，一看见客人，慌忙收拾钞票，只点点头，并不站起来。

"哦，如果是我自己的钱就好了。朋友，是公家的钱哪！跟您一起来的这位是谁啊？"他一边说，一边把钱放进身边的钱箱里，眼睛直盯着伏洛嘉。

"这是我弟弟，从军校来的。我们是来向您打听一下，我们的团在什么地方。"

"请坐，先生们，"他一边说，一边站起来，也不理客人们，径自往帐篷里走去。"你们要喝点酒吗？来点啤酒怎么样？"他在帐篷里问道。

"喝点儿也行，华西里·米哈依洛维奇！"

军需官的豪华气派，他的洒脱风度，以及哥哥对他说话时的恭敬态度都使伏洛嘉感到惊奇。

"他准是他们中间的一位好军官，很受大家的尊敬；他一定没有架子，并且十分勇敢和好客。"他一边想，一边怯生生地在沙发上坐下来。

"那么我们的团驻在哪儿啊？"哥哥向帐篷那边问。

"什么?"

他又问了一遍。

"齐斐尔今天到我这儿来过,他说昨天转移到第五棱堡去了。"

"可靠吗?"

"我这么说,大致上是可靠的;不过,到底怎么样,只有鬼才知道!他这人撒谎也不当一回事。喝点啤酒怎么样?"军需官依旧在帐篷里说。

"好吧,我喝一点。"柯捷尔卓夫说。

"您也喝点吗,奥西普·伊格纳基奇?"军需官在帐篷里继续说,大概是问那个在睡觉的承包商。"睡得够了,已经七点多了。"

"您跟我纠缠什么呀?我又没有睡着。"一个咬音不准的尖细声音懒洋洋地回答。

"喂,起来吧,没有您我实在太冷清了。"

这时军需官回到客人跟前来了。

"拿啤酒来,要辛菲罗波尔的黑啤酒!"他嚷道。

一个勤务兵(伏洛嘉觉得他这人神气活现)走进棚子,甚至于推开军需官,从床底下取出一瓶啤酒来。

"是啊,朋友,"军需官一边倒酒,一边说,"今天我们这儿来了个新团长。得花些钱替他办东西。"

"我想这该是个截然不同的新人物吧。"柯捷尔卓夫彬彬有礼地举起酒杯,说道。

"哼,新人物!照样是个吝啬鬼。他做营长时老是大叫大嚷,如今唱起另一个调子来了。不行啊,朋友。"

"说得对。"

弟弟完全听不懂他们在谈些什么,但他模模糊糊地感觉到,哥哥说的不是真心话,他所以这样说,只是因为喝了军需官的黑啤酒。

一瓶啤酒已经喝完,类似的话又继续了好一阵。接着,帐篷里边的门帘掀开来,一个精神饱满的矮个儿男人从那里走出来。他身穿一件带穗子的蓝缎晨衣,头戴一顶有红帽圈和帽徽的军帽。他捻着乌黑的小胡子走出来,眼睛望着地毯,稍微耸耸肩膀来回答军官们的敬礼。

"让我也喝一杯吧!"他在桌旁坐下来,说道,"年轻人,你是从彼得堡来的吗?"他亲切地问伏洛嘉。

"是的,先生,我上塞瓦斯托波尔去。"

"是自愿去的吗?"

"是的,先生。"

"你们这是何苦呢,先生们?我真不明白!"承包商继续说,"我呀,要是放我走,我真情愿走回彼得堡去呢。说实话,我可实在过腻这种倒霉的生活了!"

"您有什么事不称心的?"柯捷尔卓夫老大对他说。"您在这儿过的生活还嫌不好吗!"

承包商对他望望,扭转头去。

"这么危险(柯捷尔卓夫想:'坐在北岸谈得到什么危险?')、艰苦,什么东西也弄不到,"他继续对伏洛嘉说。"你们这是何苦呢,我可压根儿不明白,先生!要是有什么好处,倒也罢了。嗯,在您这样的年纪,一旦搞成终身残废,有什么好处呢?"

"有人贪图钱财,可也有人是为了荣誉!"柯捷尔卓夫老大怒气冲冲地又插嘴道。

"如果吃的东西都没有,还谈得上什么荣誉!"承包商鄙薄地冷笑着,对也在笑着的军需官说。"你放个《路茜亚》给我们听听吧,"他指着留声机说,"我喜欢这曲子……"

"你说,华西里·米哈依洛维奇这人好吗?"当哥儿俩在暮色苍茫中走出棚子、奔赴塞瓦斯托波尔时,伏洛嘉问哥哥。

"还可以,就是吝啬得要命!要知道,他至少每个月有三百卢布收入,可是生活过得像头猪一样。你不是也看到了?至于那个承包商,我可实在瞧不惯,总有一天我要收拾他的。要知道,这流氓从土耳其搜刮了一万二千卢布回来……"于是柯捷尔桌夫老大就大谈贪污行为,而且表示深恶痛绝,但说句实话,他之所以痛恨,倒不是因为贪污是一种罪恶而是因为有人靠贪污发财。

10

他们乘车来到横跨海湾的大桥时,天色已快黑了。伏洛嘉虽然没有垂头丧气,但是觉得心情沉重。他所看到和听到的一切,跟他不久前的经历实在太不相同了。他记起明亮宽敞、铺着镶木地板的考试厅,同学们亲切愉快的谈笑,崭新的制服,以及七年来经常见到的敬爱的沙皇——沙皇在送别他们的时候眼里含着泪水,还把他们称为他的儿女。而现在他所见到的一切,跟他彩虹般美丽和崇高的梦想,距离实在太远了。

"好了,我们到了!"他们在米哈依洛夫炮台前下了车,做哥哥的说。"要是让我们过桥,我们马上就可以到达尼古拉耶夫兵营了。你在那边过夜,我到团部去打听一下,你的炮兵连驻在什么地方,我明天来接你。"

"那又何必呢?还是一起去吧,"伏洛嘉说,"我现在就跟你上棱堡去。反正早晚总会习惯的。既然你能去,我也能去。"

"还是不去的好。"

"不,让我也去,至少我可以知道怎样……"

"我劝你不要去,不过……"

天空洁净而昏暗;星星、不断飞过的炮弹和炮火的闪光照亮了昏暗的天空。庞大的白色炮台和大桥的一端在昏暗中轮廓分明。炮声和爆炸声接二连三地响个不停,一秒钟里就有好几次,而且越来越响,越来越清楚。从海湾里传来波涛的忧郁絮语,仿佛在应和这隆隆的炮声。海面上吹来阵阵微风,空中充满潮气。哥儿俩走到桥边。一个民兵笨拙地端起枪来,喝道:

"什么人?"

"军人!"

"不许过去!"

"为什么?我们有事。"

"去问长官。"

一个军官坐在锚上打瞌睡,欠了欠身,命令让他们过去。

"去可以,来不行。一下子都往哪儿跑哇!"他对着那些挤在桥头高堆着土筐的军用货车吆喝道。

哥儿俩走到第一只浮桥船上时,碰到几个士兵高声谈着话,从对面走来。

"他要是领到装备费,就会还清欠债了,是的……"

"哦,弟兄们!"另一个声音说,"到了北岸,真是重见天日了!连空气都两样。"

"别提了!"第一个人说,"几天前就有颗该死的炮弹飞到这儿来,把两个水兵的腿都炸断了,所以我说还是别提的好。"

哥儿俩走过第一只浮桥船,在第二只浮桥船上停下来,等待马车。那只浮桥船有几处已经灌水了。风在田野上似乎很温和,在这儿却非常猛烈;浮桥摇摇晃晃,波浪哗啦啦地冲击着圆木,被铁锚和锚链划破,直涌到板上。右边是汹涌澎湃的黑魆魆的大海;一条无比平整的黑线把海洋同星光灿烂的淡灰色天空划分开来。敌舰的灯火在远处闪闪发亮。左边是一只我方军舰的黑色剪影,还传来波浪拍打船舷的声音;有一只汽船噗噗响着从北岸飞快驶来。一颗炮弹在汽船附近爆炸,刹那间照亮了甲板上高堆着的土筐,船上站着的两个人,以及汽船划破浅绿色波浪溅起的白色浪花。浮桥边上坐着一个水手,光穿一件衬衫,两脚浸在水里,用斧头砍着什么。前面,在塞瓦斯托波尔的上空,同样炮火连天,而且可怕的轰击声越来越响。海上一股巨浪冲上浮桥的右边,打湿了伏洛嘉的脚,两个士兵哗哗地踩着水,从他身旁走过。忽然发出一声巨响,闪光照亮了桥的前部、桥上的一辆货车和一个骑马的人,弹片嘘溜溜地落在水里,溅起了水花。

"啊,米哈依尔·谢苗内奇!"骑马的人在柯捷尔卓夫老大面前勒住马,说:"怎么样,完全好了吗?"

"是啊。您上哪儿去?"

"到北岸取弹药去。我现在代理团副官的职务……我们时时刻刻都在等着敌人的进攻,可是每人弹药盒里连五发子弹都没有。安排得太妙了!"

"马尔卓夫哪里去啦?"

"昨天他被炸断了一条腿……当时他在城里,正在自己房间里睡觉……您也许会碰到他,他在救护所里。"

"我们团在第五棱堡,对吗?"

"是啊,我们接替了××团。您到救护所去一下吧,那边有我们团里的人,会带您去的。"

"那么,滨海街上我那个住所没事吧?"

"嘿,老兄!早就被炮弹打光了。塞瓦斯托波尔如今可认不出来了。没有一个女人,没有一家酒馆,没有一点儿音乐。最后一家铺子昨天也搬走了。现在的光景可凄凉呢……再见吧!"

那军官策马走了。

伏洛嘉忽然感到非常恐怖:他老觉得马上会有颗炮弹或者弹片飞来,打中他的脑袋。这湿滋滋的夜色,各种各样的声音,特别是波涛的澎湃声,仿佛全在劝他:不要再往前走,这儿没有什么好事在等着他,不然他的脚再也不能踏上海湾那边的俄罗斯土地了,他应该立刻回去,尽可能离开这可怕的死地远一点。

"但也许已经太晚,如今命运已经定了!"他想着,浑身哆嗦,一半因为想到他的处境,一半因为水渗透了他的靴子,把他的脚浸湿了。

伏洛嘉深深叹了一口气,从哥哥身边走到一旁。

"主哇!难道真要把我打死吗?打死的就是我吗?主哇,饶了我吧!"他低声说,画着十字。

"喂,伏洛嘉,我们走吧,"马车来到桥上时,做哥哥的说。"看见炮弹了吗?"

哥儿俩在桥上遇见一些载运伤员和土筐的大车,以及一辆装家具的货车。这辆货车由一个妇女赶着,过了桥就再也没有人阻挡他们了。

他们本能地挨着尼古拉耶夫炮台的墙壁,默默地听着头上炮弹的爆炸声和弹片的呼啸声,走到炮台里挂圣像的地方。到了这里,才知道伏洛嘉该去报到的第五轻炮兵连驻在郊区柯拉贝尔,因此他们一起决定,让伏洛嘉先跟哥哥到第五棱堡过一夜(虽然那里很危险),明天再到炮兵连去。他们走进过道,跨过睡在炮台墙脚下的士兵们的腿,终于来到了救护所。

11

他们走进第一个房间,遇见两个护士朝门口走来。房间里摆满躺着伤员的病床,弥漫着那种难闻的医院气味。

一个护士,年纪五十上下,黑眼睛,神情严肃,手里拿着绷带和棉线团,正在对她后面的一个小伙子——助理医生吩咐着什么;另一个护士才二十岁左右,长得很漂亮,脸蛋儿又白又嫩,头发淡黄,戴着白帽子,显得格外妩媚,她两手插在围裙口袋里,垂下眼睛,紧跟着那个老护士,唯恐落在后头。

柯捷尔卓夫老大问她们可知道昨天炸断一条腿的马尔卓夫在什么地方。

"是不是Π团的?"老护士问他,"怎么,您是他的亲戚吗?"

"不,是同事。"

"哼!带他们去吧,"她用法语对年轻的护士说,"这儿走,"她自己却带着那助理医生向一个伤员走去。

"走吧,你看什么呀?"柯捷尔卓夫对弟弟说,伏洛嘉正扬起眉毛,神情痛苦地瞧着伤员。"走吧！"

伏洛嘉跟着哥哥走去，但还是连连回头张望，并且无意识地反复说：

"啊，天哪！啊，天哪！"

"他该是个新来的吧？"护士指着伏洛嘉问柯捷尔卓夫，伏洛嘉跟着他们在走廊里一边走，一边唉声叹气。

"刚来的。"

漂亮的护士对伏洛嘉望望，忽然哭起来。

"天哪，天哪！这一切几时才会了结呀！"她悲痛欲绝地说。

他们走进军官病房。马尔卓夫仰天躺着，两手抱着头，露出筋脉毕露的下臂，蜡黄的脸上现出痛苦的表情，但他咬紧牙关不吭一声。那条完整的腿，穿着袜子，从毯子里伸出来，但见脚趾在痉挛地抖动。

"您觉得怎么样？"护士一边问，一边用细长的嫩手指（伏洛嘉看见一只手指上戴着金戒指）托起他那微秃的脑袋，理理枕头。"您的朋友看您来了。"

"当然疼啰，"他怒气冲冲地说，"别弄了，我好得很！"袜子里的脚趾抖得更快了。"您好！请问：您贵姓？"他对柯捷尔卓夫说。"啊，是的，对不起，待在这儿把什么都忘记了，"听见柯捷尔卓夫说出自己的姓，他又说道。"我们在一起住过的，"他毫无兴致地补了一句，疑问地瞅着伏洛嘉。

"这是我弟弟，今天刚从彼得堡来的。"

"哼！你瞧，我可弄得**终身**退休了，"他皱起眉头说。"啊，疼死了！……还不如早点完结的好。"

他缩起腿来，嘴里呻吟着，双手掩住脸。

"得让他安静,"护士眼里含着泪,低声说,"他伤得很重。"

哥儿俩在北岸还打算一起到第五棱堡去;可是,从尼古拉耶夫炮台出来的时候,他们仿佛有默契,认定不必冒无谓的危险,还是各走各的路好。

"可是你怎么找得着呢,伏洛嘉?"做哥哥的说。"对了,让尼古拉耶夫送你到柯拉贝尔区去,我一个人走,明天再去看你。"

哥儿俩最后一次分手的时候,再没有说一句话。

12

炮火仍旧那么猛烈,叶卡德琳娜大街却冷清清的,十分荒凉。伏洛嘉在大街上走着,尼古拉耶夫一言不发地跟在后面。伏洛嘉在黑暗中只看见宽阔的街道,许多高楼大厦的白色断垣残壁,以及他正行走着的石板人行道。他偶尔遇见几个士兵和军官。当他循着左边的街道经过海军部时,凭着一道从房子里透出来的明亮灯光,他看见种在人行道上用绿色桩子撑着的刺槐和积满尘土的委靡的树叶。他清楚地听见自己的脚步声和气喘吁吁地跟在后面的尼古拉耶夫的脚步声。那个漂亮的护士,马尔卓夫穿着袜子的独腿和抖动的脚趾,黑暗,炮弹和形形色色的死相,这一切都朦朦胧胧地在他眼前浮动,但他没有去细细琢磨。只身处在危险之中而又得不到任何人的关怀和同情,这使他那颗年轻敏感的心觉得痛苦难当。"我会被打死的,我将吃苦受难,没有一个人会为我掉一滴眼泪!"这一切取代了他原来的美梦:过一种充满生气和同情的英雄生活。炮弹的爆炸声和弹片的呼啸越来越近,尼古拉耶夫叹气的次数也越来越多,但他始终不开口。当他们经过通向柯拉贝尔区的大桥时,他看见有样东西带着啸声掉到附近的海湾里,刹那间把紫色的波浪照得通红,接着消失了,但又带着水花从那里升起来。

"看,还没有熄灭呢!"尼古拉耶夫说。

"是啊!"伏洛嘉应着说,他的声音那么尖锐刺耳,连他自己也觉得意外。

他们遇到运送伤员的担架和装着土筐的军用大车,在柯拉贝尔区碰到某团的队伍,以及一些骑马而过的人。其中有个军官带了一名哥萨克兵。他跑得很快,但一看见伏洛嘉就勒住马,仔细瞧瞧他的脸,接着又扭转身,策马向前跑去。"一个人,孤零零的一个人!世界上有没有我这个人,谁也不在乎!"这可怜的小伙子痛苦地想着,他真想痛哭一场。

他上了山,经过一道白色的高墙,来到一条不断被炮弹闪光照亮的街道,街道两旁的小房子都炸毁了。一个披头散发的喝醉酒的女人跟一个水兵从栅栏门里出来,正好撞在伏洛嘉身上。

"他若是个上等人的话……"她喃喃地说,"对不起,军官阁下!"

这可怜的小伙子心里越来越痛苦;在漆黑的地平线那边,闪光却越来越频繁,在他周围呼啸和爆炸的炮弹也越来越多。尼古拉耶夫深深地叹了一口气,突然用伏洛嘉觉得阴森可怕的声调说:

"哼,他一个劲儿从省里赶来。走哇,走哇,一口气赶回来!人家聪明的老爷,稍微受了一点儿伤,就安安稳稳地待在医院里。真是再惬意也没有了。"

"可是哥哥身体好了,总得回来呀。"伏洛嘉回答,希望用谈话来驱散心头的愁闷。

"好了！他病成这个样子，怎么说得上好了！人家身体确实好了的，那些聪明朋友，这种时候也都待在医院里呢。这儿有什么好玩的？不是给打掉一条胳膊，就是给打断一条腿——就是这样！随时都会遭殃的！即使在这城里也够叫人害怕的了，棱堡那边更不用说了。你一边走，一边不断地做祷告。看，那混账东西就从你身边掠过呀！"他细听着附近飞过的一块弹片的啸声，加了一句。"如今呢，"尼古拉耶夫继续说，"叫我给您先生带路。当然啰，上头有命令，下面就得照办，这是我们的本分。可问题是，你只好把马车丢下让小兵看管，车上的包裹又没有结好。'去吧，去吧，'万一丢了什么东西，可又要我尼古拉耶夫负责了。"

他们又走了几步，来到广场上。尼古拉耶夫一言不发，只唉声叹气。

"先生，那边就是您的炮兵连了！"他忽然说，"您问问哨兵，他会指给您看的。"伏洛嘉又走了几步，就不再听见后面尼古拉耶夫的叹息了。

他忽然觉得自己极其孤独。这种单独落入险境、面对着死亡的感觉，像一块又冷又重的石头，压在他的心上。他在广场中央站住，回头望望，看有没有人看见他；他抱住头，恐怖地喃喃自语道："主哇！难道我真的是个胆小鬼，是个卑鄙、下流、无耻的胆小鬼吗？难道我就不能为祖国为沙皇而光荣牺牲吗？不久以前我不是还甘心为沙皇牺牲吗？唉！我真是个天生不幸的可怜虫！"伏洛嘉怀着消极悲观和对自己感到绝望的心情，向哨兵打听了炮兵连长的住所，就一直向那里走去。

13

哨兵指给他看的炮兵连长的住所,是一座两层楼的小房子,房子前面的院子里有个门。从一扇糊纸的窗子里,透出微弱的烛光。一个勤务兵坐在台阶上抽烟。他先进去报告连长,然后把伏洛嘉领进房间里。房间里面,在两扇窗子中间的一面破镜子下,放着一张堆满公文的桌子,几把椅子,一张被褥洁净的铁床,床旁还铺着一条小地毯。

门口站着一个留有浓密小胡子的漂亮男子——司务长。他佩着长剑,外套上挂着十字勋章和匈牙利战役纪念章。一个身材不高的军官,年纪四十上下,穿一件薄薄的旧外套,一边面颊浮肿,扎着绷带,在房间里踱来踱去。

"准尉柯捷尔卓夫第二,奉命参加第五轻炮兵连,特来报到。"伏洛嘉一进去,就说出预先背熟的字句。

连长冷冷地点头还礼,没有跟他握手,就请他坐下。

伏洛嘉怯生生地在写字桌旁的椅子上坐下,顺手拿起一把剪刀摆弄起来。炮兵连长反背着手,低着头,继续默默地在房间里踱来踱去,好像在回想什么事情,只偶尔瞧瞧伏洛嘉摆弄剪刀的双手。

炮兵连长身体相当肥胖,头顶上秃了一大块,浓密的小胡子简直盖没嘴巴,那对淡褐色的大眼睛露出快活的神气。他的双手又白又胖,很好看,两只脚向外撇,步伐稳健而潇洒,说明他是个有魄力的人。

"是的,"他在司务长面前站住,说道,"从明天起军马的饲料得加一点儿,我们的马太瘦了。你看怎么样?"

"是,长官,可以加一点!如今燕麦的价钱便宜了,"司务长回答,他那贴住裤缝的手指在微微抖动,他显然喜欢用手势来帮助说话,"还有,长官,我们的饲料管理员弗兰苏克昨天从辎重队给我送来一张条子,他说我们一定得在那边买些车轴,据说价钱不贵。长官,您能下个命令吗?"

"好吧,买吧,反正他手里有钱。"接着炮兵连长又在房间里踱起步来。"那么你的行李在哪里?"他忽然在伏洛嘉面前站住,问道。

可怜的伏洛嘉想到自己是个胆小鬼,并且在人家的每个眼光和每句话里都察觉到对他的蔑视,就像对待一个无可救药的胆小鬼那样,他痛苦极了。他觉得连长已经识破他的秘密,并且在嘲笑他。他窘态毕露地回答说,行李在伯爵码头,哥哥答应明天给他送来。

可是中尉不等他说完,就问司务长:

"我们把准尉安顿到哪儿去呀?"

"准尉吗?"司务长说,匆匆地向伏洛嘉瞥了一眼,那眼光仿佛在问:"他算什么准尉呀?也值得把他安顿到哪儿去吗?"——这就使伏洛嘉更加难堪了。

"哦,长官,可以把准尉安顿到楼下上尉的房间里,"司务长想了一下继续说,"上尉眼下在棱堡,他的床空着。"

"那么,暂时就这么安顿一下怎么样?"炮兵连长说。"我想您一定很累了,明天我们再来好好安排吧。"

伏洛嘉站起来,鞠了一躬。

"喝点儿茶好吗?"伏洛嘉走进门口时,炮兵连长说。"可以烧茶炊的。"

伏洛嘉又鞠了一躬,走了出去。勤务兵把他领进楼下一间毫无陈设的肮脏房间。房间里放着乱七八糟的东西,摆着一张没有被单没有毯子的光铁床。床上睡着一个穿粉红衬衫的人,身上盖着一件厚外套。

伏洛嘉以为他是个士兵。

"彼得·尼古拉伊奇!"勤务兵推推睡着的人的肩膀,说道。"准尉要睡到这儿来……这位是我们的士官生。"他转身对伏洛嘉说。

"啊,不用费心了,您睡着吧!"伏洛嘉说,可是那士官生(一个高大结实的青年,生着一副漂亮而很愚蠢的相貌)从床上爬起来,披上外套,显然还没有清醒,就走出房间,嘴里嘟囔着说:

"不要紧,我睡到院子里去好了。"

14

当伏洛嘉独自沉思的时候,他首先觉得自己混乱沮丧的心情十分可憎。他很希望睡着,好忘掉周围的一切,特别是忘掉自己。他吹灭蜡烛,躺到床上,把脱下的外套蒙在头上,因为他从小就害怕黑暗。可是他忽然想到,也许会飞来一颗炮弹,打穿屋顶,把他炸死。他就仔细倾听,只听得炮兵连长的脚步声在他头上响着。

"不过,炮弹要是打过来,"他想,"那就先打死楼上的人,然后才打死我;至少不会光打死我一个人。"这个想法使他宽慰了些,他迷迷糊糊地差不多要睡着了。"哦,万一今天夜里敌人占领塞瓦斯托波尔,法国人冲到这儿来怎么办?我拿什么来自卫呢?"他又爬起来,在房间里踱来踱去。对现实危险的恐惧,压倒了对黑暗虚幻的恐惧。房间里除了一副马鞍和一个茶炊之外,就没有别的硬东西了。"我是个混蛋,我是个胆小鬼,卑鄙的胆小鬼!"他忽然这样想,又对自己产生了一种鄙夷甚至厌恶的痛苦感觉。他重新躺下来,竭力不胡思乱想。然而,炮声不断地震得室内唯一的一扇玻璃窗琅琅作响,白天的印象不禁又浮上他的脑际,使他又想到了危险。他在幻觉中忽而看见负伤的人和鲜血,忽而看见炸弹和弹片飞进房间里来,忽而看见那个漂亮的护士在给垂死的他扎绷带,并且对着他放声痛哭,忽而看见母亲在县城里给他送行,还老泪纵横地跪在灵验的圣像前热烈地祷告着。于是他又睡不着了。他忽然又想到仁慈而万能的上帝,想到倾听一切祷告、满足各种愿望的上帝。他跪下来,画了十字,像小时候人家教他的那样合上手掌,做起祷告来。这姿势使他产生了早已生疏的轻松感觉。

"如果我必须死去,必须离开人间,主哇,那就让我早点离开吧!"他默默地祷告说,"如果我必须勇敢和坚强,求你赐给我所缺少的这些素养吧!求你别再让我忍受难以忍受的耻辱!你教导我怎样来执行你的意志吧!"

他那幼稚狭隘、惊惶不安的心灵豁然开朗,变得刚强起来,看到了光明辽阔的崭新远景。在这样的境界中,他在短时间里又产生了许多思想和感情,但在连续不断的大炮隆隆和玻璃琅琅声中,不多一会儿他就安宁地睡着了。

万能的主哇!在这恐怖的死地上,从将军到小兵都在向你做祷告。他们这种简单、热情而又绝望的祷告,这种充满愚蠢、痛苦和模糊的忏悔的祷告,只有你才能听到,只有你才能了解。将军一会儿之前还想到早餐和乔治勋章,忽然惶恐地感觉到你的来临;士兵呢,又饥又渴,一身虱子,精疲力竭地横在尼古拉耶夫炮台的光地板上,恳求你为了他一切不该承受的痛苦,快赐给他不自觉地指望着的恩典!是的,你总是不倦地倾听着你孩子们的祷告,到处给他们派去抚慰精神的天使,把忍耐、责任感和希望的欢乐灌注到每一个人的心灵里。

15

柯捷尔卓夫老大在街上遇见他团里的一个士兵,就跟他一起直奔第五棱堡。

"挨着墙壁走,长官!"士兵说。

"为什么?"

"危险哪,长官!您看,打我们头上飞过!"那士兵一边说,一边倾听着一颗炮弹呼啸而过,落在大街对面的硬地上。

柯捷尔卓夫不听士兵的话,大胆地在街心走着。

依旧是那些街道,依旧是炮声隆隆,火光闪闪(甚至于更加频繁),依旧是一片呻吟声,街上依旧时常可以遇到伤员,依旧是那些炮台、胸墙和堑壕,就跟春天他在塞瓦斯托波尔时一样;可是这一切不知怎的现在显得更加凄凉,同时也更加肃穆了。房子上的窟窿更多了;除了做医院用的库辛大楼外,窗子里已没有一点灯光,街上也不见一个女人。过去那种悠闲自在的气氛消失了,笼罩在这地方的只是疲劳、紧张和沉重的期待。

他们终于来到最后一条堑壕上,听到Π团一个士兵认出老连长时的招呼声,看到第三营的士兵们在黑暗中挨墙站着,时常被一瞬间炮火的闪光照亮,还听见低声的谈话和步枪的碰撞声。

"团长在哪儿?"柯捷尔卓夫问。

"在海军掩蔽部里,长官!"一个殷勤的士兵回答说。"来吧,我带您去。"

那个兵领着柯捷尔卓夫走过一条堑壕,最后来到一条横壕里。有个水兵坐在那里抽烟斗,他后面有一道门,门缝里漏出一线灯光。

"可以进去吗?"

"我这就去通报。"水兵说着走进门去。

门里传出两个人的谈话声。

"要是普鲁士能坚持中立,"一个人说,"那么奥地利也……"

"奥地利有什么道理,"另一个人说,"当斯拉夫的土地……哦,请他进来。"

柯捷尔卓夫以前从没到过这座掩蔽部。它那豪华的气派使他吃了一惊。室内铺着镶木地板,门口摆着一架屏风,靠墙放着两张床,角落里挂着一个巨大的金身圣母像,像前点着一盏玫瑰色的油灯。一张床上和衣睡着一个海军军官;另一张床上坐着两个谈话的人——新来的团长和副官,他们前面的桌上放着两瓶刚打开的酒。柯捷尔卓夫虽然绝不是一个胆小鬼,他也根本没有什么对不起政府、对不起团长的地方,可是一看见上校(这位不久以前的战友)那么目中无人地站起来,听取他的报到,他不禁有点畏缩,甚至于双膝直打哆嗦。那个坐着的副官呢,他那种姿态和目光也使柯捷尔卓夫感到局促不安,仿佛在说:"我只是你们团长的朋友。您不是来找我的,我不能也不愿接受您的敬意。""真奇怪,"柯捷尔卓夫瞧着团长想,"他当团长才七个礼拜,可他身上的一切——服装、态度、眼光,都已经显出团长的权威来了。而这种权威的树立,主要不是靠年龄大、资格老、功勋卓著,而是由于当上团长发了财。"他又想:"这个巴特里晓夫跟我们一起大喝大闹,身上那件深色布衬衫往往几个礼拜不替换,天天吃炸肉饼和甜馅饺子,从来不请客,这还是不多久以前的事呢!可是现在呢!身上穿着宽袖子的厚呢制服,里面露出讲究的细麻布衬衫,指缝里夹着十卢布一支的雪茄,桌上放着六卢布一瓶的红葡萄酒。这一切都是由军需官出惊人高价从辛菲罗波尔买来的。而他眼睛里那副有钱贵族的冷冷的傲慢神气仿佛在说:'虽然我是个新派团长,也是你的战友,可是你别忘了,你四个月的薪水才六十卢布,而我手里经过的钱就有几万卢布。老实说,我知道,你要爬到我的地位,还得花半辈子时间呢。'"

"您的伤治了好久哇。"上校冷冷地瞧着柯捷尔卓夫,说。

"是啊,上校,我负过伤,到现在伤口还没有痊愈呢。"

"那您何必赶回来!"上校怀疑地瞧着军官结实的身体,说道,"再说,您能担当职务了吗?"

"当然能,长官。"

"那很好。您就去接替扎依采夫准尉指挥的第九连吧——就是您原来的那个连;您马上就会接到命令的。"

"是,长官。"

"您出去的时候,请费心叫团副官到我这儿来一下。"团长说完点点头,表示接见已经完毕。

柯捷尔卓夫走出掩蔽部,几次三番自言自语,耸耸肩膀,仿佛觉得有点痛苦,不舒服或者气恼——不是生团长的气(没有理由对他生气),而是生自己的气,并且对周围的一切仿佛都感到不满。纪律和维持纪律的条件——服从,也像一切法定关系那样,除了上下级共同认识它的必要性之外,它的基础应该是:下级承认上级经验丰富,功勋卓著,或者光是德高望重;但是,如果纪律的基础是建立在偶然机会或者金钱关系上,像我们这儿常见的那样,那么,上级往往会变得妄自尊大,而下级就会变得暗中嫉妒和愤愤不平。这样,不仅不能达到把群众团结成为一个整体的目的,而且会产生完全相反的效果。一个人自知不能靠真才实学去获得人家的尊敬,就往往会本能地害怕跟下级接近,并且竭力装出一副不可一世的样子,以避免人家的批评。下级呢,只看到这种讨厌的表面现象,也就往往不公正地把上级看得一无是处。

16

柯捷尔卓夫在到同他一起战斗的军官们那儿去之前,先去看看他那个连队的驻地,并向连里的士兵们问好。土筐堆成的胸墙、纵横交错的战壕、一路上看到的大炮,甚至使他绊跤的炮弹和弹片,这一切不断地被炮火的闪光照亮,都是他十分熟悉的。三个月之前,他在这座棱堡里一连待了两个礼拜,这些景象都生动地铭刻在他的记忆里。虽然有许多往事回想起来使他胆战心惊,但同时也夹杂着一种令人神往的魅力。他兴致勃勃地认出熟悉的地方和熟悉的东西,仿佛在这里度过的那两个礼拜是很愉快的。连队分布在通向第六棱堡的防御墙下。

柯捷尔卓夫走进一座入口敞开的长形掩蔽部,因为据说九连就驻在这里。从入口处起,掩蔽部里挤满了士兵,真是连插足的地方都没有了。掩蔽部的一边点着一支弯曲的蜡烛,由一个躺在地上的士兵拿着。另外一个士兵凑近烛光,一个字一个字地读着一本书。在烟气弥漫的昏暗的掩蔽部里,可以看到一个个仰起的脑袋,津津有味地听着朗诵。读的是识字课本,柯捷尔卓夫走进掩蔽部,听见这样的字句:

"死的恐惧……是人类……天生的感情。"

"剪一下烛花,"一个人说,"真是本好书。"

"我的……上帝……"那人继续念道。

柯捷尔卓夫一问起司务长,朗诵就停止了,士兵们开始转动身体,咳嗽,擤鼻涕——在紧张地沉默了一阵之后往往如此。司务长一边扣纽扣,一边从听朗诵的人群旁边站起来,跨过人家的腿,甚至踩在那些无法挪动的人腿上,走到军官跟前。

"你好,老兄!我们的一连都在这儿吗?"

"您好,长官!欢迎您回来!"司务长快乐而亲热地瞧着柯捷尔卓夫,回答道。"身体好了吗,长官?哦,感谢上帝!您不在,我们真想您哪。"

一下子就看得出来,柯捷尔卓夫在连里很得人心。

从掩蔽部深处传出来各种声音:"老连长回来了!""上次负伤的连长。""柯捷尔卓夫。""米哈依尔·谢苗内奇。"等等;有几个人甚至向他靠过来,鼓手也向他问好。

"你好,奥班楚克!"柯捷尔卓夫说。"活着没事?弟兄们,你们好!"他接着提高声音说。

"长官好!"掩蔽部里响起一片喊声。

"日子过得怎么样,弟兄们?"

"很糟哇,长官。法国人占了便宜,他们躲在工事里向我们猛轰,可是不出来,有什么办法!"

"也许我走运,他们会出来的,弟兄们!"柯捷尔卓夫说,"我跟大家一起干可不是第一回了,让我们再狠狠地揍他们一下。"

"我们一定狠狠地揍,长官!"几个人同声说。

"是的,他确实很勇敢,我们的长官确实是勇敢哪!"鼓手对另一个士兵说,声音很低,但听得出来,仿佛是在肯定连长的话,并且使对方相信,连长的话一点不夸大,一点不吹嘘。

柯捷尔卓夫从士兵们那儿出来,就到防御兵营去找那些同他一起战斗的军官们。

17

兵营的大房间里挤满了人,有海军军官、炮兵军官和步兵军官。有几个在睡觉,有几个坐在箱子上和要塞炮的炮架上谈话,但多数坐在拱门后面铺在地上的两件斗篷上,喧闹地喝着啤酒,打着纸牌。

"啊!柯捷尔卓夫,柯捷尔卓夫!你回来了,好极了,真是好样的!……你的伤怎么样?"从各方面传来招呼声。显然,他在这里也很得人心,大家看到他回来都很高兴。

柯捷尔卓夫跟熟人们握了手,就加入吵吵闹闹地打着纸牌的军官中间,其中有好多是他的熟人。一个相貌漂亮的瘦瘦的黑发男子,鼻子细长,浓密的小胡子跟络腮胡子连成一片,正在用他那双白净干瘦的手发牌,他的手指上戴着一只带纹章的大金戒指。他发牌发得很快很马虎,显然有什么事使他焦急不安,但他却装得若无其事。他的右边侧卧着一个头发灰白的少校,手臂支着上半身,已经很有几分酒意,却故作镇定地每次下半卢布的注,并且当场清账。庄家的左边蹲着一个汗光满面的红发军官,逢到输牌的时候,就勉强装出笑容,说着笑话;他不断地用一只手在空无所有的马裤袋里摸索着,注却下得很大,显然已经不用现钱赌。这使漂亮的黑发男子感到老大不高兴。一个消瘦苍白的秃头军官,嘴巴又大又凶,没有蓄胡子,手里拿着一大沓钞票在房间里踱来踱去。他常常把现钱孤注一掷,但总是赢钱。

柯捷尔卓夫喝了点烧酒,在赌牌的军官旁边坐下。

"您押点儿吧,米哈依尔·谢苗内奇!"庄家对他说。"我想您一定带来不少钱吧。"

"我哪来的钱哪?正好相反,我在城里把仅有的几个钱都花光了。"

"怎么会?您准是在辛菲罗波尔把人家的钱悉数赢到手了。"

"我确实没有多少钱。"柯捷尔卓夫说,但显然也不指望人家相信他的话。接着解开制服纽扣,拿出一副旧牌来。

"试一试也行,什么样的结局不会有啊!不是说蚊子也会打胜仗吗?可是得喝点儿酒壮壮胆。"

不多一会儿,他又喝了三杯烧酒和几大杯黑啤酒。接着他就跟大伙儿打成一片,醉醺醺地忘了一切,把剩下的最后三个卢布都输掉了。

那个满面流汗的矮小军官已经输得挂了一百五十卢布的账了。

"不行,不走运哪。"他说,满不在乎地又拿一张牌。

"请您把输掉的钱拿出来。"庄家说,眼睛紧盯着那军官,暂时停止发牌。

"让我明天送来吧。"满面流汗的军官答应着,同时站起身,拼命在空口袋里摸索着。

"哼!"庄家不高兴地说,恶狠狠地把牌东一张西一张乱丢。"这样可不行啊,我这庄家不干了。"他放下分剩的牌,又说。"这样不行,扎哈尔·伊凡内奇,我们赌现钱,不记账。"

"怎么,难道您不相信我吗?真是奇怪!"

"您叫我问谁拿呀?"少校喃喃地说,这时他已经酒意十足,并且赢了八九个卢布。"我已经输掉二十多卢布了,可是赢了钱,却一个子儿也拿不到手。"

"桌子上没有现款,叫我打哪儿弄钱来付给您呢?"庄家说。

"我可不管这个!"少校站起来,嚷道。"我是跟您赌钱,跟规矩人赌钱,可不是跟他赌钱。"

汗流满面的军官忽然冒火了:

"我说明天付就是明天付,你怎么敢出口伤人?"

"我爱怎么说就怎么说!规矩人是不来这一手的,就是这样!"少校嚷道。

"算了,费多尔·费多雷奇!别说了!"大家都劝阻少校。

但少校仿佛就在等人家劝阻他,好尽情发一通脾气。他霍地一下蹿起来,摇摇晃晃地向流汗的军官走去。

"我出口伤人?你大还是我大?我为沙皇效劳二十年了,我会出口伤人?哼,你这小子!"他忽然尖声尖气地嚷起来,越说越激动。"混蛋!"

但我们还是赶快结束这个令人不快的场面吧。不是明天就是今天,说不定他们个个都会雄起起气昂昂地去迎接死亡,都会坚强而从容地死去;但在这种连最冷静的人都感到恐惧、绝望的残酷处境中,生命的唯一慰藉就是忘却和糊涂。人人的灵魂深处都藏着一朵可以使他成为英雄的崇高火花,但这火花并不经常在明亮地燃烧,只有到了紧要关头才会变成熊熊的烈焰,把伟大的事业照得光辉灿烂。

18

第二天,炮击仍旧十分激烈。上午十一点左右,伏洛嘉·柯捷尔卓夫和炮兵连军官们坐在一起,他跟他们已熟识了。他仔细打量着一张张陌生的脸,同时观察着,打听着,讲述着。炮兵军官们朴素而带点学问的谈吐引起他的敬意,使他觉得可亲。而伏洛嘉那副腼腆、天真而英俊的模样也使军官们喜欢。炮兵连一个军衔较高的军官,身材不高的褐发大尉,留着一簇额发,两鬓梳得精光,受过旧式的炮兵教育,善于跟女人交际,看上去很有点学问。他向伏洛嘉问长问短,考考他的炮兵知识,打听打听最新的发明,亲切地取笑他的年轻貌美。总之,他像父亲般对待伏洛嘉,这使伏洛嘉感到很高兴。嘉登科少尉是个青年军官,头发蓬乱,穿件破外套,说话带乌克兰口音。他说话粗声粗气,老是抓住机会跟人死争活辩,举动也很粗鲁,可伏洛嘉还是喜欢他,因为伏洛嘉看出他虽然外表粗野,心地却很善良。嘉登科一直照顾伏洛嘉,并且要他相信,塞瓦斯托波尔的炮位全都安得不合规则。只有契尔诺维茨基中尉不讨伏洛嘉的喜欢。他眉毛老是扬得高高的,穿一件虽不很新却相当干净并且补得整整齐齐的上衣,缎子背心上还露着一条金链子,态度显得比谁都客气。他不断向伏洛嘉打听皇帝和陆军大臣的情况,装出一副兴高采烈的样子给他讲塞瓦斯托波尔的英雄事迹,并且对爱国精神不足和命令措施失当表示遗憾。总之,他处处显示学识渊博,智慧超群,感情高尚;但不知怎的,伏洛嘉却觉得他这一切都有点装模作样,很不自然。伏洛嘉特别注意到,军官们差不多都不跟契尔诺维茨基说话。昨夜被他弄醒的士官生符兰也在这儿。他一句话不说,谦恭地坐在角落里,碰到什么好笑的事情,跟着人家笑笑,人家忘记了什么,他帮着回想回想,替军官们向勤务兵要酒,并且给所有的军官卷烟。伏洛嘉待他像待军官一样,并且不拿他当小孩子那样任意支使。不知是伏洛嘉的和蔼态度,还是他的漂亮外貌,把符兰嘉迷住了(士兵们都叫他"符兰嘉",故意把他的名字改成女性的名字),弄得符兰那双善良迟钝的大眼睛怎么也离不开这位新来军官的脸。他不断地捉摸伏洛嘉的心意,并且始终处在心醉神迷的状态。这情景自然逃不过军官们的眼睛,并且引起他们的嘲笑。

午餐之前,上尉从棱堡下班回来,加入了这一伙。克劳特上尉是个相貌漂亮、精神饱满的军官,淡黄头发,留着浓密的褐色小胡子和络腮胡子;他说俄国话说得很出色,但在俄罗斯人听来,却觉得太标准太地道了。他在服役和日常生活方面也像说话一样:出色地执行任务,是个极好的伙伴,在金钱方面最讲信用,但正因为各方面都太完善了,作为一个人来说,他似乎缺少点什么。也像一切俄国化的德国人那样,跟纯粹的德国人正巧相反,他是个极端讲究实际的人。

"啊,他来了,我们的英雄来了!"当克劳特挥动两臂,马刺叮叮响着兴冲冲走进房间的时候,大尉说道。"弗里德里希·克列斯季扬诺维奇,您想喝什么:茶还是烧酒?"

"我已经要了茶了,"克劳特回答,"但先喝点酒提提神也行。我很高兴跟您认识,请多多指教,"他对站起来向他鞠躬的伏洛嘉说,"我是克劳特上尉。在棱堡上炮长告诉我,说您昨天就驾到了。"

"我很感谢您,我在您床上睡了一晚。"

"睡得舒服吗?有一只床脚断了,可是在这被围困的地方没有人修理,得用什么东西把它撑住才行。"

"怎么样,您值班运气好吗?"嘉登科问他道。

"没什么,就是斯克伏尔卓夫中了弹。昨天我们还修好了一座炮架。台架被打得粉碎了。"

他站起身,在房间里踱起步来。显然,脱离险境之后,他感到一身轻松。

"哦,德米特里·加夫里雷奇,"他摇摇大尉的膝盖说,"日子过得怎么样,老兄?您的提升还没有消息吗?"

"还一点也没有。"

"不会有什么下文的,"嘉登科说,"我早就对您说过了。"

"为什么不会有下文呢?"

"因为呈文写得不好。"

"哦,您这人真好争辩,真好争辩!"克劳特笑嘻嘻地说,"真是个固执的乌克兰佬。瞧着吧,偏要气气您,您会升中尉的。"

"不,不会的。"

"符兰,请把烟斗给我拿来,再装上烟草。"克劳特对士官生说,士官生立刻高高兴兴地跑去拿烟斗。

克劳特讲着炮击的经过,问起他不在这儿时的情况。他跟每个人说话,使大家都很高兴。

19

"嗯,怎么样?您在我们这儿安顿好了吗?"克劳特问伏洛嘉。"对不起,可以请教您的名字和父名吗?您知道,这是我们炮兵的习惯。您弄到马了吗?"

"没有,"伏洛嘉说,"我不知道该怎么办才好。我对大尉说过,我没有马,也没有钱,因为我没有领到饲料费和盘缠。我想问炮兵连长要一匹马,但又怕他拒绝。"

"问阿波隆·谢尔盖耶维奇吗?"克劳特嘴里喷喷响着,表示十分怀疑,同时望望大尉,"不见得有希望!"

"即使拒绝,也没关系,"大尉说,"其实这儿也用不着什么马,但也不妨一试。我今天就向他要去。"

"哼!您不了解他,"嘉登科插嘴说,"别的也许会拒绝,马是不会不答应的……要不要打个赌?"

"谁不知道您这人总爱跟人家抬杠!"

"我不同意,因为我知道他尽管在别的方面吝啬,马是会给的,因为扣着马不发,对他没有好处。"

"怎么没有好处,每匹马可以收八卢布的燕麦费呢!"克劳特说,"不多养一匹额外的马就有好处!"

"弗拉基米尔·谢苗内奇,您问他要那匹'椋鸟'吧,"符兰拿着克劳特的烟斗回来,说道,"那是一匹好马!"

"就是您在索罗基从它背上跌到沟里的那一匹吗?啊?符兰嘉!"上尉笑着问。

"哼,您说要收八卢布燕麦费吗?那有什么关系?他报账报十个半卢布,这当然有好处。"嘉登科继续争辩说。

"他会不揩一点油吗?您要是当上炮兵连长,恐怕不会让人家骑马进城了!"

"等我当上炮兵连长,老兄,每匹马只要吃四袋燕麦就行。我决不揩油,您可以放心。"

"我们等着瞧吧!"上尉说。"您也会捞点好处的。等他指挥一个炮兵连时,他也会把剩下的钱往口袋里塞的。"他指指伏洛嘉,补充说。

"您为什么认为他也会揩油呢,弗里德里希·克列斯季扬诺维奇?"契尔诺维茨基插嘴说,"也许他自己有钱,那何必揩油呢?"

"啊,不,我……对不起,大尉,"伏洛嘉脸红到耳根,说道,"我认为这种行为是不高尚的。"

"嗨——嗨!瞧他说得好大方!"克劳特说,"等他当上大尉,说话就两样了。"

"那倒没有什么区别;我只是认为,不是我的钱,我就不该拿。"

"让我来讲些事给您听听,年轻人,"上尉语气比较严肃地说,"您要知道,当您指挥一个炮兵连的时候,您要是经营得好,在平时准能攒下五百卢布,在战时就有七八千——这还光是马匹一项呢。得了,士兵的粮食连长是管不着的,这一点在炮兵中从古以来就是如此。您要是不会经营,那是一个钱也不会多的。此外,你还得掏腰包给马打掌子,这是一(他弯下一根手指),还得付医药费,这是二(他又弯下一根手指);还得付文具费,这是三;训练好的马,每匹得整整五百卢布,但新马的补充费每匹只有五十卢布,你得设法,这是四。给士兵们换制服领子,付超过规定的煤炭费,给军官们准备会餐,都得掏腰包。你要是当上炮兵连长,就得过体面的生活:你需要一辆马车,需要一件皮外套,你需要这个,你需要那个……谈也谈不完……"

"主要的是,弗拉基米尔·谢苗内奇,"一直沉默不语的大尉接着他的话说,"您可以想象一下,就拿我这样的人来说吧,在部队里干了二十年,年俸先是两百卢布,后来是三百卢布,手头总是很紧。承包商一个礼拜就赚上几万卢布。像我这样的人,干了一辈子,到老年难道连一口饭也吃不上吗?"

"哎!还有什么话说呢!"上尉又说,"您别忙着下结论,活下去,干下去再说吧。"

伏洛嘉因为自己说话那么轻率,感到非常惭愧和狼狈。他喃喃地说着什么,接着又默默地听嘉登科激烈地反驳人家的意见。

上校的勤务兵走来请大家去吃饭,就把争论打断了。

"您今天跟阿波隆·谢尔盖耶维奇说说,让他给大家喝点酒,"契尔诺维茨基一边扣纽扣,一边对大尉说。"他何必那么小气呢?要是我们牺牲了,就谁也喝不到了!"

"您自己向他说吧。"大尉回答。

"不。您是连里最大的军官,一切都得按规矩办。"

20

就在伏洛嘉昨天向上校报到的房间里,桌子已经从靠墙放着的地方挪开来,并且铺上了一块肮脏的台布。炮兵连长今天跟伏洛嘉握了手,还向他打听彼得堡的消息和他一路上的情况。

"喂,诸位,谁想喝酒,请自己动手吧!准尉们可不许喝。"他对伏洛嘉笑笑,加了一句。

总之,炮兵连长今天绝不像昨天那样严厉;相反,他好像一个好客的主人和忠厚的长者。虽然如此,所有的军官,从上了年纪的大尉到喜欢争辩的嘉登科，对他还是十分敬畏。这一点，从他们谈话时殷勤地看着连长的眼色，以及一个个挨着墙壁走到桌子跟前来喝酒的那副拘谨神气上，都看得出来。

午餐有三道：一大碗卷心菜汤，里面浮着几块肥牛肉，还有大量胡椒和桂叶；一客波兰式芥末米馅肉卷；一客黄油不太新鲜的小饺子。没有餐巾，匙子是木头的和铁皮的，只有两只玻璃杯，还有一只断颈的灰色水瓶；但这顿饭吃得并不沉闷，谈话始终没断过。先是谈到英克尔曼战役（炮兵连参加了这场战役），人人都讲了自己的印象，分析失败的原因，可是等连长一开口，大家就不做声了。后来，自然而然地谈到野炮的口径太小，又谈到新式的轻便炮，这使伏洛嘉有机会显示他的炮兵学知识。但他们没有谈到塞瓦斯托波尔当前的严重局面，仿佛大家对这件事考虑太多了，反而不想提到它。关于伏洛嘉应该担当的任务，也根本没有谈到。这使他感到又惊奇又失望，并且觉得他来到塞瓦斯托波尔，仿佛就是为了谈谈轻便炮，在炮兵连长那里吃顿饭。正在吃饭的时候，有颗炮弹落在房子附近，地板和墙壁像遇到地震似的晃动起来，窗子也被硝烟遮住了。

"我想您在彼得堡是看不到这种景象的，可我们这儿却常常碰上这样的意外，"炮兵连长说，"符兰，您去看看，炸在什么地方。"

符兰出去看了一下，回来报告说落在广场上。以后就再也没有人提到那炮弹了。

午餐快结束的时候，一个小老头儿，炮兵连的司书，拿着三封封好的信走进房间里来，把信交给连长。"这封信极其重要，是炮兵司令派哥萨克刚刚送来的。"军官们不禁都急不可待地注视着，看着连长熟练的手指怎样拆开信封，抽出那份极其重要的公文。"究竟什么事啊？"

人人心里都这样问着。可能是命令完全撤离塞瓦斯托波尔,进行休整,也可能是命令炮兵连全部开上棱堡。

"又是那一套!"炮兵连长生气地把公文往桌上一扔,说。

"什么事啊,阿波隆·谢尔盖耶维奇?"大尉问道。

"要一个军官带几个炮手去支援臼炮队。我这里总共只有四个军官,也没有一整套炮手,还来问我要人。"炮兵连长抱怨说,"但总得去个人哪,诸位。"他歇了一会儿又说:"命令七点钟到达罗加特卡……把司务长叫来!到底谁去,诸位,大家来商量一下。"

"他还哪儿也没有去过呢。"契尔诺维茨基指指伏洛嘉说。

炮兵连长没做声。

"是的,我倒是愿意去的。"伏洛嘉说,感到背上和脖子上都渗出了冷汗。

"为什么叫他去?"大尉插嘴说,"当然,谁也不会拒绝去,但谁也不必要求去;既然阿波隆·谢尔盖耶维奇让我们自己决定,我们就像上次那样抓阄吧。"

大家都同意了。克劳特把纸裁开,一张张卷起来,放在帽子里。大尉说着笑话,甚至请求上校在这场合让大家喝点酒,照他的说法是"以壮士气"。嘉登科闷闷不乐地坐着,伏洛嘉不知为什么脸上浮起微笑,契尔诺维茨基说他一定抓中,克劳特显得十分镇定。

大家让伏洛嘉先抓。他先捡了一个较长的纸卷,但立刻又换了一个较短较粗的纸卷,打开来读道:"去。"

"该我去。"他叹了一口气说。

"好吧,上帝保佑您!您马上就可以领教领教炮火生活了,"炮兵连长一边说,一边笑眯眯地瞧着准尉困惑的脸,"可是得赶快收拾行装。为了让您热闹些,我叫符兰当炮长,跟您一起去。"

21

符兰对他的任务非常满意。他立刻跑去收拾行装,自己穿戴好了,又去帮助伏洛嘉。他竭力劝伏洛嘉把床铺、外套、旧的《祖国纪事》、酒精灯、咖啡壶和其他一些用不着的东西全都随身带走。大尉却劝伏洛嘉先读一下《手册》中有关臼炮射击的部分,并且赶快把射角表抄下来。伏洛嘉立刻研读起来。他又惊又喜地发现:对危险的恐惧,以及那种唯恐自己成为懦夫的更大的恐惧,虽然仍使他觉得有点不安,却远不如昨夜那样厉害了。这一方面是由于当时正在白天,而且忙于活动,另一方面(主要的)是由于任何强烈的感情都不可能长久维持同等强度,恐惧也是如此。总而言之,他已经熬过最恐惧的时刻了。七点钟光景,太阳刚落到尼古拉耶夫兵营后面,司务长就来通知说,士兵们准备好了,正等待出发。

"我已经把名单交给了符兰嘉。长官,您问他要好了!"司务长说。

大约有二十个炮兵,只佩着短剑,站在屋角外面。伏洛嘉跟士官生一起走到他们跟前。"要不要对他们说几句话,还是光说一句'弟兄们,你们好!'还是什么也不说?"他心里琢磨着,"可是又何必不说'弟兄们,你们好'呢?这是应该说的。"于是他就用洪亮的声音勇敢地叫道:"弟兄们,你们好!"士兵们听到这青年人朝气蓬勃的声音,都高兴地回答。伏洛嘉雄赳赳地走到士兵们面前,他的心虽然跳得像一口气跑了几里路似的,他的脚步却很轻松,脸上也喜气洋洋。当他们走到马拉霍夫陵爬上山去的时候，他发现跟着他寸步不离的符兰，在房子里显得那么勇敢，此刻却不停地东躲西闪，弯腰曲背，仿佛连续不断地呼啸而过的炮弹都是直对着他打过来的。有几个士兵也这样躲躲闪闪，总之大部分人脸上的神色，要不是提心吊胆，就是焦虑不安。这种情况反而使伏洛嘉心境平静，精神抖擞了。

"这下子我可也来到马拉霍夫陵了，原来绝不像我所想的那样可怕！而且我一路上走来，可以不躲避炮弹，甚至远不像别人那样胆怯！这样看来，我不是个胆小鬼？"他高兴地想，简直有点沾沾自喜了。

不过，黄昏时分，当他在柯尔尼洛夫炮台找寻棱堡司令时，他所看到的景象立刻动摇了他这种无畏和自得的心情。四个水兵站在胸墙旁边，抓起一具没有靴子没有外套的血迹斑斑的尸体的手脚，摇晃了几下想把他扔到胸墙外面去（炮击的第二天，还来不及把棱堡上的尸体清除干净，就把尸体扔在沟里，免得留在炮台上碍事）。伏洛嘉看到尸体在胸墙顶上撞了一下，然后慢慢地滚到壕沟里去，他愣了一会儿。这当口，幸亏棱堡司令来了，给了他命令，并派一个向导带他到炮台和士兵掩蔽部里去。那天晚上，我们的主人公还经历了多少恐惧、危险和绝望，这里且按下不说。我们只想指出，他希望在这里看到的，原是他在伏尔科夫田野上看惯的那种配备完善、秩序井然的炮击，结果却只找到两尊没有瞄准器的损坏的臼炮，其中一尊的炮口被炮弹打瘪了，另外一尊搁在打得一塌糊涂的炮架上。直到天亮他都找不到人来修理炮架，炮弹也没有一颗是合乎《手册》上规定的重量的，他手下的两个士兵又负了伤，而他自己也遭遇到二十次千钧一发的危险。幸亏派定帮助他的是个体格魁伟的海军炮手。这位水兵从围城开始就管理臼炮，他使伏洛嘉相信这些炮都可以使用。他提着灯，领着他夜里走遍整个棱堡，就像参观自己家里的菜园一样,并且答应伏洛嘉到明天把一切都安排好。向导领他去的掩蔽部,是个挖在岩石间的长方形地坑,约莫二十立方米大小,上面盖着两尺厚的栎树圆木。他和他手下的士兵全都走了进去。符兰一看见避弹室两尺多高的短门,首先冲进去,差点儿在石头地上碰破脑袋。他钻到角落里,再也不出来。等士兵们全都在墙脚下安顿好了,有几个还点着了烟斗,伏洛嘉才在角落里搭起床,点亮蜡烛,吸着烟,躺下来。掩蔽部上面不断传来炮击声,但不太响,只有摆在近处的一尊炮,剧烈地震撼着掩蔽部,震得顶上的泥土纷纷落下来。掩蔽部里面却很静,只有在新来的军官面前还有点拘束的士兵们在那儿偶尔交谈两句,请别人让开一点,或者借个火点烟斗;再就是,一只老鼠在石头缝里东抓西扒,或是惊魂未定、仍然恐惧地瞧着四周的符兰突然发出一声沉重的叹息。在这由一支烛光照亮的挤满人的角落里,伏洛嘉躺在床上,感到非常舒服。他小时候也有过类似的感觉,那时候他和孩子们捉迷藏,他常常躲在柜子里或者母亲的裙子下,屏息静听,一方面对黑暗有点害怕,一方面又觉得十分有趣,此刻他也是既有点心惊肉跳,又感到很兴奋。

22

过了十分钟光景,士兵们胆子大了,谈起话来。最靠近烛光和军官床铺的地方,坐着两个比较重要的人物——两个炮长:一个上了年纪,头发花白,身上挂满各种奖章和勋章(只缺乔治勋章);一个年纪轻的,是个世袭兵,吸着自己卷的纸烟。鼓手照例负责伺候军官。接下去是炮手和得过奖章的人,**小兵们**坐在门口阴暗处。谈话就是从他们那边开始的,引起谈话的原因是有个人冲进掩蔽部里来。

"喂,老兄,不愿意待在外面了吗?是不是姑娘们唱得不够欢啊?"一个人说。

"这种曲子唱得真怪,在乡下从来没听到过。"跑进来的人笑着说。

"嗬,华兴不喜欢炮弹,可不喜欢呢!"掩蔽部深处有人说。

"得了吧!如果有必要,那就是另一回事了!"华兴慢吞吞地说,他说话的时候,大家都不做声。"至少24号那天我们都狠狠地轰过一阵的。再说,我们这种人就是给打死了,上级也不会说声谢谢的。"

听到华兴说这话,大家都笑了。

"还有梅尔尼科夫,他怕还坐在外边吧?"有人说。

"去把梅尔尼科夫叫到这儿来,"老炮长应声说,"他真的会白白牺牲的。"

"梅尔尼科夫是干什么的?"伏洛嘉问。

"哦,长官,这个人哪,是我们这儿的一个傻头傻脑的士兵。他真是天不怕地不怕,一直在外边走来走去。您该见见他,他长得活像一只狗熊。"

"他会念咒哩。"华兴在另一个角落里慢声慢气地说。

梅尔尼科夫走进掩蔽部。他身体肥胖(这在士兵中间是非常少见的),红头发,红脸庞,天庭饱满,鼓着一双淡蓝色的眼睛。

"怎么,你不怕炮弹吗?"伏洛嘉问他。

"炮弹有什么可怕?"梅尔尼科夫耸耸肩膀,搔搔头皮,回答说,"炮弹打不死我,我知道的。"

"这么说来,你愿意住在这儿?"

"当然愿意。这儿挺快活!"他说,忽然哈哈大笑起来。

"哦,应该让你参加突击!要不要让我去跟将军说一声?"伏洛嘉说,虽然这儿的将军他一个也不认识。

"怎么不要!要!"

接着梅尔尼科夫藏到别人背后去了。

"弟兄们,让我们来玩'刮鼻子'吧!谁有纸牌?"只听得他急急忙忙地说。

不多一会儿,后面角落里真的有人打起纸牌来了:听得见刮鼻子的声音,笑声和叫"王牌"的声音。伏洛嘉从茶炊里喝着鼓手给他的茶,又请两个炮长喝茶。他说说笑笑,想得到他们的好感。他们向他表示敬意,他也觉得高兴。士兵们发现长官**没有架子**,话也就多了。一个士兵说,塞瓦斯托波尔的被围不久就可以解除,因为舰队上有个可靠的人告诉他,沙皇的兄弟康斯坦丁跟美国舰队正赶来支援我们;还说不久将签订协定,停战两个礼拜,好让大家休息一下,谁要是开火,每打一发子弹,要罚款七十五戈比。

伏洛嘉看到,华兴这人身材矮小,生着络腮胡子和一双善良的大眼睛。他讲着他上次回家休假,家里人看到他起初都很高兴,后来父亲打发他去干活,林务官助手竟派马车来接他的老婆。大家听着他讲这些事,先是鸦雀无声,后来就哄堂大笑起来。伏洛嘉觉得这一切非常有趣。他不仅一点也不感到恐惧,或者掩蔽部里太挤,空气太浑浊,而且觉得心情舒畅,十分愉快。

许多士兵已经在打鼾了。符兰也伸开手脚睡在地上。那个年老的炮长,摊开外套,画了十字,喃喃地做着临睡前的祷告。这时候,伏洛嘉想到掩蔽部外面去看看情况。

"把脚缩起来!"伏洛嘉一站起来,士兵们就互相嚷道。于是大家都把脚缩起来,给他让路。

仿佛已经睡着的符兰突然抬起头,一把抓住伏洛嘉外套的下摆。

"别去!别去!你怎么可以出去?"他苦苦哀求说。"您还不知道这儿的情况呢,炮弹一刻不停地落着,还是待在这儿好……"

但是,不管符兰怎样恳求,伏洛嘉还是走出掩蔽部,在门槛上坐下来;梅尔尼科夫也坐在那里,正在重新裹包脚布。

空气很新鲜,从掩蔽部里出来尤其觉得清爽;夜色清朗而宁静。在隆隆的炮声中,只听得运送土筐的大车的辘辘声和那在地下火药库里干活的人们的说话声。头顶上是一片高高的星光灿烂的天空,空中川流不息地飞着明亮的炮弹。左边是另一个掩蔽部,通过两尺多高的入口,可以看见里面水兵的腿和脊背,听见他们酒意十足的声音。前面望得见地下火药库的顶,旁边不时闪过弯着身子的人影;在火药库顶上,有个穿黑外套的高个子,两手插在口袋里,在密集的炮弹和枪弹底下,两脚踩着别人用袋子运来的沙土。常常有炮弹飞过,在离火药库极近的地方爆炸。运沙土的士兵们不时弯下身子,避开炮弹;可是那黑高个子却若无其事地踩着沙土,始终保持着同样的姿势。

"那个黑影是谁呀?"伏洛嘉问梅尔尼科夫。

"我看不出,让我过去看看。"

"你别去,不必去了。"

可是梅尔尼科夫不听话,站起身来向穿黑外套的人走去,并且在那人旁边同样满不在乎地站了半天。

"是管火药库的,长官!"他回来报告说,"火药库被炮弹打坏了,步兵们正在运土修筑呢!"

有时炮弹直飞过来,好像要打中掩蔽部的门。

伏洛嘉躲到角落里,过一会儿又探出身来向上望望,看是不是再有炮弹飞来。符兰在掩蔽部里虽然再三恳求伏洛嘉回去,伏洛嘉还是在门口坐了三小时光景,在经受生死考验和观察炮弹横飞中,尝到一种乐趣。到快入夜的时候,他已经弄明白,炮弹是从哪儿打出来的,以及落在什么地方。

23

第二天,27日清早,在睡了十小时觉之后起来,伏洛嘉觉得神清气爽,来到掩蔽部门口。符兰跟着他爬出来,可是一听到子弹的啸声,就低下头冲开人群,跑回掩蔽部,引得许多来到户外的士兵哄然大笑。只有华兴、老炮长和另外几个人难得到外边战壕里来,其余的人都待不住了,纷纷从恶臭的掩蔽部跑到清晨的新鲜空气中来。虽然炮击像昨天一样猛烈,他们还是坐在掩蔽部门口,或者躲在胸墙后面。梅尔尼科夫一早起就在几个炮台之间溜达,若无其事地抬头望望天空。

门口坐着两个老兵和一个年轻的鬈发士兵,那年轻的看上去是个犹太人。他从地上捡起一枚子弹壳,用炮弹片把它敲平,又用刀把它刻成乔治勋章的样子。另外几个兵一面谈话,一面看着他干活。这勋章确实刻得很美。

"看光景,要是我们再在这儿待下去,"其中一个兵说,"等到停战,大家都可以退伍了。"

"可不是!再过四年我就可以退伍了,这回在塞瓦斯托波尔就待了五个月。"

"我看,这段时间是不会算到退伍账上去的。"另一个兵说。

就在这时候,一颗炮弹从谈话的人们的头上掠过,落在离梅尔尼科夫两尺远的地方——梅尔尼科夫正顺着战壕向他们走去。

"差点儿没把梅尔尼科夫炸死。"一个兵说。

"炸不死的。"梅尔尼科夫应声说。

"你这么勇敢,喏,奖给你这个勋章。"那个年轻的兵一边说,一边把做好的勋章交给梅尔尼科夫。

"不,老兄,在这儿一个月可以抵一年,有过命令的。"谈话继续下去。

"不论怎么说,等战争结束,沙皇准会在华沙举行阅兵典礼。到那时候,就算不能退伍,也可以无限期休假了。"

这当口,有一颗子弹嘘溜溜地从他们头上飞过,打在石头上。

"当心哪,不然用不着等到天黑你就可以**永远**退伍了。"一个士兵说。

大家都笑了。

其实也不用等到天黑,过了两小时,就有两个人永远退伍了,有五个人负了伤,其余的人却照样开着玩笑。

到了早晨,两尊臼炮果然修得可以射击了。九点多钟,伏洛嘉遵照棱堡司令的命令,召集他的队伍向炮台进发。

士兵们一开始行动,昨天流露出来的恐惧就消失得干干净净了。只有符兰不能克服他的惊惶,仍旧东躲西藏,缩头缩脑,华兴也有点沉不住气,手忙脚乱,不断蹲下身去。伏洛嘉却情绪激昂,一点儿也没有想到危险。他心里愉快,因为他在很好地执行任务,因为意识到自己不但不是个胆小鬼,而且很勇敢;他感到自豪,因为他在指挥二十个人,而这二十个人都在好奇地望着他。这种愉快和自豪感使伏洛嘉变得格外英勇。他甚至于卖弄胆量,在士兵们面前装模作样,爬到踏垛上,故意解开大衣,使自己的目标更明显。棱堡司令这时正在巡察他的领地(照他自己的说法),八个月来尽管他见惯了各种勇敢行为,却还是情不自禁地欣赏起这个漂亮的小伙子来:他敞开外套,露出领子紧扣着白嫩脖子的红衬衫,脸涨得通红,眼睛闪闪发亮,拍着双手,声音洪亮地喊着口令:"一,二!"接着又兴冲冲地爬到胸墙上,看他们的炮弹落在什么地方。十一点半,双方停止了打炮;十二点整,对马拉霍夫陵、第二、第三和第五棱堡的强攻就开始了。

24

中午时分,海湾北岸,在英克尔曼和北堡之间的电报局山上站着两个海军军官:一个正用望远镜瞭望塞瓦斯托波尔,另一个带了一名哥萨克兵,刚骑马来到大信号柱跟前。

太阳灿烂地高悬在海湾的上空,给停泊在那儿的兵舰轮船和行驶着的帆船小艇抹上一层欢乐而温暖的光彩。微风吹动电报局旁栎树上的枯叶,鼓起船上的风帆,吹拂着海湾里的波浪。塞瓦斯托波尔景色如故:未完工的教堂、柱廊、滨海街、山上苍翠的林荫路、建筑典雅的图书馆、桅墙林立的蔚蓝色小港、自来水总管的优美剪影,以及有时被炮火红光照亮的蓝色硝烟;一边是烟雾弥漫的黄山,一边是阳光闪烁的蓝海,在山色水光中,塞瓦斯托波尔依旧显得那么美丽、悠闲和傲岸。在水天交接处飘着一片片绵长的白云,预告着快要起风;海面上飘荡着一缕从轮船上冒出来的黑烟。在整条战线上,特别是在左边山上,一团团浓密的白烟不断升起,扩散开来,有时带着在中午的阳光下都看得分明的闪光,变成各种形状,升腾到空中,在高空中显得更加暗淡了。在山岭上,在敌人的炮台里,在城市里,在高空中,忽而这里,忽而那里,到处都出现这样的硝烟。爆炸声一刻不停,此起彼落,震荡着空气……

近十二点钟的时候,硝烟越来越稀少,被炮声震荡的空气也比较宁静了。

"第二棱堡根本不还击了,"一个骑在马上的骠骑兵军官说,"全部被击毁了!糟啦!"

"马拉霍夫陵差不多也是他们打三炮才还一炮,"用望远镜瞭望着的军官应声说,"可把我气坏了,我们这边老是不还击。喏,又是一颗炮弹落在科尔尼洛夫棱堡上了,可是仍旧不还击。"

"我说嘛,他们总是在十二点钟之前停止开炮的。今天又是这样。我们还是吃饭去吧……他们在等我们呢……没什么好看的了。"

"等一下,别打搅我!"那个用望远镜瞭望的人说,他正聚精会神地观察着塞瓦斯托波尔。

"那边怎么样?有什么情况?"

"壕沟里有活动,纵队密密麻麻的在前进。"

"是啊,就这样也看得见了,"水兵说,"纵队在推进。得发个信号。"

"看!看!他们从壕沟里出来了。"

真的,肉眼也能看出,许多黑点从山上法军炮台那儿下来,通过峡谷,向棱堡移动。在这些黑点前面,有几条黑带子已经逼近我们的阵线了。在棱堡上,一团团硝烟从各处争先恐后地冒起来。风送来密集的枪声,好像雨点打着玻璃窗。那几条黑带子在硝烟中移动,越来越近了。射击声越来越猛烈,汇合成一片连续不断的轰响。硝烟也越来越多,迅速地扩展到整条战线上,终于合成一片越来越大的紫云,中间还夹杂着闪闪的火光和斑斑的黑点:各种声音混合成一个天崩地裂般的巨响。

"他们进攻了!"军官脸色发白,把望远镜递给水兵,说道。

哥萨克们在大路上奔驰,军官们骑着马,总司令坐在车上,带着随从,纷纷从旁边驰过。人人脸上都露出焦急和恐怖的神色。

"不可能被占领的!"一个骑马的军官说。

"啊呀,旗子!你看!你看!"另外一个军官撇下望远镜,上气不接下气地说,"马拉霍夫陵上扯起法国旗来了!"

"不可能!"

25

柯捷尔卓夫老大夜里刚捞回本钱,接着又把钱输光,连缝在翻袖里几个金币都输掉了。黎明之前,他正躺在第五棱堡的守备兵营里,睡得很熟,但梦魂颠倒。这当口,忽然传出一声不祥的叫喊,接着就有几个声音跟着喊道:

"警报!……"

"您怎么还在睡觉,米哈依尔·谢苗内奇!敌人进攻了!"有人喊道。

"准是哪一个开玩笑。"他睁开眼睛,怀疑地说。

但他忽然看到一个军官,脸色吓得发白,茫无目的地东奔西窜,他立刻明白是怎么一回事。一想到人家可能把他当作胆小鬼,在紧要关头不肯下连队,他紧张极了。他一口气跑到连队里。炮击已经停止,但步枪声非常激烈。子弹不是一颗颗地嘘嘘飞着,而是一大批一大批地从头上呼啸而过,好像秋天的鸟群。他的营昨天驻扎的地方弥漫着硝烟,听得见敌人的呐喊和呼叫声。一路上他遇到一群群负伤的和没有负伤的士兵。又跑了三十步光景,他看见他的一连人贴墙排列着,还看见一个士兵吓得脸色发白。其他的人也一样。

柯捷尔卓夫不禁也感染了恐惧的感觉,浑身上下掠过一阵寒战。

"施华尔茨被占领了,"一个青年军官说,他的牙齿碰得格格发响,"全完蛋了!"

"胡说!"柯捷尔卓夫怒气冲冲地说。他拔出短小的钝铁刀以壮声势,接着大声喊道:"前进,弟兄们!冲啊!"

他的声音很威武很洪亮,使他自己也受到了鼓舞。他沿着避弹障向前冲去;约莫有五十名士兵嘴里呐喊着,跟在他后面。他们跑出避弹障,向一片开阔的野地跑去。这里子弹密得简直像冰雹一样;有两颗子弹打中了他,但中在哪里,伤得怎么样,是挫伤还是打伤,他可没工夫琢磨。就在前面,在硝烟中,他看见许多穿蓝军服和红裤子的人,听到非俄国话的呐喊;一个法国人站在胸墙上,挥着帽子,嚷着什么。柯捷尔卓夫相信这回他免不了一死,这种想法反而增添了他的勇气。他一直向前冲,向前冲。有几个士兵赶上了他;另外有几个在旁边出现了,也冲上去。穿蓝军服的兵纷纷回头向自己的战壕跑去,始终同他们保持一定的距离,可是脚下到处都是伤兵和尸体。当他们跑到外围的壕沟时,柯捷尔卓夫觉得眼前一片模糊,什么也看不清。他感到胸口一阵疼痛,在踏垛上坐下来。透过炮眼,他满心喜欢地看到,穿蓝军服的人群乱糟糟地往他们自己的战壕跑去,整个战场上横满穿蓝军服红裤子的尸体和在地上爬行的伤兵。

半小时以后,柯捷尔卓夫躺在尼古拉耶夫兵营附近的担架上,知道自己负伤了,但几乎一点也不觉得痛。他只想喝一点凉东西,躺得更舒服些。

一个满脸黑色络腮胡子的矮胖医生走到他跟前,把他的外套解开。柯捷尔卓夫垂下眼睛,瞧医生怎样检查他的伤,又打量着医生的脸,但还是一点也不觉得痛。医生用他的衬衫盖住伤口,手指在外套前襟上擦了擦,也不向柯捷尔卓夫瞧一眼,默默无言地向另一个伤员走去。柯捷尔卓夫无意识地看着眼前的一切。他记起第五棱堡上的战斗,十分快慰地想,他已经出色地尽了他的责任,而这是他服役以来第一次干得那么漂亮,他觉得问心无愧。医生一边给另一个军官包扎伤口,一边指指柯捷尔卓夫,对拿着十字架站在旁边的留着红色大胡子的神父说了几句话。

"怎么,我要死了吗?"神父走近时,柯捷尔卓夫问道。

神父没回答什么,做了祷告,把十字架递给他。

死亡并没有吓倒柯捷尔卓夫。他伸出软弱的双手接住十字架,把它贴在嘴唇上,哭了起来。

"怎么样,法国人全部被打退了吗?"他问神父。

"我们处处都胜利了。"神父回答,故意不让他知道马拉霍夫陵上已经飘扬着法国旗,免得他难过。

"感谢上帝!感谢上帝!"柯捷尔卓夫喃喃地说,也没感觉到眼泪簌簌地在颊上滚动。他想到自己干了一番英雄事业,心里有说不出的快活。

他有一刹那也想到了弟弟,心里默念道:"但愿上帝也赐给他这样的幸福!"

26

伏洛嘉遭到的可不是那样的命运。他正在听华兴讲故事,忽然有人喊道:"法国人来了!"血一下子涌到伏洛嘉的心脏里,他感到面颊顿时变凉发白了。他木然不动地站了一秒钟;接着向周围扫了一眼,看见士兵们相当镇静地扣上外套,一个挨着一个爬出去。其中一个人,大概是梅尔尼科夫吧,还开玩笑说:

"弟兄们,带点面包和盐去吧!"

伏洛嘉带着寸步不离的符兰嘉,爬出掩蔽部,向炮台跑去。双方都不打炮了。激发伏洛嘉勇气的,主要不是士兵们的镇定沉着,而是这士官生的难以掩饰的胆怯狼狈。"难道我能像他一样吗?"他心里想,高高兴兴地向臼炮旁边的胸墙奔去。他清楚地看见法军打空旷的田野上向棱堡冲来,成群的法国兵拿着在阳光下闪闪发亮的刺刀,在距离极近的战壕里走动。一个身材短小、肩膀宽阔的敌人,穿着法属非洲兵军服,手拿长剑,跳过地上的弹坑,在前面带头跑着。"打霰弹!"伏洛嘉一边喊,一边从踏垛上跑下来;但士兵们不等他命令就准备好了,两尊臼炮打的霰弹,先后发出金属的啸声,从他头上飞过。"一!二!"伏洛嘉一边喊口令,一边在硝烟弥漫的两尊臼炮中间跑来跑去,把危险完全置诸脑后。旁边不远处传来我方掩护部队的步枪声和激动的呐喊声。

忽然从左边传来一声惊心动魄的狂叫,接着就有几个声音跟着喊道:"包抄过来了!包抄过来了!"伏洛嘉应声回过头去。大约有二十个法国兵出现在后面。其中一个,五官端正,留着黑色大胡子,戴着红色土耳其帽,在前面带头,但他跑到离炮台十步远的地方停下来,开了一枪,然后又往前冲。伏洛嘉刹那间愣住了,简直不相信自己的眼睛。他定了定神,看见前面胸墙上出现了穿蓝军服的士兵,其中一个甚至跳下来,把大炮的火门堵住。伏洛嘉身边,除了梅尔尼科夫和符兰之外,再没有别人。梅尔尼科夫已经被子弹打死,倒在他的旁边;符兰忽然抓起一根火绳杆,垂下眼睛,怒气冲冲地向前冲去。"跟我来,弗拉基米尔·谢苗内奇!跟我来!我们糟啦!"符兰气急败坏地喊道,拿火绳杆向后面逼近来的法国兵乱挥。士官生这副狂怒的样子把敌人吓坏了。他打中前头一个敌军的脑袋,其余的人都不由自主地收住脚步。符兰继续向周围望望,没命地喊道:"跟我来,弗拉基米尔·谢苗内奇!你怎么站着不动!跑哇!"同时朝埋伏着步兵的战壕奔去——步兵正趴在里面向法国兵开枪。他跳进战壕,重新探出头来,看看他心爱的准尉究竟怎样了。在伏洛嘉原来站着的地方,横着一个裹着外套的东西。法国兵完全占领了这个地区,还在向我军开枪。

27

符兰在第二道防线上找到他的炮兵连。连里的二十个士兵只剩下八个了。

晚上八点多钟,符兰随着炮兵连乘汽船到北岸去,船上挤满了士兵、大炮、马匹和伤员。枪炮声哪儿也听不到了。星星跟昨夜一样光辉灿烂,风却刮得更猛烈,海上波涛起伏。在第一和第二棱堡那边,地面上亮起了一道道闪光;爆炸声天崩地裂,爆炸的火光照亮四周形状古怪的黑魆魆的东西,照亮空中飞溅的石子。船坞附近有什么东西在燃烧,通红的火焰倒映在水中。浮桥上挤满了人,被尼古拉耶夫炮台的大火照得通明。在遥远的亚历山大炮台所在的小岬上,一大片火焰仿佛漂浮在水面上,照亮了空中烟云的底部;远处的敌舰上,沉着而大胆的灯光,像昨天一样照耀着海面。清新的风吹拂着海湾。在大火的照耀下,可以看见我方渐渐下沉的船只的桅墙。渡船甲板上听不见人语声,在匀调的波浪声和放蒸气声中,只听见马匹打着响鼻,马蹄叩击着船底的铺板,间或还听见船长在发号令,伤员在不断呻吟。符兰一整天没有吃东西,这时从口袋里掏出一块面包咀嚼起来,可是忽然想到伏洛嘉,就放声痛哭起来,哭得旁边的士兵都听到了。

"瞧,一边吃面包,一边哭,我们的符兰嘉就是这样的。"华兴说。

"真滑稽!"另外一个士兵接着说。

"瞧,我们的兵营也着火了,"他叹着气继续说,"多少弟兄在那边牺牲了,法国人却不费什么代价就把它占领了!"

"至少我们算活下来了,这也该感谢上帝呀。"华兴说。

"到底叫人难受啊!"

"有什么难受的?难道他们能在这儿逍遥下去吗?办不到!你瞧着吧,我们会夺回来的。不论牺牲多少弟兄,只要皇上一声令下,我们准能把这地方夺回来!难道我们肯就这样把地方让给他们吗?办不到!"接下去他又朝法国人那边说:"好吧,给你们几堵精光的墙壁,工事可被我们炸光了。你们能把你们的旗子插到山冈上,可是你们进不了城。等着吧,等时机一到,就要跟你们好好算账。"

"账一定要算!"另一个兵信心十足地说。

在塞瓦斯托波尔棱堡组成的整条战线上,这许多月来一直沸腾着热火朝天的战斗生活,这许多月来不断涌现着前仆后继的英雄,这许多月来经常使敌人恐惧、憎恨以至钦佩,如今却一个人影也不见了。一切都死气沉沉,荒凉得可怕,但并不是寂静无声:破坏还在继续着。在不久前被炮击过的松散的土地上,到处是击毁的炮架、被压扁的俄罗斯人和敌人的尸体、一半陷在泥里的沉重的铁炮(被惊人的力量抛到坑洼里,再也发不出声音来了)、炮弹、弹片,又是尸体、弹坑、木头的碎片、掩蔽部的残迹,又是穿灰军服和蓝军服的默默无声的尸体。这一切还不时被震撼,并且被惊天动地的爆炸的鲜红火焰照得清清楚楚。

敌人看到,在森严的塞瓦斯托波尔正在发生难以理解的事。棱堡上不断的爆炸和死一般的沉默使敌人胆战心惊;白天里顽强而沉着的反击给敌人印象太深,使他们无法相信坚定不屈的对方已经撤退。他们默默无言,一动不动,提心吊胆地盼望黑夜快些过去。

塞瓦斯托波尔的军队,好像黑夜里波涛起伏的大海,聚合拢来,分散开去,在海湾的岸上,在浮桥上,在北岸乱糟糟地紧挤在一块儿,在伸手不见五指的黑暗中慢慢地移动着,离开这个牺牲了那么多英勇伙伴的地方,离开这个洒遍了鲜血的地方,离开这抵抗人数超过自己一倍的顽敌达十一个月之久、如今却奉命不战而退的地方。

每一个俄罗斯人听到这命令,首先觉得有说不出的沉痛。同时也感到被迫害的恐惧。人们一离开那战斗惯了的地方,就觉得无法自卫。在黑暗中,他们心慌意乱地挤在被大风吹得摇摇晃晃的浮桥头上。刺刀跟刺刀撞击得铿锵作响,部队、车辆、民兵挤成一团,步兵蜷缩着身子,骑马的军官带着命令从人缝里挤过去,居民和带着不准携带的行李的勤务兵在苦苦哀求;炮兵推着辘辘震响的炮车,匆匆向海湾撤退。虽然各人忙着各人的事,可是人人心里都希望保全性命,想赶快离开这个可怕的死地。不论是那个负了致命伤、躲在巴甫洛夫码头石板地上五百个伤兵中间向上帝祈求一死的士兵,不论是那个拼命挤开人群为骑马的将军开路的民兵,不论是那位坚决命令大家渡过海湾并且制止士兵们急躁行为的将军,不论是那个落在向后撤退的营里、被挤得喘不过气来的水兵,不论是那个躺在担架上、由四个士兵抬着、但为人群阻住而被放在尼古拉耶夫炮台地上的负伤的军官,不论是那个在大炮旁边服务了十六年、如今却遵照上级难以理解的命令在伙伴们帮助下把大炮从绝壁上推下海湾去的炮兵,不论是那些刚凿沉军舰、此刻正敏捷地划着小艇离开沉舰的水兵,人人都有这样的愿望。一过了桥,来到北岸,几乎每个士兵都脱下帽子,画了十字。但除了这种保全性命的愿望之外,还有一种更加沉重的蚀骨的感情:又像是悔恨,又像是羞耻,又像是愤怒。从北岸回顾已放弃的塞瓦斯托波尔,几乎每个士兵心里都感到说不出的沉痛,他们一边叹气,一边向敌人那边挥动拳头。

1855 年 12 月 27 日　于彼得堡

暴 风 雪

1

晚上六点多钟,我喝过茶,从驿站出发,那个站名已经记不得了,只记得是在顿河哥萨克军区一带,离诺伏契尔卡斯克不远。当我用皮外套和车毯裹紧身子,跟阿廖沙并排坐上雪橇时,天色已经黑了。驿站外面似乎又暖和又宁静。虽然没有下雪,却看不见一颗星星。天空看上去非常低,同展开在我们面前的洁白的雪野一比,又显得非常黑。

刚经过几座黑魆魆的风磨——其中一座正在笨拙地转动它的巨翼——出了村庄,我就发现道路越来越难走,积雪越来越深。风更加猛烈地吹着我的左面身子,把马尾和鬃毛吹向一边,又把雪橇滑木和马蹄刨开的雪一个劲儿地吹了起来,抛得远远的。铃铛声听不见了,一股凛冽的寒气从袖口里灌进去直达脊背。我不由得想起驿站长的忠告:最好不要动身,免得通宵盲目赶路,冻死在路上。

"我们不会迷路吧?"我问车夫。但是,听不到回答,我就把问题提得更明白些:"喂,赶车的,我们到得了下一站吗?不会迷路吧?"

"那只有天知道,"他回答,没有回过头来,"瞧这刮地风好厉害,路一点也看不出来,哦,老天爷!"

"你倒说说,把我送到下一站,有没有希望?我们到得了吗?"我又问。

"总得赶到哇。"车夫回答。他又说了些什么,因为风大,我听不清楚。

我不愿意回去,可是在严寒的暴风雪中,在顿河哥萨克军区这片精光的草原上通夜瞎跑,实在也太乏味了。再说,虽然在黑暗中看不清楚,不知怎的我不喜欢这个车夫,并且不信任他。他蜷缩起两腿坐在驭座正中,而不是坐在一侧。他的身材过分高大,他的声音懒洋洋的,头上那顶帽子不像是马车夫戴的——很大,前后左右摇摇晃晃。他吆喝马也不合规矩,两只手握着缰绳,就像个坐在驭座上权充车夫的跟班。不知怎的,我不信任他,主要是因为看到他耳朵上包着一块头巾。总之,我不喜欢这个直竖在我前面的微驼的背,觉得它不是什么好兆头。

"依我说,还是回去的好,"阿廖沙对我说,"瞎跑一阵有什么意思!"

"哦,老天爷!瞧,暴风雪刮得好厉害!路一点儿也看不出来,眼睛全被糊住了……哦,老天爷!"车夫嘀咕道。

我们走了不满一刻钟,车夫就勒住马,把缰绳交给阿廖沙,笨拙地从座位上伸出两腿去找路,大皮靴嚓嚓地踩着积雪。

"什么?你上哪儿去?迷路了?"我问道,可是车夫不理我。他转过脸去,避开刺眼的寒风,抛下雪橇走了。

"怎么样?找着了?"他一回来,我又问。

"什么也没找着!"他忽然又烦躁又懊恼地对我说,仿佛他迷路是我的过错。接着又慢条斯理地把那双巨大的腿伸进前座,用戴着冻硬的手套的手分开缰绳。

"我们怎么办呢?"我们重新上路时,我问。

"有什么办法!跑到哪里是哪里。"

于是我们依旧不急不缓地前进,一会儿顺着半尺厚的积雪,一会儿踏着咯咯响的冰凌。

天气虽然很冷,领子上的雪却融化得很快;刮地风吹得越来越猛,空中开始稀稀落落地下起干雪来。

显然,我们在盲目赶路。因为又走了一刻钟光景,连一个里程标都没看见。

"嗳,你看怎么样,我们到得了站吗?"我又问车夫。

"到哪个站?要是我们回去,只要让马自己跑,它们会把我们带到的;但要到下一站,那可就难了……我们只会把自己给毁了。"

"哦,那就回去吧,"我说,"确实是……"

"那么回去吗?"车夫又问了一遍。

"是,是,回去!"

车夫松了缰绳。马跑得更快了。虽然我没有发觉我们已掉过头,可是风向变了,不多一会儿通过飞舞的雪花,又看见那几座风磨。车夫打起精神,谈起话来。

"前不久有辆雪橇从下面一站回去,"他说,"在草堆里过了一夜,直到早晨才到。幸亏来到草堆里,要不然个个都得冻死——天冷得可厉害。但还是有个人冻坏了腿,整整三个礼拜神志不清。"

"这会儿天倒不冷,风雪也小一些了,"我说,"可以赶路吗?"

"暖和倒还暖和,可是在下大雪。现在回去,看来容易一些,就是雪下得厉害。如果这是辆私人雪橇,自己做得了主,那还可以赶路,但要是把乘客冻坏了,那可不是玩的。回头叫我怎么向您先生交代呢?"

2

这时候,我们背后传来了几辆三驾雪橇的铃铛声。它们很快就赶上了我们。

"这是特快雪橇的铃铛声,"我的车夫说,"这样的铃铛整个站里只有一个。"

果然,第一辆雪橇的铃铛声顺风传来,清晰可闻,特别悦耳:纯净,洪亮,低沉,稍微有点颤动。后来我才知道这是一种怪有趣的玩意儿:把三只铃系在一起,中间一只大铃声音特别甜美,旁边两只小铃组成三度音。这种三度音和颤动的五度音的和声荡漾在空中,扣人心弦,在这荒无人烟的原野里听来格外悦耳。

"邮政雪橇来了,"当三辆雪橇中的第一辆赶上我们时,我的车夫说,"路怎么样?走得过吗?"他大声问后面的车夫,可是那车夫只顾吆喝马,没有理会他。

邮政雪橇在我们旁边一过去,铃铛声就随风消逝了。

我的车夫大概感到有点不好意思。

"我们去吧,老爷!"他对我说,"人家刚过去,趁他们的辙印还新鲜,看得清楚。"

我同意了。我们又掉过头,逆着风,顺着很厚的积雪吃力地前进。我注视着道路一边,免得离开那几辆雪橇留下的辙印。大约走了两里路,辙印一直看得很清楚;后来只看得出滑木留下的一些淡淡的痕迹,再过一会儿,就怎么也看不出这是辙印,还是被风吹起的一层雪了。一直看着滑木下面的雪往后飞溅这种单调的景象,眼睛看花了,我就开始向前望。第三个里程标我们还看得见,第四个却怎么也没有找着。我们像原来一样行进,忽而逆风,忽而顺风,忽而往右,忽而往左。最后车夫说我们偏右了,我说偏左了,而阿廖沙却肯定说我们在走回头路。我们又几次停下来,车夫伸出他那双大脚爬下雪橇去找路,但始终没有找着。有一次我也走下雪橇去看看,我隐隐约约感觉到一个地方可能是大路,可是我只勉强逆风走了五六步,就断定处处都是同样的积雪,道路只是我的幻觉罢了。这当儿我的雪橇却不见了。我叫喊起来:"车夫!阿廖沙!!"可是我觉得,我的声音一出口就被风抓住,一转眼就给刮掉了。我走到原来停雪橇的地方,雪橇不在了。我往右走,那边也没有。于是我用尖锐响亮、甚至有点绝望的声音又叫了一声:"车夫!"这情景现在回想起来都还有点害臊。谁知道他离开我只有两步路。他那黑糊糊的身体,手里执着鞭子,头上的大帽子歪向一边,忽然直立在我面前。他把我领到雪橇那儿。

"总算老天爷保佑,天气还暖和,"他说,"要是遇到大冷,那就糟了……哦,老天爷!"

"松下缰绳,让马把我们带回去吧,"我坐上雪橇说,"能带到吗?呃,车夫?"

"总能带到的。"

他抛下缰绳,在辕马的辕鞍上抽了三鞭子。我们又出发了。我们走了半小时光景。忽然前面又传来我那熟识的悦耳的铃铛声和另外两个铃铛声,但此刻声音是迎面而来的。这就是刚才那三辆雪橇,已经卸了邮件，换了马匹，正回到站里去。三匹高头大马拉着特快雪橇，发出悦耳的铃铛声，飞快地跑在前头。驭座上坐着一个车夫，威风凛凛地吆喝着。后面每辆雪橇上各有两个车夫，他们坐在空雪橇的中座上，兴致勃勃地大声说着话。其中一个抽着烟斗，被风吹旺的火星照亮了他的一部分脸。

瞧着他们，我对自己的害怕赶路觉得害臊。我那个车夫大概也有同样的感觉，因为我们不约而同地说："我们跟他们走！"

3

我的车夫没等最后一辆雪橇过去，就笨手笨脚把雪橇掉过头来，弄得车杠撞在人家几匹系住的马身上。那辆雪橇猛然往前一冲，绷断皮带，往一边驰去。

"瞧你这个斜眼鬼，没看见拐到哪儿去了：撞到人家身上来了。鬼东西！"一个个儿不高的车夫，用沙哑发抖的声音骂起来。从声音和身材上我能断定，这是坐在后面那辆雪橇上的小老头。他敏捷地从雪橇里窜出来，跑去追马，继续粗声粗气地骂着我的车夫。

但是马并没有停止奔跑。那车夫跟在后面追，一会儿，马和车夫便消失在白茫茫的暴风雪里了。

"华西里——里！把黄马牵过来！不骑马赶不上！"传来他的声音。

一个个儿极高的车夫从雪橇里爬出来，默默地解开马，从皮颈套上跨上其中的一匹，把积雪踩得嚓嚓发响，步子杂乱地跑着，也在那个方向消失了。

我们就同另外两辆雪橇跟住铃声丁当的特快雪橇,也不管有没有路,一个劲儿向前赶去。

"可不是!他能把它逮住的!"我的车夫说到那个跑去捉马的人,"要是离了群,那准是一匹野马,它要跑到哪儿去,就再也回不来了。"

自从我的车夫跟在人家后面走之后,他似乎变得高兴起来,话也多了。我还不想睡觉,自然也不肯错过交谈的机会。我开始向他打听,他从哪里来,怎么会来到这儿,原来是干什么的。不久我就知道他跟我是同乡,也是图拉人,是个农奴,家住基尔比奇村。他们家土地很少,自从霍乱流行那年起,田里简直没有收成。他们家剩下弟兄两人,老三当兵去了,粮食吃不到圣诞节就没有了,他们只得靠挣工钱过活。他的弟弟当家,因为结了婚,而他自己还是个鳏夫。他说,他们村子里的马车夫年年结伙到这儿来,他以前虽然没有赶过车,但还是当了驿站马车夫,好帮助帮助他弟弟。感谢上帝,他在这儿每年能挣一百二十卢布工钱。他把一百卢布寄回家去,自己在这儿本来也可以过得很好,"要不是那些信差简直都像畜生,这儿的老百姓又太会骂人。"

"哦,那个车夫骂什么呀?老天爷?难道我是故意撞坏他的马吗?难道我是存心跟人家捣蛋吗?何必去追那些马呢!它们自己会回来的;这样只会把马累坏,自己也要完蛋。"这个敬畏上帝的庄稼汉说。

"这黑压压的是什么?"我发现前面有一样黑色的东西,问。

"这是车队。这种旅行可有趣啦!"当我们的雪橇驶到一辆接着一辆、盖着蒲席的巨大货车旁边时,他又说。"瞧,一个人也看不见,全都在睡觉。聪明的马很懂事,你没有办法使它迷路的。这行当我们也干过,所以知道。"

真的,这些从蒲席顶到车轮都盖满雪的巨大货车孤零零地在行进,看上去确实怪有意思。只有前头那辆车,当我们的铃铛在它旁边响起的时候,盖着两指厚积雪的蒲席才稍微往上掀了掀,有一顶帽子从那儿露了一露。那匹高大的花马伸长脖子,挺直脊背,在积雪很厚的路上均匀地迈着步子,单调地摇晃着它那在白色轭下的毛茸茸脑袋。当我们走到它旁边时,它警惕地竖起一只盖着雪的耳朵来。

我们又默默地走了半小时光景,我的车夫又跟我谈起话来了。

"哦,老爷,您看怎么样,我们走得对吗?"

"我不知道。"我回答。

"原先风是从那边吹来的,现在我们可是顶着风走了。不,我们走得不对,我们也迷路了。"他十分镇静地肯定说。

看来,他虽然胆怯,但正像俗话说的那样,"人多死也乐。"自从我们人数增加,他不必为雪橇的去向做主和负责之后,就变得十分镇静了。他冷冷地观察着前头那个车夫的错误,仿佛这事跟他毫不相干。真的,我发现前头那辆雪橇忽左忽右,我甚至觉得我们是在一块极小的地方兜圈子。不过,这可能是幻觉在骗人,正像我有时仿佛觉得前头那辆雪橇忽而上山,忽而下坡,忽而下山,其实草原到处都很平坦。

又走了一会儿,我看见遥远的地平线那儿似乎有一条黑带子在移动。过了一分钟,我就明白了,这就是我们刚才赶上的那个车队。雪依旧那么撒在吱嘎作响的车轮上(其中有几个甚至已经不在转动了);车上的人依旧全睡在蒲席下面;那匹带头的花马依旧鼓起鼻孔,嗅着道路,竖起耳朵。

"瞧,转来转去又转到那车队旁边来了!"我的车夫不高兴地说,"特快雪橇的马都是好马,所以他们这样拼命赶,满不在乎。要是换了我们的马,通夜这么赶路,都会倒下的。"

他咳清了喉咙。

"老爷,让我们避开这场灾难吧!"

"这怎么成?总到得了什么地方的。"

"到得了哪儿啊?我们得在草原上过夜了。风雪多厉害呀……哦,老天爷!"

前头那个车夫显然已经迷失了道路和方向,找不到路,他却快活地呼喊着,继续飞快地赶路。这情景使我感到惊奇,但我不愿意再落在他们的后头。

"跟着他们走!"我说。

车夫服从了,但赶得比原来更不带劲,而且不愿意再跟我谈话了。

4

暴风雪越来越猛烈,空中飞着干燥的雪花,天开始上冻:鼻子和面颊冻得更厉害了,凛冽的冷空气更加频繁地灌进皮外套里,需要把衣服裹得更紧些。雪橇有时在光溜溜的冰面上沙沙滑过,因为地上的雪都被风刮走了。由于不宿夜而连续走了五百多里路,我虽然很为迷路的结局担心,还是不由自主地闭上眼睛,打起瞌睡来。一次,我睁开眼睛,不觉吃了一惊。开头一刹那,我仿佛觉得有一种强烈的光照耀着雪白的原野:地平线大大开阔了,又低又黑的天幕忽然消失,四面八方只看见落雪形成的一条条白色斜线;前面几辆雪橇的轮廓显得更清楚了。我抬头望望天空,开头一刹那觉得乌云仿佛飞散了,只有飞雪遮住了天空。在我瞌睡的时候,月亮升起来了,并且透过稀疏的乌云和飞雪,投下寒冷而明亮的光辉。我看得清清楚楚的是我的雪橇,马匹、车夫和走在前头的三辆驿橇:第一辆是特快雪橇,驭座上依旧坐着一个车夫,急急地赶着马;第二辆雪橇上坐着两个车夫,他们丢下缰绳,用厚呢上衣挡住风,不停地抽着烟斗——这从那闪亮的火星上看得出来;第三辆雪橇上一个人也看不见,车夫大概在中座里睡着了。不过,当我醒来的时候,带头的车夫也偶尔勒住马,找寻着道路。我们一停下来,风的怒号声就显得更响,空中多得惊人的飞雪也看得更清楚了。在漫天飞雪的月光下,我看见手拿鞭子的身材矮小的马车夫。他用鞭子柄探着前面的雪,在朦胧的雪雾中忽前忽后走动着,接着又走到雪橇旁边,从侧面跳上前座。于是,在狂风单调的呼啸声中,重新传出了嘹亮的叱马声和铃铛声。每当这带头的车夫爬下来,找寻道路或者草堆时,从第二辆雪橇里总听到有个车夫口气坚决地对前头的车夫嚷道:

"听我说,伊格纳特!偏左了,得往右点儿,顶风走!"或者说:"你白白地转来转去干什么?打雪地上走就是了。瞧那个雪积得多厚啊,找得到路的。"或者说:"往右,往右走,老弟!瞧,有一样黑魆魆的东西,准是个路标。"或者说:"你犹豫什么呀?犹豫什么呀?把花马解下来,让它领头,它会把你带到路上去。这样更可靠!"

然而,出主意的那人,自己不仅不把花马解下来,也不到雪地上去找路,连鼻子都不从厚呢上衣里往外伸一伸。当带头的伊格纳特有一次听了他的劝告,大声嚷着说,既然你认得路,就请你带头。那个好出主意的人回答说,等轮到他赶特快雪橇,他就会带路,并且准能找到路。

"我们的马是不会带路的,"他嚷道,"不是那种马!"

"那就别来打搅人!"伊格纳特快乐地向马挥着鞭子,回答说。

另一个车夫,跟那个好出主意的人坐在同一辆雪橇里,没对伊格纳特说什么,也不介入这件事,虽然他还没有睡觉。这一层,我是从他那只不灭的烟斗以及我们停下时听见的他那娓娓的絮语声断定的。他在讲故事。只有一次,当伊格纳特不知是第六次还是第七次停下来时,他显然因为旅行的乐趣被破坏而有点恼火,就对伊格纳特嚷道:

"干吗又停下来?瞧,他还想找到路!对你说,在刮暴风雪嘛!这会儿就是土地测量员也找不着路了。趁马还拖得动,快走吧!要不然咱们会冻死的……走吧,喂!"

"可不是!去年就有一个邮差差点儿冻死!"我的车夫附和说。

第三辆雪橇的车夫始终没有醒。只有一次停车的时候,那个好出主意的人对他嚷道:

"菲利浦!喂,菲利浦!"听不到答应,又说,"莫不是冻死了?伊格纳特,你最好去瞧瞧。"

从容不迫的伊格纳特走到雪橇旁边,推推睡着的人。

"瞧,半瓶白酒就把他灌醉了!还说他冻死了呢!"他一边摇他,一边说。

睡着的人嘟囔着什么,骂了一声。

"他活着呢,弟兄们!"伊格纳特说着,又跑到前面。我们又上路了,而且赶得那么快,使我那匹拉边套的小红马尾巴上不断挨鞭子,时而被迫蹦跳几下,笨拙地奔驰起来。

5

跑去追赶惊马的小老头和华西里回来时,大概已近午夜了。他们逮住马,找到并赶上了我们,但在这漆黑一片的暴风雪中,在这精光的草原上,这一切他们是怎样做到的,我永远无法知道。小老头摆动两肘和两腿,骑着辕马小跑(另外两匹马系在颈圈上:在暴风雪中是不能把马丢下的)。他一跑到我跟前,就又骂起我的车夫来:

"瞧你这个斜眼鬼!真是的……"

"嗳,米特里奇大叔!"第二辆雪橇上那个讲故事的人嚷道,"你还活着吗?上我们的雪橇来吧!"

但老头儿不理他,继续咒骂。直到他觉得骂够了,才跑到第二辆雪橇旁边。

"全都逮住啦?"雪橇里有人问他。

"当然!"

那小个儿老头在小跑中用胸膛压住马背,然后跳到雪地上,一刻不停地跟着雪橇奔跑,又一个筋斗翻进雪橇里,两条腿朝天搁在边上。高个子华西里依旧默默地跟伊格纳特坐在前面的雪橇上,开始同他一起找路。

"瞧这个家伙好会骂人……哦,老天爷!"我的车夫嘀咕道。

随后我们顺着白雪皑皑的荒野,在暴风雪的寒冷、朦胧而闪烁的微光中不停地跑了好一阵。我睁开眼睛一看,前面依旧竖着那个积满雪的难看的帽子和脊背,依旧是那个低矮的车轭,车轭之下,在两条拉紧的皮带中间,辕马的脑袋不断摇晃,并且跟我保持一定的距离,辕马的黑色鬃毛被风均匀地吹得倒向一边。从背后望去,右边依旧是那匹尾巴缚得很短的枣红骖马,以及那同样松散的积雪;风执拗地把一切都往一个方向吹。前面跑着带头的两辆雪橇,始终保持一定的距离。右边,左边,到处都是白茫茫、灰乎乎的。我的眼睛想找到一样新鲜的东西,但是找不到。没有一个路标,没有一堆干草,没有一堵篱笆,什么也看不见。到处是白茫茫的一片,而且变幻莫测:一会儿,地平线似乎无比遥远,一会儿,又似乎近在咫尺;一会儿,右边突然矗立起一道白色的高墙,并且跟着雪橇奔跑,一会儿,那墙突然消失,接着又出现在前面,不停地往后退,然后再次消失。往上望去,最初一刹那似乎很亮,仿佛通过迷雾可以看见星星;可是星星越来越高,所看见的就只有从眼睛旁边落到脸上和大衣领子上的雪花。天空处处同样光亮,同样单调,白茫茫,并且经常在变化。风似乎不停地在改变方向:一会儿,迎面吹来,吹得雪花糊住眼睛;一会儿,从旁边讨厌地把大衣领子翻到头上,嘲弄地拿它抚摩着我的脸;一会儿,又从后面通过什么隙缝呼呼地吹着。但听得雪橇滑木和马蹄不停地在雪地上发出微弱的沙沙声,以及我们走在积雪较深的地方时,铃铛逐渐低沉的响声。只有当我们偶尔逆风和走在光滑的冰地上时,才清晰地听见伊格纳特雄赳赳的唿哨声和他那响亮的铃铛声,以及与之呼应的小铃铛的五度音。这些声音忽然生气勃勃地打破了荒野的阴郁气氛,然后又单调地响着。我不禁觉得这似乎是在奏着一种令人难受的千篇一律的调子。我的一只脚开始冻僵了,而当我翻身想把身子裹得严密一些时,落在领子上和帽子上的雪就从脖子里滑进去,使我冷得发抖。但总的说来,我在盖暖的皮大衣里还是暖和的。我又打起瞌睡来。

6

回忆和幻想在我的头脑中越来越迅速地交织在一起。

我想:"那个老是从第二辆雪橇里叫嚷的好出主意的人是个什么样的庄稼汉呢?准是个身子结实、两腿短小的红头发的家伙,就像我们家里的老管家费陀尔·斐里佩奇那样。"于是我就看见我家巨大住宅的楼梯,看见五个农奴正在用几条大毛巾吃力地把一架钢琴从厢房里搬出来;我还看见费陀尔·斐里佩奇卷起粗布上衣的袖子,手里拿着一个钢琴踏板,跑在前头,拉开门闩,扯住一条毛巾往里推,又在人家的腿缝中间钻来钻去,妨碍所有的人,并且焦急地嚷个不停:

"身子靠拢些抬,你们前头的两个,前头的两个!嗳,对了,后面的抬高些,高些,高些,抬进门里去!就是这样。"

"您别费心了,费陀尔·斐里佩奇!我们自己来。"花匠怯生生地说,身子贴住栏杆,脸涨得通红,拼足力气抬住钢琴的一角。

但费陀尔·斐里佩奇不肯罢休。

"这是怎么一回事?"我心里琢磨着,"他这是自以为干这活需要他呢,还是仅仅因为上帝赋予他这种信心十足的雄辩口才而自鸣得意,兴致勃勃地在尽情发挥呢?看来,大概是后面这个缘故吧。"不知怎的我又看见池塘,看见在没膝深的水中拉网的疲劳的农奴们,而费陀尔·斐里佩奇手里拿着喷壶,对大家呼喊着,在池塘边上跑来跑去,只偶尔走到水边,用一只手捉住金色的鲫鱼,把喷壶里的浑水倒掉,再加一些清水进去。哦,这是7月的一个中午。我沿着草地刚修整过的花园,在火辣辣的阳光照耀下,往一个地方走去。我还很年轻,我觉得缺少什么东西,很想去把它弄到手。我走到池塘边,走到玫瑰花坛和桦树小径之间的心爱地方,躺下来睡觉。我记得当我躺在地上,从野玫瑰的红色带刺枝条缝中观望松碎的黑土和清澈的波平如镜的蓝色池塘时,心里充满着什么样的感情。这是一种天真的洋洋自得而又带些忧郁的感情。周围的一切都那么美,使我深深感动。我觉得自己也很美好,唯一使我感到懊丧的是,没有一个人欣赏我。天气很热。我想睡一觉解解闷,可是苍蝇,讨厌的苍蝇,在这里也不让我安宁。它们在我的周围飞来飞去,并且执拗地像果子核一样沉重地从我的前额跳到手上。蜜蜂在太阳底下飞舞,在我身旁嘤嘤嗡嗡地响着;黄翅膀的蝴蝶懒洋洋地从这棵草飞到那棵草。我往上望望,眼睛感到刺痛——阳光穿过桦树弯曲的浅色枝叶照射下来,亮得耀眼,而桦树的枝叶就在我头上微微摆动——这样就使人觉得更热了。我用手帕盖住脸;我开始觉得气闷,同时苍蝇仿佛粘满了我那双出汗的手。麻雀在野玫瑰丛中跳来跳去。其中一只跳跃到离我两尺远的地上,两次假装用力啄着地面,并且快乐地吱吱叫着,从花丛中飞走,弄得枝叶沙沙作响。另一只也跳到地上,翘翘尾巴,回头望望,也吱吱叫着,跟着那一支箭也似的飞掉了。池塘里传来一阵阵捣衣声。这些声音仿佛是低低地从水面上扩散开来的。还听见洗澡人的笑语声和溅水声。一阵风吹得远处桦树梢飒飒发响,接着近一些,吹动青草,吹得野玫瑰的叶子也摇摆起来,贴近枝条;然后,一阵清风吹动手帕的一角,痒痒地抚弄着我那出汗的脸。一只苍蝇从扬起的手帕缝里飞进来,惊慌地在我潮湿的嘴巴旁边乱撞。我的脊背压着一条枯树枝。不,我不能再躺下去了。不如去洗个澡吧。就在这当儿,我听见花丛旁边有急促的脚步声和女人受惊的声音:

"哦,老天爷!这是怎么搞的!这儿连一个男人也没有!"

"什么事?什么事?"我跑到阳光底下,问那个尖声叫喊着从我旁边跑过的女农奴。她只回头望望,仍旧摆动两臂,向前跑去。接着就看见那个一百零五岁的老婆子玛特廖娜,一只手按住从头上滑下来的头巾,拖着一只穿毛袜的脚,跟跟跄跄地向池塘那边跑去。有两个女孩子手拉手跑过去;一个十岁的男孩子,穿着父亲的上衣,拉住其中一个女孩的麻布裙子,跟着她们跑去。

"出什么事啦?"我问她们。

"有个庄稼汉淹死了。"

"在哪儿?"

"在池塘里。"

"是哪一个呀?我们家的吗?"

"不,是个过路的。"

车夫伊凡穿着一双大皮靴,踩着刚割过草的草地;胖子账房雅可夫吃力地喘着气。他们一起向池塘跑去。我就跟在他们后面往那里跑。

我记得内心有一种冲动:"喂,跳下去,把庄稼汉拉起来,把他救出来,大家都会称赞你的!"我当时很想这么做。

"在哪儿啊?在哪儿啊?"我问聚集在池塘边的一群农奴。

"喏,在那边,在靠近对岸水最深的地方,就在澡房那边,"洗衣妇把湿衣服挂在扁担上,说,"我看见他钻到水里,接着露了一露又沉下去,又露了出来,叫道:'救命啊,我要淹死了!'然后又往下沉,只看见冒着水泡。这当儿我看庄稼汉要淹死了,就拼命喊:'来人哪,有个庄稼汉要淹死了!'"

洗衣妇说着把扁担往肩上一搁,摇摇晃晃地顺着小径,离开池塘走了。

"瞧吧,造了什么孽啦!"账房雅可夫·伊凡诺夫绝望地说,"如今县法院够你跑的啦。"

有个庄稼汉手拿镰刀,从站在池塘边的女人、孩子和老人当中挤出来,把镰刀往柳树上一挂,慢吞吞地脱下靴子。

"他到底是在哪儿沉下去的?"我不断地问,很想跳下水去,干出一件不平凡的事来。

但是,他们只给我指指平滑如镜的池水,水面只偶尔被微风吹起一阵涟漪。我不明白他是怎么掉下水的,池水始终是那么光滑、美丽、宁静,在中午的阳光下闪着金光。我觉得我毫无办法,没法引起别人的注意,再说我的水性也很差。那个庄稼汉已经从头上脱掉衬衫,眼看就要跳下水去了。大家都满怀希望,屏住呼吸瞧着他;可是庄稼汉走到水深齐肩的地方,又慢吞吞地走回来,穿上衬衫:他不会游水。

老百姓还是络绎不绝地跑来,人越来越多了,娘儿们紧挨在一起,可是没有一个人动手抢救。那些刚来的人出着各种主意,叹着气,脸上现出恐惧和绝望的神色。那些原先聚集着的人,有些站累了,就在草地上坐下来,有些走回去了。玛特廖娜老婆子问女儿炉门有没有关上。那个穿父亲上衣的男孩子使劲把石子扔到水里。

费陀尔·斐里佩奇的狗特列索卡从房子里跑出来,一边叫,一边困惑地回头望望,跑下山来。接着,费陀尔·斐里佩奇自己也一边嚷,一边跑下山来。他的身子在野玫瑰丛后面出现了。

"你们还站着干什么?"他嘴里骂着,一边跑,一边脱上衣,"人家要淹死了,可你们还站着不动!拿条绳子来!"

大家都怀着希望和恐惧看着费陀尔·斐里佩奇,看他怎样一只手按住一个老实的农奴的肩膀,用左脚尖脱下右脚上的靴子。

"喏,那边,有人站着的地方,在柳树右边,费陀尔·斐里佩奇,喏,就在那边。"有人对他说。

"我知道!"他回答,皱起眉头——一定是看到妇女中有人露出害臊的样子——脱去衬衫,解下十字架,交给那个顺从地站在他面前的花匠的孩子,精神抖擞地踩着割过的草地,向池塘走去。

特列索卡弄不懂为什么主人的动作这样敏捷,站在人群旁边,咂着嘴,吃了池塘边的几根草,怀疑地望着主人,忽然快乐地尖叫一声,跟着主人跳到水里。开头一刹那什么也看不见,只看见溅起的水沫直飞到我们身上;随后费陀尔·斐里佩奇姿势优美地摆动双臂,雪白的脊背有节奏地一起一伏,迅速地向对岸游去。特列索卡吃了几口水,慌忙回来,在人群旁边抖去身上的水,又在池塘边上擦着脊背。费陀尔·斐里佩奇一游近对岸,两个车夫就拿着一张卷在杆子上的大鱼网,向柳树那边跑去。费陀尔·斐里佩奇不知怎的举起双手,一次、两次、三次钻到水里,每次都从嘴里吐出一大口水来,洒脱地抖抖头发,并不回答四面八方向他提出的问题。最后他爬上河岸,我只看见他在吩咐怎样把渔网放下去。网拉起来了,可是,除了水草和几条鲜蹦活跳的小鲫鱼之外,网里什么也没有。当渔网第二次放到水里去的时候,我就往对岸跑去。

但听得费陀尔·斐里佩奇发号施令的声音,湿绳子的拍水声和恐惧的叹息声。渔网右边的湿绳子缠上的草越来越多,渐渐地从水里露出来。

"有样东西呢,沉得很,弟兄们!"有一个人说。

于是,渔网被拖上来了,弄湿和压住地上的青草。网里有两三条鲫鱼在挣扎。哦,在张开的网里,通过一层搅浑的波动的水,看得见一样白色的东西。在死一般的寂静中,人群里发出一阵虽不很响、却异常清晰的叹息声。

"大家一起拉,拉到干燥的地方!"费陀尔·斐里佩奇果断的声音。传来淹死的人就从刚割过的牛蒡和飞廉上被拖到柳树底下。

我看见我那个穿丝绸衣服的善良的老姑妈,我看见她那顶有穗子的紫色阳伞(这顶伞看上去跟这幅十分朴素的死亡的图画不知怎的极不协调)和她那张马上就要放声痛哭的脸。我记得这张脸上露出用山金车素也治不好的绝望神色。我记得当时她带着单纯的自私的爱对我说:"走吧,我的朋友。唉,多么可怕呀!可你总喜欢一个人洗澡、游水。"听了她这话,我感到痛苦和悲伤。

我记得:那天太阳耀眼而炽烈地烤着脚下干燥松散的泥土,阳光在波平如镜的池面上闪耀;大鲤鱼在池边跳跃;成群的小鱼在池塘中激起涟漪;一只鹞子高高地在一群小鸭子头上盘旋,而那些小鸭子正嘎嘎地叫着,溅着水,穿过芦苇向池塘中央游去;雷雨前的蓬松的白云聚集在地平线上;被渔网拖起来的泥浆渐渐流失;而当我走过堤岸时,我又听见捣衣声在池塘上扩散开来。

但这个捣衣声仿佛是两条大槌同时发出的三度音。这声音使我痛苦,使我烦恼,尤其是因为我知道这槌其实是钟,而费陀尔·斐里佩奇又不让它停下来。这槌声像刑具一般压着我那只冻僵的脚。我睡着了。

我醒了过来,多半是由于我们的雪橇跑得太快了。还有,我的旁边有两个人在说话。

"喂,伊格纳特,伊格纳特!"我的车夫说,"把我的客人带上,你反正要去的,何必叫我多跑一趟呢!带上吧!"

伊格纳特就在我的身边回答:

"叫我负责一位客人,你给我什么好处哇?……你出一瓶白酒吗?"

"哼,一瓶白酒!……就算半瓶吧。"

"瞧,半瓶!"另一个声音嚷道,"为了半瓶白酒把马折磨死!"

我睁开眼睛。眼前依旧是一片令人难受的漫天飞舞的雪花,依旧是那几个车夫和马匹,但我看见旁边还有一辆雪橇。我的车夫赶上伊格纳特。我们并排走了好一阵。尽管另外一辆雪橇里有人劝伊格纳特至少要一瓶白酒的代价,伊格纳特却突然停下雪橇。

"那就搬过来吧,算你走运。明天一到,你就拿半瓶酒来。行李多吗?"

我的车夫异常敏捷地跳到雪地上,向我鞠了个躬,请求我换乘伊格纳特的雪橇。我一口答应。这个敬畏上帝的庄稼汉显然高兴极了,他要向人人表示他的感激和快乐。他行着礼,并且向我、向阿廖沙、向伊格纳特道谢。

"哦,赞美上帝!要不然简直糟糕!走了半夜,自己也不知道在往哪儿走。老爷,他会把您送到的,我那几匹马实在累坏了。"

他十分起劲地把我的行李卸下。

趁他搬行李的时候,我顺风(简直是风把我送过去的)走到第二辆雪橇旁边。雪橇上盖着半尺厚的雪。那两个车夫用上衣遮住头部来挡风的那一边,雪积得特别厚,而上衣底下倒是又安静又舒服。小老头依旧伸出腿躺着。那个讲故事的人继续讲他的故事:

"喏,就在将军以国王的名义到监狱里探望玛丽雅的时候,喏,就在那个时候,玛丽雅对他说:'将军!我不需要你,我也不能爱你。要知道你不是我的情人,我的情人就是王子本人……'喏,就在那个时候……"他正想讲下去,可是一看见我,便住了口,把烟斗抽旺。

"哦,老爷,您来听故事吗?"那个被我称为好出主意的人说。

"你们这儿很好,很快活!"我说。

"可不是!解解闷儿,至少不会胡思乱想了。"

"那么,你们知道我们眼下在什么地方吗?"

我发觉车夫们似乎不喜欢提起这个问题。

"谁弄得清在什么地方!也许我们已经闯到卡尔梅克人的地方了。"好出主意的人回答。

"那我们该怎么办?"我问。

"怎么办吗?我们就这样走下去,也许能走出去的。"他不高兴地说。

"要是我们走不出去,马在雪地里又走不动,那怎么办?"

"那有什么!没关系。"

"那会冻死的。"

"当然会的,因为这会儿连草垛都看不见:我们真的闯到卡尔梅克人的地方了。最要紧的是要注意这场雪。"

"老爷,你是不是怕冻死啊?"小老头颤声说。

他这话虽然像是在嘲笑我,其实他自己也冷得直打哆嗦。

"是啊,天冷得可厉害!"我说。

"哦,老爷!你要像我这样不时下来跑跑,就会暖和了。"

"是的,最要紧的是你得跟着雪橇跑跑。"好出主意的人说。

7

"您请过来吧,准备好了!"阿廖沙从前面那辆雪橇里大声对我说。

暴风雪刮得那么厉害,我低低地弯下腰,两手抓住外套的前襟,在那从脚底下被风吹起来的漫天飞舞的雪花中,好容易走了几步,才走到那辆雪橇跟前。我原来的车夫已经跪在空雪橇中间,但一看见我,就脱下头上的大帽子(这时风就狂暴地把他的头发吹得直竖起来),向我讨酒钱。其实他也不指望我会给他钱,因为我拒绝他的时候,他一点也不懊丧。他还是向我道了谢,戴上帽子,对我说:"老天爷保佑你,老爷……"于是,拉拉缰绳,嘴里喷了一声,从我们身边走掉了。接着,伊格纳特挺起腰杆,对马吆喝了一声。嗒嗒的马蹄声、叱马声和铃铛声又代替了狂风的咆哮——在雪橇停下来的时候,风声特别响。

换了一辆雪橇之后,我有一刻钟光景没有睡觉,一直欣赏着那个新车夫和马匹。伊格纳特神气活现地坐着,身子不断地向上弹,向马匹挥动挂着鞭子的手臂,吆喝着,一只脚撞撞另一只脚,向前弯下腰,拉好老是往右边滑的辕马的皮颈套。他个儿不高,但看上去身材很匀称。他的皮袄外面套着一件不束腰的粗呢外套。外套的领子差不多完全敞开,整个脖子都露在外面。他脚上穿的不是毡靴而是皮靴。头上那顶小帽子他不时脱下来,拉拉整齐再戴上。他的耳朵只有头发遮着。他不仅一举一动都显出精力充沛的样子,而且我觉得他还有意在抖擞精神。不过,我们越往前走,他越发频繁地挺直身子,在座位上弹起,两脚相撞,还同我和阿廖沙说话。我觉得他这样做是怕泄气。这倒不是没有原因的:马虽然很好,路却越来越难走,而且马显然跑得越来越没劲,已经要用鞭子抽打了。辕马,一匹高大骏美、鬃毛很长的马,绊了两跤,显然像是吃了一惊似的立刻向前猛冲,并且把毛茸茸的头昂得几乎碰到车铃。右边那匹马不由得吸引了我的注意,它的皮颈套的皮穗子很长,晃荡着,向外摆动,显然它放松了挽索,因此要挨鞭子。不过,按照一般烈性骏马的习惯,它似乎对自己的软弱感到恼恨,怒气冲冲地忽而垂下头忽而昂起头去适应缰绳。风雪确实越来越厉害,天气越来越冷,马的力气用完了,路越来越难走,而我们压根儿不知道处身在什么地方,该往哪儿走,不仅不知道驿站在什么地方,连哪里可以躲避一下都不知道。看到这情景真是可怕。不过,听到铃铛响得那么轻松愉快,伊格纳特吆喝得那么豪放有劲,就像是在寒冬腊月阳光灿烂的节日中午,我们乘着雪橇在村道上游逛,使人觉得又可笑又古怪。但主要的是,我们一直在往前走,而且走得很快,离开原来的地方盲目地走着,这种情景想想也觉得有点古怪。伊格纳特唱起歌来。他虽然用一种极蹩脚的假声唱着,但唱得那么嘹亮,有时还停下来吹吹口哨,使人听了精神振奋,觉得胆怯是可笑的。

"嘿,嘿!你唱破喉咙干什么呀,伊格纳特!"传来了那个好出主意的人的声音,"歇一会儿!"

"啥呀?"

"歇———一会——儿!"

伊格纳特不唱了。一切又都沉寂下来,只有风在咆哮和尖叫,雪在飞舞,更稠密地落到雪橇里,好出主意的人走到我们跟前。

"喂,怎么样?"

"怎么样!往哪儿走啊?"

"谁知道它!"

"你的脚冻坏了,是吗?瞧你这样跺个不停!"

"完全冻僵了。"

"你往那儿走一趟吧:瞧,那边像是卡尔梅克人的营帐。你走一趟脚也会暖和了。"

"好吧。拉住马匹……喏。"

伊格纳特按照指出的方向跑去。

"不论哪儿都应该跑过去瞧瞧：这样你就找得着路了；要不然胡乱瞎跑有什么意思！"好出主意的人对我说，"瞧，马都跑得浑身出汗了！"

在伊格纳特去找路的时候——他去了好一阵，弄得我真担心他别迷了路——好出主意的人用满有把握的镇定口气告诉我，遇到暴风雪该怎么办，最好是解下马，让它自由行动，老天爷保佑，它会带你找到路的，有时候也可以观察星星，辨别方向。他还说，要是让他带路，我们早就到达驿站了。

"怎么样，有吗？"当伊格纳特踩着深可没膝的积雪吃力地回来时，他问伊格纳特说。

"有是有的，营帐看到了，"伊格纳特气喘吁吁地回答，"就是不知道是什么人的。老弟，咱们这下子可来到普罗果夫的别墅了。得往左走。"

"胡说八道！这是我们的营帐，在哥萨克村子后面的！"好出主意的人反驳说。

"我对你说：不是！"

"我一看就知道了：确实是的；如果不是，那就是塔梅舍夫斯科。还是得往右走，这样走可以到达大桥——在八号里程标那儿。"

"对你说不是！我亲眼看见的！"伊格纳特恼火地回答。

"嘿，老兄！还算是个车夫呢！"

"当然是个车夫！你自己去瞧瞧。"

"我去干什么！我不去也知道。"

伊格纳特显然生气了。他没再说什么，跳上驭座继续赶路。

"可把我的腿冻坏了，怎么也弄不暖和。"他对阿廖沙说，继续更加频繁地用两脚相撞,并且挖出和倒掉落进靴筒里的雪。

我实在困极了。

8

"难道我真的已经冻死了,"我睡眼惺忪地想,"据说,人总是在睡觉的时候冻死的。与其冻死,不如淹死,让人家用渔网把我捞起来。不过,淹死也罢,冻死也罢,反正一个样,只要背上没有什么硬东西顶住,能打个瞌睡就好了。"

我迷迷糊糊地睡了一会儿。

"这一切到底怎样收场啊?"我忽然自问,刹那间睁开眼睛,凝视着白茫茫的天地。"到底怎样收场啊?要是我们找不着草垛,马又不肯走——眼看着就会发生这样的情况——那我们就会全冻死的。"说实话,虽然我也有点害怕,可是希望发生什么不平凡的悲剧性事件的念头,压倒了轻微的恐惧。我觉得明天天亮以前马能自动把我们——冻得半死的,有几个甚至已经冻死了——带到一个遥远的陌生的村庄,那就算不错了。类似的幻想异常鲜明而迅速地在我眼前掠过。马站住不走了,雪越积越厚,我们只能看见马的耳朵和马轭。突然伊格纳特乘着他的三驾雪橇在高处出现,又从我们旁边驶过。我们恳求他,向他呼喊,要他把我们带走;可是风把我们的喊声吹走,喊声听不见了。伊格纳特笑着,叱着马,吹着口哨,消失在一个积雪的山谷里。小老头骑在马上,挥动两肘,想往前跑,可是一步也跑不动。我那个年老的马车夫,头上戴着大帽子,向他冲去,把他拉到地上,拼命把他往雪里踩。"你这个巫师,"他喝道,"你这个好骂街的家伙!咱们一起都要完蛋了。"但小老头用头顶开雪堆:他不像个老头子,倒像只兔子,从我们身边跑掉了。所有的狗都跑去追他。好出主意的人——就是费陀尔·斐里佩奇——说,我们大家来坐成一个圆圈,即使雪把我们盖住也不要紧,这样会暖和一点。真的,我们觉得温暖而舒服,只是口渴得要命。我拿出食品箱,请大家喝加糖的朗姆酒,自己也痛快地喝起来。那个爱讲故事的人讲着彩虹的故事,讲得我们头上仿佛真的出现了一片用白雪和彩虹塑成的天花板。"现在让咱们每个人在雪里做个小屋子,大家睡觉吧!"我说。雪像毛皮一样柔软而温暖。我给自己做了一座小屋子,正要进去,可是费陀尔·斐里佩奇刚才看见我的食品箱里有钱,就说:"慢着!把钱给我们。您反正要死的!"他说着抱住我的一条腿。我交出钱,只求他们让我走,可是他们不信我的钱只有这么一些,他们想杀死我。我抓住小老头的手,带着说不出的愉快心情吻它;他的手又温柔又可爱。开头他竭力想挣脱,后来却任凭我吻它,甚至还用另一只手抚摩我。但是费陀尔·斐里佩奇走拢来威胁我。我跑进我的屋子里,但这不是屋子,而是一个白色的长廊。有人抓住我的两腿。我拼命挣扎。那个抓住我的人的手里就只剩下我的衣服和我的一块皮了,我却只感到寒冷和羞耻——特别使我害羞的是,我的姑妈手拿阳伞和急救包,同那个淹死的人手挽手向我迎面走来。他们笑着,不明白我对他们做的手势。我跳上雪橇,我的脚在雪地上拖着;可是小老头挥动两肘,拼命追我。小老头已经很近了。这时我忽然听见前面教堂里有两个钟在敲响。我跑近教堂,我知道得救了。钟声越来越近,可是小老头追上了我,扑过来用肚子压住我的脸,弄得我几乎听不见钟声。我又抓住他的手吻它,可是原来他不是小老头,而是那个淹死的人……他叫道:"伊格纳特,站住!那不就是阿赫梅特金的草垛吗?你去看看!"这梦境实在太可怕了。不,我还是醒来的好……

我睁开眼睛。风把阿廖沙外套的前襟吹起来,蒙住我的脸,我露出一个膝盖。我们正在光滑的冰面上前进。铃铛的三度音夹着颤动的五度音听得清清楚楚。

我想瞧瞧,草垛在什么地方。我睁开眼睛,没有看到草垛,却看到一座带阳台的房子和带雉堞的要塞的城墙。我没有兴致仔细观察这座房子和要塞,我主要想再看看我跑过的白色走廊,听听教堂的钟声,吻吻小老头的手。我又闭上眼睛睡着了。

9

我睡得很熟,但在梦中一直听见铃铛的三度音,那三度音忽而变成一条狗,汪汪叫着向我扑来;忽而变成一个管乐队,我在其中吹笛子,忽而变成我做的一首法文诗。有时我觉得这三度音是一种刑具,不断地夹住我的右脚踵。我感到很痛,醒过来,睁开眼睛,摩擦摩擦脚。脚冻僵了。夜晚还是那么光亮,雾蒙蒙,白茫茫的。我和雪橇还是那么摇摇晃晃;还是那个伊格纳特侧身坐在驭座上,两脚互相碰着撞着;还是那匹骖马,伸长脖子,低低地提起四脚,在积雪很深的地上小跑着,皮穗子在皮颈套上不断跳动,抽打着马的肚子。辕马的脑袋带着飘动的鬃毛,把系住马轭的缰绳忽而拉紧,忽而放松,有节奏地摇晃着身子。但车具上面的积雪比原来更厚了。雪在前面、在旁边飞舞着,撒在雪橇的滑木上和马的腿上,直到膝盖,同时从上面落到人们的衣领和帽子上。风忽右忽左地戏弄着伊格纳特的领子和厚呢上衣的前襟,戏弄着骖马的鬃毛,在马轭和车辕上面咆哮。

天冷得厉害,我从领子里一伸出头来,冰凉的干雪就纷纷落到睫毛上,鼻子上,嘴巴上,钻到脖子里。你向四下里望去,一切都是白的,亮的,覆盖着白雪,不论什么地方,除了昏暗的光和雪之外,什么也没有。我心里感到十分恐惧。阿廖沙睡在雪橇的后座和中间,他的整个脊背上都积了一层很厚的雪。伊格纳特并没有泄气:他不断拉着缰绳,吆喝着,两脚互相撞着。铃铛依旧响得那么美妙动听。马打着响鼻,但跑得越来越慢,越来越频繁地绊跤。伊格纳特又跳了一下,挥了挥手套,用他那尖锐的假嗓唱起歌来。他没有唱完歌,勒住马,把缰绳扔在前座上,跳下雪橇。风狂暴地呼啸着;雪大堆大堆地撒到皮外套的前襟上。我回头一看:我们后面的第三辆雪橇不见了(不知在什么地方掉队了)。在第二辆雪橇旁边,通过蒙蒙的雪雾,可以看见小老头两脚交替地跳跃着。伊格纳特从雪橇旁走开去三步,坐在雪地上,解开腰带,动手脱靴子。

"你这是干什么呀?"我问。

"得换一双靴子,要不我的脚要冻僵了。"他回答,继续干他的活儿。

要从外套领子里伸出脖子来看看他在干什么,我觉得太冷了。我挺直身子坐着,眼睛望着那匹骖马,看它怎样伸出一条腿,疲劳不堪地摆动着落满雪的打结的尾巴。伊格纳特跳上驭座,震动了雪橇,把我弄醒了。

"哦,我们眼下在哪儿?"我问,"天亮以前到得了吗?"

"您放心:到得了的,"他回答,"这会儿我换了双靴子,脚暖和了。"

于是他催动马匹,铃铛又响起来,雪橇又开始摇晃,风又在滑木底下呼啸。我们又在无边无际的雪海里航行了。

10

我睡得很熟。阿廖沙用脚把我踢醒。我睁开眼睛,天已经亮了。天气似乎比夜里更冷。天不再下雪,但强劲的干风继续把雪粉吹到田野上,特别集中地吹到马蹄和雪橇的滑木底下。东方的天空起初呈深蓝色,使人有沉重的感觉;但一斜条一斜条鲜艳的橘红色朝霞越来越清楚地出现在空中。头上,从一片片飞卷过去的微微染红的白云之间,看得见发白的浅蓝色天空;左边,光亮、轻盈的云在飘动。极目望去,田野上到处是白色的重重叠叠、轮廓分明的积雪,有些地方还可以看见灰色的雪堆,雪堆周围急促地飞舞着细小的干雪粉。没有雪橇的痕迹,没有人的足迹,没有野兽的蹄印,什么也没有。马车夫的背部和马匹的背部的轮廓和色彩,即使在白色的背景衬托下也显得清清楚楚……伊格纳特深蓝色帽子的帽圈、他的领子、头发、甚至靴子都是白的。整个雪橇都被雪盖住了。紫灰色辕马的右半边头部和鬣毛上都积满了雪;我那匹骖马的腿齐膝盖陷在雪里,它的冒汗的臀部的右侧也粘满了雪花,看上去蓬蓬松松。皮穗子合着你所能想象的各种旋律,不断地跳动。骖马也那样跑着,但从它那凹陷的剧烈起伏着的肚子和垂下的耳朵上可以看出,它跑得精疲力竭了。只有一件新鲜的东西吸引了大家的注意,这就是里程标。雪从里程标上落到地上,风从右面吹来,在它的周围扫拢了一大堆雪,又把松散的雪从这边吹到那边。使我大为惊奇的是,我们听任那几匹马跑了一个通宵,十二个小时,不知道方向,也没有停止过,结果却仍然到达了目的地。我们的铃铛似乎响得更欢了。伊格纳特裹紧身子叫嚷着;后面,马打着响鼻,小老头和好出主意的人的三驾雪橇的铃铛响个不停;但那个睡觉的人肯定在原野上掉队了。我们又跑了半里路,看见稍微盖上些雪的三驾雪橇的痕迹,偶尔还有马的淡红色血迹。显然是马蹄跑得出血了。

"这是菲利浦!哦,他比我们早到!"伊格纳特说。

大路旁边的雪地上出现了一座挂着招牌的小房子。这座房子,直到屋顶和窗户,全被雪盖住。这家酒馆旁边停着一辆三驾雪橇,那三匹灰马都叉开腿,垂下头,由于浑身出汗,毛都乱蓬蓬的。大门旁边放着一把铲子,门口的雪都铲干净了;但呼啸着的风不断把雪从屋顶上吹落下来,吹得雪花在空中盘旋飞舞。

听到我们的铃铛声,门里走出来一个身材高大、红头发、红脸庞的马车夫。他手里拿着一大杯酒,嘴里不知叫嚷着什么。伊格纳特向我回过头来,要求我允许他停一下。这时我才第一次看清他的面目。

11

他的脸并不像我根据他的头发和身材所想象的那样是浅黑的,瘦削的,生有一个高鼻子。这是一张圆圆的快乐的脸,塌鼻子,大嘴巴,还有一双明亮的浅蓝色圆眼睛。他的面颊和脖子通红,仿佛用呢子擦过一般;眉毛、长长的睫毛和均匀地盖着他下半部脸的汗毛都粘着雪,完全变白了。离驿站只剩下半里路,我们就停下来。

"可得快一点。"我说。

"只要一分钟。"伊格纳特从驭座上跑下来,走到菲利浦跟前。

"给我吧,老兄,"他说着脱下右手上的手套,把它同鞭子一起扔在雪地上,接着仰起头,咕嘟咕嘟地把递给他的一杯白酒喝干了。

酒馆老板,准是个退伍的哥萨克兵,手里拿着个半升装的酒瓶,从门里走出来。

"谁要酒啊?"他问。

华西里是个淡褐色头发的又高又瘦的庄稼汉,留着山羊胡子;那个好出主意的人,很胖,淡黄头发,浓密的白色大胡子包住通红的脸。他们走过去,每人也都喝了一杯酒。小老头也想走到这群喝酒的人那边去,可是人家没有给他酒。他就走到他那几匹系在雪橇后面的马旁边,抚摸着其中一匹的背部和臀部。

小老头正是我所想象的那个样子:个儿瘦小,苍白的脸上满是皱纹,蓄着稀疏的大胡子,长着尖鼻子和发黄的蛀牙。他的头上戴着一顶崭新的马车夫帽子,可是那件皮的短外套已穿得很旧,沾满柏油,肩膀和前襟都破了,遮不住膝盖和掖在巨大毡靴里的粗麻布裤子。他全身佝偻,皱着眉,脸和膝盖都打着哆嗦,在雪橇旁边走来走去,显然竭力想使身子暖和些。

"哦,米特里奇,来半瓶白酒,这样就会暖和多了!"好出主意的人对他说。

米特里奇脸上抽搐了一下。他拉拉好他那匹马的皮颈套和车轭,走到我面前。

"嗳,老爷,"他脱下帽子,露出灰白的头发,低低地鞠着躬,说,"跟您老爷一起跑了个通宵,找寻道路,您就赏我半瓶白酒吧。真的,老爷,大人！要不身子就没法暖和了。"他露出谄媚的微笑说。

我给了他四分之一卢布。酒馆老板拿来半瓶白酒,递给小老头。他放下鞭子,脱掉手套,伸出一只瘦小、粗糙、有点发青的黑手去拿酒杯,可是他的大拇指不听使唤,仿佛已不是他的了。他拿不住酒杯,把酒打翻了,酒杯也落到雪地上。

马车夫们都哈哈大笑。

"瞧,米特里奇冻成什么样子了！连酒杯都拿不住。"

米特里奇却因为打翻了酒很伤心。

不过,人家又给他斟了一杯酒,并且灌进他嘴里。他立刻兴高采烈起来,跑进酒馆,点着烟斗,露出黄色的蛀牙,每说一句话骂一声。马车夫们喝干了最后一杯酒,分头向自己的雪橇走去。我们又上路了。

雪越来越白,越来越亮,瞧着它,眼睛都给刺痛。橘红的、淡红的朝霞在空中升起,扩散开来,越来越高,越来越亮;在地平线上,透过灰云,甚至可以看见一轮红日;天空变得越来越亮,越来越蓝了。驿站附近的大路上,雪橇的痕迹清晰可见,略带黄色;道路坑坑洼洼;在严寒的凝重的空气中可以感觉到一种愉快的轻松和凉意。

我那辆雪橇跑得很快。辕马的头和脖子,连同在马轭旁边飘动的鬃毛,几乎在同一个地方,在中间那个大铃铛底下不断地晃动,这个铃铛的舌头已经不是在撞击,而只是擦着铃壁了。两匹良好的骖马同心协力地拉着冻住的弯曲的套索,拼命奔跃,皮穗子在马的腹部和尾鬃下面不断跳动。有时候一匹骖马在坎坷不平的路上被雪堆绊倒,它就四脚乱踢,把雪踢到人的眼睛里,但又勇敢地从雪堆里挣扎出来。伊格纳特不时用快乐的男高音叫嚷着;干冰在滑木底下吱嘎作响;后面传来两个铃铛过节般响亮的声音,还有马车夫酒意十足的吆喝声。我回头一看:两匹汗毛蓬乱的骏马伸长脖子,均匀地喘着气,带着歪在一边的嚼环,在雪地上奔驰。菲利浦挥动鞭子,拉拉帽子;小老头仍旧伸开两腿,躺在雪橇中央。

过了两分钟,雪橇就在驿站门前扫干净的木板上格格地响着了。伊格纳特把他那落满雪的、散发出冰味的愉快的脸转过来对着我。

"到底把您送到了,老爷!"他说。

1856年2月11日

两个骠骑兵

——献给玛·尼·托尔斯泰娅伯爵小姐

> ……乔米尼①呀乔米尼,
> 伏特加只字也不提……
> 德·达维多夫②

在1800年那个年代,我们那儿还没有铁路,还没有石砌马路,还没有煤气灯,还没有硬脂蜡烛,还没有矮沙发,还没有本色家具,还没有戴夹鼻眼镜的迷惘青年,还没有好谈哲理的自由派女性,也还没有今天充斥都市的茶花女③。在那个淳朴的年代,从莫斯科到彼得堡只能乘硬座马车或轿式马车,随身带上大量家庭自备食品,在尘土滚滚或者泥泞

---

① 乔米尼(1779—1869),军事家,作家,生于瑞士,到过法国,长期在俄国工作。
② 德·达维多夫(1784—1839),俄国诗人,曾参加1812年抗法战争,领导过一支游击队。上述诗句引自《老骠骑兵之歌》,诗中拿辉煌的旧时代同当代的平庸生活相对比,有今不如昔之感。
③ 指妓女。

不堪的路上整整奔走八天,并且全靠炸肉饼、风铃草和面包圈充饥。在那个年代,在漫长的秋天夜晚,一家二三十人坐在一起,围着几支油烛;在舞会上,枝形大烛台插满白蜡烛和鲸鱼油烛,家具总是摆成对称的款式。在那个年代,我们的父辈还很年轻,不仅脸上没有皱纹,头上没有白发,而且会因争风吃醋同人决斗,还会从房间这一头冲到那一头去捡起淑女们有意无意落下的手帕。在那个年代,我们的母亲穿着紧身宽袖的连衣裙,用抽签来决定家事该怎么办。在那个年代,漂亮的茶花女还不敢在大白天露面。在那个淳朴的年代,共济会分会①、马尔丁会②、土耿社③还在公开活动,米洛拉多维奇④、达维多夫和普希金还在人间。当时,K省省会正在召开地主会议,贵族选举即将完毕。

1

"啊,没关系,住大厅也行。"一个身穿皮大氅、头戴骠骑兵制帽的青年军官跳下驿站雪橇,走进K城一家最好的旅馆,说。

"老爷,这个厅规模可大了,"茶房说,他已从勤务兵那儿知道,这

---

① 据英译者毛德注:俄国共济会是一种秘密组织,宗旨以平等和博爱为基础,达到人的道德完善。18世纪成立时是一种神秘的宗教运动,到亚历山大一世时发展为政治运动,1822年被取缔。
② 据毛德注:马尔丁会是俄国共济会的一个社团,创建于1780年,以法国接神论者路易斯·克劳代·圣·马尔丁命名。
③ 据毛德注:土耿社在1808年成立于德国,公开宗旨是培养爱国心,改组军队,奖励教育;秘密宗旨是摆脱法国束缚。1809年因拿破仑反对而解散,转入秘密活动。1812年有很大影响,但帝俄政府把它看作革命团体。
④ 米洛拉多维奇(1770—1825),彼得堡总督,在抗击拿破仑的战争中战功卓著。

位军官是土尔宾伯爵,因此恭敬地称他为老爷。"阿夫列莫伏的地主太太和她的女儿说过傍晚要走,等她们一走,十一号房间腾出来就给您用。"茶房接下去说,领着伯爵轻轻地沿走廊走去,还不时回过头来瞧瞧他。

大厅里,在亚历山大皇帝发黑的全身像下,有几个人围坐在一张小桌旁喝香槟酒,看样子是些**本地**贵族;另一边有几个穿蓝色皮大衣的外地商人。

伯爵走进大厅,唤来那只名叫**勃留汉**的灰色米兰大猎狗,脱下领子上积有霜花的大氅,要了一杯伏特加。他身穿蓝缎哥萨克短褂,在桌旁坐下,加入贵族们的谈话。他那潇洒快乐的外表立刻引起大家的好感,他们给他倒了一杯香槟。伯爵自己先喝了一杯伏特加,然后又要了一瓶来招待这些新交。赶雪橇的进来讨酒钱。

"萨施卡,"伯爵叫道,"给他一点钱!"

赶雪橇的跟着萨施卡出去,但接着又回来,手里拿着钱。

"啊,老爷,我给您老人家总算够卖力气了吧!您答应赏我半个卢布,可他们只给了我四分之一卢布。"

"萨施卡,给他一个卢布!"

萨施卡垂下眼睛,瞧瞧赶雪橇人的脚。

"已经给他够多的了,"他低声说,"再说,我也没有钱了。"

伯爵从皮夹子里取出仅有的两张蓝票子①,把一张给了赶雪橇的。赶雪橇的吻了吻他的手,走了。

"都快花光了!"伯爵说,"只剩下这五个卢布了。"

---

① 面值五卢布的钞票。

"伯爵,您这是骠骑兵作风,"有个贵族笑着说,从他的小胡子款式、说话语气和刚健洒脱的步态上看来,显然是个退伍的骑兵,"伯爵,您打算在这儿待一阵吗?"

"得想法子弄点钱,要不我就无法在这儿待下去。再说房间也没有。这个该死的下等旅馆,真是活见鬼……"

"对不起,伯爵,"骑兵应着说,"您可愿意住到我那儿去吗?我住七号房间。您要是不嫌弃的话,就在我那儿先住两三晚吧。今儿晚上首席贵族家开舞会,您要是能光临,他准会高兴的。"

"是啊,伯爵,您就留下来吧,"另一个参与谈话的漂亮年轻人说,"您忙什么呀!选举这样的事三年才举行一次。伯爵,您哪怕瞧瞧我们这儿的小姐们也好哇!"

"萨施卡!给我一套内衣,我要到澡堂洗澡去,"伯爵站起来,说,"先洗个澡再说,回头也许要到首席贵族家去瞧瞧。"

然后他唤来茶房,对他低声说了几句话。那茶房笑了笑回答说,"那个好办。"接着就出去了。①

"老兄,那我就叫人把行李搬到您的房间去了。"伯爵在走廊里大声说。

"请吧,请您赏光,"骑兵跑到门口,回答,"七号房间,别忘了!"

等到听不见伯爵的脚步声,骑兵才回到自己的座位上。他挨近一个政府官员,眼睛含笑,对直瞧了瞧他的脸,说:

"就是那个人。"

"真的吗?"

---

① 据毛德注:这里说的是叫一个女人来助浴。

"不瞒你说,他就是那个好决斗的骠骑兵,唔,就是大名鼎鼎的土尔宾。他认出我来了,我敢打赌,他认出我来了。是啊,我在列别疆补充新马的时候,跟他一块儿整整喝了三个礼拜的酒。那边出了一件事,那是我跟他一起干的,可他一点也不在乎。真是个好样的,是吗?"

"是个好样的。他待人挺爽快!没有一点架子,"漂亮的年轻人回答,"我们很快就成了知交……他的年纪至多二十五岁,你说呢?"

"不,他模样儿年轻,其实不止二十五岁了。你知道他是什么人吗?拐走米古诺娃的是谁?是他,杀死萨勃林的是他,抓住马特涅夫的脚把他从窗口扔出去的是他,赢了涅斯吉罗夫公爵三十万卢布的也是他。说实在的,他是个不顾死活的家伙!他是个赌棍,是个决斗成性的亡命之徒,是个勾引女人的色鬼,同时又是个顶呱呱的骠骑兵,真正的骠骑兵。社会上散布着有关我们的各种传闻,可是有谁知道真正的骠骑兵是什么样子。唉,想当年日子过得多美呀!"

骑兵讲到他在列别疆跟伯爵痛饮,其实根本没有那么一回事,也不可能有那么一回事。其所以不可能,因为第一他以前从来没有跟伯爵见过面,在伯爵入伍前两年他已退伍了,第二,这位骑兵甚至根本没有在骑兵队里服务过,只是在列别夫团里当过四年起码的士官生,等到一提升为准尉,他就退伍了。但十年前,他继承到一笔遗产,真的到过列别疆,在那里跟补充军马的军官饮酒作乐,花掉了七百卢布,又给自己定制了一套有橘黄领章的枪骑兵制服,准备参加枪骑兵。想进骑兵队的愿望,以及在列别疆跟补充军马的军官厮混了三个礼拜,这些事成了他一生中最光辉幸福的一页。就这样,他先把愿望当做现实,又把现实变为回忆,而他也就自以为有过当骑兵的经历,而且凭着他心地善良和为人诚实,这种事并未损害他的声誉。

"是啊,谁要是没有在骑兵队里干过,谁就不会了解我们骑兵弟兄。"他像骑马一样骑在椅子上,伸出下巴,声音低沉地说。"有时候,你骑马走在骑兵连前头,觉得胯下腾跃着的不是一匹马,而是一个魔鬼,你骑在马上,自己也像魔鬼一样天不怕地不怕。有时骑兵连长骑马跑来检阅,说:'中尉,没有您简直不行,您来领队检阅吧。'我就说:'行,'这样就开始了!我回头看了看,就对那些留小胡子的弟兄喊起口令来。啊,真他妈的,想当年日子过得多美呀!"

伯爵从澡堂回来,满脸通红,头发湿淋淋的,一直走进七号房间。骑兵这时已换上睡袍,嘴里衔着烟斗坐在屋里,又惊又喜地琢磨着跟赫赫有名的土尔宾同住一室的幸福。"哦,他会不会突然剥光我的衣服,把我赤条条地送到城外雪地上去,或者……在我脸上涂上柏油,或者干脆……"他暗自想。"不,他不会这样对待伙伴的……"他又宽慰自己。

"萨施卡,去把勃留汉喂一喂!"伯爵嚷道。

萨施卡走进屋里。他一路上喝了一大杯伏特加,这时已很有几分酒意了。

"你已经熬不住啦,喝成这个样子,混蛋!……去给勃留汉喂点东西!"

"它不会饿死的,瞧它的毛多滋润!"萨施卡摸摸狗,回答说。

"哼,别多嘴!快去喂!"

"您只要狗吃饱就行,人家才喝了一杯酒,就挨您的骂。"

"哼,瞧老子揍死你!"伯爵大声吼叫着,把玻璃窗震得琅琅发响,连骑兵都有点害怕了。

"您该问问,萨施卡今天有没有吃过东西。好吧,既然您认为狗比人宝贵,您就打吧!"萨施卡说。就在这当儿,他脸上挨了狠狠的一拳,他倒了下去,头撞在板壁上。萨施卡一手捂住鼻子,奔到门外,一头倒在走廊的长椅上。

"他把我的门牙都打掉了,"萨施卡埋怨说,一只手擦着出血的鼻子,另一只手挠着正在舔毛的勃留汉的脊背,"他把我的门牙都打掉了,勃留汉,可他到底是我的老爷呀,我可以为他赴汤蹈火,就是这么回事!因为他是我的老爷,你懂吗,勃留汉?那么,你要吃东西吗?"

萨施卡稍微躺了一会儿,起来喂了狗,酒意差不多全消了,就又去伺候伯爵,给他泡茶。

"您这简直是不给我面子,"骑兵站在伯爵面前,怯生生地说,伯爵却躺在床上,双脚踩着板壁,"要知道我也是个老军人,也可以说是您的同行。我心甘情愿拿出两百卢布为您效劳,您为什么还要去问别人借呢?我此刻没有那么多钱,我手头只有一百卢布,可我今天就能再弄到一百。您这简直是不给我面子,伯爵!"

"谢谢,老兄,"伯爵立刻看出他应该跟骑兵建立怎样的关系,就拍拍他的肩膀说,"谢谢!好吧,既然有舞会,那咱们就去参加吧。可现在咱们做些什么呢?你倒讲讲,你们这个城里有些什么:有没有美人?有没会喝酒的?有没会打牌的?"

骑兵说,舞会上美人多得数不清;新当选的警察局局长柯尔科夫喝酒是个海量,但他缺少真正骠骑兵的胆魄,人倒是个好人;伊留施卡吉卜赛合唱队从选举开始就在这里表演,领唱的叫斯焦施卡,今晚首席贵族家舞会结束后大家都想去听他们唱歌。

"这儿打牌也挺气派,"他继续讲道,"有个外地人,叫卢赫诺夫的,赌起来手面很大。还有伊林,住在八号房间,是个枪骑兵少尉,输了很多钱。现在他那里的牌局已经开始了。他们天天晚上都打牌。不瞒您说,伯爵,伊林这小子可真有种,花起钱来很大方,连贴身衬衫都会剥下来送给人家。"

"那咱们就到他那儿去吧。去瞧瞧他们都是些怎样的人。"伯爵说。

"走吧,走吧!他们一定很欢迎。"

2

伊林枪骑兵少尉醒来还没多久。昨晚八点,他坐下来打牌,直到第二天早晨十一点,连输了十五个小时。他输了很多钱,但究竟输了多少,连他自己也弄不清,因为他大约有三千卢布,另外还有一万五千卢布公款,他早就把公款和自己的钱混在一起,又不敢去数剩下的钱,唯恐证实他确已把一部分公款输掉了。他睡着的时候已近中午,但睡得很沉。只有年纪很轻的人在输了许多钱之后才能睡得这么沉。他在傍晚六点钟醒来,正是土尔宾伯爵来到旅馆的时候。他看见地板上到处都是纸牌、粉笔和用粉笔做满记号的牌桌,不禁恐怖地想到昨晚的牌局,想到他在最后那张杰克上输掉五百卢布,但他对这事还不太相信,就从枕头底下拿出钱来数。他认得有几张钞票有"折角"和"移注"的痕迹,才记起了牌局的经过。他自己的三千卢布早已输光,公款也少了两千五百卢布。

这位枪骑兵少尉已连续赌了四个晚上。

他在莫斯科领了公款,来到这里。在 K 城,驿站长借口没有马匹迫使他耽搁下来,其实驿站长跟旅馆老板早有密约,所有过往旅客都要被扣留一天。这位枪骑兵少尉是个快乐的小伙子,刚从莫斯科父母那儿拿到三千卢布治装费,来到 K 城正好遇到贵族大选,他就想高高兴兴地待上几天,痛痛快快地玩一玩。他认识当地一家地主,打算去拜访一下,同他们家几位姑娘调调情,不想遇到了骑兵。当天晚上,骑兵不怀丝毫恶意,在大厅里就介绍他同卢赫诺夫和其他几个赌徒认识。从那天晚上起,枪骑兵少尉就坐下来赌钱,不仅没有去访问认识的地主,而且不再向驿站长要马匹,整整四天没有出房门一步。

伊林穿好衣服,喝过茶,走到窗前。他想出去散散步,以免老是想起赌牌的事。他穿上大衣,来到街上。太阳已落到红瓦的白房子后面,黄昏降临了。天气不算太冷,潮湿的雪片悄悄地落到泥泞的街上。他突然想到他把整整一天时间都睡掉了,不禁感到郁郁不乐。

"今天一天过去了,再也不会回来了。"他想。

"我把我的青春糟蹋了。"他忽然自言自语,其实他并没有这样的想法,甚至根本没有想到这件事,只不过头脑里无意间冒出来这样一句话。

"如今我该怎么办呢?"他考虑着,"向谁去借点钱来,然后一走了事。"一位太太在人行道上走过。"哼,这是个傻女人,"他不知怎的这样想。"没有地方可借。我把我的青春糟蹋了。"他来到市场上。一个穿狐皮大衣的商人站在店门口招揽顾客。"我要是不撤回那张八点,本可以捞回本钱的。"一个要饭的老婆子跟在他后面嘤嘤哭泣。"没有地方可借。"一个穿熊皮大衣的绅士乘车走过,一个警察在街上站岗。"我能干出一桩不平凡的事来吗?向他们开枪吗?不,那太无聊了!我把我的青春糟蹋了。哦,那些带有饰品的马轭多美呀。要是能弄辆三驾马车来坐坐就好了。嘿,那几匹马多神气!……回家去吧。卢赫诺夫一会儿就来,又要打牌了。"他回到旅馆,又数了一次钱。可不是,他并没有数错,公款少了两千五百卢布。"我先赌二十五卢布,然后'折角'……七倍……十五倍,三十倍,六十倍……三千卢布。我就去买副马鞍,一走了事。不行,那混蛋不会答应的!我把我的青春糟蹋了。"当卢赫诺夫走进房间的时候,枪骑兵正在这样胡思乱想。

"您怎么,米哈伊尔·瓦西里奇,起来好一会儿了?"卢赫诺夫慢条斯理地从瘦鼻子上摘下金丝边眼镜,拼命用一块红绸手帕擦拭着。

"不,我刚刚起来。睡得可好啦!"

"来了个骠骑兵,住在扎瓦尔歇夫斯基房间里……您听说没有?"

"没有,没有听说……还没有人来吗,怎么搞的?"

"他们大概到普略兴那儿去了。马上就会来的。"

果然,不多一会儿,房间里来了几个人:跟着卢赫诺夫形影不离的驻防军军官;长着棕色大鹰钩鼻、黑眼睛凹陷的希腊商人;肥头胖脑、身体浮肿的地主,他开了个酒坊,但每晚赌钱总是只下半个卢布的注。这几个人都希望立刻开始打牌,可是那几个主要赌徒却不提打牌的事,而卢赫诺夫更是若无其事地讲着莫斯科的一桩抢劫案。

"你们想想,"卢赫诺夫说,"莫斯科是历代古都,晚上居然有强盗打扮成魔鬼,手拿火钩,恐吓愚民,拦路抢劫。警察在干些什么?真叫人弄不懂。"

枪骑兵留神听着卢赫诺夫讲抢劫案,但等他一停下就站起来,悄悄地吩咐拿牌来。那个胖地主首先说:

"啊,诸位先生,何必浪费大好时光!我们还是干起来吧,干起来吧!"

"哼,昨天你半个卢布半个卢布地捞进了一大笔,现在可来劲啦。"

希腊人说。

"是啊,是时候了。"驻防军军官说。

伊林瞧瞧卢赫诺夫。卢赫诺夫盯住他的眼睛,继续不慌不忙地讲着强盗的故事。那强盗打扮成长着利爪的魔鬼。

"您做庄吗?"枪骑兵问。

"现在开始不太早吗?"

"别洛夫!"枪骑兵不知怎的胀红了脸,喊道,"给我拿饭来……诸位先生,我还没有吃过东西呢……拿瓶香槟来,还有牌。"

这时,伯爵和扎瓦尔歇夫斯基走了进来。原来土尔宾和伊林同属一个师。他们一见如故,碰了杯,干了香槟,五分钟后就你我相称了。伯爵很喜欢伊林,一直笑眯眯地瞧着他,取笑他年轻不懂事。

"好一个漂亮的枪骑兵!"他说,"胡子刚刚长出来,刚刚长出来!"

伊林嘴唇上刚刚长出淡淡的茸毛。

"怎么,你要打牌吗?"伯爵说。"好,祝你旗开得胜,伊林!我想你一定是个老手!"他笑着补了一句。

"是啊,大家都准备打牌了,"卢赫诺夫拆开一扎牌,回答说,"那么您,伯爵,不想参加吗?"

"不,今天我不想打。我要是打,准会把你们打个落花流水。我只要一折角,不论谁做庄都得垮台!不过现在没有钱下注。我在伏洛巧克城外驿站上把钱输光了。我在那里碰到一个戴戒指的步兵,准是个骗子,他把我的钱都骗光了。"

"噢,你在那个站上待了好久吗?"伊林问。

"在那儿待了二十二个钟头。呸,我一辈子都不会忘记那个该死的驿站!那个驿站长也不会忘记我。"

"那是怎么回事?"

"我一到那里,那站长就冲出来,十足一副老奸巨猾的长相。那骗子手说没有马,但不瞒你说,我有我的一套办法。他一说没有马,我就大衣也不脱,闯进站长的房间——不是他的办公室,而是他的住所。我吩咐他们打开所有的门窗,说里面乌烟瘴气,味道难闻。是啊,我在那个站上也这样干了。你知道上个月天气冷得要命,只有二十度①。驿站长说话了,我就对准他的脸给了一拳头。这当儿,一个老婆子、几个小姑娘和几个娘们就尖声大叫起来,抓起客人的东西,想往林子里跑……我走到门口一拦说:'给我几匹马,让我走,要不谁也别想出去,统统都冻死在这里!'"

"嗬,那倒是个好办法!"肥头胖脑的地主哈哈大笑,说,"这种办法人家是用来冻死蟑螂的!"

"可是我没有把他们看好,自己走开了,结果站长带着那些娘们跑了。只留下一个老婆子算是人质,她在土炕上不停打喷嚏,祷告上帝。后来我们就举行谈判。站长来了,站在老远要求我把老婆子给放了,我就放出勃留汉去咬他,勃留汉咬住他不放。那混蛋直到第二天早晨都不给马。这当儿那个步兵来了。我跟他走到另一个房间,两人打起牌来。你们看到我的勃留汉了?……勃留汉!……嘘!"

勃留汉跑了进来。赌徒们都很有礼貌地对它表示欣赏,尽管他们都一心想打牌。

"那么,诸位先生,你们怎么不打牌呀?别让我妨碍你们。我这人话多,"土尔宾说,"**不管喜欢不喜欢**,这玩意儿毕竟挺有意思。"

---

① 可能指华氏20度,约等于摄氏零下7度。

3

卢赫诺夫把两支蜡烛挪到面前,取出一个装满钞票的棕色大皮夹子,像举行什么仪式似的放在桌上慢慢打开,掏出两张一百卢布的钞票垫在牌下。

"跟昨天一样,两百卢布做本钱。"他说,拉正眼镜,拆开一副纸牌。

"好的。"伊林正在跟土尔宾谈话,眼睛不看卢赫诺夫,说。

牌局开始了。卢赫诺夫像机器一样精确地分着牌,不时停下来,不慌不忙地记着什么,或者严厉地从眼镜上方望望,说:"出牌吧。"胖地主说话比谁都响,出声地盘算着,折角前总是把他的胖手指舔湿。驻防军官一言不发,潇洒地记下牌上赌注的数目,在桌子下面折着角。希腊人坐在庄家的一边,他那双凹陷的黑眼睛留神地注视着牌局,似乎有所期待。扎瓦尔歇夫斯基站在桌旁,突然全身都动起来,从裤袋里摸出一张红票子或者蓝票子,在上面放一张牌,再用手掌一拍说:"小七,带我走运!"然后他咬咬胡子,两脚不停地倒换,脸涨得通红,全身不停地动着,直到发了牌才安定下来。伊林吃着放在身旁沙发上的小牛肉和酸黄瓜,匆匆地在上装上擦擦手,一张张地出牌。土尔宾坐在沙发上,很快就发现个中秘密。卢赫诺夫眼睛不看枪骑兵,也不对他说什么,只是偶尔把他的眼镜对住枪骑兵的手,但他的牌大部分都输掉了。

"嘻,我真想吃那张牌。"卢赫诺夫指着胖地主的那张牌说,胖地主正把半卢布放到牌上。

"您打伊林的牌吧,别管我。"胖地主说。

真的,伊林的牌输得最多。他神经质地在桌子下面撕碎输牌,双手哆嗦着去抽另一张。土尔宾从沙发上站起来,要求希腊人让他坐在庄家旁边。希腊人换了个座位,土尔宾伯爵就坐到他的位子上,聚精会神地盯着卢赫诺夫的手。

"伊林!"他突然像平时一样声若洪钟地说,无意中压倒了所有人的声音,"你怎么老是赌同一张牌?你这人不会打牌!"

"不管怎么打,反正都一样。"

"可你这样打准输。让我来替你打。"

"不,对不起,我一向喜欢自己打。你要打,就自己打好了。"

"我说过,我自己不打;但我情愿替你打。看见你老是输钱,我很难过。"

"看来这是我的命!"

伯爵不做声,臂肘搁在桌上,又留神地注视着庄家的手。

"恶劣!"他突然大声说。

卢赫诺夫回头瞧了他一眼。

"恶劣,恶劣!"他声音更加响亮地说,眼睛直瞅着卢赫诺夫。

牌继续打下去。

"不——像——话!"卢赫诺夫刚压了伊林一张大牌,土尔宾又说。

"什么事不顺您的心哪,伯爵?"庄家客气而冷漠地问。

"就是您让伊林下孤注,却吃他的折角。这太恶劣了。"

卢赫诺夫耸耸肩膀,微微扬起眉毛,表示一切都是命里注定,接着继续打牌。

"勃留汉,嘘!"伯爵站起来,嚷道,"抓住他!"他迅速地补了一句。

勃留汉从沙发底下窜出来,脊背撞在沙发上,差点儿把驻防军官撞倒,接着跑到主人跟前,环顾着所有的人,摇摇尾巴叫起来,仿佛在问:"谁在这儿不讲理?啊?"

卢赫诺夫放下牌,把椅子往边上一挪。

"这样怎么能打牌,"他说,"我最不喜欢狗了。你们带了一群狗来,怎么还能打牌呢?"

"特别是这种狗,我们唤作'吸血鬼'的。"驻防军官附和说。

"怎么样,米哈伊尔·瓦西里奇,我们还打不打?"卢赫诺夫对主人说。

"伯爵,请你不要打岔!"伊林对土尔宾说。

"你来一下。"土尔宾说,抓住伊林的胳膊,把他拉到隔壁房间去。

伯爵说话照例声若洪钟,隔开三个房间都能听到。

"嘻,你是傻子还是怎么的?难道你没看出那个戴眼镜的家伙是个头等骗子手?"

"啊,行了!你这算什么话!"

"不行,我对你说,别打牌了。本来这事跟我不相干。下次有机会我也会使你输个精光的,但现在眼看着你受骗,我很可怜你。你也许还带着公款吧?"

"没有。你怎么想到那上头去了?"

"老弟,我自己就是这条路上过来的,那些骗人的把戏我全知道。老实对你说,那个戴眼镜的是个骗子手。别再打了。我把你当做朋友,才这样警告你。"

"好,打完这一局就不打了。"

"我知道这一局会怎么样。好吧,我们等着瞧。"

他们回到牌桌旁。在这一局里,伊林下多少注,就给他们吃掉多少,结果他输了许多钱。

土尔宾双手往桌子中央一按,说:

"嗯,好了!我们走吧。"

"不,我不走,你别管我。"伊林洗着弯曲的牌,眼睛不望土尔宾,恼恨地说。

"那就去你的吧!既然你愿意,你就输下去吧,我可要走了。扎瓦尔歇夫斯基!咱们到首席贵族家去。"

他们两个走了。大家不做声。卢赫诺夫直到听不见他们在过道上的脚步声和勃留汉的爪子声,才开始发牌。

"嘻,这家伙!"地主笑着说。

"好,这下子他不会再来捣蛋了。"驻防军官连忙说,但声音还是很低。

牌又继续打下去。

4

首席贵族家农奴组成的乐队,站在为迎接舞会而打扫干净的酒柜前,卷起礼服袖子,一听到信号就奏起古老的波兰舞曲《亚历山大,叶丽莎维塔》来。在宽敞的镶木地板大厅里,在明亮而柔和的烛光下,叶卡德琳娜时代的总督胸佩金星勋章,挽着瘦小的首席贵族夫人,首席贵族挽着总督夫人,还有其他贵族,一一按着各种舞蹈的组合和变化轻盈的舞步滑过大厅。这当儿,扎瓦尔歇夫斯基身穿双肩有褶裥的蓝色燕尾服,脚穿长筒袜和跳舞鞋,他的胡子上、翻领上和手帕上都洒了大量茉莉花香水,同一个穿蓝色马裤和镶金绛红斗篷、斗篷上缀有弗拉基米尔十字章和1812年抗战奖章的英俊骠骑兵,走进大厅。这位骠骑兵伯爵个儿不高,但身材十分匀称。他那双闪闪发亮的天蓝色眼睛和那头浓密蓬松的深棕色鬈发,使他显得格外英俊。伯爵前来参加舞会是意料中的事,因为那个在旅馆里看到他的漂亮青年已把这事报告了首席贵族。这个消息引起的反应不尽相同,但总的说来并不太愉快。"那个小家伙会取笑我们的。"——这是老太太和男人们的顾虑。"要是他把我拐走了怎么办?"——年轻的少妇和小姐们心里这样琢磨着。

波兰舞曲一结束,跳舞的人一对对相互鞠躬分开,女人同女人聚在一起,男人同男人汇成一堆。这时扎瓦尔歇夫斯基得意洋洋地把伯爵带到女主人那里去。首席贵族夫人不免有点提心吊胆,唯恐这位骠骑兵会当众对她做出有失体统的事来,就高傲而鄙夷地转过身去,说:"幸会!您大概愿意跳舞吧?"说完又露出不信任的神气,仿佛说:"你要是侮辱妇女,就是个十足的坏蛋。"但伯爵态度和蔼,待人殷勤,风度翩翩,很快就打破了女主人的这种偏见,五分钟后她的脸色已向周围的人表示:"我知道怎样对付这种男人。他立刻就会明白,他这是在跟谁打交道。瞧吧,今天晚上他会不断向我献殷勤的。"不过,这时认识伯爵父亲的总督走过来,特别亲切地把他拉到一边,同他谈话。这样一来大家就更加放心,对伯爵的印象也就更好了。随后,扎瓦尔歇夫斯基把伯爵介绍给他的妹妹。他的妹妹是个丰满的小寡妇。伯爵一到,她那双乌黑的大眼睛就一直盯住他。乐队奏起华尔兹来,伯爵请她跳舞,他那卓越的舞技就把大家的偏见彻底打垮了。

"真是位舞蹈大师!"肥胖的地主太太说,眼睛盯着那双在舞厅里掠过的穿蓝马裤的腿,心里数着:一二三!一二三!……"真是位大师!"

"跳得多么轻快,多么轻快!"一个在本地社交界名声不好的女客说,"他怎么能不碰马刺!跳得太妙啦!"

伯爵的舞技压倒本地三名最出色的跳舞好手:淡黄头发的高个子总督副官,他跳舞的特点是步子快,把舞伴搂得紧;其次是骑兵,他的特点是跳华尔兹时身子摆动优美,并且不时用脚跟轻轻踏拍子;再有一个是文官,大家认为他这人虽不聪明,但舞跳得漂亮,而且每次舞会他都是灵魂。的确,这位文官从舞会开始到结束,一直按座位逐一邀请太太小姐们跳舞,一刻也不停,只偶尔用湿透的麻纱手帕擦擦疲劳而快乐的脸。伯爵压倒这几个男人,同三位主要太太跳舞:一位身材高大,富裕,美丽而愚蠢;一位身材中等,瘦削,不太漂亮,但服饰时髦;另一位身材矮小,长得不美,但十分伶俐。他还跟其他漂亮的女人跳舞,而舞会上漂亮的女人不少。不过,伯爵最喜欢的还是扎瓦尔歇夫斯基的寡妹。他同她一起跳卡德里尔舞、苏格兰舞和玛祖卡舞。他们在跳卡德里尔舞中间坐下来,伯爵对她说了许多恭维话,把她比作维纳斯和狄安娜,比作玫瑰和别的鲜花。听到这些恭维话,小寡妇只是弯下雪白的脖子,垂下眼睛,瞧着自己的白洋纱连衣裙,或者把羽毛扇在两只手里传来传去。而当她说"别说啦,伯爵,您在开玩笑"之类的话时,她那略带喉音的声调显得傻里傻气,十分天真可笑,不禁使人觉得她确实不是一个女人,而是一朵鲜花,而且,不是一朵玫瑰,而是一朵生长在远方洁白雪地上没有香味的鲜艳野花。

她是如此天真,大方,艳丽,给伯爵留下极其强烈的印象,以致在谈话的间歇,当伯爵默默注视着她的眼睛或者线条优美的胳膊和脖子时,竟有几次恨不得把她搂在怀里,把她吻个够。他好容易才克制住这种冲动。小寡妇发觉她对伯爵的魅力,感到很得意,但伯爵对她的奉承也可说达到了肉麻的程度。这使她惊惶不安。他跑去替她拿杏仁酪,捡起她落下的手帕,从一个向她献殷勤的患瘰疬症的青年地主手里抢过椅子递给她,等等。

他发觉当时流行的这种献殷勤方式对这位太太作用不大,就讲些滑稽的话去逗她,说什么只要她吩咐一声,他就会立刻头着地竖蜻蜓,装公鸡叫,从窗口跳出去,或者纵身跳到冰窟里。这一手果然完全奏效:小寡妇快乐极了,格格地笑得露出一排雪白的牙齿,对这位男伴十分满意。伯爵也越来越喜欢她,因此到卡德里尔舞结束时他已经真的迷恋上她了。

卡德里尔舞结束后,一个早就拜倒在小寡妇脚下的游手好闲的十八岁青年,当地最有钱的地主的儿子,也就是刚才被土尔宾抢过椅子的患瘰疬症的小伙子,又走到小寡妇跟前,可是小寡妇待他异常冷淡,一点不像她跟伯爵在一起时那样感到心慌意乱。

"您倒好哇,"寡妇对那青年说,眼睛却打量着土尔宾的脊背,无意识地估量着给他缝制一件上装需要多少金钱,"您倒好哇,您可是答应过带我坐马车去玩,还答应给我带糖果来的呀!"

"我来过的,安娜・费多罗夫娜,可是您已经走了,我就给您留下了最高级的糖果。"那青年说,他虽然个子很高,嗓子却十分尖细。

"您总有理由推托!我可不要您的糖果。您别以为……"

"我早就看出,安娜・费多罗夫娜,您对我变心了,我也知道是什么缘故。这样可不好……"他补充说,由于情绪过分激动,嘴唇直打哆嗦,再也说不下去了。

安娜・费多罗夫娜不听他说,只是继续盯住土尔宾。

舞会的主人,身体肥胖、掉了几颗牙、模样威严的老首席贵族代表,走到土尔宾伯爵跟前,挽住他的胳膊,请他到书房吸烟,喝酒。土尔宾一走,安娜·费多罗夫娜感到待在客厅里很无聊,就挽住她的朋友,一位干瘦的老处女的胳膊到化妆室去了。

"嗳,怎么样?他可爱吗?"老处女问。

"他死死缠住我不放。"安娜·费多罗夫娜回答,走到镜子前打量着自己的模样。

她容光焕发,眼睛含笑,两颊通红。她忽然模仿在选举时演出的芭蕾舞演员的姿势,踮起一只脚滴溜溜地打转,又发出带喉音的迷人的笑声,甚至弯起腿来纵身一跳。

"你想得到吗?他竟开口问我要东西留念,"小寡妇对女朋友说,"可他什么也不——会——得——到——的,"她最后一句是唱出来的,同时竖起戴着长达臂肘的羊皮手套的一个手指。

首席贵族的书房里摆满各种冷盘和瓶酒,包括伏特加、果汁酒和香槟。在这个烟雾腾腾的房间里,贵族们有的坐,有的踱步,纷纷谈论着选举的事。

"既然本县全体上等贵族一致选举了他,"新当选的警察局局长酒意十足地说,"那他就不该玩忽职守,绝对不该……"

伯爵进来,把他们的谈话打断了。在场的人一个个向他作了自我介绍。警察局局长特别兴奋,两手紧紧地握住伯爵的手,一再请他不要拒绝舞会结束后跟他一起到一家新开的酒馆去,他将在那里设宴招待贵族们,还要请吉卜赛人唱歌。伯爵答应一定去,还跟他干了几杯香槟。

"诸位先生,你们怎么不去跳舞哇?"伯爵离开房间时说。

"我们不是舞迷,"警察局局长笑着回答,"我们宁可喝酒,伯爵……再说那些小姐,都是我看着长大的,伯爵!我有时也跳跳苏格兰舞,伯爵……我能跳,伯爵……"

"那咱们现在就去吧,"土尔宾说,"在吉卜赛人没来以前咱们先去玩个痛快吧!"

"好的,诸位先生,那我们就去吧!让我们的主人也高兴高兴。"

有三四个贵族,从舞会一开始就关在书房里喝酒,脸喝得通红,这时戴上黑皮手套或者丝织手套,正准备随伯爵到客厅里去,不想被那个患瘰疬症的青年挡住去路。那青年脸色苍白,勉强忍住眼眶里的泪水,对着土尔宾说:

"您别以为您是个伯爵,就可以像在市场上那样横冲直撞,"他上气不接下气地说,"太不懂礼貌了……"

他说到这里,嘴唇不断哆嗦,话又说不下去了。

"什么?"土尔宾突然皱起眉头,喝道。"什么?你这毛孩子!"他嚷道,一把抓住他的胳膊,抓得那么使劲,弄得小伙子身上的血往脑袋直冲,这倒不是由于愤怒,而是由于恐惧,"你是不是要同我决斗?我可以奉陪。"

土尔宾刚一松开小伙子的胳膊,就有两名贵族抱住小伙子的腰,把他往后门拖去。

"你疯了还是怎么的?是不是喝醉了?瞧我们去告诉你爸爸。你这是怎么了?"他们对他说。

"不,我没有喝醉,是他撞了人,又不肯赔礼。他是猪!是猪!"小伙子尖声嚷道,放声痛哭起来。

可是人家不听他,把他硬拖回家里去。

"算了吧,伯爵!"警察局局长和扎瓦尔歇夫斯基劝土尔宾说,"他还是个娃娃呢,会挨揍的,他才十六岁呢!他这是怎么了,简直弄不懂。是什么虫子把他咬了?他父亲倒是个正派人,还是我们的候选人哪。"

"哼,那就去他的,既然他不要……"

伯爵回到客厅里,依旧快乐地跟迷人的小寡妇跳苏格兰舞,同时瞧着跟他一起从书房里出来的贵族们的笨拙舞步,忍不住呵呵笑着。而当警察局局长在地板上滑倒,直挺挺地躺在跳舞的男女宾客中间时,伯爵就对着整个舞厅声若洪钟地哈哈大笑起来。

5

伯爵到书房里去的时候,安娜·费多罗夫娜走到哥哥跟前,故意装出对伯爵不感兴趣的样子,随口问:"那跟我一起跳舞的骠骑兵是个什么人哪?你说呀,哥哥。"骑兵尽量向妹妹说明,骠骑兵是一个了不起的人物,并且说他之所以逗留在这里,只因为在路上被人偷了钱,他自己已借给他一百卢布,但他还不够,问妹妹能不能另外借一两百卢布给他,不过这事不能向任何人提起,尤其不能让伯爵本人知道。安娜·费多罗夫娜答应当天就把钱送到哥哥那儿,并对这事保守秘密。可是在跳苏格兰舞的时候,她不知怎的很想问问伯爵本人他需要多少钱。她心里琢磨了好半天,脸涨得通红,最后终于鼓足勇气,单刀直入地说:

"伯爵,听我哥哥说您在路上遇到了意外,弄得手头没钱。您要不要在我这儿拿一点?我十分乐意为您效劳。"

安娜·费多罗夫娜说了这话,突然感到害怕,脸涨得通红。伯爵顿时板起脸来。

"您哥哥是个傻瓜!"他粗暴地说,"对了,要是一个男人侮辱了另一个男人,他们就举行决斗;要是一个女人侮辱了一个男人,您知道该怎么办吗?"

可怜的安娜·费多罗夫娜窘得面红耳赤。她垂下眼睛,一句话也不敢说。

"那个男人就要当众吻这个女人。"伯爵俯身凑到她的耳朵边,低声说。"至少也得让我吻吻您的小手哇。"过了一阵,他有点怜悯这位窘态毕露的舞伴,就又低声添上说。

"哦,现在不行。"安娜·费多罗夫娜重重地喘着气说。

"那么什么时候呢?我明天一早就要走了……那您欠我一笔债。"

"看来不行了。"安娜·费多罗夫娜微笑着说。

"您只要答应我今天找个机会吻吻您的手就行了。这样的机会我准能找到。"

"您怎么能找到呢?"

"那不关您的事。我总有办法找到您的……就这样说定了,好吗?"

"好吧。"

苏格兰舞结束后,大家又跳玛祖卡舞。伯爵跳得十分出色,忽而捡起手帕,忽而单膝跪下,忽而按华沙那种特殊的方式碰响马刺,引得老头儿个个放下波士顿牌,跑到大厅来观赏,就连舞跳得最好的骑兵都自叹不如。接着大家吃晚饭,饭后又跳了一会儿"老爷爷舞"①,才陆续走散。伯爵的眼睛一直盯住小寡妇不放。他公然说,可以为她赴汤蹈火,

---

① 一种德国舞。

不知是出于怪癖,还是出于爱情,还是出于任性,总之那天晚上他的全部愿望都集中到一点,就是看到她,向她表白爱情。他一看到她跟女主人告别,就连忙跑到下房,再从那里跑到停车场,连皮大氅都没有穿。

"安娜·费多罗夫娜·扎依采娃的马车!"他大声叫道。一辆点灯的四座大轿车从停车场驶到台阶口。"站住!"他对车夫嚷道,同时踏着齐膝深的雪向马车跑去。

"您有什么事?"车夫问道。

"我得上车,"伯爵一面回答,一面抓住跑动的马车的门,使劲跳上去,"站住!鬼东西!笨蛋!"

"华西卡!站住!"车夫对助手嚷道,把马勒住。"您怎么爬到别人的马车上来啦?这是安娜·费多罗夫娜夫人的马车,又不是您老爷的马车。"

"闭嘴,蠢货!给你一个卢布,下来把门关上。"伯爵说。可是车夫一动不动,伯爵就自己拉上踏板,打开窗子,好容易把门关上。这辆马车,也像一般老式马车特别是有黄色穗子的那一种,里面有一股霉味和焦鬃毛的臭味。伯爵的两腿在齐膝深的融雪里浸过,穿着薄薄的皮靴和马裤,冻得发僵;彻骨的严寒侵入了他的全身。车夫在驭座上嘀咕着,似乎想从车上下来。可是伯爵一点也没有听见和发觉。他脸上发烧,心怦怦直跳。他紧张地抓住窗上的黄皮带,从边窗探出身去,全神贯注地期待着。他的期待没有持续多久。大门口有人叫道:"扎依采娃夫人的马车!"车夫抖动缰绳,高高的弹簧马车摇晃起来,一扇扇灯火通明的窗子从马车旁掠过。

"听好,混蛋,"伯爵从前窗伸出头去对车夫说,"你要是告诉跟班我在这儿,我就揍你;你要是不做声,我再给你十个卢布。"

他刚关上窗子,车身又剧烈地摇晃起来,马车又停住了。他蜷缩在车厢的一角,屏住呼吸,甚至眯缝起眼睛:他心里十分紧张,唯恐热烈的期待落空。这时车门开了,踏板哗啦啦放下来,又传来女人衣服的窸窣声,接着霉味很重的车厢里顿时充满茉莉花的香气,一双急步登车的小脚踩在踏板上。安娜·费多罗夫娜的大衣下摆扫着伯爵的腿,接着她就气喘吁吁地在他旁边坐下。

安娜·费多罗夫娜究竟有没有看见他,谁也无法断定,就连她本人都不清楚。不过,当他握住她的手,说"啊,这下子我可要吻吻您的小手了"时,她并不太惊慌,也不吭声,却把手伸给他,听任他在手套上面高得多的地方印下无数的热吻。马车走动了。

"你说话呀。你不生气吧?"伯爵对她说。

安娜·费多罗夫娜默默地缩在角落里,可是不知怎的忽然哭起来,自动把头靠在他的胸口上。

6

新当选的警察局局长和他那伙朋友——骑兵和另外几个贵族早已在新开的酒馆里喝酒,听吉卜赛人唱歌了。这时,身穿蓝呢熊皮大衣——这件大衣原是安娜·费多罗夫娜的先夫的——的伯爵走来加入他们的玩乐。

"啊呀,老爷,我们等了您好久啦!"一个皮肤黝黑的斜眼吉卜赛人在门廊里迎接伯爵,帮他脱下大衣,露出一排雪白的牙齿,说,"自从列别疆那次赶市以来没有再见过您老爷……可把斯焦莎想死了……"

斯焦莎是个身材苗条的吉卜赛姑娘,棕色的脸上泛着红砖一般的红晕,乌黑深邃的眼睛覆盖着长长的睫毛。她也跑出来迎接伯爵。

"啊,我的好伯爵!我的亲人!我的金子!您来得太好了!"斯焦莎满面春风地尖声说。

伊留施卡亲自跑出来迎接,装出十分高兴的样子。老太婆、婆娘和姑娘都奔出来把贵客团团围住。有的认他做教亲,有的认他做教兄。

土尔宾吻年轻的吉卜赛女人,总是吻她们的嘴唇。男人和老太婆则都吻他的肩膀和手。贵族们看到这个新客特别高兴,因为这时狂欢已达到顶点,气氛在冷下来。人人都有点厌倦了,酒也不再能刺激神经,只是使胃感到不舒服。人人都放浪形骸,胡作非为,相互感到嫌恶。各种歌都唱遍了,歌声在大家头脑里混成一片,留下杂乱无章的印象。不论谁做出什么荒唐的行为来,都引不起大家的兴味,也不能使人发笑。警察局局长丑态百出地躺在一个老太婆脚边,拼命摆动两腿,大声叫道:

"拿香槟来!……伯爵来了!……拿香槟来!……喂,拿香槟来!……我要拿香槟洗个澡,洗个澡……贵族老爷们!我就是喜欢高雅的贵族社会……斯焦莎!唱个《小路》吧。"

骑兵也有几分酒意,不过是另一副样子。他坐在角落里的沙发上,挨近高个子吉卜赛美人柳巴莎。他眨巴着蒙眬的醉眼,摇头晃脑,嘴里反复叨念着几句话,要求吉卜赛美人跟他一起私奔。柳巴莎呢,笑眯眯地听着他的话,仿佛很高兴,但又有点忧虑,眼睛不时瞟瞟站在对面椅子后的丈夫斜眼萨施卡。她看到骑兵对她这样倾心,就咬个耳朵,要他悄悄给她买香水和缎带。

"乌拉!"骑兵看见伯爵进来,叫道。

那个漂亮的小伙子露出心事重重的样子,迈着沉重的步伐在房间里踱来踱去,嘴里哼着《后宫诱逃》。

那个上了年纪的家长,经贵族们一再要求,也跑来听吉卜赛人唱歌。大家都说,他不来就没有劲。但他一来就横在沙发上,也没有人再去理他。还有一个文官,脱去燕尾服,盘腿坐在桌子上,头发蓬乱,显然是喝多了酒。伯爵一进去,他就解开衬衫硬领,身子更往桌子中央挪。总之,伯爵一来,气氛又热闹了。

吉卜赛女人原来都在房间里荡来荡去,此刻又聚拢来坐成一个圆圈。伯爵让领唱的斯焦莎坐在自己膝上,吩咐再拿些香槟来。

伊留施卡拿着吉他站在斯焦莎前面。歌舞开始了,大家按次序唱着一首首吉卜赛歌曲:《我沿街漫步》《啊,骠骑兵……》《你听到吗?你懂吗?……》等等。斯焦莎唱得很美。她那从胸膛里发出来的婉转响亮的女低音、唱歌时的媚笑、热情含笑的眼睛、她那按着节拍微微晃动的小腿、她在合唱开始时的尖叫——这一切都触动了难得被触动的心弦。她的整个身心显然都沉浸在歌曲里了。伊留施卡弹着吉他,他的微笑、脊背、两腿,他的全身,都在表现歌曲的感情。他的双眼热烈、专心地盯着斯焦莎,仿佛第一次听她唱歌似的。他的脑袋随着歌曲的节拍不断地俯仰着。他弹到最后一个响亮的节拍时,忽然挺直身子,仿佛觉得自己高于一切人,得意洋洋地一脚把吉他顶起来,使它转圈子,然后又跺着脚,头发朝后一甩,皱着眉头,回头看着合唱队。他的整个身子,从脖子到脚后跟,每一根血管都在跳动……而二十个人的高昂嘹亮的声音,互相呼应着,个个都表现得怪腔怪调,不同凡响。那些老太婆在椅子上跳跃,挥动手帕,露出牙齿,按着节拍放开喉咙拼命唱着。那些唱男低音的,站在椅子后面,侧着头,伸长脖子,发出低沉的声音。

斯焦莎唱到高音时,伊留施卡就举起吉他凑近她,仿佛要帮她唱上去,而那个漂亮的小伙子却兴奋得尖声叫嚷,说现在唱低半音了。

接着奏起一支舞曲,杜尼雅莎抖动肩膀和胸脯,在伯爵面前转着圈子,又轻盈地跳开去。这当儿,土尔宾就从座位上跳起来,脱去军装,只穿一件红衬衫,按着节拍威风凛凛地同她一起跳舞。他的舞姿洒脱漂亮,使吉卜赛人都赞许地微笑起来,彼此交换着眼色。

警察局局长盘腿坐在地上,用拳头捶着胸膛,嘴里叫着:"万岁!"然后抱住伯爵的一条腿,告诉伯爵他原来有两千卢布,如今只剩下五百了。但只要伯爵希望他做什么,他一定照办。上了年纪的家长醒来后想走,可是大家都不放他走。那个漂亮的小伙子要求吉卜赛姑娘跟他跳华尔兹舞。骑兵想炫耀自己同伯爵的交情,从角落里站起来去拥抱他。

"啊,我的好朋友!"他说。"你刚才怎么抛下我们走了?呃?"伯爵没有答理他,显然在想别的事。"你到哪儿去了?啊,伯爵,你这个骗子手,我可知道你到哪儿去了。"

土尔宾不知怎的并不喜欢骑兵这种亲昵的态度。他没有笑,却一言不发地瞧了瞧骑兵的脸,接着突然对骑兵破口大骂起来,弄得骑兵很窘,好一阵都不知道该怎样看待这种侮辱:到底是不是开玩笑。最后他决定把它当做玩笑,笑了笑,又去找吉卜赛女人,向她保证,过了复活节就同她结婚。吉卜赛人一曲又一曲地唱着歌,一圈又一圈地跳着舞,还向客人们欢呼,大家似乎又快乐起来了。香槟一瓶又一瓶地开个没完。伯爵喝了很多酒。他的眼睛有点泪汪汪,但脚步并不摇晃,舞跳得越来越好,话也说得很清楚,甚至参加合唱也很出色,还跟斯焦莎一起唱《友谊的温情》。大家正在跳舞的时候,酒馆老板出来请客人回家,因为已是半夜两点钟了。

伯爵一把抓住老板的衣领,命令他蹲着跳舞。老板不肯跳。伯爵抓起一瓶香槟,迫使老板双脚朝天倒立在地上,然后在一片哄笑声中把一瓶酒慢慢地浇在他身上。

天色蒙蒙亮了。客人们个个脸色苍白,精疲力竭,只有伯爵一人例外。

"哦,我得动身去莫斯科了,"他说着突然站起来,"朋友们,全都到我屋里去吧。去送送我……再去喝点茶。"

大家都同意了,就挤到停在门口的三辆雪橇上,一起到旅馆去,只把那个睡着的地主留在酒馆里。

7

"备马!"伯爵带着全体客人和吉卜赛人走进旅馆大厅,大声吩咐道。"萨施卡,不是吉卜赛人萨施卡,是我的萨施卡,去对驿站长说,他要是给我坏马,我就揍他。给我们拿茶来!扎瓦尔歇夫斯基!你招呼大家喝茶,我去看看伊林,看他怎么样了。"土尔宾添加说,沿着走廊往枪骑兵房间走去。

伊林刚打完牌,把钱输得精光,脸朝下躺在沙发上,把破沙发里的鬃毛一根根拉出来,放在嘴里嚼嚼吐掉。两支油烛——其中一支已快燃尽了——竖立在纸牌狼藉的桌上,微弱无力地跟窗子里透进来的晨光较量着。枪骑兵头脑里空空如也,他赌得迷了心窍,甚至不觉得悔恨。他考虑着如今他该怎么办,身无分文怎么离开旅馆,怎么偿还输掉的一万五千卢布公款,团长知道了会怎么说,他母亲会怎么说,同伴们会怎么说。他感到十分恐怖,并且恨自己。他希望忘记当前的处境,站起来在房间里来回踱步,脚竭力踩在地板接缝处。他又想起了赌局的前后经过。他生动地想象着他已捞回本钱,后来,他收回一张九点,把两千卢布押在黑桃老K上,接着,右边发皇后,左边发爱司,右边发方块老K,这样一来就全部输掉。但要是右边发一张六点,左边发方块老K,这样就可以把本钱全部捞回来了;要是再加倍下注,就会净赢一万五千卢布,就可以向团长买一匹溜蹄马,还可以再买两匹别的马,买一辆轻便篷马车。以后怎样呢?以后就万事大吉!

他又在沙发上躺下来,嚼着鬃毛。

"七号房间里怎么有人在唱歌呀?"他想。"准是大家在土尔宾房间里寻欢作乐。让我到那里去喝个痛快。"

就在这时候,伯爵走了进来。

"怎么样,老弟,输光了吧?"伯爵大声问。

"我还是假装睡着吧,"伊林想,"要不还得跟他费一番口舌,我可真的要睡了。"

但土尔宾走到他跟前,摸摸他的头,又说:

"喂,老朋友,是不是输光了?输干净了?说话呀!"

伊林没有回答。

伯爵推推他的胳膊。

"输了。关你什么事?"伊林用睡意惺忪的冷淡而不满的声音含糊地说,没有改变身体的姿势。

"全输了?"

"是啊,真倒霉。全输了。关你什么事?"

"听我说,你要像朋友那样对我说实话,"伯爵酒意未消,心情很好,继续摸摸他的头发说,"我可真的喜欢你了。老实告诉我,你要是把公款输了,我可以帮助你,要不来不及了……你是不是带着公款?"

伊林霍地从沙发上跳起来。

"你若真要我说,那就希望你给我闭嘴,因为……你给我闭嘴……我如今只剩下一条路:开枪自杀!"伊林绝望地说,双手蒙住脸放声痛哭,尽管一分钟前还在梦想买溜蹄马。

"嗨,你这人真像个大姑娘!这种事谁没有遇到过!不要紧,可以想办法补救的。你在这里等我。"

伯爵从房间里出去。

"卢赫诺夫老爷住几号房间?"他问茶房。

茶房领他走去。尽管跟班说老爷刚回来,正脱衣休息,伯爵还是闯进房间里。卢赫诺夫身穿睡袍,正在数几扎钞票。桌上还有一瓶他所喜爱的德国葡萄酒。他赢了钱,就独自享受。卢赫诺夫从眼镜上方冷淡而严厉地打量着伯爵,仿佛不认得他似的。

"您大概不认得我了?"伯爵说着,大踏步走到桌子跟前。

卢赫诺夫认出了伯爵,就问:

"您有何见教?"

"我要跟您打牌。"土尔宾在沙发上坐下来,说。

"现在吗?"

"对。"

"下次一定奉陪,伯爵!这会儿我实在累了,想睡觉。您要不要来杯酒?陈年的美酒。"

"可我现在想打一会儿牌。"

"今天我不想再打了。也许有哪位先生高兴,我可不干了,伯爵!请多多包涵。"

"真的不干?"

卢赫诺夫耸耸肩膀表示歉意:他无法满足伯爵的愿望。

"您说什么也不干吗?"

卢赫诺夫又耸耸肩膀。

"我诚心诚意要求您……怎么样,打不打?……"

接下来是沉默。

"您打不打?"伯爵又问了一遍,"您得当心了!"

卢赫诺夫还是不做声,却从眼镜上方瞅了一下伯爵,发现伯爵开始皱眉头。

"您打不打?"伯爵在桌上猛地拍了一掌,震得酒瓶翻倒,酒都流了出来,他声若洪钟地嚷道:"您赢得不光明,知道吗?您打不打?我这是第三次问您了。"

"我说过了,不打。这太稀奇了,伯爵,跑来把刀搁在人家脖子上,太不像话啦!"卢赫诺夫没有抬起眼睛,说。

接着是短暂的沉默。这当儿,伯爵的脸色变得越来越白。突然卢赫诺夫的头上挨了狠狠的一拳。这一拳打得他头晕目眩,他倒在沙发上,拼命抓钱,并且发出尖厉的叫声,使人简直无法相信是这个一向体面文雅的人发出来的。土尔宾把桌上剩下的钱通通收搂起来,推开跑来救援东家的跟班,一口气奔出房间。

"您要是愿意决斗,那我可以奉陪。我还要在我的房间里待半个钟头。"伯爵又回到卢赫诺夫门口,补充说。

"骗子手!强盗!……"房间里传出叫喊声。"我要叫你吃官司!"

伊林根本没有理会伯爵要救援他的诺言,仍旧躺在自己房间里的沙发上,绝望和眼泪使他喘不过气来。各种感情、思想和回忆在他心里翻腾着,但伯爵的热情关怀使他看清当前的现实。他那充满希望的青春,荣誉,社会地位,他对爱情和友谊的幻想,这一切全都化为泡影了。他的眼泪流干了,他越来越感到绝望,自杀的念头不再使他反感和恐惧,而是越来越频繁地袭上心头。就在这时他听见了伯爵坚定的脚步声。

土尔宾脸上余怒未消,他的双手还在发抖,但眼睛里却闪耀着快乐和得意的光芒。

"拿去!我给你赢回来了!"他把几扎钞票往桌上一扔,说。"数一数,够不够!数好赶快到客厅来,我马上要走了。"他添加说,仿佛没有发现伊林脸上又是高兴又是感激的极其激动的表情。他嘴里哼着吉卜赛歌曲,走出屋子。

8

萨施卡腰间系了一根皮带,报告马匹已经备好,但他要去把伯爵那件价值三百卢布的皮领大氅找回来,而把这件糟糕的蓝呢大衣还给那个在首席贵族家同伯爵掉换的无赖,可是土尔宾说大氅不用找了,接着就到自己屋里换衣服。

骑兵默默地坐在他那个吉卜赛女人旁边,不停地打嗝。警察局局长要了伏特加,邀请大家马上到他家吃早饭,还说他的妻子将跟吉卜赛女人一起表演舞蹈。漂亮的小伙子煞有介事地向伊留施卡解释说,弹钢琴特别需要感情,弹吉他可不能用半低音。那个文官闷闷不乐地坐在角落里喝茶,对自己在光天化日下的放荡行为似乎感到不好意思。吉卜赛人正用吉卜赛话争吵着,要不要再一次向老爷们致敬,可是斯焦莎表示反对,说这样做"巴罗拉依"(吉卜赛语:"伯爵"或者"公爵",更确切些是"大老爷")会不高兴的。总之,人人身上狂欢的热情都已消失了。

"好,再唱一支歌告别,各自回家。"伯爵穿一身旅行服走进大厅,说。他容光焕发,心情愉快,显得更英俊了。

吉卜赛人又围成一圈,正要唱歌。只见伊林手里拿着一扎钞票走进来,把伯爵叫到一边。

"我原来带的公款只有一万五千卢布,可你给了我一万六千三百,"他说,"因此这些都应该归你。"

"太好了!给我吧!"

伊林把钱给了伯爵,怯生生地瞧着他,张开嘴想说些什么,可是只涨红了脸,眼睛里滚动着泪水,然后抓住伯爵的一只手使劲握着。

"走吧!伊留施卡!……听我说……给你钱!可是你得唱歌来给我送行,送到我出城。"他说着就把伊林拿来的一千三百卢布抛在吉他上。可他忘记把昨天向骑兵借来的一百卢布还给他。

一大群吉卜赛人、警察局长、骑兵、漂亮的小伙子、伊林和穿蓝色熊皮大衣的伯爵走出旅馆大门的时候,已是早晨十点了,太阳已升到屋顶上,街上行人熙熙攘攘,商人早已开了店门,贵族和文官坐着马车来来往往,太太们在市场上兜来兜去。这是一个晴朗的融雪天。三辆驿站的三驾雪橇沿着泥泞的道路来到旅馆门口,马尾巴都打了结。这群热闹的客人坐上雪橇。伯爵、伊林、斯焦莎、伊留施卡和勤务兵萨施卡坐第一辆雪橇。勃留汉非常兴奋,摇着尾巴,朝辕马狂吠。其余的客人带着男女吉卜赛人,分乘其他两辆雪橇。三辆雪橇并排离开了旅馆,吉卜赛人唱起歌来。

三辆雪橇载着歌声和铃声,把迎面跑来的车辆都逼到人行道上,穿过全城,向城外驰去。

铺子里的商人和路上的行人,有认识的,有不认识的,他们——尤其是那些认识的——看到这些德高望重的贵族,在光天化日下带着吉卜赛女人和喝醉酒的吉卜赛男人唱着歌穿过闹市,都大为惊讶。

他们来到城外,三辆雪橇都停下来,大家同伯爵话别。

伊林在为伯爵饯行时喝了不少酒,此刻一直亲自驾驶雪橇,忽然变得十分伤感,要求伯爵再逗留一两天。当他确信这事办不到时,竟流着眼泪扑过去吻这位新朋友,并且表示一回去就请求上级把他调到土尔宾的骠骑兵团去。伯爵情绪特别好,他把骑兵——今天早晨他们已变得十分亲密了——推到雪堆里,唆使勃留汉攻击警察局局长,又把斯焦莎抱在怀里,还想把她带往莫斯科。最后,他跳上雪橇,把那想站在中央的勃留汉拉到自己身边。萨施卡再次要求骑兵把他们伯爵老爷的大氅换回来,然后跳到雪橇的驭座上。伯爵摘下帽子在头上挥挥,叫了一声:"走了!"又像马车夫那样对马打了个呼哨。三辆雪橇就此分道扬镳。

前面远远地展开一片白雪皑皑的平原,中间有一条黄泥路蜿蜒穿过。灿烂的阳光在表面结了一片透明冰层的融雪地上闪耀着,暖洋洋地晒着人们的脸和脊背。一个农民驾着载货雪橇,勒住缰绳慌忙让路。他那湿漉漉的草鞋踩得路上的泥浆都溅起来。一个身体肥胖、脸色红润的乡下女人,抱着用羊皮袄裹着的娃娃,坐在另一辆雪橇上,拿缰绳梢赶着那匹累坏的白马。这时伯爵突然想起了安娜·费多罗夫娜。

"回去!"他嚷道。

赶雪橇的一下子摸不着头脑。

"掉过头来!回城里去!快!"

三驾雪橇又回到城里,驶到扎依采娃夫人家的木头台阶前。伯爵飞快地跑到楼上,穿过前室和客厅,发现小寡妇还在睡觉。他把她从床上抱起来,吻了吻她那睡意惺忪的眼睛,又匆匆地跑掉了。安娜·费多罗夫娜睡眼蒙眬地舔了舔嘴唇,问道:"是怎么回事?"伯爵跳上雪橇,对赶雪橇的喝了一声,就头也不回地从此离开了K城,甚至再没有想到卢赫诺夫,也没有想到小寡妇,也没有想到斯焦莎,一心只惦记着莫斯科正在等待着他的事。

9

二十多年过去了。二十多年来,江河里流走了许多水,世界上有许多人死去,有许多人出生;许多孩子长大成人,许多成人渐渐衰老;许多思想产生又消失;许多美好的和许多丑恶的旧事物灭亡了,许多美好的新事物成长了,但主要的是世界上出现了许多还没有成熟的畸形的新事物。

费多尔·土尔宾伯爵早就因为在街上用马鞭抽打一个外国人,在同他决斗时死去了。他的儿子同他就像从一个模子里压出来一样,如今也已二十三岁。他是个漂亮的小伙子,在近卫重骑兵队服务。小土尔宾伯爵在气质上一点也不像他父亲。他身上简直没有一点上一代那种急躁、狂热和——坦率说——放荡的习气。他不仅天资聪明,教养有素,而且注意礼貌,追求舒适,待人接物讲究实际,办事精明老练。这位年轻的伯爵官运亨通,二十三岁就升了中尉……战争一开始,他就认定调到现役部队更容易升迁,就进了骠骑兵团当大尉,不久就指挥起一个骑兵连来了。

1848年5月,C骠骑兵团行军经过K省。小土尔宾伯爵指挥的骑兵连要在莫罗卓夫卡宿营,这里就是安娜·费多罗夫娜的领地。安娜·费多罗夫娜还活着,但已经不年轻了,连她自己都承认这一点,而这对女人来说可不是一件小事。她身子胖多了。据说,肥胖可以使一个女人显得年轻,但在她那白白胖胖的脸上却出现了粗大松弛的皱纹。她不再进城,上下马车都很费力,但依旧心地善良,头脑简单——如今她已不能凭姿色博得人家的欢心,因此这一点可以直言不讳。跟她住在一起的有她的女儿丽莎——一个二十二岁的俄罗斯乡下美人,还有她的哥哥,就是我们所熟识的那个骑兵。他挥霍光了全部家产,现在上了年纪,栖身在妹妹家里。他的头发全白了,上唇瘪了进去,但他还是把小胡子染得乌黑。不仅他的前额和脸颊出现了皱纹,他的鼻子和脖子也都有了纹路,他的背也驼了,但从他虚弱的罗圈腿上还看得出老骑兵的洒脱风度。

一家老少都坐在老屋的小客厅里,敞开的门通向阳台,窗外是一座古老的星形菩提树园。安娜·费多罗夫娜头发花白,穿一件紫色敞胸短上衣,坐在沙发上,前面放着一张红木圆桌。她正在桌上摆牌阵。她的哥哥坐在窗口,穿一条干净的白长裤和一件蓝上装,正把白棉纱线绕到一个线轴上。这种消遣方法是外甥女教他的,他很喜爱。他本来喜欢看报,但如今眼睛不行了,因而闲着无事可做。安娜·费多罗夫娜的养女比莫奇卡坐在他旁边做功课。丽莎一面辅导她,一面用木针替舅舅打羊毛袜。夕阳的余晖照例照着菩提树小径,把斑斑点点的金光投射到最远的窗户和靠窗的书架上。花园里和屋子里一片宁静,只听得燕子在窗外掠过,安娜·费多罗夫娜在屋子里轻轻叹息,老头儿变换架腿的姿势,嘴里发出低声的呻吟。

"这该怎么摆呀?丽莎,你说说。我总是记不住。"安娜·费多罗夫娜牌阵摆到一半停住了,说。

丽莎没有放下手里的活计,走到母亲跟前,瞧了瞧牌,说:"哦,您摆错了,好妈妈!"她重新摆着牌,说,"要这样摆。您占的卦会成功的。"她悄悄抽掉一张牌,添加说。

"哼,你总是骗我,说什么会成功的。"

"真的,真的会成功的。你瞧,通了。"

"嗯,好,好,淘气鬼!咱们是不是该喝茶了?"

"我已经让她们烧茶炊了。我这就去看看。要不要给你们送到这儿来?……喂,比莫奇卡,快把功课做完,我们出去跑跑。"

丽莎走了出去。

"丽莎!我的好丽莎!"舅舅仔细瞧着他的线轴,叫道,"看样子我又漏针了。你来帮我补上,心肝!"

"就来,就来!我去叫她们把糖块敲碎。"

过了三分钟她果然跑回来,走到舅舅跟前,揪住他的耳朵。

"注意,以后别再漏针了,"丽莎笑着说,"你没有做好功课。"

"嗯,好了,好了!你帮我纠正一下,上面有个小结。"

丽莎拿过线轴,从围巾上抽出一个别针——这样窗外吹来的风就把围巾吹得微微鼓起来——用它挑出线圈,绕了两圈,又把线轴还给舅舅。

"嗨,我帮您补上了,您得亲亲我!"丽莎把粉红的脸蛋向他凑过去,拿别针别上围巾,说,"今天喝茶给您加朗姆酒好吗?今天是礼拜五。"

她说完又到茶室去了。

"舅舅,快来瞧瞧,有几个骠骑兵到我们家来了!"从茶室传来丽莎清脆的声音。

安娜·费多罗夫娜跟哥哥一起走进茶室,想从那里的窗口看看骠骑兵。但从窗子里望出去看不清楚,只见远处尘土飞扬,有一伙人往这里驰来。

"妹妹,可惜我们的房子太小,厢房又没有扩建好,"舅舅对安娜·费多罗夫娜说,"要不倒可以请军官们住到我们家来。你要知道,骠骑兵军官都是些快乐可爱的小伙子,瞧瞧他们也有趣。"

"可不是,我也真愿意招待他们,可是,哥哥,您也知道,我们实在没有地方:这是我的卧室,那是丽莎的房间,那是客厅,那是你的房间,就是这几个房间。您倒想想,叫我把他们安顿到哪儿去好!米哈依洛·马特维耶夫已给他们收拾好村长的小屋,他说那里也很干净。"

"我们倒想给你,丽莎,挑个漂亮的骠骑兵当未婚夫呢!"舅舅说。

"不,我不要骠骑兵,我要枪骑兵。舅舅,您不是在枪骑兵里干过吗?……那些骠骑兵我连瞧都不想瞧。据说,他们都是不要命的。"

丽莎的脸稍稍泛红,她又发出一阵清脆的笑声。

"瞧,乌斯玖莎跑来了,该问问她看见了什么。"丽莎说。

安娜·费多罗夫娜吩咐把乌斯玖莎找来。

"你不好好坐着干活,却跑去看大兵,"安娜·费多罗夫娜说,"那么,他们把军官都安顿在哪儿啦?"

"在叶列姆金家,太太。他们中间有两个可漂亮了!听说,有一个还是伯爵呢。"

"他姓什么呀?"

"叫卡扎罗夫,还是叫土尔宾诺夫,真该死,我记不清了。"

"哼,你这个傻丫头,说都说不清楚。至少也该知道他姓什么呀。"

"那好,我这就去打听。"

"哼,我知道碰到这种事你挺能干……不,不要你去,让达尼洛去吧。哥哥,您叫他去问问那些军官需要些什么。不过,要他注意礼貌,说是太太吩咐他去问的。"

两位老人又到茶室里坐下,丽莎到下房去把敲碎的糖放进箱子。乌斯玖莎正在那里讲骠骑兵的事。

"小姐,我的好小姐,那伯爵可真是个美男子,"她说,"简直就像眉毛乌黑的小天使。您小姐要是有这样一位姑爷,那可真是天造地设的一对了。"

别的女仆也都赞同地笑了笑。老保姆坐在窗口织袜子,叹了一口气,低声祷告起来。

"那你很喜欢骠骑兵喽?"丽莎说,"你讲这类事倒是把好手。去拿些果子汁来,乌斯玖莎,让那些骠骑兵喝点酸东西。"

丽莎笑笑,拿着糖缸走了。

"真想瞧瞧那骠骑兵是个什么模样,"她想,"头发是黑的,还是金黄的?我想他会高兴跟我们认识的。要是他就这样走了,他也不会知道有我这样一个人在这里想念他呢。有多少这样的人从我身边过去了。可是,除了舅舅和乌斯玖莎,谁也没有注意我。不管我梳什么发式,穿什么衣服,谁也不来欣赏一下,"她叹了一口气,瞧着自己白白胖胖的手臂,想,"他准是个高个子,大眼睛,说不定还留着黑黑的小胡子。唉,我这辈子已经度过二十二个年头了,可是除了麻子伊凡·伊巴端奇,还没有人爱过我呢。四年前我长得还要标致些呢。我这青春年华没有得到什么人的爱,就这么虚度了。唉,我真是个最最苦命的乡下姑娘!"

母亲唤她倒茶的声音把她从短暂的沉思中惊醒了。她摇摇头走进茶室。

良好的成绩往往在无意中获得,越是一味追求,越是没有结果。在乡下,一般不注意教育,反而能培养出好的后代。丽莎的情况就是这样。安娜·费多罗夫娜智力平庸,天性疏懒,不注意对丽莎的教育:没有教过她音乐,也没有让她学过非懂不可的法语。她跟已故的丈夫生下这么一个健康漂亮的娃娃,就把她交托给奶妈和保姆喂养,给她穿印花布衣服和羊皮鞋,吩咐仆人带她散步,采蘑菇和野果,后来又请一个中学生教她识字,做算术。十六年后,安娜·费多罗夫娜发现丽莎是个很好的伴侣,同时又是个永远乐观、善良和能干的主妇。安娜·费多罗夫娜心肠很好,常常把农奴的孩子或者弃儿领回来抚养。丽莎从十岁起就照管这些孩子。她教她们读书,给她们穿衣服,领她们上教堂,遇到她们过分淘气,还得管教她们。后来,这位衰老的好心肠舅舅来了,她又得像照顾孩子那样照顾他。再有仆人和农民经常跑来向年轻的小姐提出各种要求,要她给他们治病。丽莎就用接骨木、薄荷和樟脑精替他们治疗,这样全部家务就不知不觉落到她肩上。后来她身上产生了对爱情的渴望,但得不到满足。于是她就到大自然和宗教方面去寻求安慰。丽莎不知不觉成了个精明能干、善良乐天而又独立自主的女性。她心地纯洁，笃信宗教。尽管在教堂里，她看见旁边的女邻居头戴从K城买来的时式女帽，心里也会感到妒忌；尽管她有时对爱情也会想入非非，甚至近乎荒唐；可是有益而必要的家务活动却总能驱散种种烦恼，因此在这个身心健康、品德高尚的二十二岁姑娘身上没有一个污点，她也不为什么事感到内疚。丽莎中等身材，苗条而不失丰满。她的眼睛深褐色，不太大，下眼皮有点黑，背后留着一条淡褐色长辫子。她走路的步子很大，身体左右摇摆，就像俗话所说的"鸭子走路"。当她忙于干活，又没有什么特别激动的事时，她脸上的表情仿佛在对一切打量着她的人说：活在世界上问心无愧，又有人可以爱，真是快乐呀。即使在她烦恼、困惑、惊惶或者悲伤的时刻，尽管含着眼泪，皱着左眉，闭紧嘴唇，在她的酒窝上，在她的嘴角边，在她惯于微笑和乐天的明亮眼睛里，都焕发着一种纯洁、善良和坦率的心灵的光辉。

10

骑兵连进入莫罗卓夫卡的时候，太阳已经西沉，但天气还很热。前面，在灰沙飞扬的村道上，一头离群的花斑母牛一边跑一边回头张望，不时停下来哞哞叫着，不知道让路。老农、女人、孩子和地主家的仆人都挤在街道两边，好奇地打量着骠骑兵。骠骑兵都骑着套上马嚼、偶尔打着响鼻的黑马，在尘土滚滚的街上跑着。骑兵连的右边，有两个军官漫不经心地骑在漂亮的黑马上。其中一个是指挥官土尔宾伯爵；另一个年纪很轻，从士官生提升上来还不久，叫波洛佐夫。

一个穿白色直领军服的骠骑兵,从一所最好的农舍里出来,摘下帽子,走到军官们跟前。

"我们的营房安排在哪里?"伯爵问他。

"给大人住的吗?"设营员全身打了个哆嗦,回答,"这儿村长的房子已给你们两位打扫好了。我要他们在地主家弄个宿处,可他们说没有地方。地主婆凶得要命。"

"好吧,"伯爵说着下了马,伸伸腿,走到村长小屋前,"那么,我的马车到了吗?"

"到了,大人!"设营员回答,用帽子指指大门里那辆包皮马车,接着往前跑到农舍的穿堂里,那里已挤满了来看军官的农民老少。他猛地推开打扫干净的农舍,撞倒了一个老婆子,然后让伯爵进去。

房子相当宽敞,但不很干净。德籍侍仆穿戴得像个老爷,站在屋子里。他已架好铁床,铺好垫褥,正从箱子里取被单。

"呸,这么脏的屋子!"伯爵气愤地说,"贾登科!难道就不能在地主家找个好一点的房间吗?"

"要是您大人想换地方,我到地主家叫谁让个屋子出来,"贾登科回答,"可那里也不讲究,不见得比这屋子好。"

"那就不用了。你去吧。"

伯爵双手枕头,在床上躺下。

"约翰!"他唤德国侍仆道,"床铺中间又高起一大块!你总是不会铺床。"

约翰想把床重新铺过。

"算了,现在别弄了……睡袍在哪里?"伯爵老大不高兴地说。

侍仆把睡袍递给他。

伯爵没有穿,先看了看前襟。

"污迹果然没有洗掉。天下还有比你更糟的仆人吗?"伯爵从他手里夺过睡袍,一边穿,一边骂,"你说说,你是存心这么胡闹的吗?……茶煮好了没有?"

"还没来得及煮。"约翰回答。

"笨蛋!"

然后伯爵拿起一本给他准备的法国小说,默默地看了好半天;约翰到穿堂里扇茶炊去了。伯爵显然情绪不好,大概是由于疲劳、满脸尘土、衣服太紧、肚子又饿的缘故吧。

"约翰!"他又叫道,"把那十卢布账单拿来。你在城里买了些什么?"

伯爵瞧了瞧账单,不满意地指出这些东西买得太贵。

"给我往茶里放点朗姆酒。"

"朗姆酒没有买。"约翰说。

"你真行!我对你说过多少次了,要买朗姆酒!"

"钱不够哇。"

"波洛佐夫为什么不买?你该去叫他的仆人弄点来。"

"波洛佐夫少尉吗?我不知道。他们已买了茶叶和糖。"

"畜生!……滚开!……你总是惹我生气……难道你不知道我行军喝茶总要加朗姆酒吗?"

"这儿有您两封信,参谋部来的。"侍仆说。

伯爵躺着拆开信,看了起来。少尉安顿好了骑兵连,得意洋洋地走进来。

"怎么样,土尔宾?这地方看来不错吧!我可实在累坏了。天气真热呀!"

"哼,是不错!屋子又臭又脏,朗姆酒又沾你的光喝不到:你那个木头佣人没有买,这个家伙也没有买。你至少也该说一声啊。"

土尔宾说着继续看信。他看完信,把信纸揉成一团,扔在地上。

"你怎么不买朗姆酒?"这当儿少尉在穿堂里低声问他的勤务兵,"你不是还有钱吗?"

"干吗什么东西都要我们买!已经什么账都由我付了,他们那个德国佬就知道抽抽烟斗,啥事也不管。"

第二封信显然是令人愉快的,因为伯爵看信的时候露出了微笑。

"谁写来的信?"波洛佐夫问,回到屋里,在火炉旁边的木板上给自己铺了床。

"明娜写来的,"伯爵快乐地回答,把信递给他。"你要看看吗?这女人真迷人!……比我们那些小姐都好……你看这信写得多热情,多聪明!……就是一件事不好:要钱。"

"是啊,这不好。"少尉说。

"说实在的,我答应过她了。可是现在要打仗……不过,要是让我再指挥骑兵连三个月,我就有钱寄给她了。我不会舍不得的,真的!她实在迷人!……是吗?"他笑眯眯地说,注视着正在看信的波洛佐夫的脸部表情。

"别字连篇,但挺有意思,看来她倒是真心爱你的。"少尉回答。

"嘻,那还用说!只有那种女人才会真心爱你。"

"还有一封信又是谁写来的?"少尉把看过的信还给伯爵,说。

"哦……那是一个男人写的,很卑鄙,我欠了他赌债,他这是第三次来讨了……我现在还不出……真讨厌!"伯爵回答,想起这事很烦恼。

接着两人好一阵没有说话。少尉显然受伯爵的影响,默默地喝着茶,偶尔瞧瞧那凝视着窗外、神色有点惆怅的俊美的土尔宾,不敢开口。

"嗨,说不定前途美妙呢,"伯爵突然向波洛佐夫转过身去,晃了晃脑袋,说,"要是今年我们照规矩提升,再打上一仗,我的地位就可以超过我们那些骑兵大尉了。"

茶喝到第二杯,话题还是没有改变。这时老仆达尼洛走进来,转达安娜·费多罗夫娜的口信。

"我们太太请问,您是不是费多尔·伊凡内奇·土尔宾伯爵的公子?"达尼洛说,他已知道了这位军官的姓,并且记得已故伯爵上次来K城的事。"我们太太安娜·费多罗夫娜原来跟他很熟。"

"那是先父。告诉你们太太,我很感谢,什么也不需要了,但要是方便的话,最好给我们弄一个干净些的屋子,庄园里或者别的地方都行。"

"啊,你这又何必呢?"等达尼洛一走,波洛佐夫说,"有什么关系?在这里待一个晚上有什么关系,何必给人家添麻烦。"

"瞧你说的!我们在烟雾腾腾的小屋子里待够了!……这下子明白了,你是一个不切实际的人……只要能过上人过的生活,哪怕只有一晚上,为什么不过呢?再说,他们只会高兴的。就是一件事麻烦:要是那家太太真的认识我爹,"伯爵继续说,笑得露出一排白得发亮的牙齿,"我常常为我死去的爹害臊,他老是干下什么丑事,要不就是欠了人家的债。因为这个缘故我不愿遇见我爹的熟人。不过话也得说回来,当时就是那么个风气。"他一本正经地补充说。

"我还没有告诉你,"波洛佐夫说,"我有一次遇见枪骑兵旅长伊林。他很想见到你,因为特别尊敬你的父亲。"

"那个伊林哪,是个坏透的家伙。那些家伙都说认识我爹,目的是要讨好我,还兴致勃勃地讲我爹的事,叫我听了都害臊。说实话,我对那些事不感兴趣,也不会动感情,可他这人实在太冲动,有时就做出些不太好的事来。不过也得怪当时的风气。他要是生在今天,可能很有出息,因为他这人确实很有点才气。"

一刻钟后,那仆人回来说,太太请他们到宅子里过夜。

11

安娜·费多罗夫娜一听说骠骑兵军官就是费多尔·土尔宾伯爵的儿子,就忙碌起来。

"哦,我的天!他是我的宝贝!……达尼洛!快跑去对他说:太太有请,"她说着拔脚跑到下房,"丽莎!乌斯玖莎!把你的房间收拾一下,丽莎。你搬到舅舅屋里去。哥哥,你就住到客厅去吧。一个晚上没有关系。"

"没有关系,妹妹!我可以睡地板。"

"我想,他要是像他父亲,准是个美男子。我真想看看,看看这宝贝……回头你看看,丽莎!他父亲可是个美男子……桌子往哪儿放?就放在这儿吧,"安娜·费多罗夫娜一边忙碌,一边说,"去搬两张床来:一张到管家屋里去搬。把水晶烛台拿来,就是我过命名日哥哥送的那一个,在书架上,再插上一支蜡烛。"

终于一切准备就绪。丽莎不管母亲的干涉,照自己的心意为两个军官布置好房间。她拿出两床洒过木樨草香水的干净床单,铺好床,又吩咐仆人把一瓶水和蜡烛放在床几上,又用香纸把下房熏香,亲自把她的小床搬到舅舅屋里。安娜·费多罗夫娜稍微安心了点,她回到自己的位子上坐下,甚至拿出纸牌来,但她没有摆牌阵,却用肥胖的胳膊肘支在桌上想心事。"啊,时间过得真快,过得真快!"她低声自言自语。"难道这是好久以前的事吗?我好像才看见他似的。啊,真是个淘气鬼!"她眼睛里涌出泪水。"如今丽莎……可她一点不像我在她这个年纪的样子……这姑娘不错,可她不像……"

"丽莎,今晚你最好穿那件平纹薄花呢连衣裙。"

"哦,妈妈,难道您真的要请他们来做客吗?还是不请吧,"丽莎回答,一想到要同军官见面,压不住内心的激动,"还是不请吧,妈妈!"

其实,与其说她希望看见他们,不如说害怕那仿佛在向她招手的动人心弦的幸福。

"说不定他们自己很想跟我们认识呢,丽莎!"安娜·费多罗夫娜说,一边抚摩着女儿的头发,一边想:"不,当年我的头发不是这样的……啊,丽莎,我多么希望你……"她确实希望女儿能得到点什么,但她无法想象女儿会嫁给伯爵,也不希望女儿同他发生她自己跟他父亲那样的关系,不过她真希望女儿能得到点什么。也许她希望女儿能在精神上体验她自己当年跟他父亲经历过的那种生活。

老骑兵因为伯爵要来也有点激动。他走进自己的房间,关在里面。过了一刻钟,他从屋里出来,身上穿着轻骑兵短外衣和浅蓝色裤子,走进替客人准备好的房间,脸上露出像姑娘第一次穿上舞衫那样的羞涩而欢喜的神色。

"妹妹,我要瞧瞧现代的骠骑兵!已故那位伯爵可是个真正的骠骑兵。我要瞧瞧,要瞧瞧。"

这时两位军官已从后门走进给他们准备好的房间。

"喂,你瞧,"伯爵穿着沾满尘土的靴子在床上横下来,说,"不是比蟑螂成群的农家好得多吗!"

"好是好一点,可是怎么报答主人呢……"

"废话!做人什么事都得讲究实际。他们一定高兴得很呢……来人哪!"他嚷道,"弄个什么东西把窗子遮住,要不晚上会有风吹进来。"

这时候,有个小老头进来向军官们作了自我介绍。他尽管说话时有点脸红,但并没有忘记说他跟已故伯爵是朋友,伯爵曾对他厚意相待,甚至几次三番施恩于他。至于他所谓的施恩,是指伯爵向他借过一百卢布没有还呢,还是有一次把他推倒在雪堆上,还是骂过他一次,老头儿却没有说明。年轻的伯爵对待老骑兵彬彬有礼,感谢他们的接待。

"房子很简陋,请多多包涵,伯爵(他差点说出'大人'两个字来,因为已经不惯跟大人物打交道了),我妹妹的房子太小。那个窗子我们马上拿东西来挂上,这样就会好些。"小老头补充说,借口找窗帘,行了个立正礼走了,其实是想把军官的事赶快告诉家人。

俏姑娘乌斯玖莎拿着太太的大披巾来遮窗子。她说,太太还要她问一下,两位老爷要不要喝茶。

舒适的环境显然使伯爵心情愉快。他笑嘻嘻地同乌斯玖莎开玩笑,弄得乌斯玖莎甚至叫他淘气鬼,他还问她,他们家小姐漂亮不漂亮。她问他要不要喝茶。他说可以拿点茶来,不过他们的晚饭还没有煮好,现在能不能先弄点伏特加和小吃来,要是有白葡萄酒,那就更好了。

舅舅看到年轻的伯爵彬彬有礼,十分高兴,把年青一代的军官捧上天,说现在的年轻人比上一代出色多了。

安娜·费多罗夫娜不同意这种说法,她认为没有比已故伯爵更好的人了,最后竟真的生起气来,冷冷地批评说:"在您看来,哥哥,谁最后巴结过您,谁就是最好的人。不错,现在的人都变得聪明了,可当年费多尔·伊凡内奇伯爵跳苏格兰舞跳得那么漂亮,待人又那么亲切,简直把人都给迷住了。不过,他除了我,对谁都不感兴趣。您瞧,从前也有过好人哪。"

这时听说军官们要伏特加、小吃和白葡萄酒。

"您这是怎么搞的,哥哥!您这人总是不会办事。得给他们准备晚饭,"安娜·费多罗夫娜说,"丽莎!你去安排一下,好孩子!"

丽莎跑到储藏室取蘑菇和鲜黄油,又吩咐厨子炸肉饼。

"您还有白葡萄酒吗,哥哥?"

"没有,妹妹!我也没有了。"

"怎么没有!您喝茶不是要加点什么吗?"

"那是朗姆酒,安娜·费多罗夫娜。"

"还不都一样?您就给他们一点……朗姆酒好了。是不是要请他们到这儿来呀,哥哥?这些事您全懂。他们总不会生气吧?"

老骑兵声称,他保证像伯爵那样的好人决不会拒绝邀请,他一定把他们请到。安娜·费多罗夫娜不知为什么穿了一件绸的连衣裙,戴了一顶崭新的帽子;丽莎呢,忙着张罗晚餐,来不及换掉身上那件宽袖的粉红色粗麻布连衣裙。再说,她实在太激动了,感到有什么重大事件在等着她,心上仿佛压着一片乌云。她觉得英俊的骠骑兵伯爵准是个从未见过的不可思议的妙人儿。他的脾气,他的习惯,他的谈吐,一定与众不同,也是她以前从来没有遇见过的。他的思想和言论一定聪明而正确,他的行为一定都很公正,他的模样一定很漂亮。这一层她绝不怀疑。即使他不仅要点小吃和白葡萄酒,而且要求洗个有鼠尾草花露水的澡,她也不会感到惊讶,并认为那是合情合理的。

老骑兵转达了妹妹的邀请,伯爵立刻同意,梳了梳头发,穿上外套,随身带了一盒雪茄。

"咱们去吧。"伯爵对波洛佐夫说。

"我看还是不去的好,"少尉回答,"我们一去,他们就要破钞了。"

"废话!我们去她们只会高兴。再说,我已经了解过了,她们家有个漂亮的女儿……咱们去吧!"伯爵用法语说。

"两位先生,请!"老骑兵这样说,目的只是要让他们知道他也懂法语,他们说的话他都懂。

12

两位军官进来的时候,丽莎涨红脸,垂下眼睛,仿佛在忙着沏茶,不敢对他们瞧一眼。安娜·费多罗夫娜正好相反,慌忙站起来向他们鞠躬,眼睛盯住年轻伯爵的脸同他说话,说他酷似他爹,接着介绍女儿跟他认识,又请他们喝茶,吃蜜饯和软果糕。少尉貌不惊人,谁也没有注意他。他反而高兴,因为他一下子被丽莎迷住,这样就可以仔细欣赏她的美貌而不至于有失体统。舅舅听着妹妹跟伯爵谈话,很想讲讲自己过去骑兵生活中的事。伯爵喝茶时抽着一支味道很浓的雪茄,熏得丽莎忍不住咳嗽。他和蔼可亲,谈锋很健,起初只在安娜·费多罗夫娜滔滔不绝的谈话间歇时插上几句,最后就不给别人开口,只顾自己说话。有一点使他的听众感到惊讶:他说话常常夹几个粗鲁的字眼,这在他的圈子里算不了什么,可是在这里却显得过分大胆,以致安娜·费多罗夫娜听了都有点害怕,丽莎脸红到耳朵根,可是伯爵没有发觉,依旧那么和蔼可亲,若无其事。丽莎默默地倒着茶,不直接送到客人手里,而放在他们旁边的桌上。她还没有恢复平静,并且津津有味地听着伯爵的谈话。伯爵通俗的讲述和并不流利的口才使她稍微镇定一点。她没有从他嘴里听到期望听到的聪明机智的话,也没有从他身上看见朦胧地幻想过的翩翩风度。到喝第三杯茶的时候,丽莎怯生生的眼睛再次同他的目光相遇,他也没有垂下眼睛,仍旧若无其事地含笑瞧着她。这时丽莎觉得她对他简直抱着敌意,不多一会儿又发现他并没有什么出众的地方,而且同她见到过的一切人也没有什么区别,因此不必那么提心吊胆,他只不过是指甲修得又长又干净,并没有什么迷人之处。丽莎失望地放弃了原来的幻想,心里顿时感到平静,只有少尉无言的凝视使她有点不安。"也许可爱的不是这一个,而是那一个!"她想。

13

喝过茶,安娜·费多罗夫娜请客人到客厅去,自己又在老位子上坐下来。

"伯爵,您要不要休息一会儿?"她问,在得到否定的回答后又问,"那么我们该让贵客做些什么消遣呢?伯爵,您打不打牌?哥哥,您动动脑筋,安排点什么玩意儿……"

"您不是会打朴烈费兰斯吗,"老骑兵回答,"那就让大家一起打吧。伯爵,您打不打?打不打?"

两位军官都表示客随主便,殷勤的主人高兴怎么玩就怎么玩好了。

丽莎从自己屋里拿来一副旧牌。她常用这副牌来占卜她妈的牙肿会不会很快消退,舅舅进城能不能当天回家,女邻居今天会不会来串门等事。这副牌虽已用了两个月,但还是比安娜·费多罗夫娜占卦用的那一副干净些。

"小输赢你们也许觉得没意思吧?"舅舅问。"我们跟安娜·费多罗夫娜总是赌半个戈比……就是这样她也会把我们赢个精光的。"

"哦,只要你们高兴,我都乐于奉陪。"伯爵回答。

"好吧,那么就赌一戈比钞票的吧!看在两位贵客脸上,让他们把我这老太婆赢个精光吧。"安娜·费多罗夫娜说,舒舒服服地坐在她的安乐椅上,敞开短斗篷。

"说不定我可以从他们身上赢到一个卢布。"安娜·费多罗夫娜想,她上了年纪也有点牌瘾了。

"您要是愿意,我可以教您打'记分'和'米塞尔'。"伯爵说。

"可好玩了。"

这种彼得堡的新式赌法大家都很感兴趣。舅舅还说,他知道这种打法有点像波士顿,但记不清了。安娜·费多罗夫娜一点都不懂,搞了好久还是摸不着头脑,最后却笑眯眯地点点头说完全明白了。安娜·费多罗夫娜手里拿着爱司和老K,却说没有好牌,结果赢了六墩牌。这使大家都觉得好笑。她心慌意乱,羞怯地微笑着,连忙说,这种赌法她还没有完全习惯。不过,他们还是赢了她许多钱,何况伯爵赌惯大数目,赌得非常精明,往往使对方措手不及,而且不管少尉怎样在桌子底下踢他的脚,提醒他跟错了牌,他还是不加理会。

丽莎又送来了软果糕、三种蜜饯和又大又甜的渍苹果,站在母亲背后看牌,偶尔瞧瞧两位军官,特别是伯爵那双粉红色指甲修得很整齐的白手,怎样熟练而洒脱地抓牌和出牌。

安娜·费多罗夫娜有点急躁,赶在别人前头,喊了七,结果少了三墩牌,经她哥哥要求才歪歪斜斜地记上分数,弄得狼狈不堪。

"不要紧,妈妈,您会赢回来的!……"丽莎笑眯眯地说,想帮她母亲解围。"您让舅舅输一次,他就完了。"

"那你就来帮帮我吧,丽莎!"安娜·费多罗夫娜心慌意乱地瞧瞧女儿,说,"我不知道这该怎么……"

"可我也不知道这种打法,"丽莎心里计算着母亲的输账,回答。"您这样未免输得太多了,妈妈!给比莫奇卡做新衣服的钱都被你输掉了!"她开玩笑地添上说。

"是啊,这样很可能输掉十个银卢布的。"少尉说,眼睛望着丽莎,想同她攀谈。

"难道我们不是在赌钞票吗?"安娜·费多罗夫娜环顾着所有的人,问。

"我不知道该怎么玩,我不会用钞票计算,"伯爵说。"那是怎么回事?怎样用钞票计算?"

"现在已经没有人用钞票计算了。"舅舅说,手里玩弄着打火石。他已经赢了。

老太太吩咐拿啤酒来。她喝了两大杯,喝得满脸通红,仿佛什么也不在乎了。她的一绺白发从帽子里漏出来,她也没把它掠回去。她仿佛已输掉几百万卢布,彻底破产了。少尉越来越频繁地用脚踢着伯爵。伯爵记下老太太的输账。最后牌局结束了。尽管安娜·费多罗夫娜昧着良心虚报分数,又装作算错了账,并对输掉的数目感到害怕,最后计算下来,她还是输了九百二十分。"那是不是九卢布钞票?"安娜·费多罗夫娜问了几次。直到哥哥向她解释她输了三十二个半卢布钞票,而且一定要付现款,她才大吃一惊,知道她输了好大一笔数目。伯爵连自己赢了多少钱都没有计算,牌局一完就走到窗前——丽莎正在那里安排小吃,把一罐蘑菇倒在盘子里准备晚饭——若无其事地同丽莎谈起天气来,而这是少尉整个黄昏都想做而没有能做到的事。

少尉这时正处在十分不愉快的境地。安娜·费多罗夫娜由于伯爵走开,尤其是能使她心情愉快的丽莎也不在场,竟当众发起脾气来。

"真糟糕,我们害您输了这么多钱,"波洛佐夫没话找话,"实在很不好意思。"

"可不是,你们想出了什么记分啦,米塞尔啦!可我又不会打。究竟合多少钞票?"她问。

"三十二个卢布,三十二个半卢布,"老骑兵赢了钱,心里高兴,一再说,"拿钱来,妹妹……拿钱来。"

"我会如数付给你们的,可下次别再叫我上当了!这笔钱我一辈子也捞不回来了。"

安娜·费多罗夫娜走到自己屋里,很快拿着九卢布钞票摇摇摆摆地回来。由于她哥哥的坚决要求,她才把输掉的钱全部付清。

波洛佐夫有点害怕,唯恐跟安娜·费多罗夫娜一谈话,她会骂他,就悄悄离开她,却加入伯爵和丽莎在窗口的谈话。

屋子里,餐桌上点着两支蜡烛。烛光偶尔被五月夜晚温暖的微风吹得摇摇晃晃。窗外的花园也很亮,但亮得跟屋子里不一样。一轮近乎正圆的月亮已失去金光,飘浮在菩提树梢上,越来越亮地照耀着时而遮住它的白云。池塘上有一块地方映出银色的月光,通过林阴道可以看得清清楚楚;池塘里响起一阵阵蛙鸣。窗下芬芳的丁香丛中,几只小鸟跳来跳去,轻轻地摇动带露的花枝。

"天气多好哇!"伯爵说着,走到丽莎跟前,在矮窗台下坐下来,"我想,您一定经常散步吧?"

"是的,"丽莎回答,跟伯爵谈话已一点也不觉得羞怯了,"我每天早晨七点出去办点事,就带着妈妈的养女比莫奇卡一起散一会儿步。"

"住在乡下真好!"伯爵戴上眼镜,时而望望花园,时而瞧瞧丽莎,说,"晚上您不在月光底下散步吗?"

"不。不过两年前,每逢有月亮的晚上我总要跟舅舅出去散步。他得了一种睡不着觉的怪病。每逢月亮圆的时候,他就睡不着觉。他的房间,就是对着花园的那一间,窗子很低,月光可以直接照到他的身上。"

"真奇怪,"伯爵说,"我还以为那是您的房间呢?"

"不,我今晚是临时睡在那儿。我的房间让给你们住了。"

"真的吗?……哦,我的天!……这样打扰您真是罪过,"伯爵说,摘下眼镜以示诚意,"我要是知道这样打扰您……"

"那算得了什么打扰!相反,我挺高兴:舅舅的房间很好,很舒服,窗子又低,我睡不着,可以坐在那里,或者从窗口爬到花园里,散步散个通宵。"

"好一个可爱的姑娘!"伯爵重新戴上眼镜,瞧着她,想着,接着装作在窗台上坐得舒服些,用脚触触她的脚。"瞧她多巧妙地向我暗示,要是我愿意,可以在窗外花园里同她见面。"丽莎的魅力在他的眼睛里大大减少了,因为他一下子就把她征服了。

"在这样的夜晚同一个所爱的姑娘一起游花园,该是多么快乐呀!"他若有所思地望着昏暗的林阴道,说。

丽莎听了这话,伯爵又像是无意地用脚踢踢她,弄得她很窘。为了掩盖窘态,她不假思索地说:"是啊,月夜散步是挺不错的。"她有点不高兴。她扎好盛蘑菇的罐子,正要走开,少尉走了过来。她想仔细看看,他究竟是个怎样的人。

"这夜晚多美呀!"少尉说。

"他们怎么就知道谈谈天气。"丽莎想。

"这里的景色真美!"少尉继续说,"不过,我想您一定腻味了!"他补充说。他有一个怪癖,就是对他很喜爱的人故意说些不招人喜欢的话。

"您为什么这么想呢?老吃一样东西会腻味,老穿一件衣服会腻味,但一座美丽的花园对喜欢散步的人来说是不会腻味的,特别是月亮升起的时候。从舅舅房间里望得见整个池塘。我今天晚上就要看看。"

"你们这儿大概没有夜莺吧?"伯爵问,对波洛佐夫突然走来,妨碍他知道约会的时间和地点,大为生气。

"不,夜莺我们这儿一向有的,去年有一只被猎人捉住,上礼拜这儿有一只唱得很好听,可是被警察局局长的马车铃吓跑了。前年我跟舅舅常常坐在树阴浓密的林荫道里,听夜莺唱歌,一听就是两个钟头。"

"这个多嘴的丫头在给你们讲些什么呀?"舅舅走到他们跟前,问,"你们不来吃点什么吗?"

晚饭的时候,伯爵竭力称赞菜肴的精美,并且放开肚子大吃,这样多少驱散了女主人的懊恼。吃过晚饭,两位军官就告辞回房。伯爵握了握舅舅的手,又握了握安娜·费多罗夫娜的手,这使她感到惊讶,尽管他没有吻她的手。他又握了握丽莎的手,还对直瞅了一下她的眼睛,愉快地一笑。这一眼又使姑娘心头发慌。

"他长得挺不错,"丽莎想,"就可惜太自负了。"

14

"哼,你怎么不害臊哇?"两个军官回到屋里,波洛佐夫说,"我是故意赌输,还在桌子底下推过你。哼,你怎么不害臊哇?你看人家老太太多伤心。"

伯爵哈哈大笑。

"这位太太真可笑!瞧她气成什么样子啦!"

他又心花怒放地哈哈大笑,弄得站在他前面的约翰也垂下眼睛,微微一笑,转过脸去。

"她居然生老朋友儿子的气!……哈哈哈!"伯爵又笑了。

"不,这样是不太好。我简直替她难过。"少尉说。

"真荒唐!你还太年轻!难道你要我输钱吗?以前我不打牌,也常常输钱。老弟,十个卢布可不是一笔小数目哇。人活着得讲究实际,要不只好永远做傻瓜。"

波洛佐夫一言不发。他要独自好好想想丽莎,觉得她确实是个纯洁美丽的姑娘。他脱去衣服,躺到替他准备好的柔软干净的床上。

"军人的种种荣誉和地位都没有意思!"他想,同时望着挂着围巾的窗户,从窗缝里漏进一束银白色的月光。"同一个聪明、淳朴、可爱的妻子过清静的乡村生活,这才是幸福!这才是真正可靠的幸福!"

但波洛佐夫没有把这种美梦告诉朋友,甚至只字不提那姑娘,尽管他相信伯爵此刻也正在想她。

"你怎么不脱衣服哇?"他问在屋子里踱步的伯爵。

"我还不想睡。你要睡觉,可以把蜡烛灭了。我回头自己会睡的。"

他说着继续在屋子里来回踱步。

"我也还不想睡,"波洛佐夫学着他的腔调说,今晚他对伯爵的态度特别不满,很想同他作对。"我想得出,你这头发油光光的脑袋在想些什么,"他在心里对土尔宾说,"我看出你很喜欢她。可是你无法理解这个纯洁朴实的姑娘。你需要的是像米娜那样的女人,还有上校的肩章……对了,我要问问他是不是喜欢她。"

波洛佐夫转身想同他说话,但立刻又改了主意。他觉得,要是伯爵对丽莎的看法确如他所想的那样,那他不仅无法同伯爵争论,甚至不可能不同意伯爵的话。他已习惯于无条件服从伯爵的意志,但对此又越来越觉得苦恼,不公平。

"你到哪儿去?"伯爵戴上帽子,走到门口,波洛佐夫问。

"我到马厩看看,是不是一切都安排好了。"

"真怪!"少尉想,弄灭了蜡烛,竭力驱散头脑里妒忌和敌视老朋友的荒唐思想,在床上翻了个身。

这时,安娜·费多罗夫娜照例亲切地吻了吻哥哥、女儿和养女,给他们每人画了十字,也回到自己屋里。老太太好久没有像今天这样在一天里遇到这么多不平常的事,连做祷告都没法平静下来;她的头脑怎么也摆脱不掉对已故伯爵生动而感伤的回忆,又想到这个年轻的花花公子怎样狠狠地赢了她一大笔钱。不过,她还是脱了衣服,喝了半杯放在她床几上的克瓦斯,躺下来睡觉。她那只心爱的猫悄悄地走进屋里来。安娜·费多罗夫娜把它唤到床上,抚摩它,听着它呼噜呼噜的声音,怎么也睡不着。

"这猫弄得我睡不着觉,"她想着把猫赶走。猫轻轻地落到地板上,微微摆动毛茸茸的尾巴,跳到炕上。但平时睡在安娜·费多罗夫娜房里地板上的侍女,这时动手铺开毡毯,灭了蜡烛,点上神灯。后来侍女打起鼾来,可是安娜·费多罗夫娜还是没有睡意,她那天花乱坠的狂想也无法平息。她闭上眼睛,骠骑兵的模样又出现了;她睁开眼睛,瞧瞧五斗柜,瞧瞧小桌子,瞧瞧挂着的白衣服,仿佛骠骑兵又以各种古怪的模样出现在屋子里。她忽而感到羽毛褥子太热,忽而觉得桌上座钟的嘀嗒声讨厌,忽而又觉得侍女的鼾声叫人受不了。她把侍女弄醒,叫她别打呼噜。接着,女儿啦,老伯爵啦,小伯爵啦,纸牌啦,种种形象又在她的头脑里古怪地搅成一团。她一会儿看见自己在跟老伯爵跳华尔兹,看见自己白白胖胖的肩膀,感觉到有人在上面亲吻,然后又看到她的女儿被小伯爵搂在怀里。乌斯玖莎又打起鼾来……

"唉,现在的人跟从前不同了。从前那一个为了我情愿赴汤蹈火,那倒不是没有道理的。可是现在这一个却睡得像个大傻瓜,赢了几个钱就高兴,根本不懂得谈情说爱。从前那一个会跪下来说:'你要我干什么,我就干什么;你要我死,我就立刻自杀。'只要我说到,他就会做到。"

突然走廊里传来有人光脚走路的声音。接着,丽莎身披围巾,脸色苍白,浑身哆嗦,跑进屋里,一头倒在妈妈的床上……

那天晚上,丽莎向妈妈请过晚安后,走到原来舅舅住的房间里。她穿上一件白色短上衣,拿手帕包住又粗又长的辫子,吹灭了蜡烛,打开窗子,盘腿坐在椅子上,眼睛若有所思地瞧着月光溶溶的池塘。

她平时的一切活动和关心的事,此刻在她看来都变成了另一种样子:她那年老任性的母亲(她对母亲百依百顺的孝心,成了她精神生活的构成部分);她那个老态龙钟而和蔼可亲的舅舅;敬爱她的男女仆人和农奴;那些奶牛和小牛;她周围的自然环境(四季不断更迭,万物出生又死亡,她在这个环境里成长,爱人也被人爱,感到心安理得)——这一切如今在她看来都不是那么回事,都是**乏味的**,**多余的**。仿佛有人对她说:"傻丫头,傻丫头!虚度了二十年光阴,徒然侍候人,却不知什么是生活,什么是幸福!"此刻她凝望着月光下幽静的花园,思潮翻腾不已。她怎么会有这样的念头呢?人家还以为她突然对伯爵产生了爱情,其实根本不是那么回事。老实说,她并不喜欢他。少尉原可以使她动心,但他是个不善言谈的傻瓜蛋。她一下子就把他忘记,而且又恨又恼地想起伯爵的模样来。"不,不是那么回事!"丽莎自言自语。她有她美好的理想。这理想在这样宁静的夜晚,在这样迷人的自然景色里,既不会损害自然的美,又值得被人所爱。这理想不会勉强迎合庸俗的现实。

起初,她独居幽闺,心灵的宁静没有遭到破坏,因此上帝一视同仁赋予每个人的爱在她身上仍然纯洁无瑕;她早就体验到这种感情,怀着淡淡的哀愁向往着幸福,她偶尔打开神秘的心扉,欣赏着里面丰富的宝藏,并愿意把它奉献给什么人。但愿她能一辈子享受上帝赐予她的这种有限的幸福。谁知道这是不是人生最大的幸福呢?是不是唯一可能获得的真正的幸福?

"我的上帝呀!"她想,"难道我已白白丧失了青春和幸福,从此再也……再也不能获得了?难道真是这样的吗?"她遥望着月光如水的高空,看那波浪似的白云怎样遮住星星,飘近月亮。"要是最高的那朵白云遮住月亮,我就真的会有幸福。"她想。一长条雾蒙蒙的云片驰过明亮的下半部天空,青草上,菩提树梢上,池塘上,月光渐渐暗淡,树木的阴影越来越模糊了。一阵微风吹动树木,把带露的叶子、湿润的土地和盛开的丁香的芳香送进窗来,同笼罩自然万物的黑暗融合在一起。

"不,那是不可能的,"她安慰自己,"要是夜莺今晚唱歌,那么这一切就都是胡思乱想,我也不必泄气。"她想。她又默默地坐了好一阵,等待着什么人,不管天空一会儿明亮,充满生气,一会儿浮云又遮住月亮,空中又变得一片昏暗。她坐在窗口,昏昏欲睡,忽然一阵夜莺的急促鸣啭低低地掠过池塘,把她叫醒了。她睁开眼睛。面前展开一派宁静而明朗的景色,同她的心灵神秘地融成一体,又一次使她陶醉。她的两只胳膊支在窗台上。一种甜滋滋的惆怅充塞她的胸膛,渴望幸福的纯洁泪水,美好的使人欣慰的泪水,在她眼眶里泛滥。她双臂交叉搁在窗台上,头靠在臂上。她心爱的祈祷词自动浮上心头,她就这样含着眼泪睡着了。

她模模糊糊地感觉到一只手在抚摩她。不过,这种抚摩很温柔,很舒服。接着一只手紧紧地握住她的胳膊。她突然醒了,惊叫一声,跳起来。她竭力要使自己相信,那全身浴着月光、站在窗下的人不是伯爵,接着,一口气跑出屋子……

15

真的,这是伯爵。他一听见姑娘的惊叫声和值夜人在栅栏后面的响应,就像一个被逮住的小偷,慌忙穿过露珠滚滚的湿草地,向花园深处跑去。"唉,我是个笨蛋!"他不由得一再说。"我把她吓坏了。我应该轻轻唤醒她。唉,我真是头蠢驴!"他站住,留神倾听着:值夜人穿过栅门走进花园,在沙径上拖着一根棍子。得躲起来。伯爵向池塘走去。几只青蛙从他脚边扑通扑通地跳进水里,把他吓了一跳。尽管他的双脚已经湿透,他还是在这儿蹲了下去,回想着刚才的事:他怎样爬过栅栏,找寻她的窗子,后来看到一个白色的影子;他怎样几次留神倾听轻微的沙沙声,走近窗口又走开;他一会儿觉得她准是因他姗姗来迟生气了,一会儿又觉得她不可能那么轻率地同他约会;最后他肯定她这个乡下小姐只是由于害臊而假装睡觉,就断然走到她跟前,看清楚她的姿势,接着不知怎的他又突然跑开去,但又因自己的胆怯而害臊,于是就又大着胆子走近去抚摩她的手。值夜人又干咳了一声,吱吱嘎嘎地推开栅门,走出花园。小姐房间的窗子砰的一声关上了,里面的板窗也关了起来。伯爵看到这情景,懊恼极了。他真不惜付出任何代价,只要刚才的事能够重新来过,他肯定不会再那么蠢了……"一位多么迷人的小姐!多么娇嫩可爱!简直太美了!可我错过了机会。我真是个笨蛋!"不过,他已不想睡觉。他懊丧极了,沿着绿阴蔽天的菩提树小径大踏步走去。

就在这里,这个夜晚也给他提供了冲淡悲哀和情欲的自然景色。银白的月光穿过茂密的菩提树叶,在长出一株株小草和掉落几根干树枝的泥路上筛下点点光斑。路旁一条弯曲的树枝,被月光照得白忽忽的,好像上面长着一层苔藓。银光闪闪的树叶偶尔发出沙沙的响声。屋里的灯都熄灭了,万籁俱寂,只有夜莺的歌声充满了广袤无际的静谧而光亮的夜空。"天哪,多么美丽的夜晚!多么迷人的夜晚!"伯爵吸着花园里清新的夜气,想。"可是真遗憾。我恨我自己,恨别人,恨我的整个生活。她真是个可爱的好姑娘。她一定伤心透了……"他胡思乱想,幻想着他在花园里跟这位乡下小姐在一起做出的种种荒唐事情;接着这位小姐竟变成了他所爱的米娜。"唉,我真是个傻瓜!我应该干脆抱住她的腰,吻吻她。"伯爵怀着悔恨的心情回到屋子里。

少尉还没有睡。他躺在床上,立刻向伯爵转过脸来。

"你还没有睡吗?"伯爵问。

"没有。"

"要把发生的事讲给你听吗?"

"什么事?"

"不,还是不讲的好……好吧,我就讲给你听。你把腿挪一挪。"

伯爵对他那失败的密谋一笑置之,生气勃勃地笑着坐到同伴的床上。

"你准不会想到,那位小姐竟然同我约会!"

"你说什么?"波洛佐夫从床上跳下来,嚷道。

"别忙,听我说。"

"怎么会?什么时候?那不可能!"

"喏,就在你们计算朴烈费兰斯的时候。她对我说,她将坐在窗口,人可以从窗口爬进去。做人就是要讲究实际!当你在跟老太太算账的时候,我就把这事安排好了。她不是当着你的面还说过,她今晚要坐在窗口眺望池塘吗?"

"不错,她说过这话。"

"她说这话究竟是有心还是无意,我可不知道。也许她确实还不想立刻就那么办,但看上去有点像。结果就弄出这样的事来。我干得真傻!"伯爵轻蔑地嘲笑自己,添上说。

"你这是什么意思?你刚才到哪儿去了?"

伯爵除了隐讳自己一再犹豫不决的心情外,把事情的始末说了一遍。

"是我自己坏了事,我应该大胆一些。她叫了一声,就从窗口跑掉了。"

"她就那么叫了一声跑掉了?"少尉笨拙地笑着说,来回答伯爵一向对他很有影响的笑容。

"嗯,现在该睡觉了。"

少尉转过身去背对着门,默默地躺了十分钟光景。天知道他心里在想些什么;不过当他再转过身来的时候,他脸上现出痛苦和决断的神色。

"土尔宾伯爵!"他声音激动地说。

"你怎么,说梦话还是怎么的?"伯爵平静地问。"你说什么,波洛佐夫少尉?"

"土尔宾伯爵!你是个下流坯!"波洛佐夫嚷着,跳下床来。

16

第二天,骑兵连出发了。两个军官没有看到房东,也没有向他们辞行。彼此也没有说话。他们打算在下一个宿营地决斗。不过,舒尔兹骑兵大尉是个好人,又是名出色的骑手,在团里很受人爱戴,原来准备担任伯爵的副手,但他巧妙地处理了这件事,不仅取消了决斗,而且团里也没有人知道这件事。再有,土尔宾和波洛佐夫两人虽不像以前那么要好,但仍旧你我相称,一起吃饭,一起打牌。

1856 年 4 月 11 日

高加索回忆片段：一个被贬谪的军官

我们的分遣队出差在外。任务将近完毕，一条林间通道已经开辟出来，我们天天就等司令部下令把我们调回要塞。我们的炮兵营驻扎在一座陡峭的高山的山坡上，负责控制前面的平原。山下是水流湍急的梅奇克山溪。有时候，特别是黄昏时分，在这片风景如画的平原上，在射程以外的地方，那些不怀敌意的山民，在好奇心的驱使下，往往三五成群骑马出来观看俄罗斯兵营。黄昏明朗、静谧而爽快，高加索12月的黄昏一般都是这样的。太阳正往左边陡峭的山岭落下，把玫瑰红的余晖投向遍布山上的帐篷，投向成群走动的士兵和我们的两尊大炮。那两尊大炮，仿佛伸长脖子，笨重地屹立在我们旁边的土炮台上。左边小丘上的步哨，连同他们叉起的枪支，哨兵的身影，一群士兵和将灭未灭的篝火的烟，在明亮的夕阳照耀下，像浮雕似的显得格外清晰。左右两边的山腰，在踩得坚实的黑泥地上，搭着一座座白色的帐篷，帐篷背后黑黝黝地挺立着一株株光秃的法国梧桐，从那边不断地传出伐木声、篝火的噼啪声和树木倒下的巨响。四面八方一缕缕青烟直上浅蓝色的寒冷天空，哥萨克、龙骑兵和炮兵正饮马归来，他们的马打着响鼻，发出得得的蹄声,从帐篷和小溪旁边走过。天气开始上冻,各种声音听来特别分明;极目望去,远方的原野在纯净稀薄的空气中清晰可见。三五成群的山民在收割过的淡黄色玉米田里安详地骑着马,士兵们对此已无动于衷;树林后面,看得见鞑靼人墓地的石柱和他们的炊烟缭绕的村庄。

我们的帐篷搭在离大炮不远的高燥的地方,从那里望出去,视野特别宽广。帐篷旁边,紧挨着炮台,我们收拾出一块空地,用来玩打棒游戏。勤快的士兵们在这儿为我们安上几只柳条长凳和一张小桌子。有了这些设备,我们的炮兵军官和几个步兵军官每到晚上总爱聚集在我们的大炮旁边,还把这地方叫做俱乐部。

这是一个可爱的黄昏,打棒的好手们聚集在一起,大家就玩起这游戏来。我、德准尉和奥中尉一连输了两场,只好在旁观者(从自己的营帐里看我们玩的军官、士兵和勤务兵)的一片欢笑声中,把赢的一方从空地的一端背到另一端,接连背两次。最滑稽的是那身体肥胖的施上尉,呼噜呼噜地喘着气,和蔼地微笑着,两脚拖在地上,让那又瘦又小的奥中尉背着走。一会儿,天色晚了,勤务兵给我们六个人送来三杯茶,而且没有茶碟子;我们玩够了,就走到柳条桌椅那边去休息。那里站着一个陌生人,罗圈腿,身穿光板皮袄,头戴一顶毛很长的白羊皮帽。我们一走过去,他犹豫不决地几次把帽子脱下又戴上,几次似乎想走到我们跟前来,但又站住了。最后,他大概觉得无法逃避人家的注意吧,就又脱下帽子,在我们身边兜了一圈,走到施上尉跟前。

"啊,古西康基尼!怎么样,老朋友?"施上尉招呼他说,他刚才让人家背着走而现出的笑容还没有消失。

古西康基尼(照施上尉的叫法)当即戴上帽子,做出两手插到皮袄口袋里的姿势,可是皮袄上对着我的那一边并没有口袋,他那只冻得发红的小手就没有地方放,显得很滑稽。我很想知道他究竟是什么人(是士官生还是被贬谪的军官),可是我没有注意到,我这个陌生军官打量着他的服装和外表的目光使他很窘。他看上去有三十岁。他那双又小又圆的灰眼睛从皮帽的垂在额上的肮脏白羊毛下望出来,有点睡意蒙眬,又有点惊惶不安。他那不端正的大鼻子夹在凹陷的双颊中间,越发衬托出他那病态的、异乎寻常的消瘦。嘴上稀稀落落地生着几根淡黄的柔软的胡子,两片嘴唇一直在微微翕动,仿佛想表达一种情绪。但这种情绪并没有充分表达出来,而他脸上表现出来的始终是恐惧和慌张。他那筋脉毕露的瘦长脖子围着一条绿色羊毛围巾,围巾掖在皮袄里。皮袄不长,很旧,领子和假口袋上饰着狗皮。他下面穿一条烟灰色的方格子长裤和一双靴筒没有染黑的短皮靴。

"不用客气了。"当他怯生生地看了我一眼,伸手脱帽的时候,我对他说。

他现出感激的神情向我鞠了一躬,戴上帽子,从口袋里掏出一只系有带子的肮脏印花布烟荷包,动手卷烟。

我自己不久以前也是个士官生,是个不像年轻伙伴那样殷勤随和的老士官生,而且没有财产,因此,我很能体会,一个年纪不轻而又很爱面子的人处在这种地位,精神上是多么痛苦,我也很同情一切处在这种地位的人。我总是竭力摸清他们的性格、智力水平和倾向,以便判断他们精神上痛苦的程度。这个士官生或者被贬谪的军官,从他那惊惶的目光和故意不断改变的面部表情上看来,人并不太笨,而且极爱面子,因此也很可怜。

施上尉提议大家再玩一场打棒游戏,并且规定输的一方除了背赢的一方之外，还得出钱买几瓶红酒、朗姆酒，加上白糖、桂皮和石竹，以配成热红酒。当年冬天由于天气寒冷，这种酒在我们队伍里十分流行。古西康基尼（施上尉又这样称呼他）也被邀参加游戏，但在开始玩之前，由于被邀请，他显然又快乐又害怕，因而把施上尉拉到一旁，在他耳边说了些什么。和蔼可亲的上尉用肥胖的大手拍拍他的肚皮，大声回答说："不要紧，老弟，我敢向您担保。"

游戏完毕，陌生人参加的一方赢了，我们的德准尉得背着他走一趟，可是准尉涨红了脸，走到凳子旁边，送了那陌生人几支纸烟以抵偿规定的处分。输的一方出钱订了热红酒之后，在勤务兵的帐篷里只听得尼基塔在忙碌张罗，他派传令兵去买桂皮和石竹，他的脊背忽而在这里忽而在那里把肮脏的帐篷顶了起来。我们七个人坐在长凳旁边，因为茶杯只有三只，只能轮流喝茶，同时眺望着前面开始披上暮色的原野，嘻嘻哈哈地议论着游戏时的种种情况。穿皮袄的陌生人没有参加谈话，执意不肯喝茶，虽然我几次三番请他喝。他像鞑靼人那样盘腿坐在地上，用烟屑卷着一支又一支的烟卷抽，看样子并非特别爱抽烟，而只是想找些事做做。当我们谈到明天也许要撤退也许要有战事时，他跪起来，对施上尉一人说，他刚才在副官那里还亲手写过明天出动的命令。他说的时候，我们大家都默不作声，而且尽管看来他有点胆怯，我们还是要他把**这个**我们极其关心的消息再说一遍。他又说了一遍，而且补充说，当命令送来的时候，他正好**坐在**副官那儿，因为他跟副官**住在一起。**

"注意啊，老弟，要是您没有撒谎，我可得到连里去，吩咐他们做好明天行动的准备了。"施上尉说。

"没有……干吗要撒谎？……这怎么行呢，我说的是实话……"

陌生人回答,可是突然住了口,显然感到委屈,不自然地皱起眉头,嘴里喃喃地说着些什么,又动手卷烟。可是他那花布烟荷包里的烟屑不够了,他就问施上尉**借一支烟**。接着我们又谈了好一阵,无非是那种凡是在部队里待过的人都熟悉的军人的闲谈:用老一套的词句抱怨行军生活的枯燥和漫长,用老一套的方式议论长官,或者反复赞扬这个同事,为那个同事抱屈,或者惊奇地谈到某人赢了多少钱,某人输了多少钱,等等。

"我说啊,我们那位副官输得可惨了,"施上尉说,"他在团部的时候总是赢钱,不论跟谁打牌,总是把人家的钱悉数赢到手,可是现在呢,他已经连输一个多月了。他这次出门很不顺利。我想他已经输掉一千卢布现款了,输掉的东西总也值五百卢布吧:从穆兴手里赢来的那条地毯,尼基丁的手枪,伏隆卓夫送给他的萨达金表,统统给他输掉了。"

"他这是活该,"奥中尉说,"以前他总是让人家吃大亏,简直不能跟他打牌。"

"让人家吃亏,这下子自己可破产了,"施上尉也和气地笑起来,"喏,古西科夫住在他那儿,副官也输给他,差点儿输个精光,真的。对吗,老弟?"他对古西科夫说。

古西科夫也笑了。他的笑显得很可怜,带点病态,使他脸上的表情完全起了变化。这样一变化,我觉得我以前遇见过他,认识他,而且他的姓古西科夫也很熟,可是我怎么认识他,在什么地方遇见过他,却一点也记不起来。

"是的,"古西科夫说,一再举起手来,仿佛要摸摸小胡子,但没有摸又把手放下来,"巴维尔·德米特里耶维奇这次出门真不走运,真是**时运不济啊**,"他用认真而道地的法语补了一句,我又觉得我在什么地方看到过他，甚至于看到过他好多次。"我跟巴维尔·德米特里耶维奇很熟，他总是很信任我，"他继续说，"我跟他还是老朋友呢，我是说他很喜欢我，"他补充说，把副官说成自己的老朋友，他发觉这种说法太狂妄，自己也感到有点吃惊。"巴维尔·德米特里耶维奇打牌一向打得很高明，可这会儿真叫人弄不懂，不知他这是怎么搞的，变得呆头呆脑，好运都跑光了。"他又用法国话补了一句，主要是对我说的。

我们起初都很有礼貌地听着古西科夫说，可是他一说这句法国话，我们都不由自主地转过身去不理他。

"我跟他打过千把次牌了，可实在叫人奇怪，**奇怪**极了，"奥中尉说，特别强调奇怪两个字，"我从来没有从他手里赢到过一个子儿。可是为什么我跟别人打牌却能赢钱呢？"

"巴维尔·德米特里耶维奇牌打得很高明，我认识他有好久了。"我说。真的，我认识副官有几年了，还几次看到他打牌，那种牌就军官的收入来说，输赢很大。我很欣赏他那稍微有点忧郁但总是十分镇定的漂亮模样，欣赏他说话时那种慢吞吞的乌克兰腔，还有他那些漂亮的东西和马匹，他那从容不迫的乌克兰式的洒脱风度，尤其欣赏他那沉着、利落、愉快地打牌的本领。老实说，有好多次，他那双又白又胖、食指上戴着钻石戒指的手，拿起一张又一张的牌把我打败。我瞧着他这双手，心里真恨这只戒指，恨这双白手，恨副官这个人，我对他产生了不好的看法；但冷静考虑之后，我深信他不过是个比别人聪明的赌徒罢了。尤其是听了他对赌博的一般议论（开始赌钱时先下小注，倘若顺手的话，就不该半途而废，但遇到某种情况就该中途停止，赌钱赌现款是最重要的原则，以及诸如此类的话）之后，我更加懂得，他之所以常常赢钱，只因为他比我们大家聪明，比我们大家有魄力。现在呢，这个沉着顽强的赌徒出门在外,可大输特输了,不但把钱输光,而且连东西都输掉。这对一个军官来说真是输得太惨了。

"他跟我打牌总是很走运的,"奥中尉继续说,"我发誓不再跟他打牌了。"

"嗨,您这人真怪,老兄,"施上尉摇摇脑袋向我使了个眼色,对奥中尉说,"您输给他三百卢布,是不是?"

"还不止呢!"奥中尉生气地说。

"如今您变聪明了,可是晚了,老兄!大家早就知道他是我们团里的一个骗子手,"施上尉好容易忍住笑说,对自己想出这个词儿感到很得意。"喏,古西科夫在这儿,他常常替他预备纸牌。因此他们很有点交情,老兄!……"施上尉说着和蔼地哈哈大笑,笑得整个身体摇摇晃晃,手里一杯热红酒都泼出来了。古西科夫黄瘦的脸上似乎有点发红,他几次张开嘴,两手举到胡子旁边,又放下来按住装口袋的地方,身子站起又坐下,终于声音极不自然地对施上尉说:

"这可不能开玩笑啊,尼古拉·伊凡内奇!您当着大伙儿的面说这样的话,大伙儿又不了解我,只看到我穿着光板皮袄……因为……"他的声音忽然中断了,那双指甲肮脏、冻得红红的小手又从外套上移到脸上,一会儿摸摸胡子、头发和鼻子,一会儿擦擦眼睛,一会儿又无缘无故地搔搔面颊。

"讲讲有什么关系,老弟,大家都知道的。"施上尉继续说,他对自己的玩笑十分得意,根本没有注意到古西科夫的激动。古西科夫喃喃地说了些什么,右臂肘搁在左腿的膝盖上,姿势极不自然地瞧着施上尉,似乎在轻蔑地微笑着。

"对,"我瞧着他的微笑,断然地想,"我不但见过他,而且在什么地方跟他说过话。"

"我们在什么地方见过面。"等到施上尉受大家沉默的影响止住笑,我对古西科夫说。古西科夫那张善于变化的脸忽然开朗了,他的眼睛第一次带着衷心的喜悦盯住我。

"当然啰,我一下子就认出您来了,"他又说起法语来。"四八年我在莫斯科常常看到您,是在我姐姐伊凡兴娜家里。"

我向他道歉,因为他穿着这身服装,我一下子认不出。他站起来,走到我跟前,用汗滋滋的手犹豫不决地轻轻握握我的手,在我身边坐下。他看到我虽然好像很高兴,但并没有瞧着我,而带着一种令人不快的夸耀神气向军官们扫了一眼。不知是由于我认出他就是几年前在客厅里穿燕尾服的那个人呢,还是由于他一想到往事就觉得自己的身价提高了,他的面貌甚至他的举动都判若两人。如今他的面貌和举动都显得聪明伶俐、冷漠高傲和天真的自负(自以为很聪明)。因此,尽管这位旧相识目前的处境很可怜,他在我心里引起的已经不是同情,而是一定程度的反感了。

我清楚地回想起我们的第一次见面。1848年我在莫斯科的时候,常常到伊凡兴家里去。我跟伊凡兴一起长大,我们是老朋友。他的太太是个和蔼可亲的女主人,是个所谓殷勤好客的女人,可是我一直不喜欢她……在我认识她的那年冬天,她常常带着不太掩饰的骄傲神气谈到她的弟弟。她的弟弟当时刚从学校毕业,似乎是彼得堡上流社会中最有教养最受喜爱的青年之一。在知道古西科夫的父亲十分有钱,地位很高,并且知道他姐姐的癖性之后,我遇到年轻的古西科夫,就不免带点成见。有一个晚上,我到伊凡兴家里去,遇见一个个儿不高、模样十分可爱的青年,他穿着黑色燕尾服、白背心,结着领带,但主人却忘记替我跟他介绍。这青年看样子正要去参加舞会，手里拿着帽子站在伊凡兴面前，热烈而有礼貌地跟他争论着我们一个共同熟人的事，他在匈牙利战役中曾表现得十分卓越。他说，这人根本不是个英雄，也不是个"天生的军人"（照他的说法），而只是个聪明和有教养的人罢了。记得我也参加了争论。我不同意古西科夫的意见，并且趋向极端，试图证明智慧和教养总是跟勇敢成反比的。我记得古西科夫快乐而聪明地向我证明，勇敢是智慧和一定程度教养的必然结果。我心里不能不暗暗同意这个论点，因为我自认为是个聪明而有教养的人！我记得在我们谈话结束的时候，伊凡兴娜把她的弟弟介绍给我，当时他脸上露出殷勤的微笑，向我伸出一只小手（手上的细羊皮手套还没有完全戴好），像此刻一样犹豫不决地轻轻握了握我的手。我虽然对古西科夫有成见，当时却不能不给他说句公道话，不能不同意他姐姐的意见：他确实是个聪明可爱的青年，在社会上准会有所作为。他外表异常整洁，穿着讲究，精神焕发，态度谦逊而自信，看上去十分年轻，简直像个孩子。看到他这副样子，你自然会原谅他那种志得意满的神气，也会原谅他故意克制他胜过你的优越感的意图——这种优越感在他那张聪明的脸上，特别是在微笑的时候，经常流露出来。据说，那年冬天他在莫斯科贵夫人中间很受宠爱。我在他姐姐家里看到他，光从他年轻的外表上经常流露出来的得意神气，以及他那有时不太谦虚的讲述中可以断定这些传闻真实的程度。我跟他大概见过五六次面，我们谈得相当多，说得更确切些，是他讲得很多，我总是光听他讲。他多半说法语，说得很正确，流利，漂亮，并且善于在谈话时婉转地打断别人的话。总的说来，他对我也像对别的一切人那样，相当高傲；我呢，经常受到那些不太熟识的人这样的对待（他们深信应该以高傲的态度对待我），也就觉得他这种态度是理所当然的了。

这会儿,他挨着我坐下,主动跟我握手,我又鲜明地回想起他过去那种自命不凡的神气,同时,他以下级的身份随便问我这个当军官的这些年来在干些什么,以及怎么会来到这里,我觉得这种态度也不太得体。虽然我每次都用俄语回答他,他却一直说着法语,而我发现他的法语显然已经不像从前那样运用自如了。关于自己的情况他只简单地告诉我,说他在出了那件不幸的蠢事(这是件什么事,我不知道,他也没有告诉我)之后,被捕三个月,然后被送到高加索N团,如今他在这个团里已经当了三年兵了。

"您准不会相信,我在这种团里吃了军官们多少苦!"他用法语对我说。"幸亏我认识刚才谈到的那位副官,他是个好人,真的,"他恳切地说,"我住在他那儿,对我来说这样毕竟要好过一点。是的,老朋友,日子一天一天地过去,可是一去不返了!"他补了一句,突然窘了,脸涨得通红,站了起来,因为发现那个副官正向我们走来。

"遇到您这样的人真高兴,"古西科夫离开我的时候低声说,"我有好多好多话要跟您说。"

我说我也很高兴跟他谈谈,但是,说句实话,古西科夫在我心里引起的只是一种沉重不快的怜悯。

我预感到跟他面面相对有点尴尬,但我很想从他身上知道许多事情,特别想知道,为什么他父亲那么有钱,而他却那么穷——这从他的服装和举动上都看得出来。

副官跟我们大家一一问好(古西科夫除外),在我旁边古西科夫的座位上坐下。巴维尔·德米特里耶维奇一向是个沉着、从容而有魄力的赌徒,并且是个有钱人,如今呢,比起他在牌桌上的全盛时期来,可大不相同了,他仿佛忙着要上哪儿去,眼睛不断地打量着每一个人,而且来了不到五分钟,他这个平时不打牌的人就要奥中尉组织牌局。奥中尉借口有任务推辞了,其实是因为知道巴维尔·德米特里耶维奇剩下的钱和东西都不多了,他认为拿三百卢布去冒险,而赢到手的可能只有一百卢布或者更少,未免太不聪明。

"哦,巴维尔·德米特里耶维奇,"中尉说,显然有意不让对方再提出这个要求来,"据说明天要出动了,这是真的吗?"

"我不知道,"巴维尔·德米特里耶维奇说,"光叫大家做好准备。哦,我们还是打牌吧,我可以拿我那匹卡巴尔达马下注。"

"不,今天……"

"那匹灰马。赌什么都行,您要的话,赌现钱也可以。怎么样?"

"我没什么……我是愿意的,您别以为……"奥中尉说,像是在解答自己的疑问,"明天说不定会有一场袭击或者什么行动的,得好好睡一觉哇。"

副官站起来,两手插在口袋里,在空地上踱来踱去。他脸上现出平时那种冷淡而带几分傲慢的神气,这神气我倒是喜欢的。

"要不要来杯热红酒?"我问他说。

"行!"他说着向我走过来。古西科夫急忙从我手里接过玻璃杯,以便递给副官,眼睛却竭力不去看他。可是古西科夫没留意绷帐篷的绳子,绊了一跤,玻璃杯就从手里落下了。

"嗨,笨蛋!"副官刚伸出手去接玻璃杯,骂了一声,大家哈哈大笑,古西科夫也笑了,同时用一只手抚摩着瘦骨嶙峋的膝盖——他的膝盖在摔跤时从来没有摔坏过。

"看,就像狗熊侍候隐士一样,"副官继续说,"他天天就是这样侍候我的,把搭帐篷的桩头一根根都撞断了——他老是绊跤。"

古西科夫不理他,却向我们大家道歉,同时带着隐约的苦笑对我望望,仿佛在说,只有我一人能了解他。他的处境可怜,但是副官,作为他的保护人,却不知怎的似乎很生他的气,总是不让他安宁。

"是啊,真是个灵活的孩子!不论你叫他干什么,都一样。"

"谁没有在这些桩子上绊过跤哇,巴维尔·德米特里耶维奇,"古西科夫说,"您自己前天就绊过一跤。"

"我吗,老弟,我又不是士兵,我用不着灵活。"

"他可以拖着腿走路,"施上尉应声说,"可士兵就得跳跳蹦蹦……"

"这话多滑稽。"古西科夫垂下眼睛,简直像耳语似的说。副官对他的同住者显然并不冷淡,他仔细地听着他的每一句话。

"又得派他去打埋伏了。"他对施上尉说,同时向古西科夫挤挤眼。

"那又得掉眼泪了。"施上尉笑着说。古西科夫不再对着我瞧,假装从烟荷包里掏着烟草,其实烟荷包早就空了。

"准备去打埋伏吧,老朋友,"施上尉笑着说,"刚才探子报告说,今天夜里敌人要来劫营,得派几个可靠的弟兄去。"古西科夫迟疑地微笑着,似乎想说些什么,并且几次用恳求的目光瞧瞧施上尉。

"好吧,我以前也去过的,如果派我去,我可以再去。"他喃喃地说。

"会派您去的。"

"好,那我就去。那有什么呢!"

"哼,像上次在阿尔贡那样,从埋伏的地方跑掉,把枪也扔了。"副官说,接着撇下他,开始给我们讲解明天行动的命令。

果然,敌人方面准备夜里向营地开火,明天还会有别的行动。又谈了些跟大家有关的事之后,副官仿佛随便想到似的,建议奥中尉来点小输赢。奥中尉居然同意了,于是他们就邀施上尉和准尉到副官帐篷里去,那里有绿色的活动桌子和纸牌。大尉,我们的营长,到帐篷里睡觉去了,另外几个人也各自回营,只剩下我同古西科夫两人。我的估计没有错,我跟他两人面面相对,确实有点尴尬。我不由得站起身,在炮台上踱起步来。古西科夫默默地在我旁边走着,慌慌张张地转着身,免得落后或者抢先。

"我不打扰您吧?"他语气温和而悲伤地说。我在黑暗中努力察看他的脸,我觉得它显得沉思而忧郁。

"一点也不。"我回答说;但由于他没有打开话头,我不知道对他说些什么好,我们就默默地走了好一阵。

黄昏已经完全被黑夜所接替,在群山的黑色剪影之上不时亮起一片明亮的闪光,小星星在浅蓝色的寒空中闪烁,四面八方冒烟的篝火的火焰在黑暗中发出红光,近处是一座座灰乎乎的帐篷和我们炮台前面黑魆魆的土堤。从最近那堆篝火旁边传来我方勤务兵的低语声;炮台上,我们重炮上的铜件间或闪亮一下;披着外套的哨兵在土堤上缓缓巡行。

"您准不能想象,跟您这样的人谈话,我是多么愉快,"古西科夫对我说,虽然他还没有跟我谈过什么话,"这只有经历过我这种处境的人才能理解。"

我不知道该怎样回答他。我们又沉默起来,虽然,看样子他很想说话,我也很想听听他说些什么。

"您这是为什么……您这样受罪是为了什么啊?"我终于问他,因为想不出别的更适当的话来开头。

"难道您没听说过我跟梅吉宁的那件倒霉事吗？"

"哦，好像有过一场决斗吧；我只听到一些传闻，"我回答他说，"我来到高加索有好久了。"

"不，不是决斗，是一件愚蠢而可怕的事！既然您不知道，那我就把前后经过原原本本给您讲一讲吧。这是我跟您常常在我姐姐家里见面那一年的事，我当时住在彼得堡。我得告诉您，我当时有着所谓上流社会的地位。这地位即使算不上显赫，也是相当不错的。我父亲每年给我一万卢布。在四九年那年，人家答应我在都灵大使馆里弄个差事；我舅舅很有势力，他也很愿意帮我的忙。现在事情都过去了。当时我踏进了彼得堡最有势力的上流社会，我有希望结下一门最好的婚姻。我也像大家一样只在学校里念过书，因此没受过什么特殊的教育。不错，后来我看了很多书，我尤其出色地掌握了上流社会的那套用语，不管怎么说，许多人居然把我看成彼得堡最出色的青年之一。在舆论中使我身价百倍的是我跟德夫人的关系。这件事在彼得堡闹得沸沸扬扬，但我当时太年轻，没有重视这个有利条件。我当时真是年幼无知，我想我还需要什么呢？那个梅吉宁当时在彼得堡很有点名气……"古西科夫就这样把他那件不幸的事讲给我听，但我对这事一点也不感兴趣，因此这里就从略了。"我坐了两个月监牢，"他继续说，"孤零零的一个人，在这段时期里，我什么事没有想过啊！不瞒您说，等到这一切结束以后，我跟过去也仿佛一刀两断了，倒觉得轻松愉快起来。我的父亲，您大概听说过吧，他是个性格刚强、说一不二的人，他取消了我的继承权，跟我断绝一切关系。他认为应该这样做，我一点也不怪他；他这人是说得出做得到的。再说，我也没有想什么办法使他回心转意。姐姐当时远在国外，在我恢复通信自由之后，只有德夫人一人写信给我，她提出要帮助我,但被我谢绝了。这样,我就没有一点零用钱,使我的日子可以过得稍微轻松些——我没有书,没有衬衣,没有吃的,什么也没有。在这期间,我想得很多很多,不论看什么事都换一副眼光;譬如说,我不再理会彼得堡上流社会关于我的种种闲话,也一点不因此引以为荣,我认为这一切都很可笑。我觉得是我自己的错,我粗心,我年轻,我毁了自己的前途,因此我只考虑着怎样来补救这个局面。我觉得我有力量这么做。我对您说过,我被捕后,被送到高加索来,进了N团。我想,"他越说越兴奋,"这儿高加索过的是军营生活,我将能接触一些平凡而正直的人,在这儿我会遇到战争,遇到种种危险,而这一切真是再合我的心意也没有了,我将开始一种崭新的生活。人家会在炮火中看到我,他们会喜欢我、尊敬我(但不是由于我的名字),然后我将获得十字勋章,升做军士,撤销处分,并且带着有过不幸遭遇的名声回去!可是现实却叫人大大失望!您准不能想象,我的估计是多么错误!……您了解我们团里的那些军官吗?"接着他沉默了好一阵,大概希望我对他说,我知道这里的军官们如何如何坏,可是我什么也没有回答他。使我反感的是,由于我懂得法语,他就认为我一定瞧不起这里的军官。正好相反,我在高加索待久了,对他们的优点有了充分的认识,我尊敬他们超过古西科夫先生出身的那个社会足有一千倍。我想把这意思告诉他,可是他的地位不能不使我有所顾虑。

"N团里的军官要比这儿的军官坏一千倍,"他继续说。"我想这样说总够明白了吧。您准不能想象这是怎么回事!至于士官生和士兵就更不用说了。真是糟透了!开头他们待我很好,这完全是事实,可是后来他们看到我在日常琐事上总是瞧不起他们,他们看到我跟他们截然不同,我比他们高明得多,他们就恨我,开始用各种卑鄙手段来侮辱我。您准不能想象,我吃了多少苦。再有我不得不敷衍那些士官生,主要是由于我手头太拮据,我什么都没有,只有姐姐寄了一些东西给我。有一件事可以说明我穷到什么地步:以我这样的性格,像我这样自尊心强的人,居然写信给我父亲,请求他多少给我寄些钱来。我明白,这样的生活要是过上五年,我会变得像那个被贬谪的德罗莫夫一样:德罗莫夫跟士兵们一起喝酒,给军官们个个出借据,要求借三个卢布,并且在借据上写上'德罗莫夫谨具'这样的字眼。一个人必须具有像我这样的性格,才不至于在这可怕的处境中完全堕落。"接着他默默地在我旁边踱了好一阵。"您有烟吗?"他又开口了。"哦,我说到哪儿了?是的,我受不了这样的生活,倒不是身体受不了,因为我虽然又饥又寒,过着士兵一样的生活,军官们多少还是尊敬我的。我在他们的心目中也还有点儿威信。他们不派我放哨,不叫我上操。要是叫我干那些事,那我就更受不了。可是我在精神上痛苦得要命。主要是从这样的处境中看不到出路。我写信给我舅舅,请求他设法把我调到这儿的团里来,这儿至少有些活动,同时我想巴维尔·德米特里耶维奇在这儿,他是我父亲的管家的儿子,他总会照顾我的。舅舅替我想了办法,把我调过来了。在那个团里待过之后,我觉得这个团里的人简直像宫廷侍从一样可爱。再有,巴维尔·德米特里耶维奇在这儿,他知道我是谁,他待我很好。应我舅舅的要求……您知道……,可是我发现这些人没有文化和教养,他们不可能尊敬一个人,不可能给他应有的尊敬,如果他不是财富过人、声名显赫的话。我渐渐发觉,他们看到我很穷,对我的态度就越来越冷淡,越来越冷淡,最后简直瞧不起我了。真是可怕啊!但这完全是事实。"

"我在这儿参加过战斗,打过仗,人家看见我在炮火底下干过,"他继续说,"这一切几时才会了结啊?我想永远也不会了结的!可是我的精力已在开始衰退。再有,我从前对战争和军营生活也有过幻想,可是现在所看到的却完全不是那么一回事:你身上穿着光板皮袄,脚上套着士兵的长靴,好久没有洗澡,跑去打埋伏,跟那个因为醉酒闹事而被罚当兵的安东诺夫一起,整夜伏在峡谷里,随时都可能有人从矮树后面开枪,不是把你打死,就是把安东诺夫打死,反正都一样。这实在不是勇敢不勇敢的问题,而是很可能的事。实在可怕极了。"

"我看这次进军之后您会升为军士,到明年就是准尉了。"我说。

"是的,可能,他们答应过我了,可是还得两年,而且也很难保证。至于这两年将是个什么滋味,那就只有天知道了。您想象一下跟这位巴维尔·德米特里耶维奇一起生活的情形吧:打牌,狂饮,开粗鲁的玩笑。你想说说心里话,人家却不了解你,甚至于还要笑你。他们跟你谈话,不是要向你暴露思想,而是要千方百计拿你开玩笑,而这一切又都是那么下流,粗暴,丑恶,你会感到你是个下级,他们老是让你感觉到这一层。就因为这个缘故,您不会了解,跟您这样的人谈心是多么愉快啊。"

我怎么也弄不懂他把我看成什么样的人,因此不知道该怎样回答他才好……

"您吃点东西吗?"这当儿,尼基塔在黑暗中悄悄走到我跟前,问我。我发现他对有客人在座很不满意。"只剩下甜馅饺子和一点儿牛肉饼了。"

"大尉吃过了吗?"

"他早就睡了,"尼基塔老大不高兴地回答。我吩咐他给我们拿点吃的东西和烧酒来,他不满意地咕哝着,慢吞吞地走回他的帐篷里去。他在那边又咕哝了一阵,但给我们送来了食物箱。食物箱上点了一支蜡烛,前面围了一张纸挡风,箱子上还放着一只锅子、一罐芥末、一只带柄铁皮酒杯和一瓶苦艾酒。尼基塔把这一切都安排好,又在我们旁边站了一会儿,看我和古西科夫喝酒,现出很不高兴的样子。蜡烛透过纸张发出朦胧的光,在周围一片黑暗中,只看见食物箱上的海豹皮,摆在上面的晚餐,古西科夫的脸和身上的外套,以及他那双从锅子里掏饺子的红红的小手。周围什么都是黑的,只有留神细看,才能分辨出哪是黑魆魆的炮台,哪是胸墙后面哨兵的同样黑魆魆的身子,两边是一堆堆的篝火,上空是淡红色的星星。古西科夫脸上现出忧郁而羞怯的微笑,仿佛在吐露真情之后有点不好意思看到我的眼睛。他又喝了一杯烧酒,贪馋地一边吃,一边刮着锅子。

"是的,您认识副官,这对您来说毕竟方便些,"我没话找话,这样对他说,"听说他这人很好。"

"是啊,他是个好人,"古西科夫回答,"但他不可能不是这样,就他的教养来说,不可能要求他真正成为一个人。"他的脸仿佛一下子红了。"您今天该注意到他谈到的关于打埋伏的粗鲁笑话吧?"虽然我几次三番竭力想岔开话题,古西科夫还是在我面前辩解,说他并没有从埋伏的地方逃跑,说他不是像副官和施上尉所暗示的那种胆小鬼。

"我对您说过,"他两手在皮袄上擦着,继续说,"那种人对待一个当了士兵而又没有钱的人,是不可能客客气气的。这在他们是办不到的。最近五个月,不知怎的姐姐一直没有寄钱来,我发现他们待我的态度就大不相同了。这件皮袄我是向一个士兵买的,一点也不暖和,因为里面的毛全磨掉了(说着他让我看看光秃秃的衣襟),可是这并没引起他的怜悯,或者对我的不幸表示同情,他只是流露出无法掩饰的鄙视神气。尽管我穷到现在这种地步,除了士兵的薄粥之外什么也没有吃,也没有穿的,"他垂下眼睛,又给自己倒了一杯烧酒,继续说,"他准知道我将来会还他,可他从没想到主动借钱给我,却一定要处在我这样地位的人向他开口。您也明白,要我向他开口是什么滋味。而对您呢,譬如说,我就可以直说:您是不会见怪的,亲爱的朋友,我是身无分文了。您知道,"他忽然绝望地注视着我的眼睛,"我坦白对您说吧,我目前的情况很糟,您能不能借我十个卢布?下一班邮件来,姐姐该会寄钱来给我,还有我父亲……"

"哦,我很高兴,"我嘴里虽这么说,心里却很苦恼,因为昨天晚上打过牌之后,我自己只剩下五个多卢布,由尼基塔保管着,"好,我这就到帐篷里去拿。"我说着站起来。

"不,等一会吧,不用费心了。"

我不理他,爬进幔布放下的帐篷里——里面放着我的床,大尉就睡在那里。"阿历克赛·伊凡内奇,请借我十个卢布,到发饷的时候还您。"我推推大尉,劝他说。

"怎么,又输光了?昨天还说不再赌了呢!"大尉睡眼惺忪地说。

"不,我没赌,我有急用,请您借给我。"

"马卡玖克!"大尉对他的勤务兵嚷道,"把钱匣子拿来。"

"轻一点,轻一点。"我一边说,一边听着帐篷外面古西科夫匀调的脚步声。

"什么?干吗轻一点?"

"是那个被贬谪的军官向我借的。他就在外面!"

"早知这样我也不借了,"大尉说,"我听人家说,这个家伙卑鄙得很!"但大尉还是给了我钱,吩咐勤务兵把钱匣子收起来,把帐幔合拢,接着又说了一声,"早知这样我也不借了,"他把头钻进被窝里。"记住,如今您欠我三十二卢布了!"他又大声对我说。

我走出帐篷,看见古西科夫在长凳旁边来回走着。当他走过蜡烛前面时,他那矮小的身材,罗圈腿和头上那顶白羊毛很长的难看的皮帽亮了一下,接着又在黑暗中隐没了。他装作没有看见我。我把钱交给他。他说了声**谢谢**,就把钞票揉成一团塞进裤袋里。

"我想巴维尔·德米特里耶维奇那儿此刻牌准打得很热闹吧。"他接着说。

"是啊,我也这样想。"

"他的打法很古怪,老是孤注一掷,不留余地。运气好的时候,这样打很好,可是运气不好的时候,这样打就可能大输特输。他自己就有这样的经验。这次行军,如果把东西也算在里面,他已经输掉一千五百卢布以上了。他过去却打得很有节制,弄得你们那位军官怀疑起他的为人来了。"

"他并没有这个意思……尼基塔,我们还有契希尔①吗?"我说,古西科夫的健谈使我觉得心里轻松了。尼基塔又嘀咕了一阵,但还是给我们拿来了契希尔,接着他又怒气冲冲地瞧着古西科夫,看他如何喝完一杯酒。古西科夫又露出以前那种放肆的态度。我希望他快点走,我觉得他之所以还留着,只是因为不好意思拿到钱立刻就走。我不做声。

"您有钱,又没有丝毫必要,**怎么轻易就**决定到高加索来服役啊?这点我实在不明白。"他对我说。

我竭力向他解释在他觉得很奇怪的行为。

"我能想象,您和这些军官,这些毫无教养的人,是多么格格不入。

---

① 一种高加索葡萄酒。

您跟他们没办法互相了解。老实说,您如果住上十年,除了打牌、喝酒、谈奖赏和战事之外,您是什么也见不着,什么也听不到的。"

他硬要我同意他的意见,这点我很不高兴。我十分坦率地向他说明,我确实很爱打牌、喝酒和谈战事,而且不指望得到比这里的军官更好的伙伴。可是他不相信我的话。

"哦,您这只是说说罢了,"他继续道,"没有女人,我指的是正派女人,难道不是一大苦事吗?要是现在能让我到哪个公馆客厅里去待一会儿,甚至于从门缝里张望一下漂亮的女人,我真不知道愿意出什么代价啊。"

他沉默了一下,又喝了一杯契希尔。

"哦,天哪,天哪!也许有一天我们还能在彼得堡见面,在人家家里,跟人们、跟女人们生活在一起。"他倒出瓶子里剩下的酒,喝干了,又说:"哦,对不起,也许您还要再来点儿,我真糊涂啊。我看来喝得太多,我的脑袋不中用了。从前我住在滨海街①,住底层,是一套漂亮的公寓,连家具,不瞒您说,我布置得很雅致,尽管钱花得不多。不错,我父亲给了我瓷器、花草、精美的银器。我每天早晨五点整就出门,我到她那儿去吃饭,常常只有她一个人在家。说真的,她可是个迷人的女人!您不认识她吗?完全不认识吗?"

"不认识。"

"不瞒您说,她具有那种最高度的女性的温柔,还有她那种热烈的爱情!哦,天哪!我当时却不会珍惜这样的幸福。有时候我们俩看完戏回家,就一块儿吃晚饭。跟她在一块儿从来不觉得寂寞,她总是那么

---

① 彼得堡最漂亮的街道之一。

快活,总是那么热情。是的,我当时不理解,这可是一种难得的幸福。有许多事情我得责备自己……我常常使她伤心。我真残酷。唉,那些日子是多么美妙哇!您觉得无聊吗?"

"不,一点也不。"

"那我就给您讲讲我们度过的那些黄昏吧。走进大门,就是楼梯,这里的每一盆花我都认识,然后是门把手,这一切都是那么亲切,那么可爱,然后是前厅,再就是她的房间……不,这样的日子永远永远不会回来了!她到如今还给我写信,您要是愿意,我可以给您看看她的来信。可我已经不是以前的我,我毁了,我已经配不上她……是的,我彻底毁了!我精疲力竭了。我没有精力,没有自尊心,什么都没有。连高尚的品德都没有了……是的,我毁了!永远不会有人了解我的痛苦。一个人也没有。我是个堕落的人!我再也爬不起来,因为我精神上堕落了……落进泥坑里了……"从他的这些话里听得出一种发自内心的蚀骨的绝望:他眼睛不看我,坐着一动不动。

"何必这样灰心丧气呢?"我说。

"因为我卑鄙,这生活把我糟蹋了,我身上的一切全毁了。如今我忍受痛苦,不再感到骄傲而觉得卑贱,我已经丧失了苦难时应有的骨气。我时刻受屈辱,但我一味忍受,还自动招来屈辱。这烂泥玷污了我,我也变得粗野了,我忘记了以前知道的东西,我已经不会说法语,我觉得我卑鄙庸俗。在这样的环境里,我不能作战,说什么也不能。给我一个团,给我金肩章,给我号手,我也许能成为英雄,可是叫我跟那野蛮的安东诺夫之流在一块儿冲锋,并且想到我跟他之间没有任何区别,打死他跟打死我也完全一样——这样的想法使我感到痛苦。而想到哪个无赖会打死我,打死我这个有思想有感情的人,正像他可能打死我旁边那个跟动物毫无区别的安东诺夫一样；同时又想到，很可能打死我，而不是打死安东诺夫，因为命运对待一切高贵的人总是这样的。不瞒您说，想到这些事真叫人害怕！我知道他们叫我懦夫，就算我是个懦夫吧。我确实是个懦夫，也不可能不是懦夫。我不但是个懦夫，照他们说来，我还是个穷光蛋，是个被人家瞧不起的人。可不是吗，我现在问您借钱，您就有权利瞧不起我。不，您把钱收回吧，"他把揉成一团的钞票递给我。"我要您尊敬我。"他两手蒙住脸哭起来，我简直不知道该怎么说怎么办才好。

"您安静点儿，"我对他说，"您太敏感了，别把什么事都放在心上，别老是疑心这个疑心那个，把事情看得简单些。您自己说您个性很强，那您就该克制感情，您受苦的日子不会很多了。"我对他说，但说得颠三倒四的，因为怜悯和悔恨使我很激动，我后悔不该在心里谴责一个遭遇确实十分不幸的人。

"是的，"他又开口说，"自从我来到这座地狱以后，我要是能听到一句同情和友好的话，像我此刻从您嘴里听到的这种充满人情的话，我也许能平心静气地忍受一切，也许还能像一个士兵那样担负起责任来，可是现实太可怕了……当我清醒地考虑这一切的时候，我希望死。我何必爱惜这种耻辱的生活，爱惜我这丧失人世间一切美好东西的生命呢？可是只要稍微遇到一点儿危险，我就会情不自禁地贪恋这卑贱的生活，好像爱护什么宝贝似的，我不能，我不能控制我的感情……我也能控制的，"他停了一会儿又说下去，"可是我得费很大的劲，费异乎寻常的劲，如果只有我一个人的话。通常我要是跟别人一起干，我是勇敢的——我用事实证明了这一点，因为我爱面子，我自命不凡，这是我的弱点——但是要有别人在场……让我在您这儿过一夜吧，因为我们那儿通宵打牌。随便哪儿都行,在地上睡也可以。"

趁尼基塔安排床铺的时候,我们站起身,在黑暗中又顺着炮台蹓跶了一会儿。古西科夫的头脑看来确实不中用,喝了两小杯烧酒和两大杯葡萄酒之后,他就摇摇晃晃了。当我们站起来离开烛光的时候,我发现他竭力不让我看见,把刚才谈话时一直捏在手里的十卢布钞票塞进口袋里。他继续说,他要是有个像我这样关心他的人,他觉得他还能重新振作起来。

我们刚要进帐篷睡觉,忽然有颗炮弹从我们头上呼啸而过,落在不远的地上。在这沉睡的营地上,在我跟古西科夫谈话的当儿,忽然天知道从哪儿飞来一颗敌人的炮弹,落在我们的帐篷中间,这真是太突兀了,以致我好半天弄不懂是怎么一回事。我们的士兵安德烈夫在炮台上放哨,这时向我走来。

"你看,偷偷爬过来了!刚才那边有火光。"他说。

"得去叫醒大尉。"我说,对古西科夫瞧了一眼。

他身子弯得几乎碰到地面,结结巴巴地想说些什么:"这个……那个……敌人……这个太……可笑了。"他没有说别的话,我也没看到他怎样一下子溜掉了。

大尉的帐篷里点着一支蜡烛,传出来他那睡醒时惯常的咳嗽。他很快从帐篷里出来,要一支点火杆点他那只小烟斗。

"这是怎么搞的,老兄!"他笑嘻嘻地说,"今晚上不让我睡觉吗?一会儿是您跟您那位被贬谪的军官,一会儿又是那个沙米里。我们怎么办呢,要不要还手?命令里没有提到这一点吗?"

"完全没有。看,又来了,"我说,"是两门炮打的。"

果然,在右前方的黑暗中有两点火光,好像一双眼睛。接着就有一颗炮弹从我们头上飞过,随后又飞来一个空的榴弹壳(大概是我们方面的吧),发出一阵尖锐响亮的啸声。士兵们从附近几个帐篷里爬出来,听得见他们在干咳,伸懒腰,说话。

"听,信管孔里叫得像只夜莺呢!"一个炮兵说。

"叫尼基塔来,"大尉露出他那惯常的不怀恶意的嘲笑说,"尼基塔!你别躲起来,快来听听山上夜莺叫吧。"

"行,大人!"尼基塔站在大尉旁边说,"我见到过那些夜莺了,我不怕,可是刚才在这儿喝我们契希尔的客人呀,他一听见炮声,就一溜烟跑了;他身子弯得像头野兽,像一只球似的在我们帐篷旁边滚过!"

"得有个人到炮兵司令那儿去跑一趟,"大尉用长官的严肃口吻对我说,"问问他要不要开炮。开炮没有什么道理,但要开也行。劳驾您跑一趟,问一问。叫他们备马,骑马去快一点,骑我的波尔康去也行。"

过了五分钟,马牵来了,我就动身到炮兵司令那儿去。

"注意,口令是'车杠',"做事认真的大尉低声对我说,"不然阵地那儿不会放您过去的。"

到炮兵司令那儿只有半里路,一路上两边都是帐篷。一离开我们的篝火,周围就是一片漆黑,我连马耳朵都看不见,只有篝火的火光,忽近忽远,在我眼前时隐时现。我松了缰绳,让马自由走了一会儿,才看出一座座白色的四角形帐篷和路上黑糊糊的车辙。半小时中,我问了三次路,在帐篷的木桩上绊了两次跤(每次都挨了帐篷里人的骂),被哨兵拦住了两次,这才来到炮兵司令那里。一路上,我还听见敌人两次向我们的营地开炮,但炮弹没有打到司令部。炮兵司令命令不还炮,再说敌人也停止射击了。我牵着马回去,在步兵的帐篷中间一步步地走着。我经过点着灯的士兵的帐篷时,不止一次放慢脚步,倾听某个爱说话的人在讲故事,或者某个识字的人在朗读(往往全班人都挤在帐篷里听,偶尔有谁打断读书的人,发表一些意见),或者听听士兵们如何议论行军、祖国和长官。

经过第三营的一个帐篷时,我听见古西科夫洪亮的声音。他正谈得兴高采烈。回答他的声音也很愉快,那是军官们的声音,而不是士兵们的声音。显然,这是士官生或者司务长住的帐篷。我站住了。

"我早就认识他了,"古西科夫说,"我住在彼得堡的时候,他常常到我家来,我也常常到他那儿去,他出身本来很好。"

"你这是说谁啊?"一个酒意十足的声音问。

"说公爵,"古西科夫说,"我跟他是亲戚,主要是老朋友。要知道,先生们,有这样一个熟人真不错。他有钱得很。百把卢布在他是无所谓的。我刚刚问他借了点钱,等我姐姐寄来再还他。"

"好,那么派谁去吧。"

"行!萨维里奇,老弟!"传来古西科夫的声音,他走到帐篷的入口处。"给您十卢布,您到随军贩子那儿去一下,买两瓶卡汗金葡萄酒来。还要什么呀,先生们?说吧!"接着古西科夫没戴帽子,头发散乱,跟跟跄跄地从帐篷里走出来。他拉开皮袄的下摆,两手插到浅灰色裤子的口袋里,在入口处站住了。虽然他在亮处,我在暗处,我还是吓得直打哆嗦,唯恐被他看见,小心翼翼地悄悄走开了。

"是谁啊?"古西科夫酒意十足的声音对我嚷道。显然,外边的寒冷使他清醒了一点。"哪个鬼东西牵着马在这儿蹓跶啊?"

我没有理他,默默地走到大路上。

1856年11月15日

一个地主的早晨

1

聂赫留朵夫公爵念完大学三年级,一个人回到家乡度暑假。当时他才十九岁。秋天,他以稚嫩的笔迹写了一封法文信给姑妈别洛列茨基伯爵夫人。他把这位姑妈看作自己最好的朋友,是天下最有才华的女人。全信如下:

亲爱的姑妈:

我作了一个同我这辈子命运攸关的决定。我要离开大学到乡下去居住,因为觉得自己生来是属于农村的。亲爱的姑妈,看在上帝分上,您别取笑我。您一定会说我太年轻;也许我确实还是个孩子,但这并不妨碍我意识到自己的天职,我希望做点好事,热爱这样的事业。

我曾经写信告诉您,我发现这里的情况糟得简直无法形容。我很想整顿一下。后来通过深入调查,发现主要的不幸在于,农民的处境实在太贫困可怜了。而要消除这种不幸的状况,只能依靠工作和耐心。

您只要看我的两个农民,达维德和伊凡,看到他们和他们一家人所过的生活,我相信,光他们的模样就会比我向您所作的任何解释更富有说服力。关心这七百人的幸福,难道不是我在上帝面前义不容辞的神圣责任吗?为了贪图个人享受和功名,把他们交给粗暴的村长和总管任意支使,这难道不是一种罪孽吗?既然我的面前摆着这样高尚、光荣和直接的责任,我又何必再到别的地方去寻求有益于人的行善机会呢?我觉得我能成为一个好东家;而要做一个真正的好东家,既不需要大学文凭,也不需要官衔,像您对我所期望的那样。亲爱的姑妈,请您别为我的功名操心吧,您要明白,我走的是一条与众不同的道路,但我认为这条路是美好的,它将把我引向幸福。我反复思考过今后的责任,给自己订了行动准则,只要上帝赐我健康和长寿,我会在我的事业上取得成功的。

这信不要给华夏哥看,我怕他会嘲笑我;他总是自以为比我高明,而我也惯于听命于他。凡尼亚即使不赞成,也会理解我的意图的。

伯爵夫人回了他一封信,也是用法文写的:

亲爱的德米特里,你的来信毫无意义,它只证明你有一颗善良的心,而这一点我是从来没有怀疑过的。不过,亲爱的朋友,在实际生活里,善良的品性往往比恶劣的品性对我们更有害。我不想说你在干傻事,你的行为使我发愁,但我要竭力向你说清道理。让我们来探讨一下吧,我的朋友。你说你认为过农村生活是你的天职,你要使你的农民幸福,你希望做个好东家。首先我得告诉你,我们往往只有在做了错事以后才能认识自己的天职;其次,为个人谋幸福要比为别人谋幸福省力得多；第三，要成为好东家，必须做一个冷静而严格的人，你尽管竭力想装成这样，却很难做到。

你自以为你的论断不容置辩，甚至把它当做生活的准则；不过，我的朋友，像我这样上了年纪的人，既不相信论断，也不相信准则，只相信经验，而经验告诉我，你的计划是幼稚可笑的。我快五十岁了，认识不少德高望重的人，可是从来没有听说过，一个有声望有才能的年轻人借口行善而隐居乡下。你总是喜欢标新立异，显得与众不同，但你的标新立异无非是一种过分的自负罢了。哦，我的朋友，你最好还是走一条踏踏实实的路，因为走一条踏踏实实的路更容易成功，你即使不指望个人的成功，但为了实现你所希望的行善，也需要取得成功。

有些农民的贫困是一种无可奈何的不幸，或者说是一种可以补救的不幸，但不能因此忘记你对社会应负的种种责任，你对亲人和对自己应负的种种责任。凭你的聪明才智，凭你的善良和行善的热情，不论干什么事你都会成功；但你至少应选择值得你干并会给你带来荣誉的事业。

你说你没有功名心，我相信你说这话是诚恳的；但其实你是在欺骗自己。功名心，就你的年龄和你的财富来说是一种美德；但一个人在这方面如永不知足，那么，功名心就会成为缺点，变得庸俗了。你要是不改变你的计划，你就会落得这样的结局。再见了，亲爱的德米特里。知道了你那种荒唐可笑而又高尚慷慨的计划，我觉得更喜欢你了。照你的认识干吧，但说句实话，我是无法赞同你的思想的。

年轻人收到这封信，考虑了好久，终于断定：即使才华出众的女人也可能犯错误，自己就毅然向大学申请退学，从此留在乡下。

2

年轻的地主,正如他在给姑妈的信里所说的那样,制定了管理庄园的章程,他的全部生活和工作都按钟点、日子和月份作了规定。礼拜天规定接待求见的人、家仆和农民,视察贫困的农家,并通过村社给他们帮助。村社每礼拜天晚上开会,商量决定给谁帮助,给什么样的帮助。年轻的地主从事这项工作已有一年多了,他在实践上和理论上都已不是新手了。

6月间一个晴朗的礼拜天,聂赫留朵夫喝过咖啡,匆匆看了法文小说《农场》中的一章,把笔记本和一沓钞票放进薄大衣口袋里,走出有廊柱和露台的乡下大邸宅——他只在里面占用楼下一个小房间,——穿过没有打扫过的杂草丛生的古老英国式花园,向一个坐落在大道两边的村子走去。聂赫留朵夫身材高大挺拔,生有一头浓密的深棕色鬈发,两只乌黑的眼睛炯炯有神,脸颊滋润,嘴唇鲜红,唇上刚刚长出一些柔软的茸毛。在他的举动和步态里处处显出青春的活力、精神和温厚的自信。穿着杂色衣服的农民一群群从教堂回来。老头们、姑娘们、孩子们、怀抱婴儿的娘们穿着节日的服装,都分散回家,低低地向东家鞠躬,然后从他身边绕过去。聂赫留朵夫走到街上站住,从口袋里掏出笔记本。在笔记本的最后一页上,稚嫩的笔迹写满了农民的名字和事项。他读到:"伊凡·楚里斯——要柱子,"就走到街右边的第二户农家。

楚里斯住的是一座破败不堪的小木屋,四角潮湿霉烂,房子倾斜,陷进地里，肥料堆上面露出一扇打破的红色小天窗，另一扇窗更小，用破棉絮堵住。圆木造的门廊里，门槛肮脏，门很矮，另一座小屋比门廊更破旧更低矮，大门和树枝编成的棚子都靠着正屋。这些房屋以前都有高低不平的屋顶，如今屋檐上只剩下一层厚厚的发黑的烂麦秆；上面有几处还露出桁条和屋架。院子前面有一口井，井架倒塌，只剩下断桩和轳辘，一潭被牲口踩脏的水洼，里面有几只鸭子在戏水。井旁有两棵老柳树，树干断裂，上面稀稀落落地挂着几根嫩绿的枝条。这两棵柳树说明以前有人想到过美化这里的环境。在一棵柳树下坐着一个八九岁头发淡黄的女孩子，她听任一个两三岁的小姑娘在自己周围爬来爬去。有条看门狗在她们旁边玩着，一看见地主老爷，立刻冲到大门口，从那里惊慌地尖声吠叫。

"伊凡在家吗？"聂赫留朵夫问。

大女孩听到问话，仿佛愣住了，眼睛越睁越大，什么也没有回答；那个小姑娘张开嘴想哭。一个小老太婆，身穿破旧的方格裙子，腰里低低地系着一根淡红腰带，从门里探出头来，也没有吭声。聂赫留朵夫走到门口，又问了一遍。

"在家，老爷。"小老太婆声音哆嗦地说，低低地鞠着躬，越发惊慌不安了。

聂赫留朵夫向她问了好，穿过门廊走进狭窄的院子。老太婆一手托着下巴，走到门边，目不转睛地瞧着老爷，慢慢地摇摇头。院子里满目荒凉；里面还有一堆没运走的发黑的厩肥；厩肥上胡乱放着一块烂木头、一把草叉和两把犁。院子四周的板棚几乎都没有顶，一边放着木犁、没有轮子的大车和一堆废弃的空蜂箱；另一边倒塌了，因此横梁不是搁在柱子上，而是横在厩肥堆上。伊凡·楚里斯正在用斧刃和斧背劈着被棚顶压住的篱笆。他是一个五十岁光景的农民,个儿矮小,椭圆形的脸晒得黑黑的,深褐色大胡子有点花白,一头浓密的头发也是这样的颜色。他的整个模样很好看,而且富于表情。他那双深蓝色的眼睛半开半闭,现出聪明、善良和无忧无虑的神色。他的嘴不大,但很端正,嘴上留着稀疏的淡褐色小胡子,每当他微笑的时候,就显出镇定自若和对周围一切略带嘲弄的淡漠神态。从他的脖子、脸庞、粗糙的手、深深的皱纹和暴绽的青筋,从他身体畸形的佝偻,从他弯曲的罗圈腿上都可以看出,他干了一辈子难以胜任的重活。他穿着一条膝上有蓝色补丁的白麻布裤,一件同样料子、背部和袖子撕裂的脏衬衫。衬衫上低低地系着一根腰带,腰带上挂着一把铜钥匙。

"上帝保佑!"东家走进院子说。

楚里斯回头望了望,继续干活。他使劲把篱笆从棚子下拉出来,这才把斧子劈在木头上,整整腰带,走到院子中央。

"礼拜过得好,老爷!"他说,低低地鞠了一躬,把头发往后一甩。

"谢谢,乡亲。我来瞧瞧你们过得怎么样,"聂赫留朵夫打量着农民的衣着,带着孩子般亲切和羞涩的神态说。"告诉我,你在会上问我要柱子,准备做什么用。"

"柱子吗?当然是用来支撑啰,老爷。哪怕马马虎虎撑一下也好,老爷您看吧,前几天屋顶塌了一角,还得感谢老天爷,当时牲口不在里面。都快要全部塌下来了,"楚里斯轻蔑地瞧着没有顶的倒塌的棚子说,"如今已没有一根完整的叉梁、斜面板和横梁了,您摸一摸就知道。如今到哪儿去弄木料啊?老爷,这事您一定知道。"

"你的一个棚子已经倒塌了,另外几个也快倒了,五根柱子管什么用?你需要的不是柱子,而是叉梁、横梁和大柱,而且都要新的。"东家说,显然在炫耀自己这方面的知识。

楚里斯不做声。

"这么说,你需要的是木料,而不是柱子。那你应该直说呀。"

"需要是需要,可是没地方去弄,总不能什么都到老爷院子里去要呀!要是我们养成习惯,什么东西都要求您老爷施舍,那我们还算什么农民呢?但您老爷要是开恩,能给我们几根您老爷搁在谷仓里没用的麻栎梢头就好了。"他一边说,一边鞠躬,两脚倒换着,"那我就可以截掉几根旧的,换上新的,利用旧料凑合着用了。"

"怎么利用旧料?你刚才不是说你的棚子都旧了,朽烂了?今天塌这个角,明天塌那个角,后天还会塌第三个角。既然要修,就得全部重新修过,要不就会白白浪费人工。你倒给我说说,你这座房子今年过得了冬吗?"

"谁知道呢!"

"不,你看怎么样?它会不会塌?"

楚里斯想了一会儿。

"全部都会塌下来的。"他忽然说。

"啊,你瞧,你在会上就该说,你的整座房子都要重盖,而不是换几根柱子。要知道我是很愿意帮助你的……"

"多谢老爷开恩,"楚里斯眼睛不望东家,不信任似的回答,"我只求老爷赏我四根圆木和几根柱子就行,修我自己会修。只要换掉一些没用的木料,再用几根柱子马马虎虎撑住就行了。"

"那么,你的住房也不行吗?"

"我跟我那婆娘早晚会给压死的,"楚里斯若无其事地说,"前不久我那婆娘就被天花板上掉下来的横梁砸伤过!"

"伤得怎么样?"

"啊,老爷,是这样的:砸在脊梁上,砸得她直挺挺地躺到晚上才醒来。"

"怎么样,现在好了吗?"

"好是好了,但老是犯病。她从小就闹病。"

"你怎么样,身体不舒服吗?"聂赫留朵夫问女人。她一直站在门口,一听到丈夫说到她,立刻呻吟起来。

"喏,这儿一直很难过,我完了。"她指指她那肮脏干瘪的胸部,回答说。

"又是这样!"年轻的东家耸耸肩膀,愤愤地说,"你既然有病,为什么不到医院去看?办医院就是给你们看病的。难道你们不知道吗?"

"知道,老爷,就是没工夫:又要服劳役,又要忙家里的活,还有那些孩子,全靠我一个人!什么事都得自己干……"

3

聂赫留朵夫走进屋子。在黑角①里,被烟熏黑的毛糙的墙上挂满破衣烂衫;在红角里,果然有许多红蟑螂麇集在圣像和长凳周围。在这间光线暗淡、臭气熏天的六尺②见方小屋里,天花板上有一条大裂缝,尽管用两根柱子撑住,但看上去随时都会塌下来。

---

① 俄国农舍里,睡觉和堆放杂物的部分叫"黑角";供圣像和招待客人的部分,正对入口处,叫"红角"。
② 此处指俄尺,每俄尺合 0.71 米。下同。

"不错,这房子很糟。"聂赫留朵夫打量着楚里斯的脸说。楚里斯似乎不愿谈这事。

"会把我们给压坏的,孩子们也会被压坏的!"那女人身子靠着炉子边的高板床,哭诉说。

"你别多嘴!"楚里斯严厉地说,接着,动动小胡子,依稀可辨地微微一笑,对东家说:"老爷,真不知道该拿它怎么办才好,我是说那房子;柱子用上了,垫板也用上了,可是不顶事!"

"叫我们在这儿怎么过冬呀?唉——唉!"女人说。

"啊,要是加上几根柱子,铺上新顶板,"丈夫沉着地打断她说,"再换上几根横梁,我们就可以凑合着过一冬了。住是可以住的,就是屋子里都是柱子,就是这样;还有,不能碰,一碰就没有一块完整的木板了,不碰还能撑一阵子,"他结束说,显然对自己的分析很满意。

聂赫留朵夫看到楚里斯弄到如此境地,却没有开口向他求助,感到又气又恼,因为他回乡以来从没拒绝过农民的要求,总是竭力鼓励他们直接去找他。他对楚里斯简直有点恨,生气地耸耸肩膀,皱起眉头;但周围那种贫困的光景和楚里斯处身其中而怡然自得的神气,却使他的恼怒变为忧郁和绝望。

"啊,伊凡,你以前怎么没对我说呢?"他在歪斜的脏长凳上坐下来,带着责备的口气说。

"我不敢,老爷。"楚里斯又带着依稀可辨的微笑回答,同时在坑坑洼洼的泥地上倒换着两只发黑的光脚;不过他说得那么大胆和沉着,使人很难相信他会不敢去找东家。

"我们是庄稼人,我们怎么敢!……"女人又抽抽搭搭地说。

"哼,别瞎扯!"楚里斯对她吆喝道。

"这屋子你不能住了;简直不像话!"聂赫留朵夫沉默了一会儿,说,"我们这么办吧,乡亲……"

"是,老爷。"楚里斯回答。

"你看到我在新村盖的有夹墙的砖房子吗?"

"怎么没有看到,"楚里斯笑得咧开嘴,露出一排雪白的牙齿,回答,"大家都弄不懂是怎么盖的,那房子真稀奇!大伙都笑了,说会不会是盖铺子,睡在夹墙里就不怕老鼠了。那房子高高大大的!"他摇摇头,露出嘲弄和怀疑的神气,结束说,"简直像牢房。"

"是啊,那房子挺好,又干燥又暖和,又不怕火烧。"东家皱起眉头反驳说,显然对农民的嘲笑很不满意。

"是座好房子,没话说的,老爷。"

"那么,我跟你说,有一座房子已经全盖好了。有十尺见方,有门廊,有贮藏室,都是现成的。我可以按造价赊给你,等你有钱的时候还我,"聂赫留朵夫说,一想到自己做了好事,忍不住得意地笑了,"你把旧房子拆了,可以拿它盖仓房;我们把院子也搬过去。那边的水很好,我会从荒地上划一块地给你种菜,再在那一带划一块三角地给你种庄稼。你的日子就可以过得很好了!怎么,难道你不喜欢这样吗?"聂赫留朵夫问,发现一谈到搬家,楚里斯就站在那里一动不动,脸上收起笑容,眼睛望着地面。

"随您老爷的便。"楚里斯回答,没有抬起眼睛来。

老太婆身子往前挪了挪,仿佛被刺痛似的。她正要开口,就被丈夫制止了。

"随您老爷的便,"他又坚决又驯顺地重复说,向东家瞧瞧,把头发往后一甩,"新村我们可不去住。"

"为什么呀?"

"不,老爷,您要叫我们搬到那里去,可我们在这里都过不好,一到那里,就再也不能好好给您当农民了。我们到了那里还像什么农民呢?那里没法过日子,不过随您的便吧!"

"这究竟是为什么呀?"

"因为会彻底破产的,老爷。"

"为什么没法在那里过日子呢?"

"那里怎么能过日子呢?你想想:那地方没有人住,水不知道怎么样,牧场也没有。我们这儿的大麻地自古以来就很肥,可是那里怎么样呢?那里会怎么样呢?一片荒地!没有篱笆,没有烤干房,没有仓房,什么也没有。我们要破产了,老爷,要是把我们往那儿赶,我们就要彻底破产了!那里是个新地方,谁也不知道……"他若有所思地重复说,坚决地摇摇头。

聂赫留朵夫劝导农民,搬到那里去对他只有好处,篱笆和仓房都会搭起来,那里的水也很好,等等,但楚里斯那种迟钝的沉默使他发窘,他以为他不该讲那些话。楚里斯没有反驳他;不过,等东家说完了,他微微一笑说,最好还是让那些老家仆和傻子阿廖沙搬到新村去,叫他们在那里看守庄稼。

"那样就好啦!"楚里斯说,又嗤地一笑,"这事没意思,老爷!"

"没有人住有什么关系?"聂赫留朵夫耐心地劝导说,"再说,就是这地方以前也是没有人住的,但现在有人住了。你第一个搬到那里去,那是你运气好……你一定要搬过去住……"

"啊,我的好老爷,这怎么好比呢!"楚里斯连忙回答,仿佛怕老爷作出最后决定,"我们这里靠近村社,地方挺好,已经住惯了:道路也有,池塘也有,娘们洗衣服也方便,还可以饮牲口;这里一切都是我们庄稼人的,自古以来就有了,又有谷仓,又有菜园子,还有我爹妈种的柳树;还有,我爷爷和我爹都是在这里归天的,老爷,我只求在这里过完一辈子,再没有别的要求了。您老爷只要发善心帮我修好这座房子,我们就感激不尽啦;要不就让我们在这房子里凑合着过到老。我们情愿一辈子为您老爷祷告,"他深深地鞠着躬,继续说,"只求您别把我们从老窝里赶出去,老爷!……"

在楚里斯说话的时候,从他老婆站着的高板床下面传来了越来越响的啜泣声。等丈夫叫了最后一声"老爷",他老婆就突然窜出来,泪流满面地扑倒在东家脚下。

"别毁了我们,恩人哪!您是我们的亲爹娘!叫我们住到哪儿去啊?我们都是上了年纪的人,无依无靠。您跟上帝一样……"她放声痛哭起来。

聂赫留朵夫霍地从长凳上站起来,想拉起老太婆,可是老太婆情绪激动地拼命在泥地上叩头,把东家的手推开。

"你怎么啦!快起来!要是你们不愿意,那就不搬好了;我不来强迫你们。"聂赫留朵夫一边说,一边摆动两手向门口退去。

聂赫留朵夫又在长凳上坐下来,屋子里一片沉默,接着那婆娘回到高板床下,用衬衫袖子擦着眼泪,又发出嘤嘤的哭声。这时年轻的地主才懂得,破败的小屋、井架倒塌的水井、井边的水洼、朽烂的畜棚、小棚子和歪斜的窗子外面的柳树,这一切对楚里斯夫妇来说具有多大意义。他因而感到心情沉重、忧郁和歉疚。

"伊凡,上礼拜天村社开会,你为什么不说你需要房子?我现在不知道该怎样帮助你才好。我在第一次会上就对你们说过,我搬到乡下来住是要把我的一生都献给你们；我自己准备牺牲一切，只要你们能满意和幸福。我在上帝面前发过誓，我要信守诺言。"年轻的地主说，不知道他这种热情并不能赢得人家的信任，特别不能赢得俄罗斯人的信任，因为俄罗斯人不尚空话而重行动，而且不善于表达感情，哪怕是美好的感情。

但我们这位心地单纯的年轻地主因这种感情而十分快活，无法不让它流露出来。

楚里斯歪着头，慢慢地眨着眼睛，无可奈何地听着东家说话，因为，尽管他觉得东家的话不很中听，跟自己也毫无关系，但又不能不听。

"不过你要知道，我不能答应凡是来找我的人的要求。如果人家向我要木料，我有求必应，那么我自己的木料很快就会用光，我就无法满足真正需要的人。因此我把一部分木料划开，规定专门用来修理农民的房子，并完全交给村社处理。这批木料现在已不归我所有，而属于你们农民了。我现在已无权处理这批木料，只能由村社处理。你今天来参加大会吧。我把你的要求对村社说一说。要是村社答应给你修房子，那最好了，我现在已没有木料了。我一心一意想帮助你，但你不愿意搬家，这就不是我的事了，只能让村社来替你办。你懂得我的意思吗？"

"您老爷的恩典我们非常感激，"楚里斯尴尬地回答。"您要是能赏给我们木料修房子，我们的日子就可以对付过去了。至于村社吗？谁都知道是怎么回事……"

"听我说，你一定要来。"

"是，老爷。我会来的。干吗不来呢？只是我不打算向村社提什么要求。"

4

年轻的地主显然还想向这家主人问些什么。他坐在长凳上没有站起来,犹豫不决地一会儿望望楚里斯,一会儿望望没有生火的空炉灶。

"那么,你们吃过饭吗?"他终于问道。

楚里斯胡子底下现出嘲弄的微笑。他似乎感到好笑,东家怎么会提出这样愚蠢的问题。他什么也没有回答。

"吃什么饭,老爷?"那婆娘深深地叹了口气,说,"吃了点面包,这就是我们的饭。今天没工夫割野菜,就没法烧菜汤,还有点克瓦斯①,都给孩子们吃了。"

"今天我们守斋,老爷,"楚里斯补充老婆的话说,"面包加大葱,这就是我们庄稼人的伙食。感谢上帝,我们靠您的恩典至今还有粮食,可是好些农民弟兄连粮食都没有了。今年各地大葱都歉收。前天我们到种菜的米哈伊尔那里去,他的大葱一把要一个铜板,这样我们就没法买了。从复活节到现在,我们还没有上过教堂,因为没有钱买支小蜡烛给米古拉圣像上供。"

聂赫留朵夫早就知道他的农民生活过得极其贫困。他知道这一点,不是根据传闻,也不是听信别人的话,而是确实了解。但这个事实跟他的教养、他的思想和生活方式那么格格不入,以致他往往有意不去想它。每次像现在这样清楚地想到这件事,他的内心就十分沉重和感

---

① 用面包发酵制成的饮料。

伤,仿佛想到一件没有赎过的罪孽而感到痛苦难当。

"你们怎么会弄得这样穷啊?"年轻的地主情不自禁地问。

"唉,我们怎么能不穷呢,老爷?我们种的是什么地,这您也知道:都是黏土,坡地。还有,我们准是得罪上帝了,从闹霍乱那年起庄稼就不长了。草地和耕地也越来越少,有的指定做农庄,有的划到老爷的田里去了。干活只有我一个人,可我老了……我也很想卖力干,可是没有力气。老太婆有病,差不多年年都要生一个丫头,个个都得喂啊。您瞧,一个人干活,七个人吃饭。说来罪过,我心里常常想,但愿上帝快点把她们收回几个,我也可以好过些,这样,她们也比待在这世界上活受罪好些……"

"唉——唉!"婆娘大声叹气,仿佛证实丈夫的话。

"您瞧,这就是我唯一的帮手,"楚里斯指指一个七八岁的男孩说。这男孩生着一头蓬乱的淡黄头发,鼓着一个大肚子,这时正轻轻推开门,怯生生地走进来。他皱起眉头,惊讶地盯住东家,一双小手抓住楚里斯的衬衫。"您瞧,这就是我唯一的帮手,"楚里斯粗糙的手摸摸孩子的头发,继续大声说,"还得等他多久哇?可我已经干不动了。年纪大不去说它,那个疝气病真叫我受不了。逢到阴雨天我要喊救命,照我的年纪早就该免除劳役了,我老了。您瞧,叶尔米洛夫、焦姆金、齐亚勃列夫,他们的年纪全比我小,可早就都免除劳役了。但我没有一个替身,苦就苦在这里。我们得吃饭,只好拼着命干,老爷。"

"我真愿意减轻你的负担,真的。可是该怎么办?"年轻的地主同情地瞧着农民,说。

"怎样减轻吗?当然啰,既然领了土地,就得给老爷服劳役,这规矩大家都知道。我只能等这孩子长大。只是请您老爷发发善心,免了他上学吧。前两天民兵来通知,说您老爷要他去上学。老爷,您这就免了他吧!您知道他的脑筋怎么样吗?他还小,还什么也不懂呢。"

"不,乡亲,不论你怎么说,"东家说,"你的孩子已经懂事,他应该念书了。要知道我说这话是为你好。你倒想想,等他将来长大成人,当家做主,他就能读会写,还能在教堂里读经,到那时靠上帝保佑,你们一家就会好过些了。"聂赫留朵夫说,竭力把话说得明白些,但不知怎的胀红了脸,显得很窘。

"那还用说,老爷,您是不会要我们坏的,可是我们家里没有人,我跟老伴都得服劳役。这孩子小虽小,到底还可以帮点忙:看看牲口,饮饮马。不论怎么说,到底是个庄稼人。"楚里斯脸上浮起微笑,用粗壮的手指捏住男孩的鼻子,替他擦去鼻涕。

"不管怎么样,逢到你自己在家或者他有空的时候,你就叫他来,听见吗?一定叫他来。"

楚里斯深深地叹了口气,什么也没有回答。

5

"对啦,我还要问你,"聂赫留朵夫说,"你干吗不把肥料运走?"

"我有什么肥料哇,老爷!根本没有东西好运。我有什么牲口吗?只有一匹小母马和一匹马驹,一头小牛秋天卖给客栈老板了。我就只有这两头牲口。"

"既然你的牲口那么少,为什么还要把小牛卖掉呢?"东家惊讶地问。

"叫我拿什么喂它呢？"

"难道你的干草连喂一头牛都不够吗？人家怎么就有办法呢？"

"人家的地肥，我的地全是黏土，毫无办法。"

"只要加点肥料黏土就可以改良：土地长了庄稼，就有东西喂牲口了。"

"可是没有牲口，哪来肥料哇？"

"这真是可怕的恶性循环。"聂赫留朵夫想，但实在想不出怎样才能说服这个农民。

"再说，老爷，长庄稼不是靠肥料，而要靠上帝，"楚里斯继续说。"去年我在没有施过肥的地里割了六堆干草，可是在施过肥的地里却连一束草也没有割到。谁也比不过上帝！"他叹了一口气，补充说。"再有，我们家的牲口也长不大。没有一头牲口活满过六岁。去年死了一头小牛，另一头也被我卖了，因为没有饲料喂；前年死了一头挺好的母牛，从牧场赶回来的时候还是好好的，啥事也没有，突然它的身子摇晃起来，晃啊晃啊，接着就倒下了。我这人真倒霉！"

"啊，乡亲，你以后别再说，你没有牲口是因为没有饲料，没有饲料是因为没有牲口了。喏，这你拿去买头母牛，"聂赫留朵夫涨红了脸，从马裤口袋里掏出一叠揉皱的钞票，把它理好，说，"我帮助你，你去买头母牛，饲料到打谷场去拿，我会对他们说的。你记住：下个礼拜天你家里就该有一头母牛了，我要来看的。"

楚里斯脸上现出微笑，好一阵两脚交替站着，没有伸手去接钞票。聂赫留朵夫只好把钱放在桌角上，脸涨得更红了。

"老爷，您的恩典我们真是感激不尽。"楚里斯现出惯常的嘲弄的微笑，说。

老太婆站在高板床旁深深地叹了几口气,好像在祷告。

年轻的地主有点窘,匆匆从长凳上站起来,走到门廊里,叫楚里斯跟他出去。楚里斯得到帮助,露出十分高兴的样子,聂赫留朵夫真舍不得马上跟他分手。

"我很高兴帮助你,"聂赫留朵夫站在井边说,"我可以帮助你,因为我知道你这人并不懒。你只要好好干活,我还会帮助你的。上帝保佑你日子逐渐好起来。"

"日子好起来,那可办不到,只要不完全破产就算不错了,老爷,"楚里斯说,脸色突然变得认真甚至严厉了,仿佛东家说他的日子会变得好起来,他听了很不高兴。"从前跟我爹和兄弟住在一起,根本不知道什么叫穷苦。等到我爹一死,我们分了家,日子就一天不如一天。我们变得孤孤单单了!"

"你们为什么要分家呢?"

"全是婆娘们闹出来的,老爷。那时您爷爷已过世了,要是他在,大家也不敢那样。他老人家在世的时候,一切都照着规矩办。他老人家也跟您一样,什么事都亲自过问,谁也不敢想到分家。他老人家可不喜欢让农民乱来。您爷爷去世后,就叫安德烈·伊里奇来管我们,我真不愿提到他,他是个酒鬼,办事马马虎虎。我们一次又一次向他要求:为了那些婆娘我们没法在一起过,让我们分家吧。他先是训斥我们,训斥我们,到头来还是听了婆娘们的话,叫我们分开过。可是谁都知道,独立门户是怎么一回事!再说,没有什么章程:安德烈·伊里奇高兴怎样管我们,就怎样管我们。他说:'你要什么有什么,'可是庄稼人怎么才能弄到需要的东西,他就不管了。后来人头税增加了,储备粮收得多了,土地却更少了,庄稼也不再生长。后来,重新划分土地,他把肥地都划到老爷名下,那强盗把我们抢个精光,哪怕死人他也不管!您家老太爷——愿他在天上安息——是个好东家,可我们看不到他,因为他一直待在莫斯科。当然啰,往那儿运东西的大车也越来越多了。有一次,天气不好,道路泥泞,我们没有饲料,可是还得运。东家那边总不能没有饲料哇。这事我们也不敢抱怨,可就是没有个章程。现在您老爷开恩,我们庄稼人个个都可以直接找您,管家也跟从前不一样了。现在我们至少知道我们有个东家了。我们庄稼人真是说不出有多么感激您老爷的恩典。从前您老爷还受监护的时候,我们没有个真正的东家,却有不少人来管我们:监护人老爷管我们,伊里奇老爷管我们,他老婆那老太太管我们,警察局来的书记官老爷也来管我们。唉,管我们的人实在太多啦!庄稼人受的罪真是太多啦!"

聂赫留朵夫又一次产生一种近乎羞愧和内疚的感觉。他举了举帽子,走了。

6

"怪人尤赫万卡要卖马,"聂赫留朵夫在笔记本上看到这句话,就穿过村街,向怪人尤赫万卡家走去。尤赫万卡的房子,顶上整齐地盖着从东家打谷场上弄来的干草,屋架用浅灰色新鲜白杨木(也是从东家林地里砍来的)搭成,每个窗子上都有两扇红板窗,门口台阶上搭着遮檐,还配上别致的薄板镂空的栏杆。门廊和没生火的房子也都很完整;不过这种富裕丰足的景象却被大门旁的披屋破坏了。披屋旁的篱笆还没有编好,披屋的屋檐也没有盖。聂赫留朵夫走近台阶,看见两个农妇抬着一个装得满满的大木桶从另一边走来。一个是怪人尤赫万卡的老婆，另一个是他的母亲。他老婆身体强壮，脸颊红润，胸脯异常丰满，颧骨阔大厚实。她身穿领口和袖子绣花的干净衬衫、同样绣花的围裙和格子毛料裙，脚穿暖鞋，脖子上挂着项链，头戴有红棉纱绣花和缀着亮片的漂亮四角帽。

扁担的末端并不摇晃，而是稳稳当当地压在她那宽阔厚实的肩上。她那红润的脸上现出轻松的神气，脊背微微弯曲，手脚动作匀调，处处都表明她身体非常健康，力气大得像男人。尤赫万卡的母亲扛着扁担的另一头，模样正好相反，她显得老态龙钟，像风中残烛。她骨瘦如柴，穿着一件破旧的黑衬衫和一条本色裙子，身子佝偻，因此扁担不是搁在她的肩上，而是压在她的背上。她的双手黑得像土，畸形的手指抓住扁担，似乎已不能弯曲；她的头上包着一块破布，使她显得格外贫困和衰老。她的前额狭窄，上面布满交错的深深的皱纹；额下一双红红的眼睛没有睫毛，暗淡无光地瞧着地面。她的一颗发黄的门牙从凹陷的上唇里露出来，不停地晃动，有时触到尖尖的下巴。她的脸的下半部和喉咙上的褶皱像口袋般挂下来，不断地摆动。她沉重地呼噜呼噜喘着气；她那双畸形的光脚费力地在地上拖着走，但脚步还很匀调。

7

年轻的农妇几乎跟东家撞了个满怀。她连忙放下水桶，垂下眼睛，鞠了一躬，然后皱起眉头，用她那双炯炯有神的眼睛瞧了瞧东家，竭力用绣花衬衫袖子掩住微笑，急急地跑上台阶，发出响亮的脚步声。

"妈妈,你把扁担还给纳斯塔霞婶婶。"她在门口站住,对老太婆说。

年轻的地主一向平易近人,这会儿却严厉而关注地瞧了瞧脸颊红润的农妇,皱起眉头,转身招呼老太婆。老太婆正顺从地用畸形的手指抽出扁担,把它搁在肩上,向邻居家走去。

"你儿子在家吗?"东家问。

老太婆身子弯得更低,鞠着躬,想说什么,可是双手捂住嘴,剧烈地咳嗽起来。聂赫留朵夫不等她开口,就走进屋子。尤赫万卡坐在圣像旁的长凳上,一看见东家,就奔到炉前,仿佛想躲开他,把一样东西塞到高板床上。他牵动嘴巴和眼睛,身子贴在墙上,仿佛给东家让路。尤赫万卡三十岁光景,身材修长,头发浅褐,留着青年式山羊胡子。要不是他那双深褐的小眼睛骨碌碌地从紧蹙的眉毛下打量人,要不是他嘴唇短而又动个不停,使人一望而知他缺了两个门牙,他的外貌是相当漂亮的。他身穿前襟有鲜红镶条的节日衬衫和有条纹的印花布裤,脚穿靴筒起皱的长筒靴。尤赫万卡的屋子不像楚里斯的屋子那样狭小和阴暗,虽然里面同样气闷,充满烟味和羊皮味,衣服和杂物同样堆得乱七八糟。这里有两样怪东西引人注目:一个放在搁板上的凹瘪的旧茶炊;一个玻璃肮脏破碎、镶着身穿红色军服将军像的黑色镜框,挂在圣像旁边。聂赫留朵夫不愉快地望望茶炊、将军像和高板床——床上的破被下露出一根镶黄铜的烟管——招呼农民。

"你早,尤赫万卡。"他盯着农民的眼睛说。

尤赫万卡鞠了一躬,喃喃地说:"贵体健康,老爷。"他称呼"老爷"时声音特别温柔,目光迅速地扫过东家的全身、房子、地板和天花板,没有在任何一处停留;然后他匆匆地走到高板床跟前,从那里拖下一件棉袄,穿在身上。

"你穿衣服干吗?"聂赫留朵夫说,在长凳上坐下来,竭力摆出严肃的神气打量着尤赫万卡。

"哦,老爷,这样怎么行呢? 我们当然懂得……"

"我是来向你打听一下:你为什么要卖马,你是不是有很多匹马,你要卖掉一匹什么样的马?"东家冷冷地说,显然是把准备好的问题说了一遍。

"老爷不嫌脏,来到我们农家,我们真是感激不尽,"尤赫万卡目光迅速地扫了一下将军像、炉灶、东家的靴子和别的东西,就是避而不看聂赫留朵夫的脸,"我们一直在为您老人家祷告呢……"

"你为什么要卖马?"聂赫留朵夫咳嗽几声清清嗓子,提高声音又问。

尤赫万卡叹了一口气,把头发往后一甩(他的目光又把屋子扫了一遍),接着发现猫躺在长凳上安安稳稳地打呼,就对它吆喝道:"滚开,死猫!"然后匆匆地转身对东家说:

"老爷,那匹马不好……要是马好,我也不会卖了,老爷。"

"你总共有几匹马?"

"三匹,老爷。"

"有没有马驹?"

"那当然有,老爷! 马驹也有一匹。"

8

"走吧,带我去看看你的马。你的马在院子里吗?"

"是,老爷。您老爷怎么吩咐,我就怎么办。难道我们可以不听您老爷的吩咐吗?雅可夫·伊里奇叮嘱我们,明天不要放马下地,因为公爵要来视察。我们就没有放。我们可不敢违抗老爷的命令。"

趁聂赫留朵夫走出门去,尤赫万卡从床上抓起烟管,把它放到炉灶后面。东家不看他的时候,他的嘴唇仍旧不安地拼命抽动。

一匹青灰色的小母马在屋檐下翻动腐烂的干草;一匹两个月的长腿马驹紧贴着母马粘满牛蒡刺的细尾巴,身上的毛色还看不出来,但腿和嘴脸都是浅青色。院子中央站着一匹大肚子枣红骟马,眯缝着眼睛,若有所思地垂下头,看样子是匹干农活的好马。

"你的马都在这儿了?"

"不,老爷;喏,还有一匹母马,还有一匹马驹。"尤赫万卡回答,指指那两匹马——其实东家是不会看不见的。

"我看见了。那么你想卖的是哪一匹呢?"

"喏,就是那一匹,老爷。"他回答,拿短褂前襟向那匹睡眼惺忪、不停地眨眼睛、翕动嘴唇的骟马挥了挥。骟马睁开眼睛,懒洋洋地把尾巴转到他这边来。

"这马看样子不老,还挺结实,"聂赫留朵夫说,"你捉着它,让我看看它的牙,我就知道它老不老了。"

"一个人怎么也捉不住它,老爷。这牲口一个钱也不值,性子躁,咬人踢人什么都来,老爷。"尤赫万卡回答,快乐地微笑着,眼睛骨碌碌地乱转。

"胡说!跟你说,把它捉住。"

尤赫万卡嬉笑了好一阵,两脚交替站着,直到聂赫留朵夫愤怒地喝道:"哼,你这算什么?"他才跑到屋檐下,拿起笼头,威吓它,从后面而不是从前面接近它。

年轻的东家显然看得不耐烦了,但也许想显显自己的本领。

"把笼头给我!"他说。

"求老爷饶恕!您老爷怎么可以呢?您千万别……"

但聂赫留朵夫从正面走到马跟前,一下子抓住它的双耳,拼命把它往地上按。那是一匹驯顺的农家马,这时也摇摆着身子,嘶叫着,竭力要挣脱聂赫留朵夫的手。聂赫留朵夫这才发现根本不用费这样大的劲。他抬头一望,看见尤赫万卡嬉笑个不停,不禁想到尤赫万卡准是在嘲笑他,把他看作孩子,而对于他这样年纪的人来说,这是莫大的屈辱。他涨红脸,放下马耳朵,不用笼头就扳开马的嘴,瞧了瞧它的牙齿:犬牙完整,双尖牙齐全。年轻的东家立刻知道,这匹马岁数不大。

这当儿尤赫万卡走到屋檐下,发现铁耙没有放在原位,就把它捡起来,靠在篱笆上。

"你过来!"聂赫留朵夫带着孩子般恼怒神气,委屈得仿佛要哭出来似的嚷道,"这匹马怎么能算老呢?"

"说实在的,老爷,很老啦,总有二十岁了……那匹马……"

"闭嘴!你这人尽撒谎,真是个无赖,规矩的庄稼汉是不兴撒谎的,干吗撒谎!"聂赫留朵夫愤怒得要哭出来,喉咙里哽住,气喘吁吁地说。他闭上口,竭力不在庄稼人面前掉泪,丢脸。尤赫万卡也不作声,现出一副哭脸,吸着鼻子,微微抽动脑袋。"哼,你把马卖了,拿什么来耕地呢?"聂赫留朵夫已平静下来,能像平常一样说话了。"我们特地派你去干些别的活,好让你的马休整一阵,以后好耕地,可你却要把最后一匹马都卖掉,是不是?主要的是你为什么要撒谎?"

东家一平静下来,尤赫万卡也放心了。他仍旧直挺挺地站着,抽动嘴唇,眼睛忽而瞧瞧这个,忽而望望那个。

"我们替您老爷干活,决不会比人家差。"尤赫万卡回答说。

"可你拿什么来耕地呢?"

"您放心好啦,老爷,我们会把活干完的,"尤赫万卡回答,同时吆喝着把马赶开,"要不是缺钱,我们怎么会卖呢?"

"你怎么会缺钱呢?"

"我们没有粮食啦,老爷,还要还人家的债,老爷。"

"怎么会没有粮食?人家有儿女的都还有粮食,你没有儿女,怎么会没有粮食?粮食都到哪儿去了?"

"吃掉了,老爷,如今一颗粮食也没有了。马我到秋天就去买回来,老爷。"

"卖马,你就别想了!"

"要是不卖,老爷,叫我们怎么过呢?粮食又没有,又不许卖东西,"尤赫万卡身子转向一边回答,抽动嘴唇,突然大胆地直对着东家的脸望了一眼,"这样,我们就只好饿死了。"

"听我说,乡亲!"聂赫留朵夫脸色发白,对尤赫万卡怀着满腔怒火,大声嚷道,"像你这样的农民我可不想收留。你不会有好下场的。"

"要是我不称老爷的心,那就听凭老爷发落好了,"尤赫万卡闭上眼睛,装出一副恭顺的样子,"不过,我好像还没有做过什么错事。当然啰,我要是不能讨老爷的欢心,那就听凭您发落好了。可我不知道为什么该受处分。"

"那是因为:你的院子没有盖上顶棚,地里没有施肥,篱笆又都倒了,可你却坐在家里抽抽烟,不干活;还因为你母亲把全部家业都交给了你,你却连一块面包都不给她吃,还纵容你老婆打她,逼得她来向我告状。"

"您行行好吧,老爷,我连烟管是什么样的都不知道呢,"尤赫万卡窘态毕露地回答,显然说他抽烟最使他伤心,"如今什么话都可以说人家。"

"哼,你又撒谎啦!我亲眼看见的……"

"我怎么敢在老爷面前撒谎呢!"

聂赫留朵夫不再说什么,咬咬嘴唇,在院子里来回踱步。尤赫万卡站在一边,没有抬起眼睛,一直注视着东家的脚步。

"听我说,尤赫万卡!"聂赫留朵夫突然在他面前站住,竭力掩饰内心的激动,像孩子般温和地说,"不能再这样过日子了,你会把自己毁掉的。你好好想想。你要是想做个正正经经的庄稼人,就得改变生活,把你那些坏习惯都改掉,不要撒谎,不要喝酒,要孝顺你的母亲。你的事我全知道。好好干活,不要盗窃公家树木,不要上酒店。你想想,像你现在这样过日子有什么好处!你要是需要什么,就来找我,干脆告诉我你要什么,为什么要,可不许撒谎,只能说实话,这样我就不会拒绝你,只要我能办到。"

"说实在的,老爷,您老爷的意思我们是懂的!"尤赫万卡傻笑着回答,仿佛完全懂得东家这番话的奥妙。

聂赫留朵夫原想感动尤赫万卡,使他回到正道上来,可是尤赫万卡的笑容和回答使他大为失望。再说,他觉得他身为东家,虽然有权任意对待农民,但对他们说话很不客气,而且说得也很不得体。他闷闷不乐地垂下头,走到门廊里。老太婆坐在门槛上唉声叹气,表示非常赞同东家的话。

"这给你买面包吃,"聂赫留朵夫把钞票塞在她手里,对着她的耳朵说,"你自己去买,不要给尤赫万卡,不然他又会把钱都喝光的。"

老太婆用骨瘦如柴的手抓住门柱,想站起来谢谢东家,她的头不断晃动着。不过,等她站起来,聂赫留朵夫已经走到村街的另一头了。

9

"白人达维德要粮食和木柱。"——在聂赫留朵夫的笔记本里,紧接着尤赫万卡之后记着这样一句话。

聂赫留朵夫走过几户,在小巷转角处遇见管家雅可夫。雅可夫老远看见东家,就摘下漆布便帽,掏出一块绸手帕,擦擦红红的胖脸。

"把帽子戴上,雅可夫!雅可夫,我对你说,把帽子戴上……"

"老爷,您到哪儿去了?"雅可夫问,拿帽子挡住阳光,没有把它戴到头上。

"我在怪人那儿。你倒说说,他怎么会变成这个样子?"东家一边往前走,一边说。

"什么,老爷?"管家答应着,彬彬有礼地跟在东家后面,同他保持一定距离,戴上帽子,抚平小胡子。

"什么?他是个十足的无赖,懒鬼,小偷,撒谎成性,虐待亲娘,总之是个不可救药的无赖。"

"老爷,我不知道他竟这样叫您生气……"

"他老婆看上去也是一个坏透的女人,"东家打断管家的话说。"老太婆穿得比叫花子都不如,又没有东西吃,可是儿媳妇却打扮得漂漂亮亮,儿子也穿得不错。我真不知道该拿他怎么办才好。"

聂赫留朵夫谈到尤赫万卡老婆的时候,管家显得很不自然。

"是啊,老爷,他这样无法无天,是得采取措施,"管家说,"他确实像一般没有儿女的庄稼人那样,日子过得很穷,不过他比起别人来,还算守本分。他这个庄稼人还算聪明,能读会写,也还算老实。人头税他总是按时去收。自从我在这里管事以来,他已当了三年村长,没见他有什么错处。三年来您的监护人要他服劳役,他也都完成了。不过,他有时待在城里邮站,就会喝得酩酊大醉,那时就得采取措施了。有时候他胡闹,你只要拿鞭子吓唬吓唬他,他就会清醒过来。这样对他有好处,家里也就太平了。可是您不许我们采取这样的措施,那我就不知道该拿他怎么办了。他确实无法无天。叫他去当兵又不合适,因为少了两颗门牙,您老爷大概也注意到了。老爷,不瞒您说,这样做的不光是他一个人,他们都是无法无天的①……"

"你别说了,雅可夫,"聂赫留朵夫微笑着回答,"这事我跟你谈过,谈过不止一次。你也知道我的想法。不管你怎么说,我都不会改变主意的。"

"当然,这一切您老爷都是知道的,"雅可夫耸耸肩膀说。他从后面望着东家,仿佛知道不会有什么好事。"至于那个老太婆,您为她操心,那可不必了。不错,她把这个没有父亲的孩子带大,让他成了家,这是事实。但一般在农民家里,做母亲的或者做父亲的把家业交给儿子以后,那就由儿子和儿媳妇当家,老太婆就得靠自己的力气挣饭吃。他们当然不会很亲热,但在农民家里一般都是这样的。所以恕我冒昧说一句,您可不用为那个老太婆操心。她这人聪明,又很能干,您老爷何

---

① 指农民为了逃避服兵役,故意敲掉门牙。

必为她操心呢？是啊,她跟儿媳妇吵了一架,儿媳妇说不定还推了她一下——这些都是娘们的事！不过,不等您想出什么办法来,说不定她们已经和好了。您老爷也实在太关心这类事了,"管家说,又殷勤又和蔼地望着在他前面默默地大踏步沿街走去的东家。"您回家吗？"他问。

"不,我去看看白人达维德……他是不是叫这个名字？"

"哦,这又是个懒鬼,让我来告诉您。达维德一家都是那种货。不论你用什么办法对付他,都没有用。昨天我坐车经过他们的地,看到他连荞麦都还没有播种。您说,对这种人有什么办法？真该像老子教训儿子那样好好教训教训他,要不对这种懒鬼真是毫无办法。他既不种自己的地,也不种老爷的地,老是那样稀里糊涂过日子。您的监护人和我不论怎样对付他:把他送警察局也罢,在家里自己处罚他也罢——当然您老爷不赞成这样办……"

"处罚谁呀？难道处罚这个老头子吗？"

"处罚这个老头子。您的监护人多少次当众处罚过他,可是老爷您想怎么着了？没有用,他晃晃身子走了,到头来还是老样子。说实话,达维德倒是个安分守己的庄稼人,人不笨,也不抽烟——我是说他不喝酒,"雅可夫解释道,"可是比那些喝酒的还要坏。我看只有一个办法,叫他去当兵,或者送他去充军,没有别的办法了。他们一家人都是这样的。还有马特留施卡住在没有窗的屋子里,也是他们家的人,也是个该死的懒鬼。老爷,我没有事了吧？"管家发觉东家不在听他,就补了一句。

"没有事了,你走吧。"聂赫留朵夫心不在焉地回答,同时向白人达维德家走去。

达维德的小屋歪歪斜斜,孤零零地坐落在村头。屋旁没有院子,没有干燥房,也没有谷仓;只有肮脏的牲口棚紧挨着房子的一边;房子另一边堆着些修院子用的干树枝和木柱。废弃的院子长满高高的野草。屋旁不见一个人影,只有一头猪躺在门口泥浆里尖叫。

聂赫留朵夫敲敲破玻璃窗,没有人答应。他走到门口喊了一声:"有人吗?"也没有人回答。他走到门廊里,望了望空荡荡的牲口棚,走进门户敞开的屋子。一只红毛老公鸡和两只母鸡竖起脖子上的羽毛,爪子拍打着地面,摇摇摆摆地在地上和凳子上乱闯。鸡一看见人,咯咯狂叫,往墙上飞扑,其中一只跳上灶头。六尺见方的小屋里有一个烟囱断裂的火炉、一台到夏天也没有搬走的织布机和一张桌面歪斜裂开的黑桌子,显得很拥挤。

尽管院子是干的,门槛旁边却有一摊污水,那是由屋顶和天花板裂缝里漏进来的雨水积成的。屋子里没有床。很难想象这是住人的地方,因为里里外外是一片凄凉杂乱的景象,但白人达维德一家确是住在这里。这时候,不管六月的炎热,达维德却蜷缩在炕上一角,用皮袄蒙着头呼呼大睡。一只受惊的母鸡跳到炕上,还没有定下神,就在达维德背上走来走去,但这样也没有把他弄醒。

聂赫留朵夫以为屋子里没有人,正想走,忽然听见一声拖长的叹息,说明主人在家。

"喂,这里有人吗?"他大声问。

炕上又传来一声长叹。

"谁啊?过来!"

随着东家的叫喊,又传出一阵叹息和哈欠声。

"喂,你这是怎么啦?"

炕上有一样东西慢慢地动起来,现出破羊皮袄的前襟。接着,一只穿破树皮鞋的大脚露出来,然后又是一只,最后出现了白人达维德的全身。他不高兴地坐在炕上,懒洋洋地用一只大拳头擦着眼睛。接着他慢慢垂下头,打着哈欠,向屋子里瞧了一眼,这才看见东家。他的动作稍微快了一点,但聂赫留朵夫在那摊水和织布机之间来回走了三次,达维德还没有从炕上下来。白人达维德的确很白:他的头发、身体和脸都白得出奇。他又高又胖,而且像一般农民那样,不是肚子胖,而是整个身体胖。不过,他胖得有点虚,显出病态。他的脸相当漂亮,生有一双浅蓝色的安详的眼睛,蓄着一把浓密的大胡子,但也带有病态。他的脸没有被太阳晒黑,也不红润,而显得苍白,发黄,眼圈有点紫,仿佛浑身都是脂肪,或者说有点浮肿。他的双手又肿又黄,就像水肿病人那样,上面长满白色的汗毛。他睡得糊里糊涂,怎么也睁不开眼睛,身子不断摇晃,连连打哈欠。

"哼,你怎么不害臊?"聂赫留朵夫说。"院子等着要修,粮食又没有,你怎么好意思大白天睡觉?"

达维德一清醒过来,立刻明白站在他面前的是东家。他双手放在肚子上,垂下微微歪着的头,手脚一动也不动。他没有做声;但脸上的表情和全身的姿势仿佛在说:"我知道,我知道,这话我又不是第一次听到。嗯,您打吧,要是非打不可的话,我能够忍受。"他似乎希望东家不要再说下去,还是赶快动手打他,哪怕重重地打他浮肿的脸也行,只要快点让他安宁。聂赫留朵夫发觉达维德不了解他,拼命提出各种问题,想打破农民这种顽固的沉默。

"你向我要木料做什么?木料在你这里整整放了一个月,而且现在正是农闲。你倒说说!"

达维德顽固地不做声,身子一动不动。

"喂,你回答我呀!"

达维德嘴里咕噜着什么,眨着他那白睫毛。

"人活着就得干活,老兄。不干活怎么行呢?你看,你现在已经没有粮食了,这是什么缘故?就是因为你的地耕得很糟,又不肯再耕一遍,也不及时下种,而这都是因为你太懒。你问我要粮食,我可以给你一点,因为总不能眼看着你饿死,但这样下去不行。我能拿谁的粮食给你呢?你看拿谁的好呢?你倒说说,叫我拿谁的粮食给你呢?"聂赫留朵夫固执地一再问。

"老爷的粮食。"达维德喃喃说,胆怯而试探地抬起眼睛来。

"那么老爷的粮食又从哪儿来呢?你自己想,是谁耕的地?是谁耙的地?谁下种?谁收割?还不是农民吗?是不是?因此你瞧:要是把老爷的粮食分给农民,那么,谁活干得多,谁就可以多分些;你只能比别人少分些。要不人家就会发牢骚,说你活干得最少。可是向老爷要粮食却最多。为什么要给你而不给别人呢?要是人人都像你这样睡大觉,大家早就饿死了。你得干活,老兄,像现在这样可不行。听见吗,达维德?"

"听见了,老爷。"他慢吞吞地从牙缝里挤出一声来。

10

这时候,窗外闪过一个挑麻布的乡下女人,接着达维德的母亲走进了屋子。她身材很高,五十上下,精神奕奕,动作灵活。她的脸布满麻子和皱纹,并不好看,但挺直的鼻子、紧闭的薄嘴唇和灵活的灰眼睛却显得聪明和精神。她肩膀瘦削、胸脯干瘪、双臂精瘦、黑黑的光腿肌肉发达,这些都表明她早已不像一个女人,而像个干粗活的男人。她轻快地走进屋子,关上门,解下围裙,怒气冲冲地对儿子瞅了一眼。聂赫留朵夫想对她说话,她却背过身去,对着织布机后面黑色木雕圣像画十字。她画过十字,整了整肮脏的方格头巾,低低地向东家鞠了一躬。

"礼拜天好,老爷,"她说,"上帝保佑您,您是我们的爹……"

达维德一看见母亲,立刻局促不安起来,腰弯得更厉害,头垂得更低。

"谢谢,阿林娜,"聂赫留朵夫回答,"你瞧,我正在跟你儿子谈你们的家业呢。"

阿林娜——她年轻的时候,乡亲们就唤她纤夫阿里施卡——左手托住右臂肘,右手拳头撑着下巴,不等东家说完,就声音洪亮而尖锐地讲起来,使整个屋子充满她的声音,从外边听,好像有几个女人同时在说话:

"我的爹啊,你跟他有什么可说的!他这人连话都不会说。他站在那儿,简直像个白痴,"她向达维德笨重可怜的身子扬扬头,继续说,"老爷,我们谈得到什么家业啊?我们是穷光蛋,村子里再也找不到比我们更穷的人家了,我们对自己对老爷庄院都毫无用处,真是丢脸哪!这都是他害的。我生他,奶他,养他,好不容易才把他拉扯大。但拉扯大了有什么用:饭他要吃,可是叫他干活,就像一块废料。他就知道在炕上睡大觉,要不就是站着搔搔他的傻脑袋瓜,"她说,学着他的模样,"老爷,你就吓唬吓唬他吧。我做娘的自己恳求你:看在上帝分上,你就惩罚惩罚他,或者送他去当兵。我实在拿他没有办法。"

"唉,达维德,你把你亲娘害成这个样子,你就不怕罪过吗?"聂赫留朵夫责备他说。

达维德站着一动不动。

"他要是有病,倒不去说他,"阿林娜又激动地做着手势说下去,"可是你瞧瞧他那副模样,胖得简直像磨坊里的烟筒。这样结实的汉子,总该干点活吧!不,他成天躺在炕上,十足是个懒鬼。他要是多少干点什么,我也不会这样盯住他了。他哪怕起来走动走动,随便干点什么事也好哇,"阿林娜难看地扭动瘦骨嶙峋的肩膀,拖长声音说,"你瞧,老头子今天自己到树林里捡柴去了。叫他挖挖坑,可他连铲子都不碰一碰……"她停了一会儿。"他害得我好苦,弄得我简直像个孤老婆子!"她突然尖叫起来,挥动双臂,向儿子威胁着走去。"你这个丑八怪!上帝饶恕我!"她鄙夷而绝望地转过身子,吐了一口唾沫,又挥动双臂,神情激动,含着泪水,继续跟东家说话。"家里就靠我这个苦命的老婆子。我那老头子有病,年纪又大,也没有什么用处,这就剩下我一双手,一双手。就是石头也要磨坏的。还不如死了的好,反正是死路一条。那混蛋,真把我折磨死了!唉,我的老爷!我没有力气啦!我的儿媳妇已经累得送了命,我也活不长了。"

11

"怎么送了命?"聂赫留朵夫将信将疑地问。

"累坏的,老爷,真的,累得送了命。去年我们才把她从巴布林那儿娶来,"老太婆继续说,恼恨的神色突然变得悲伤而且眼泪汪汪了,"唉,老爷,她原来是个鲜嫩鲜嫩的好姑娘,脾气也挺好。她在娘家有兄嫂照顾,日子过得自在,没有尝过贫困的滋味,可是来到我们家,就得不停地干活,又是给老爷庄园干,又是给自己家干,老是干不完的活。总共只有我同她两个人,两双手。我吗?我是干惯了的,可是她呀,我的好老爷,肚子里有了孩子,这就受罪啦!总是干过了头,伤了身子,这个可怜的人。真倒霉,去年圣彼得节①上她生了一个男孩,可是没有东西吃,就胡乱吃一点,急急忙忙去干活了。唉,老爷,结果她的奶干了。这是个头生儿,又没有奶牛,我们乡下人也没有奶瓶,怎么喂呢!当然,她也有女人家那种傻里傻气的天性,心里就特别难受。孩子一死,她哭得死去活来,哭个不停,又是闹穷,又得干活,情况就越来越糟,过了夏天,到圣母节②这个苦命人自己也死了。就是他,这个畜生,害了她!"她又恶狠狠地骂起儿子来……"我对您有什么要求吗?老爷!"她停了停,压低嗓子,鞠着躬又说。

"什么呀?"聂赫留朵夫听了她讲的事,心里很激动,脱口问。

"他年纪还轻。总不能尽靠我一个人干:我今天还活着,说不定明天就死了。没有老婆,他可怎么过呢?要他给您老爷干活也不行。您就替我们想想吧,我的好老爷。"

"你的意思是要给他讨个老婆,是不是?这倒是个主意!"

"老爷,您就发发慈悲吧,您是我们的再生父母。"

老太婆对儿子暗示了一下,就同他一起在东家脚边扑通一声跪下来。

"你干吗下跪啊?"聂赫留朵夫不高兴地抓住她的肩膀把她拉起

---

① 俄历6月29日。
② 俄历10月1日。

来,说。"难道你就不能站着说吗?我可不喜欢这样。你就给他讨个老婆吧。只要找得到合适的姑娘,我也很高兴。"

老太婆站起来,用衣袖擦擦干枯的眼睛。达维德学她的样,也用胖拳头擦擦眼睛,仍旧那么驯顺而耐心地站着,听他母亲说话。

"姑娘有是有的,怎么会没有呢!譬如说华秀特卡·米海依金娜,这姑娘不错,但没有您帮忙是办不成的。"

"难道她不答应吗?"

"哦,老爷,要她答应,事情就难啦!"

"那该怎么办呢?我又不能强迫人家;你们另外找一个吧,本村找不到,就到外村去找。我可以出钱替她赎身,不过要她自愿,不能强迫她嫁人。法律不允许啊,这样做可是太罪过啦。"

"唉,老爷!谁要看到我们过的日子,看到我们这样穷,怎么肯嫁到我们家来啊?就是大兵的老婆,也不愿意来过这样的穷日子啊。哪个庄稼人愿意把女儿嫁给我们这种人家?再苦也不肯嫁的。要知道我们是穷光蛋,叫花子。人家会说,他们家已经饿死一个媳妇了,我的女儿嫁过去也会饿死的。没有人肯嫁的,"她不相信地摇摇头,添上说,"老爷,您想想吧。"

"可我有什么办法?"

"老爷,您就替我们想一想吧,"阿林娜又恳切地说了一遍,"叫我们怎么办呢?"

"我能想出什么办法来呢?这事我也无能为力。"

"您要是不能替我们做主,还有谁能替我们做主呢?"阿林娜垂下头,无可奈何地摊开双手,说。

"喏,你们要粮食,我可以叫他们发给你们一点,别的我就无能为力了。"东家沉默了一会儿说,阿林娜不断叹气,达维德也跟着她叹气。

聂赫留朵夫走出屋子。母子俩鞠着躬,跟着他出去。

12

"唉,我的命好苦哇,没依没靠的!"阿林娜深深地叹息说。

她停住脚步,怒气冲冲地对儿子瞅了一眼。达维德立刻转过身,提起那双穿着又大又脏树皮鞋的胖脚,沉重地跨过门槛,走进去了。

"老爷,叫我拿他怎么办哪?"阿林娜继续对东家说。"您也看到他是个怎样的人!他这人并不坏,不喝酒,脾气挺好,也不打骂孩子。老实说,他没有什么地方不好,可是天知道怎么搞的,他竟成了个无赖。其实他自己也不乐意这样。不瞒您说,老爷,我一看见他那种受罪的模样,就心疼。不管怎么说,总是我肚子里的一块肉啊。我真为他伤心,为他伤心!……他不是跟我作对,不是跟他爹作对,也不是跟长官作对。他这人胆子小,小得像个孩子。他这样打光棍,怎么过呢?您替我们想想吧,老爷,"阿林娜显然想冲淡吵骂给东家留下的印象……"唉,我的好老爷,"她继续亲切地低声说,"我翻来覆去想了不知多少遍,总弄不懂他怎么会变成这个样子。准是什么恶人咒了他。"她停了停。"真想找个人来把他治一治。"

"你真是胡说八道,阿林娜!怎么有人咒了他呢?"

"哦,我的好老爷,恶人咒了他,他这辈子就永远好不了啦!天下恶人有的是!有人出于恶意抓走他脚下踩过的一撮土……或者别的什么……他就永远好不了啦。人要造孽还不容易吗?我有时心里想,要不要去找找董杜克老头？他住在伏罗比约夫克，懂得各种咒语，也识药草，会祛邪，会求圣水，说不定他有办法治好达维德的病。"阿林娜说。

"唉，这都是贫穷和愚昧造成的结果！"年轻的地主忧郁地垂下头想，大踏步沿着村道走去。"叫我拿他怎么办呢？总不能抛下他不管，不论为了我自己，还是为了给别人做个样子，或者为了他本人，我都不能不管，"他自言自语，同时屈指数着种种理由。"我不能眼看他这样下去，但怎样才能挽救他呢？他使我在农庄上最好的计划落空了。要是农民都像他这样，我的理想就永远无法实现，"他想，对达维德破坏他的计划感到十分恼恨。"我要像雅可夫说的那样，如果他不学好，那就拿他充军，或者叫他去当兵。这样行不行？不错，至少我可以摆脱他，拿他去代替好的农民当兵。"他考虑着。

聂赫留朵夫得意地想着，但心里又模模糊糊地意识到，这样单方面考虑问题不对。他站住了。"慢着，我想到哪儿去了，"他自言自语，"拿他充军，让他去当兵。凭什么呀？他是个好人，比许多人都好，而且我怎么知道……让他自由怎么样？"他不再单方面考虑问题，"那也不对，那也办不到。"但他突然有了一个好主意，不禁微微一笑，仿佛解决了一个难题。"我让他到我家里来当仆人，"他自言自语，"我要亲自监督他，用感情、劝告和合适的工作来培养他，改造他。"

13

"就这么办！"聂赫留朵夫得意洋洋地自言自语。他想起他还得去看望富裕的农民杜特洛夫，就向村中心那座有两个烟囱的高大宽敞的房子走去。他走近这座大房子,迎面遇见一个衣着朴素、年约四十岁的高个子女人从旁边小屋走出来。

"礼拜天好,少爷。"这女人毫不拘束地说,在他旁边站住,笑眯眯地鞠着躬。

"你早,奶妈,"聂赫留朵夫回答,"身体好吗?我现在到你邻居家去一下。"

"噢,少爷,那很好。可是您怎么不到我们家坐坐?您去,我们老头子准会高兴的!"

"好,我去,去同你聊聊,奶妈。这是你的房子吗?"

"是的,少爷。"

奶妈跑在前头。聂赫留朵夫跟着她走进门廊,在木桶上坐下,掏出一支烟来抽。

"里面热,我们就坐在这儿谈吧,"奶妈请聂赫留朵夫到屋子里去,他这样回答。奶妈年纪还轻,长得也好看。她的面庞,特别是那双乌黑的大眼睛,很像东家。她把两手放在围裙下,大胆地瞧着东家,不停地晃动脑袋,说了起来:

"哦,少爷,您光临杜特洛夫家有什么事啊?"

"我要他租我的地,租这么三十来亩①,搞个农场,再跟我一起买座树林子。既然他有钱,何必这么白白放着呢?奶妈,你看怎么样?"

"那有什么不好呢?少爷,大家都知道,杜特洛夫一家人精明能干,他是全领地第一号农民,"奶妈摇晃着脑袋,回答。"去年他用自己的木料添了一座房子,也没有来麻烦过东家。他们有不少马,除了马驹

---

① 指俄亩,每亩合1.09公顷。

和小马外,总共有十八匹。至于牲口,就是牛羊,从田野上回来时,婆娘都走到街上来赶,简直把大门都堵住了。他们至少还养了两百箱蜜蜂。他这个庄稼人可能干了,钱肯定有的。"

"你认为他有很多钱吗?"东家问。

"大家都说这老头子钱不少,也许只是出于嫉妒。他自己从来没有说过,也没有向儿子公开过,但钱是一定有的。他干吗不经营一片树林子呢?准是怕把有钱的名声传开去。五年前,他跟客栈老板施卡利克一起经营牧场,不知是施卡利克骗了他还是什么缘故,老头子亏了三百卢布,从此就不干了。少爷,他们怎么会不发财呢?"奶妈继续说,"他们有三份地,家里人口又多,个个都能干活,老头子本人,说实在的,可是个精明的当家人。他处处走运,真叫人奇怪:种庄稼也好,养马也好,养牲口也好,养蜂也好,都很顺利,还有他那几个儿子,个个都很争气。如今几个儿子都成了亲。原来他在我们这种人家①姑娘中挑儿媳妇,如今他给伊柳施卡娶了个自由的农家姑娘,是他自己替她赎的身。这姑娘也挺不错。"

"他们一家人过得和睦吗?"东家问。

"家里只要有个好当家,一家人就和睦。拿杜特洛夫家来说吧,尽管妯娌姑嫂之间免不了有点争吵,但那是婆娘们的事,有老头子当家,几个儿子还是过得和和睦睦的。"

奶妈沉默了一会儿。

"听说,如今老头子要让长子卡尔普当家。他说:'我老了,只能养养蜂了。'哦,卡尔普也是个好庄稼人,很本分,至于当家,恐怕就远不

---

① 指农奴家庭。

如老头子了。他没有老头子那么精明!"

"那么,土地和树林子说不定卡尔普都会经营的。你看怎么样?"东家问,希望从奶妈嘴里打听到她邻居的情况。

"恐怕不见得,少爷,"奶妈说下去,"钱财方面的事,老头子一点也不向儿子公开。只要老头子在世一天,钱就一天掌握在他手里,一切都得由他做主。他们主要是搞拉脚。"

"老头子怕不会答应经营土地和树林子吧?"

"他有点担心。"

"担心什么呀?"

"少爷,做底下人①的怎么敢向东家公开他的钱财呢?万一运气不好,就会丢了全部钱财!过去他跟客栈老板合伙办事,结果吃了亏。叫他到哪儿去跟他打官司呢?就这样丢了一笔钱。要是跟地主老爷合伙,那就会彻底完蛋了。"

"噢,原来如此……"聂赫留朵夫红着脸说。"再见,奶妈。"

"再见,少爷。我们衷心感谢您。"

14

"是不是回家去?"聂赫留朵夫走到杜特洛夫家门口,感到一种莫名的忧郁和精神上的疲劳,这样思考着。

但就在这时,两扇新板门嘎地一下在他面前打开来,门口出现了一

---

① 这里指农奴。

个十八九岁的漂亮小伙子。他脸色红润,头发淡黄,身穿驿站马车夫号衣,牵着三匹腿力强健、鬃毛蓬乱、汗沫淋漓的马,麻利地甩了甩头发,向东家鞠了一躬。

"伊里亚,你父亲在家吗?"聂赫留朵夫问。

"他在院子后面的养蜂场里。"小伙子把马一匹一匹从半开的门里牵出来,回答说。

"啊,我要沉住气,尽量说服他,叫他同意我的计划,"聂赫留朵夫想,让马过去,走进杜特洛夫家宽敞的院子。院子里显然刚运过肥料:地面又黑又湿,这儿那儿,特别是近门的地方,还狼藉着一块块红色纤维般的畜粪。院子里和高高的敞棚下,整整齐齐地放着许多大车、木犁、雪橇、木桶和其他农具。几只鸽子在宽阔结实的木梁阴影里飞来飞去,咕咕地叫着。这里散发出一股畜粪和柏油的味儿。卡尔普和伊格拿特正在角落里给一辆三驾大马车装新坐垫。杜特洛夫的三个儿子相貌都很相像。在大门口遇见聂赫留朵夫的伊里亚,排行第三,没留胡子,比两个哥哥身材矮小些,脸色红润些,衣着漂亮些。老二伊格拿特个儿比较高,脸色黝黑,留着山羊胡子。他也穿着长靴和马车夫衬衫,戴一顶羔皮帽,却不像弟弟那么开朗和潇洒。老大卡尔普个儿更高,穿一双树皮鞋和一件灰长袍,衬衫上没有镶条,留着褐色大胡子。他的模样不仅严肃,而且有点忧郁。

"您要找爸爸来吗,老爷?"卡尔普走到东家跟前,笨拙地微微鞠着躬,说。

"不用了,我自己到养蜂场去找他,看看他那边弄得怎么样。我有话要跟你谈谈。"聂赫留朵夫说着走到院子另一边,使伊格拿特听不见他跟卡尔普的谈话。

这两个青年农民现出志得意满和自命不凡的神气,奶妈刚才又说了那么一番话,这就使年轻的地主感到很不自在,下不了决心跟他们谈要谈的事。他觉得自己仿佛犯了什么过错,还是单独同一个兄弟谈,不让另一个听见,比较自然。卡尔普觉得很奇怪,不知东家为什么把他领到一边,但还是跟着他走去。

"我说,"聂赫留朵夫支支吾吾地说,"我想问你:你们是不是有好多匹马?"

"能配成五套三驾马车,马驹也有几匹。"卡尔普搔搔脊背,放肆地说。

"你两个弟弟都在赶驿车吗?"

"我们赶三辆三驾驿车。伊里亚有时去拉脚,这会儿他刚回来。"

"怎么样,干这一行很有利吗?干这一行你们可以挣多少钱?"

"挣得到多少钱吗,老爷?能养活自己和那几匹马,就算不错了。"

"那你们为什么不干些别的行当呢?譬如说,你们可以买一片树林子,租一块地种种。"

"老爷,租一块地种种当然可以,要是有机会的话。"

"我现在就是要向你们提出:你们干拉脚这种行当,也只能糊口,还不如向我租三十亩地去种种。我愿意把萨波夫那边的一块三角地租给你们,这样你们就可以办一个大农场。"

聂赫留朵夫一心想办农民农场,老是在考虑这事,这会儿就毫不犹豫地把这个设想告诉卡尔普。

卡尔普细心地听着东家的话。

"我们非常感谢您的好心,老爷,"卡尔普说。聂赫留朵夫默默地听着,眼睛瞧着他,等待他的回答。"这事当然没有什么不好。庄稼人种田总比拿鞭子赶车强。像我们这样在陌生人中间来来往往,什么样的人都会碰到,自己只会被带坏。庄稼人种田,那再好也没有了。"

"那么你对这事有什么想法呢?"

"现在老头子健在,我能有什么想法呢?得由他拿主意。"

"你带我到养蜂场去,我要跟他谈谈。"

"您这里走。"卡尔普说,慢吞吞地向后面板棚走去。他打开通养蜂场的矮栅门,让东家过去,又把门关上,自己回到伊格拿特跟前,默默地干起中断的活来。

15

聂赫留朵夫弯下身子,通过遮阴棚矮门,来到院子后面的养蜂场。6月炎热的阳光照耀着一块不大的空地,它的四周围着麦秆和树枝编成的篱笆,上面对称地放着一排排木板钉成的蜂箱,蜂箱周围嘤嘤嗡嗡地飞舞着金色的蜜蜂。一条踩实的小径从矮门直通场地中央的一个木头神龛,神龛里贴金的神像在阳光下熠熠闪光。几株小菩提树树干挺拔,枝叶繁茂的梢头伸出在邻居小屋之上,它那深绿色的嫩叶伴随着蜜蜂的喧闹发出沙沙的响声。篱笆、菩提树和蜂箱都在蜂箱之间的杂草上投下黑色的阴影。菩提树中间有一座新铺上干草的小木棚,门前站着一个老头儿,弯着腰,灰白的秃头在阳光下闪闪发亮。老头儿听见矮门吱嘎一声,回过头,拉起衬衫前襟擦擦汗淋淋的晒黑的脸,快乐而亲切地笑着向东家走去。

养蜂场里那么宁静、光亮、愉快和舒服;头发花白的老头儿,眼睛周围布满细密的鱼尾纹,赤脚穿一双宽大的软鞋,脸上露出和善而自满的微笑,身子摇摇晃晃地在他的小天地里欢迎东家,他的神情又是那么和蔼可亲,这就使聂赫留朵夫忘记了一早晨不愉快的印象,头脑里又生动地浮现出他那心爱的理想。他仿佛看见他的农民个个都像杜特洛夫那样富裕和善良,个个都向他亲切而快乐地微笑,因为他们的财富和幸福都是他赐予的。

"老爷,您要不要用个网罩?如今蜂子可凶啦,要蜇人,"老头儿从篱笆上取下一个散发出蜜香的脏网罩递给东家。"蜜蜂认得我,不会蜇我。"他露出温顺的微笑补充说,这笑容一直没有从他那晒黑的好看的脸上消失。

"那我也不需要。蜜蜂在分群吧?"聂赫留朵夫问,自己不知道为什么也笑了。

"就算是分群吧,德米特里老爷,"老头儿回答时这么称呼,显得特别亲切,"也才刚刚开始。您也知道,今年春天冷得很。"

"我在一本书里读到过,"聂赫留朵夫挥开一只扑向他的头发、在耳朵边嗡嗡叫的蜜蜂,说道,"要是蜂房固定在木杆上竖着放,蜜蜂分群就早。因为这个缘故,蜂房要用十字交叉的木板做……"

"老爷,您不要用手挥动,这样更糟,"老头儿说,"您不要用个网罩吗?"

聂赫留朵夫被蜂蜇得很痛,但出于一种孩子气的自负不愿承认。他再次拒绝用网罩,继续把他从《农场》一书里读到的蜂房构造讲给老头儿听,并且认为这样蜜蜂会分群两次;但这时一只蜜蜂蜇他的脖子,使他痛得讲不下去。

"对啊,德米特里老爷,"老头儿眼睛瞧着东家,带着一种长辈的宽厚态度说,"书本里是这么写的。是啊,书本里有时写得很糟,他们会说:让人家照我们写的那么办,以后我们就可以取笑他们。就是有这样的事!人怎么能教会蜂子往哪儿造蜂房呢?它们在蜂箱里随意造,有时候交叉,有时候竖直。老爷,您看,"他抽出手边的一个蜂房,从小孔里张望爬满嗡嗡叫的蜂子的蜂房,"这是一窝新蜂,头上的雌蜂就是王,它们就是顺着一边竖直地筑蜂房,认为这样最合适,"老头儿说,显然陶醉于他所心爱的东西里,也不顾旁边站着东家。"今天它们脚上都沾满了蜜,因为天气暖和,什么都看得清楚,"他补充说,关上蜂箱,拿一块破布压住一只爬着的蜜蜂,接着用粗手掌从起皱的后颈上抓下几个蜜蜂。蜜蜂并不蜇他,但聂赫留朵夫几乎想从养蜂场逃走,因为蜜蜂已蜇了他三处,并且围着他的脑袋和脖子嗡嗡乱飞。

"你有好多箱蜂吗?"他问,同时向门口退去。

"那都是天老爷赐给的,"杜特洛夫笑着回答,"老爷,数可不用数,蜜蜂不爱被人家数。老爷,我可有个事要求您,"他指着篱笆旁的几个空蜂箱,继续说。"就是为了奥西普,您奶妈的那个丈夫,您最好对他说说,本乡本土的,这样对待邻居可不好。"

"他干了什么坏事?……哦,它们真蜇人!"东家抓住门把手,说。

"哼,他年年都把自己的蜂箱放在我的新蜂旁边。新蜂正需要调养,可是他的蜜蜂却飞来偷蜜,"老头儿没有注意到东家皱紧眉头,说个不停。

"好,这事以后再说,现在我……"聂赫留朵夫说,再也忍不住了,就挥舞双手,拔脚往门外跑去。

"用泥巴擦擦就好了,不要紧,"老头儿说,跟着东家走到院子里。东家用泥巴擦擦蜇过的地方,脸涨得通红。他迅速地看了一眼没有注意他的卡尔普和伊格拿特,生气地皱起眉头。

16

"老爷,我有点事要求您,是我那两个孩子的事。"老头儿说,仿佛没有发觉东家不快的神色,但也许是真的没有发觉。

"什么事?"

"至于马,感谢天老爷,我们养得还不错,雇工也有一个,劳役我们也从不耽误。"

"那你有什么事?"

"要是您老爷开恩,免去孩子们的劳役,那么伊里亚和伊格拿特一夏天就可以赶三辆三驾马车去拉脚,也许可以多挣几个钱。"

"他们到哪儿去?"

"那得看情况,"伊里亚这时把马拴在屋檐下,走到父亲跟前,插嘴说。"卡德明家几个孩子用八辆三驾马车到罗门拉脚,据说吃饱不算,每辆车回来还挣到三十卢布;再有,据说敖德萨饲料很便宜。"

"哦,这事我正要跟你谈谈,"东家转身对老头儿说,想自然而然地引他谈农场的事。"你倒说说,难道干拉脚比在家里种庄稼更有利吗?"

"有利得多了,老爷,"伊里亚麻利地把头发往后一甩,又插嘴说,"待在家里,马连饲料都没有吃的。"

"那么,你一个夏天可以挣多少钱呢?"

"打从春天起,尽管饲料价钱贵,我们运货到基辅,在库尔斯克又装粮食到莫斯科,我们自己吃饭不算,让马也吃饱肚子,还带了十五卢布回家。"

"不论干哪一行,只要正当,就没有害处,"聂赫留朵夫又对老头儿说,"我认为你们还有别的事可干。干拉脚这一行,让小伙子到处跑,什么样的人都会碰到,自己也会被带坏的。"东家重复卡尔普的话说。

"我们这种乡下人不拉脚,还有什么活好干呢?"老头儿露出温顺的微笑,不以为然地说。"拉脚好,自己吃得饱,还可以把马喂饱,至于说到变坏,我那几个孩子也不是第一年干这活了,我自己也干过,感谢天老爷,可从来没有碰到过什么坏人,都是好人。"

"你们在家里不是也有好多活好干吗:种庄稼啰,养牧草啰……"

"这怎么行,老爷!"伊里亚兴奋地插嘴说,"我们生来就是干这一行的,什么规矩都懂,老爷,我们弟兄几个就喜欢赶车!"

"哦,老爷,您能光临我们的小屋吗?您还没有来过我们的新房子呢!"老头儿说,深深地鞠着躬,向儿子使了个眼色。伊里亚往屋子里跑去,聂赫留朵夫就同老头儿一起跟着他走进去。

17

老头儿走进屋子,又向东家鞠了一躬,拿短袄前襟擦去上座长凳上的灰尘,笑眯眯地问:

"老爷,我们拿什么招待您呢?"

屋子洁白宽敞,有烟囱,里面安着高板床和低铺。新鲜的白杨圆木还没发黑,上面还有干枯不久的青苔;新做的长凳和板床还没有磨平;地也还没有踏实。伊里亚的老婆,一个年轻消瘦的农家女人,生有一张忧郁的鹅蛋脸,坐在床上,用脚摇着吊在天花板下长杆子上的摇篮。摇篮里有一个小娃娃,闭着眼睛,伸开手脚,睡得很熟。另一个女人,身子结实,脸颊红润,那是卡尔普的老婆。她卷起袖子,露出一双晒得黑黑的强壮的手臂,站在炉子前面,把洋葱撕碎放在木碗里。炉子边还站着一个麻脸的孕妇,用衣袖遮着脸。屋子里除了温暖的阳光外,还有炉子的热气,以及刚出笼面包的香味。高板床上有两个淡黄头发的男孩和一个女孩,好奇地向下打量着东家。他们爬到那儿等吃饭。

聂赫留朵夫看到这种富足的光景,很高兴,同时面对这些瞧着他的女人和孩子,不知怎的有点害臊。他红着脸在长凳上坐下来。

"给我一块热面包,我爱吃新鲜面包。"聂赫留朵夫说,脸涨得更红了。

卡尔普的老婆切了一大块面包,放在盘子里递给东家。聂赫留朵夫没做声,不知道说什么好。女人们也不做声。老头儿和蔼地微笑着。

"我干吗害臊哇?仿佛做了什么错事似的,"聂赫留朵夫想,"我干吗不提办农场的事呢?我真傻!"但他还是没有说什么。

"哦,德米特里老爷,您对我那两个孩子有什么吩咐哇?"老头儿说。

"我想劝你不要放他们出去,就在这里给他们找点活干,"聂赫留朵夫突然鼓起勇气说,"我给你出个点子:你跟我向公家合买一片树林,还有土地……"

老头儿脸上和蔼的微笑突然消失了。

"哦,老爷,您叫我们拿什么钱去买呢?"他打断东家的话说。

"只买一小片树林,有这么两百卢布就行了。"聂赫留朵夫说。

老头儿生气地冷笑了一声。

"是啊,要是有钱,干吗不买?"他说。

"难道你连这几个钱都没有吗?"东家责难似的说。

"唉,老爷!"老头儿眼睛望着门,愁眉苦脸地回答,"我的钱只够养家糊口,哪里买得起树林。"

"你明明有钱,干吗闲放着不用?"聂赫留朵夫固执地说。

老头儿突然大为激动,他的眼睛闪出光芒,两肩不住地耸动。

"大概是恶人造了我的谣,"他颤声说,"请您相信上帝,"他越说越激动,眼睛望着圣像,"除了伊里亚带回十五个卢布以外,我要是再有钱,那就叫我眼睛瞎掉,当场死去,再说您老爷也知道,还得付人头税,我们还盖了这房子……"

"嗯,好啦,好啦!"东家从凳子上站起来说,"再见,当家人。"

18

"天哪!天哪!"聂赫留朵夫穿过荒草丛生、浓阴蔽天的小径,大踏步向家里走去,沿途漫不经心地撕着枝叶,心里想,"难道我对生活的目的和责任的理想都是荒诞的?我为什么感到烦恼和悲伤,对自己那么不满意?我原以为既然找到了这条路,我将永远感到心满意足,就像刚产生这种思想时那样。"于是他清清楚楚地想起一年前那个幸福的时刻。

那天在家里,他一早第一个起身,内心充满无法表达的青春的烦恼，漫无目的地走进花园，又从花园走到树林里。在春意盎然而又一片宁静的5月美景中，他独自漫游了好半天，头脑昏昏沉沉，全身洋溢着过剩的感情而又无处发泄。一会儿，他出于青春的热情想象着女人肉感的身子，仿佛觉得这就是他无法表达的欲望。但另一种感情，高尚的感情，却说："不对头。"并且迫使他追求别的东西。一会儿，他那缺乏经验、容易冲动的智能越升越高，达到抽象的境界，似乎向他展示了生活的准则。于是他就得意洋洋地停留在这样的思想上。但高尚的感情又对他说："不对头。"又迫使他重新追求和激动。他没有思想，也没有欲望（在紧张的活动之后总会发生这种情况），仰天躺在树下，眺望早晨的轻云怎样飘翔在广袤无垠的蓝天中。突然他的眼眶里无缘无故涌出泪水来，他的头脑里出现了一种充溢心灵的明确思想：爱和善就是真理和幸福，就是人生唯一的幸福。他高兴地抓住这思想，而这次高尚的感情却没有说："不对头。"他支起身来，开始检验这个思想。"对了，对了！"他欣喜若狂地自言自语，用这思想来衡量以前的种种信念和生活现象，觉得这思想确是一种崭新的真理。"我以前所知道、所信仰、所热爱的一切都是那么荒唐啊！"他自言自语，"只有爱和自我牺牲才是真正不受环境影响的唯一幸福！"他微笑着挥动双手，信心十足地说。他拿这个思想多方面对照生活，并且在生活和自己的心灵中找到了确证，他感受到一种全新的兴奋和欣喜。"对了，要获得幸福，就该做好事。"他想，在他面前展开的未来生活已不是抽象的，而是一种具体的地主生活。

他看到自己一生都奉献给慈善事业的广阔天地，并因此获得幸福。他用不着去找寻献身的地方，它就现成摆在面前；他有不容推卸的责任，他手头有一批农民……这是一项多么愉快而有益的工作！"去影响这批天性淳朴、感情真挚的人，使他们摆脱贫困，让他们生活富足，把我所受的教育传授给他们，纠正他们由愚昧和迷信所造成的缺点，培养他们高尚的品德，使他们热爱行善……这是一种多么光明幸福的前景啊！而这一切全在于我，我将为自己的幸福这样做，我将快乐地领受他们的感激，我将看到日益接近既定的目标。多么美妙的前景！以前我怎么会看不到呢？"

"再说，"他想，"又有谁妨碍我去领略同女人恋爱的幸福，阻止我去过美满的家庭生活呢？"于是年轻人的想象又给他描绘出一幅更加迷人的前景："我将跟我的妻子——天下还没有人像我爱她那样爱过人——带着我们的孩子或者加上我那年老的姑妈，永远过这种恬静而诗意盎然的田园生活。我们相互热爱，我们宠爱我们的儿女，并且知道我们的天职就是行善。我们会相互帮助，走向这个目标。我制定总的规划，大公无私地帮助人，开办农场、储蓄银行和各种工场；她呢，长着一个美丽的小脑袋，身穿一件朴素的白色连衣裙，露出一双好看的小脚，踩着泥地到农民子弟学校去，到医院去，去照顾——其实是不值得照顾的——不幸的农民，到处安慰人，帮助人……男女老少个个崇敬她，把她看作天使，看作神。然后她回家来，不告诉我去看望过不幸的农民，还给过他钱，但这事我全知道，我紧紧地拥抱她，热烈地吻她那双迷人的眼睛，羞红的双颊和含笑的樱唇……"

19

"我这些理想在哪里啊？"年轻的地主访问归来，走近自己的房子，想。"啊,我在这条道路上寻找幸福已经有一年多了,可是我找到了什么?不错,有时我觉得可以心满意足,但这种满足是乏味的。不,其实我对自己很不满意!我不满意,因为我在这儿没有找到幸福,可我又渴望幸福。我没有感觉到快乐,并且同一切使人快乐的事绝了缘。这是为什么?这是为了什么?谁因此感到幸福呢?姑妈来信说得对,自己找幸福容易,给别人谋幸福难。难道我那些农民变得富裕些了吗?难道他们的教养提高了,道德增强了吗?一点也没有。他们的日子一点也没有变好,而我却每况愈下,越来越痛苦。我要是能看到事业成功,看到人家感恩戴德,倒也罢了……可是没有,我看到的只是虚伪的成规、放荡的恶习、相互猜疑、走投无路的困境。我白白糟蹋了一生中最好的年华,"他想,接着又忽然想起奶妈告诉他的话。她说,街坊都叫他呆公子。他想起账房里一点钱也没有了;那天他在打谷棚第一次当众试用他所发明的脱粒机,可是那机器除了呼呼直响外,什么谷子也打不出来,只引得农民们哄堂大笑;他还得随时准备地方法院来人登记他的财产,因为他热衷于经营各种新企业,过期没有付押款。突然,就像原来回想林中散步和地主生活那样,他鲜明地想到莫斯科的学生生活。他在宿舍的一支蜡烛光下,跟一个十六岁的同学和挚友一起坐到深夜。他们一连五小时反复阅读枯燥乏味的民法笔记,读好后就去取晚餐,两人共喝一瓶香槟,边喝边谈他们的前途。在年轻大学生的想象中,前途完全是另一种样子!那时他们觉得前途似锦,充满欢乐、活动和光辉的成就,并且无疑会使他们获得荣誉——他们当时心目中至高无上的幸福。

"他倒是在沿着这条路飞黄腾达,"聂赫留朵夫想到他的朋友,"可是我呢……"

不过这时他已走到家门口,有十来个农民和家仆正带着形形色色的要求在那里等待他,他不得不从胡思乱想中回到现实生活上来。

这里有一个农妇,衣衫褴褛、头发蓬乱、满脸血迹,哭诉公公要杀她。这里有弟兄俩,分家分了两年还没有分好,此刻正满腔怒火地对视着。这里有一个头发花白、胡子蓬乱的老仆,因为醉酒而双手不住哆嗦;他那个当花匠的儿子把他带到东家这里来,控告他行为放荡。这里有一个农民,他把老婆从家里赶走,因为她整个春天都没有干过活。他那个有病的老婆也来了,她一言不发,只是嘤嘤哭泣,坐在门口草地上,露出她那条胡乱用脏布包着的肿腿……

聂赫留朵夫听了各种要求和申诉,给有些人出了主意,给另一些人排解纠纷,又答应另一些人的要求,感到又疲劳,又羞愧,又无能,又悔恨,就怀着这种错综复杂的感情走进自己的屋子。

20

聂赫留朵夫住的房间并不大,里面放着一张钉有铜钉的旧皮沙发,几把同样的安乐椅;一张屈腿的嵌花包铜老式牌桌,上面放着些文件;一架打开的发黄老式英国三角钢琴,狭窄的琴键都磨光了,凹陷了。窗户之间挂着一面边框镀金的老式大镜子。桌旁的地板上堆着文件、书籍和账簿。整个房间显得杂乱无章,不成体统。这种紊乱的样子,同大住宅里其他房间刻板的老式贵族的陈设,形成鲜明的对照。聂赫留朵夫走进屋子,气呼呼地把帽子往桌上一扔,在钢琴前面的椅子上坐下来,架起腿,垂下头。

"少爷,您用早饭吗?"这时又高又瘦、满脸皱纹的老保姆走进来问。她头戴便帽,外包大围巾,身穿印花布连衣裙。

聂赫留朵夫回头瞧了她一眼,沉默了一会儿,仿佛刚定下神来。

"不,我不想吃,保姆。"他说着又沉思起来。

老保姆生气地对着他摇摇头,叹了一口气说:

"唉,德米特里少爷,您什么事烦恼哇?就是再伤心的事也会过去的,真的……"

"我又没有烦恼!你想到哪儿去了,保姆?"聂赫留朵夫回答,竭力装出笑容来。

"您说不烦恼,难道我看不出来?"老保姆激动地说。"从早到晚就是孤零零的一个人。什么事您都往心里去,什么事您都要亲自去办,又什么东西也不吃。这样行吗?您至少也该到城里去走走,或者串串门子,像现在这样怎么行呢?您年纪轻轻,怎么能这样成天伤心!少爷恕罪,我坐了,"老保姆在近门处坐下来,又说,"您待他们这样宽大,他们就毫无顾忌了。做东家的这样行吗?这样一点好处也没有:您只会毁了自己,把老百姓惯坏。我们这里的老百姓就是这样的,一点规矩也不懂,真的。您就是去看望看望姑妈也好,她信上写的真对……"老保姆劝他说。

聂赫留朵夫越来越愁闷。他的右手支在膝上,这会儿没精打采地提起来碰碰琴键。钢琴发出一声和音,又是一声,又是一声……聂赫留朵夫身子凑近钢琴,从口袋里伸出另一只手,弹起琴来。他弹的曲子有时听来不熟练,甚至弹错了,多半弹得很平庸,听不出一点音乐才能,但弹琴能让他抒发一种淡淡的哀愁。每当和音发生变化的时候,他总是屏息静气地期待着,看自己会弹出什么音乐来,然后模模糊糊地用想象来补充不足的地方。他仿佛听见几百个旋律：同他弹出的和音协调的合唱与乐队的演奏。使他陶醉的主要是幻想增强了。这种幻想虽然断断续续，毫不连贯，但却极其清楚地向他展示出种种错综而荒唐的往事和未来的画面。一会儿，聂赫留朵夫面前出现了白人达维德，达维德看到他母亲青筋暴起的黑拳头，怯生生地眨动白睫毛。接着聂赫留朵夫又看到白人达维德圆圆的脊背和一双长满白毛的巨手，以及他对命运的折磨和生活的贫困所抱的漠然态度。一会儿，聂赫留朵夫看见他那个在仆人中显得泼辣大胆的奶妈，她在乡下到处串门，劝告农民有关钱财的事必须瞒着地主，而他也就无意识地自言自语："是的，钱财的事必须瞒着地主。"一会儿，聂赫留朵夫面前出现了淡褐色头发的未婚妻，她不知怎的眼泪汪汪，十分悲伤地把头伏在他的肩上。一会儿，他看见楚里斯那双善良的浅蓝色眼睛，温柔地瞧着他的大肚子的独子。是啊，楚里斯不仅认为他是他的儿子，而且把他看作帮手和救星。"是啊，这就是爱！"他喃喃地说。然后他想起了尤赫万卡的母亲，想起了她那逆来顺受和饶恕一切的神情，尽管她那苍老的脸上露出一颗门牙，显得很丑。"她活了七十岁，她这种神情也许还是我第一个发现的，"聂赫留朵夫一面想，一面喃喃地说："真怪！"接着又漫不经心地按着琴键，倾听着琴声。然后他生动地想到他怎样逃出养蜂场，想到伊格拿特和卡尔普的脸色，他们想笑，却又不敢朝他望。他涨红了脸，不由得回头望望老保姆。她仍旧坐在门边，默默地瞧着他，偶尔摇摇花白的脑袋。他的面前突然出现了三匹汗水淋漓的骏马和伊里亚匀称而强健的身姿。伊里亚生着一头浅色鬈发，一双喜气洋洋的光亮狭长的浅蓝色眼睛；面颊红润；嘴唇和下巴上刚出现淡黄色的胡子。他想起伊里亚怎样担心不让他去拉脚，怎样为他心爱的行当辩护。他仿佛看到一个浓雾弥漫的灰蒙蒙的早晨、一条滑溜溜的大路和一长列货物装得很高、上面盖着蒲席、写有黑色大字母的三套马车。这些腿粗体壮的骏马弓起背，振响铃铛，拉紧挽索，用蹄铁上的棘刺紧抓住滑溜的泥地，齐心协力地往坡上跑。迎面跑来一辆下坡的驿车，铃声叮当，回声震响大路两边的密林。

"驾！"领头的车夫戴一顶嵌有铜号牌的羔皮帽，把鞭子高高地举到头上，用响亮的童音喝道。

卡尔普蓄着深褐色大胡子，目光忧郁，穿一双大皮靴，迈着沉重的步子，挨着第一辆马车的前轮走着。第二辆车上露出伊里亚漂亮的头部，他坐在前座的蒲席下，悠然自得地迎着晚霞。三辆装满行李的三套车，车轮辘辘，铃声叮当，加上车夫的吆喝声，从身旁驰过。伊里亚又把自己漂亮的头藏到蒲席下，打起瞌睡来。啊，这是一个晴朗温暖的黄昏。木板大门吱嘎作响，几辆聚集在驿站院子里的三套车高装着行李，一辆辆踩着大门里的铺板，走进宽敞的棚子。伊里亚愉快地向脸色白净、胸脯宽阔的女主人打了个招呼。女主人问他说："打从老远来吗？要多少饭菜？"接着得意洋洋地用她那双明亮迷人的眼睛瞧着英俊的小伙子。伊里亚把马安顿好，走进挤满人的暖和小屋子里，画了十字，在一个盛满饭菜的木碗前坐下，快乐地跟女主人和同伴们聊了起来。他就在这儿敞棚下过夜，直接睡在香喷喷的干草上，望得见繁星闪烁的天空，旁边就是马匹。那些马倒换着蹄子，喷着鼻息，翻动着木槽里的饲料。他爬上干草堆，面向东方，在自己强壮的阔胸膛上画了三十次十字，抖了抖浅色的鬈发，嘴里不断念着："主哇！"和二十次"上帝保佑！"然后这个强壮的小伙子用粗呢大衣蒙住头，顿时进入无忧无虑的梦乡。他梦见一个个城市：充满圣徒和信徒的基辅，挤满商人和货物的罗门，敖德萨和远处白帆点点的蓝海,然后他鼓动无形的翅膀飞到皇城①,那里有金碧辉煌的房子和白胸脯、黑眉毛的土耳其女人。他轻快自如地越飞越远,看见下面金光灿烂的城市、繁星闪烁的蓝天和白帆点点的沧海,他悠游自在地越飞越远……

"太美啦!"聂赫留朵夫低声地自言自语,同时情不自禁地想:"我为什么不能像伊里亚那样!"

---

① 即君士坦丁堡,今伊斯坦布尔。

图书在版编目（CIP）数据

草婴译著全集.第十卷/(俄罗斯)列夫·托尔斯泰著；草婴译.
－－上海：上海文艺出版社，2018
ISBN 978-7-5321-6803-3
Ⅰ.①草… Ⅱ.①列… ②草… Ⅲ.①中篇小说－小说集－俄罗斯－近代 ②短篇小说－小说集－俄罗斯－近代 Ⅳ.①I11
中国版本图书馆CIP数据核字（2018）第252434号

发 行 人：陈 徵
策　　划：姜逸青 郑　理
责任编辑：李珊珊
装帧设计：周志武

书　　名：草婴译著全集.第十卷
作　　者：(俄罗斯) 列夫·托尔斯泰
译　　者：草 婴
出　　版：上海世纪出版集团　上海文艺出版社
地　　址：上海绍兴路7号　200020
发　　行：上海文艺出版社发行中心发行
　　　　　上海市绍兴路50号　200020　www.ewen.co
印　　刷：上海文艺大一印刷有限公司
开　　本：890×1240　1/32
印　　张：13.125
插　　页：6
字　　数：302,000
印　　次：2019年2月第1版 2019年2月第1次印刷
ＩＳＢＮ：978-7-5321-6803-3/I·5430
定　　价：79.00元
告 读 者：如发现本书有质量问题请与印刷厂质量科联系　T:021-57780459